1. Auflage 2021

ISBN 978-3-7641-7115-5
Dieses Werk wurde vermittelt durch die literarische Agentur
Thomas Schlück GmbH, 30161 Hannover

Lektorat: Angela Iacenda
Umschlaggestaltung: Melanie Korte, Illustrationsdesign &
Concept Art
Druck und Bindung: CPI GmbH
Gedruckt auf Papier aus geprüfter nachhaltiger Forstwirtschaft.
www.ueberreuter.de

Carsten Steenbergen

Florance Bell

und die Melodie der Maschinen

ueberreuter

Landesweite Feierlichkeiten am europäischen Zusammenführungstag

Samstag, 21. Oktober 1815

Anlässlich des 10. Jubiläums der glorreichen Zusammenführung der britannischen Inseln und dem Napoleonischen Kaiserreich finden allerorts aufwendige Feierlichkeiten zu Ehren dieses besonderen Tages statt. Da mit der persönlichen Anwesenheit seiner kaiserlichen Majestät in London gerechnet wird, wurden die Sicherheitsvorkehrungen in der früheren Hauptstadt verstärkt. Straßensperren zum Schutz der Triumph-Parade wurden entlang des Streckenverlaufs zwischen Kensington Palace über Trafalgar Square bis Tower of London errichtet. Britische Staatsbürger des Kaiserreichs, die nicht über eine Ausnahmegenehmigung verfügen, sind aufgefordert, für die eigene Sicherheit bis zum Ende der Feierlichkeiten in ihren Wohnstätten zu verbleiben. Der ehemalige, britannische Monarch König George IV, der aus freiem Entschluss die Zusammenführung des Kaiserreiches unterstützt hat und seitdem als geschätzter Gast seiner Majestät Kaiser Napoleons in Paris residiert, bittet die Bevölkerung um einen friedlichen und idyllischen Ablauf dieses historischen Festaktes.

Büro für Erfindungen seiner Majestät Kaiser Napoleon, öffentliche Mitteilung

Es wird hiermit bekannt gegeben, dass das Gesuch von Adolphe de Lomenault aus Welford, Leicester, im Verwaltungsbezirk Leicester, Kabelkettenproduzent, ein Patent für die Verbesserung der Maschine zum Herablassen und Aufziehen von Kabeln und Ketten zu genehmigen, am 12. Tag des Oktobers 1819 im Büro des Patentbeauftragten für Erfindungen seiner Majestät Kaiser Napoleon mitsamt einem vollständigen Register zur gleichen Zeit und im vorgenannten Büro hinterlegt und aufgezeichnet wurde.

Büro für Erfindungen seiner Majestät Kaiser Napoleon, öffentliche Mitteilung

Es wird hiermit bekannt gegeben, dass der Patentschutz an Bernard Vallemiez, von Greenwich, im Verwaltungsbezirk Kent, Konstrukteur, für einen verbesserten Rotationsmotor mit Dampf, Gas oder Luft; und an Célia de Thibarant, von Holloway, im Verwaltungsbezirk Middlesex, Chemikerin, für die Veredelung von Gasen und das Erzeugen weiterer Stoffe während dieses Prozesses; aufgrund diesbezüglich eingereichter Gesuche, aufgezeichnet am 1. Tag des März 1819, im Namen seiner Majestät vorläufig erteilt wird.

Theatre Royal, Covent-Garden, Drury Lane

Heute Abend! Wilde Bestien, exotische Kreaturen! Erleben Sie die unvergleichliche Raubkatzenvorführung des über den Kontinent hinaus bekannten Kunstreiters und Dompteurs Henri Martin. Spüren Sie den Nervenkitzel der Gefahr!

Morgen Abend! Premiere des Theaterstücks »Le Dernier Trésor« (Das letzte Kleinod)! Von Napoleons Sieg über die britannische Flotte. Auguste Fullier als triumphanter Admiral Pierre Charles Villeneuve, Mathieu Folemont als sein heimtückischer Widersacher Admiral Horatio Nelson.

Versorgungslager im Hafen von Liverpool geplündert

Montag, 04. Mai 1807

In einem nächtlichen Überfall wurde in der Nacht zum Sonntag ein Versorgungslager der Gendamerie de Britannia an der Scotland Road, Liverpool, vollständig geleert. Die dreisten Diebe erbeuteten unter anderem mehrere Kisten Munition, drei Dutzend Fässer Schmieröl, Ersatzteile für mobile Kesselanlagen und darüber hinaus ausschließlich der französischen Polizei vorbehaltenen Carabine-Gewehre. Anschließend wurde der Gebäudekomplex in Brand gesteckt. Die Flammen zerstörten das Gebäude bis auf die Grundmauern. Nur mühsam vermochte die alarmierte Feuerwehr eine Ausbreitung des Brandes auf die nahe stehenden Gebäude zu verhindern.

Zu dem Vorfall wurden die zuständigen britannischen Nachtwächter eindringlich befragt. Es wurden jedoch keinerlei Angaben über die Täter gemacht, eine Auskunft wurde vehement verweigert. Wegen Verletzung ihrer Dienstpflicht und Unterstützung der Rebellion gegen seine Majestät Kaiser Napoleon erfolgte daher die sofortige Überführung in eine Haftanstalt der französischen Polizei. Da von den Tätern bislang jede Spur fehlt, wird vermutet, dass der Überfall mit einem unbeleuchteten Rebellenluftschiff durchgeführt wurde. Dennoch ist die Gendarmerie de Britannia davon überzeugt, die Übeltäter bereits in kurzer Zeit ihrer gerechten Strafe zuführen zu können.

I
Notfall in der Maschinenhalle

Die Explosion riss Florance Bell aus dem Schlaf. Ihr Bett bäumte sich auf wie ein wild gewordener Stier und instinktiv suchte sie nach einem Halt. Doch selbst der Bettrahmen war mit einem Mal viel zu weit weg. Wild mit den Armen rudernd landete sie unsanft auf dem Fußboden. Das gleichmäßige Rumpeln der Maschinen, das wie das Atmen eines Leviathans jede ihrer Nächte begleitete, seit sie in die Kammer neben der großen Halle gezogen war, war verschwunden. Den klangvollen Takt, den die Pumpkolben sonst für das Arbeiten der Maschinen vorgaben, fehlte. Stattdessen hatte sich der Rhythmus in die unregelmäßigen Schläge einer metallenen Riesenfaust verwandelt.

Florance rappelte sich auf. War gerade einer der Kessel hochgegangen? Das konnte doch gar nicht sein. Die gesamte Anlage war mit Sicherheitsmechanismen versehen, die das verhindern sollten. Sie schlüpfte in ihre graue Arbeitsjacke, die Hose und die Sicherheitsschuhe. Dann band sie sich eilig das lange, lockig schwarze Haar mit einem Tuch aus dem Gesicht. Sie musste sofort zu Monsieur Pignon und nachsehen. Ihr Vormund würde ihre Hilfe brauchen. Kaum hatte sie den Zugang zur Halle erreicht, hörte Florance ihn über den Lärm der Turbinen hinwegrufen.

»Wo steckt das Mädschen? Merde, dreht dieses verdammte Ventil dort endlisch zu. Muss ich denn wirklisch alles selber machen? Florance!«

Sie trat ein und wurde augenblicklich von einer dichten Dampfschwade eingehüllt. Ganz eindeutig, einer der Kessel war beschädigt. Vielleicht sogar mehr als einer. Behutsam bewegte sich Florance vorwärts. Der Dunst floss träge um sie herum, sodass sie kurz die Orientierung verlor. Wo war Monsieur Pignon? Der Lärm der beschädigten Maschinen wurde schlagartig von einem Kreischen unterbrochen, das ihr in den Ohren schmerzte. Das war vom anderen Ende der großen Halle gekommen. Florance zog zwei kleine Ballen Baumwolle aus ihrer Jackentasche hervor. Geschickt formte sie erbsengroße Kügelchen daraus, die sie sich links und rechts in die Ohrmuscheln stopfte. Das senkte den Geräuschpegel auf ein erträgliches Maß, während sie vorwärtseilte. Ein Trick, den ihr Monsieur Pignon an ihrem ersten Tag verraten hatte.

Endlich lichtete sich der Dampf etwas. Zu beiden Seiten schälten sich Zwillingsräder von gut dreißig Fuß Höhe heraus. Beharrlich drehten sie sich gegen und im Uhrzeigersinn, angetrieben von der enormen Kraft des Wasserdampfes. Sie schoben gewaltige Kolben an und bewegten Hebelarme. Der Herzschlag von Birch Manor, dem Landgut des Earl Hellingway. Britischer Grund und Boden, auf dem Florance nun schon seit fünf Jahren lebte und arbeitete. Ein Geruch von Feuer, Dampf und heißem Metall lag in der Luft.

Monsieur Pignon dirigierte die Arbeit lautstark um einen Druckverteiler herum, dessen Pumpkolben sich disharmonisch auf und ab bewegten. Philippe Pignon war ein kräftiger Mann von vierzig Jahren. Seine gedrungene Statur ließ Florance' väterlichen Mentor beinahe zu kurz geraten wirken. Am Revers blitzte ein silbernes Abzeichen, ein Adler mit einem Schraubschlüssel in den Klauen. Das Symbol des französischen Technologie-Ministeriums. Pignons Mund wurde von einem gezwirbelten Schnauzer und einem scharf geschnittenen Vollbart umrahmt. Sein sympathisches Lächeln, das er in seiner Stellung als leitender Mechaniker von Birch Manor viel zu selten zeigte, suchte sie heute vergeblich. Als sein Blick auf Florance fiel, glitt Erleichterung über seine Züge.

»Da bist du ja endlisch, Florance. Diese englischen Cretins sind einfach nischt in der Lage, meine Anweisungen ordentlisch auszuführen. Der Druckverteiler, wir müssen ihn abkoppeln. Bevor er uns auch um die O'ren fliegt, n'est-ce pas? Schnapp dir dein Werkzeug! Los, los, los.«

»Sofort, Monsieur Pignon.«

Florance spurtete zum Kontrollpult. Die Anzeigen blinkten in rotem Warnlicht. Hektisch überflog sie die wichtigsten Symbole. Sie bestätigten, was Monsieur Pignon gesagt hatte. Sie mussten sich beeilen. Wenn die Pumpkolben weiterhin gegen den Rhythmus arbeiteten, würde das zu einem Druckstau führen, dem die Maschine nicht gewachsen war. Passierte das, waren die Folgen für das gesamte Anwesen verhängnisvoll. Florance griff sich eine der Zangen aus dem Werkzeugregal über dem Kontrollpult und kehrte zu Monsieur Pignon zurück.

»Isch brauche disch dort drinnen. Schaffst du das?« Monsieur Pignon deutete zwischen die Stangen und Leitungen, die den Kolben umgaben. Ein ausgewachsener Mann passte da niemals hindurch.

»Natürlich schaffe ich das, Monsieur«, antwortete Florance im Brustton der Überzeugung. Sie ging nicht zum ersten Mal zwischen die Leitungen. Allerdings hatte sie es noch nie während eines gefährlichen Druckstaus tun müssen. Trotzdem zögerte sie keine Sekunde. »Ich weiß, was zu tun ist.«

»Bon. Dann an die Arbeit. Und pass auf den Dampfausstoß auf. Er ist se'r, se'r heiß.«

Florance tauchte in die stampfenden Eingeweide des Verteilers ein. Wasserdampf trat zischend und spuckend aus den strapazierten Ventilen aus. Mühsam zwängte sie sich durch das Gewirr von Rohren aus Kupfer und Messing. Für Furcht blieb keine Zeit. Was sie jetzt brauchte, war absolute Konzentration. Ihre schlanke Statur ermöglichte es ihr, selbst die unzugänglichsten Stellen zu erreichen. Den Kopf hielt sie dabei sorgsam unten. Sie hatte nicht vor, sich das Gesicht kochen zu lassen, nur weil sie ausgerechnet jetzt unvorsichtig war.

»'örst du misch, Florance?«, rief Monsieur Pignon.

»Ja, Monsieur.«

»Du musst versuchen, das Ventil B28 zu erreischen. Schließe es, sobald isch dir das Signal gebe.«

»In Ordnung, Monsieur!«

»Es ist wischtig, dass wir gleischzeitig …«

Irgendwo über ihr zerplatzte mit einem kanonenschussgleichen Knall ein Verbindungsstück und verschluckte den Rest seiner Worte. Ein Strahl aus Wasserdampf stob zwischen den Leitungen hindurch. Der Dunst verteilte sich sekundenschnell und legte einen heißen Schleier über die Maschinen. Florance warf sich zur Seite. Ihr Ellbogen stieß dabei heftig gegen eines der Rohre. Der Aufprall schlug ihr die Zange aus der Hand, der Schmerz lähmte ihren Arm. Sie biss die Zähne zusammen. Jetzt bloß nicht ablenken lassen, ermahnte Florance sich selbst. Die Zeit lief ihnen davon. Das geplatzte Verbindungsstück war der beste Beweis dafür. Immer stärker vibrierte der ganze Bereich um sie herum. Einer der Haltebolzen löste sich, schoss mit einem sirrenden Geräusch an ihrem Ohr vorbei und hinterließ ein Loch in der Wand hinter ihr. Florance angelte nach der Zange, die zwischen zwei Abdeckungen gerutscht war. Ihre Fingerspitzen berührten beinahe den Griff. Komm schon, nur noch ein Stückchen. Sie musste doch zusammen mit Monsieur Pignon das Ventil schließen. Wenn sie sich nur ein bisschen mehr strecken könnte. Zitternd bewegte sich die Zange durch die Vibration aus ihrer Reichweite. In diesem Moment überschritt der Druck die kritische Grenze. Metall verbog sich und riss auf, der Lärm wurde ohrenbetäubend.

»Raus da, Florance!«, brüllte Monsieur Pignon. »Der Verteiler ist nischt mehr zu retten! Er wird gleisch explodieren!«

Florance ließ die Zange liegen, wo sie war. Sie sprang auf und wand sich geduckt am Kessel vorbei. Direkt neben ihrem Kopf bekam die Außenwand eine Beule. Noch hielt der Druckverteiler. Aber wie lange würde das so bleiben? Ein paar Sekunden? Die Arme schützend vor ihr Gesicht gehalten, quetschte sie sich zwischen den Rohren hindurch. In den Lücken dazwischen sah sie Monsieur Pignon winken. Kaum hatte sie die letzte Anordnung passiert, drückte etwas mit Wucht gegen ihren Rücken, hob sie an und schleuderte sie durch die Luft. Der Aufprall trieb ihr den Atem aus der Lunge. Unzählige Sternchen tanzten vor ihren Augen. Ein Sirren in den Ohren überdeckte jedes andere Geräusch. Florance schloss die Lider und atmete seufzend aus.

2
Ein Schwächeanfall

Victoria, die Tochter von Earl Albert Hellingway, saß aufrecht auf der Armlehne des Sofas, auf das sich ihr Vater erschöpft gebettet hatte. Sie war sehr hübsch anzusehen in ihrem safranfarbenen, hochgeschlossenen Kleid. Es hatte einen bequemen und praktischen Schnitt und war ideal für eine Ausflugsfahrt am Vormittag. Um die Beine bauschte es sich keck auf. Der Stoff verbarg dennoch schicklich jeden Anblick von Knöchel oder Wade. Eine gleichfarbige Schleife hielt das weizenblonde, schulterlange Haar. Rund um ihre Lippen hatte sich ein vorwurfsvoller Ausdruck gegraben.

»Wie geht es ihm, Dr. Hancock? Bitte sprechen Sie offen. Er muss der Wahrheit endlich ins Auge sehen.« Victoria warf ihrem Vater einen tadelnden Blick zu. »Auf mich hört er nicht, obwohl ich ihn mehrmals täglich zur Zurückhaltung ermahne.«

Vor der Couch kniete Dr. Hancock, ein Gentleman in den mittleren Jahren, mit einem Zwicker auf der Nase. Er war gerade dabei, seine Tasche zu verschließen. Der Doktor erwiderte die Frage mit einer nonchalanten Verbeugung. Ein dezentes Schmunzeln schlich sich auf seine rundlichen Züge, die ihm das Aussehen einer weisen Eule verliehen.

»Dem Earl geht es den Umständen entsprechend gut, Lady Victoria. Ihr Vater hat sich etwas übernommen. Das ist nichts, was ein wenig Ruhe und eine kleine Dosis Laudanum nicht in den Griff bekäme. Dreimal täglich drei Tropfen zu den

Mahlzeiten sowie vor der Bettruhe in einem großen Glas Wasser. Oder Sherry. Ganz wie es dem Earl beliebt. Und für die nächsten Tage empfehle ich dem Earl, eine Weile kürzerzutreten.«

Victoria schüttelte missbilligend den Kopf und stemmte die Fäuste auf die Hüften. »Eine Weile? Dr. Hancock, ich muss sagen, dass ich sehr enttäuscht von Ihnen bin. Ich hätte mir etwas mehr Unterstützung erhofft. Seit wie vielen Jahren sind Sie nun der Leibarzt meines Vaters?«

»Seit über fünfzehn, Lady Victoria.«

»Und da fällt Ihnen nichts Besseres ein, als ihn in seinem Irrsinn auch noch zu unterstützen? Er schläft nicht, vergisst zu essen und arbeitet bis zur Erschöpfung. Wie ein Verrückter. Das sehen Sie doch! Mein Vater muss damit aufhören, Dr. Hancock. Das Symposium darf nicht stattfinden.«

»Würdet ihr bitte aufhören, über mich zu sprechen, als ob ich gar nicht anwesend wäre?« Earl Hellingway stützte sich schnaufend und mit gerötetem Kopf in die Höhe. Seine knochige Brust hob sich schnell auf und ab. Das Spitzkragenhemd und die mattschwarze Weste waren für die Untersuchung des Arztes geöffnet worden. Der Frack ruhte sorgfältig zusammengelegt über der Lehne des Liegesessels. Mit der linken Hand zupfte sich Earl Hellingway die weißen Haare zurecht, die in einem wirren Kranz um seinen sonst kahlen Schädel abstanden. Anschließend strich er Spitz- und Schnauzbart unter dem Kinn in Form. »Das ist wirklich unerhört, mein Schmetterlingchen. Morgen Abend versammeln sich die klügsten Köpfe des französischen Kaiserreichs hier in diesem Hause. Das kann ich nicht einfach absagen. Ich bin nur ein bisschen aus der Puste. Da stimmst du mir doch zu, William?«

»Nun ja, es ist schon ein wenig mehr als eine leichte Kurzatmigkeit«, widersprach Dr. Hancock dem Earl.

»Siehst du, Vater?«, fuhr Victoria aufgebracht dazwischen. »Nun hörst du es endlich aus dem Mund eines Experten. Du brauchst Bettruhe. Die Vorbereitungen werden dich sonst ins Grab bringen.«

»Im Grab werde ich ausnahmslos schlafen. Versprochen.« Earl Hellingway grinste verschmitzt. Die Falten formten dabei über Kinn und Stirn mehrere Bögen, mit der Nase als Zentrum. Ein Anblick, mit dem der Earl Victoria sonst immer zum Lachen brachte.

»Das ist nicht komisch, Vater. Und nenn mich bitte nicht Schmetterlingchen. Ich bin vierzehn Jahre alt und damit beinahe eine erwachsene Frau.«

»Aber Schmetterlingchen, nun beruhige dich doch wieder …«

»Mich beruhigen?«

Empört sprang Victoria von der Sessellehne auf und tigerte im elegant eingerichteten Arbeitszimmer des Earls auf und ab. Vorbei an den flackernden Gasleuchten an den Wänden, die die Dunkelheit der Nacht vertrieben. Vorbei an den Stapeln aus Fachschriften und schweren Büchern, den mit technischen Spielereien beladenen Regalen, dem barocken Sekretär, der vor lauter bekritzelten Schriftstücken überquoll. Schließlich blieb sie an einem massiven Marmorglobus stehen, dessen unentwegte Rotation durch eine Anordnung von dünnen Zuleitungen und klickenden Hebeln gewährleistet wurde. Victoria schwärmte nicht sonderlich für das Arbeitszimmer ihres Vaters. Es platzte aus allen Nähten. Vollgestopft mit Krimskrams und den seltsamen Erfindungen, an denen

Earl Hellingway unentwegt arbeitete. Und jetzt dachte er seit Wochen nur noch an dieses Symposium. Was für eine absurde Idee! Victoria versetzte dem steinernen Sockel des Globus einen Tritt, der ihr gesamtes Missfallen ausdrückte. Dann fuhr sie mit erhobenem Zeigefinger herum.

»Ich werde mich beruhigen, wenn du endlich vernünftig geworden bist, Vater! Deine Verpflichtungen mir gegenüber scheinst du jedenfalls völlig zu vergessen. Willst du mir denn überhaupt keine Gesellschaft mehr leisten?«

»Liebes, es ist eben sehr viel vorzubereiten«, rechtfertigte sich Earl Hellingway atemlos. »Selbst der Conseil du Roi hat sein Erscheinen angekündigt. Eine ganz wichtige Persönlichkeit von der Zentralregierung in Paris. Stell dir vor! Wer soll die ganze Arbeit denn erledigen?«

Victoria prustete Luft zwischen den Lippen hervor. »Jemand anderer, Vater. Dieser Monsieur. Wer auch immer.«

»Monsieur Pignon hat genug eigene Aufgaben. Das weißt du doch, Liebes. Ich habe mit ihm einige Verbesserungen der gesamten Maschinenanlage besprochen. Die Welt muss in Erstaunen versetzt werden. Das ist eine Notwendigkeit, kein beliebiger Zeitvertreib.«

»Hmpf. Kein Zeitvertreib«, ätzte sie. »Mutter würde vor Entsetzen über dein Betragen auf der Stelle in Ohnmacht fallen. Wenn sie noch am Leben wäre. Ach, liebste Mama, mit was für einem Klotz von Vater du mich allein gelassen hast!«

Ein dezentes Räuspern unterbrach die Schimpftirade Victorias. Irritiert wandte Victoria sich Dr. Hancock zu. Der hob beschwichtigend die Arme. »Ich werde hier wohl nicht mehr gebraucht. Daher möchte ich mich nun empfehlen. Es warten Patienten auf mich, die ebenfalls meiner Unterstützung bedürfen.«

»Natürlich, mein lieber William, natürlich«, antwortete der Earl. »Meinen Dank für deinen schnellen und hilfreichen Besuch. Aber dass du mich ausgerechnet in dieser misslichen Situation verlassen willst. Wehrlos brüsken Attacken ausgesetzt …« Earl Hellingway deutete unbestimmt, jedoch mit einem verschmitzten Lächeln in die Richtung seiner Tochter.

»Vater!«

»Nur ein kleiner Scherz, mein Schmetterlingchen. Nur ein Scherz. Nun sei mir nicht mehr böse, ja? Ich verspreche dir, dass ich mich ab sofort intensiver um dich kümmern werde. Soweit es die Zeit erlaubt.«

Victoria verschränkte demonstrativ die Arme vor der Brust. Ihre Lippen pressten sich so fest aufeinander, dass sie beinahe jede Farbe verloren. Schweigend sah sie zu, wie Dr. Hancock dem Earl die Hand schüttelte.

»Vergessen Sie bitte nicht meine Anweisungen, Earl Hellingway. Dreimal täglich drei Tropfen Laudanum, dann sind Sie bald wieder auf den Beinen und erleben Ihr Symposium außerhalb des Bettes. Lady Victoria, meine Empfehlung.«

Damit wandte sich der Doktor ab und verließ das Arbeitszimmer. Kaum hatte sich die Tür hinter dem Leibarzt des Earls geschlossen, brachte ein wummerndes Stampfen aus den tiefen Eingeweiden von Birch Manor den Kristallleuchter an der Decke zum Klingen. Victoria stieß erschrocken einen spitzen Schrei aus und eilte in die Arme ihres Vaters.

»Herrje, was ist denn da schon wieder los?«, schimpfte der Earl ungehalten. »Kann man sich nicht einmal eine Minute anderen Dingen widmen?«

»Vater, was war das?« Ihre Stimme zitterte, mehr, als sie es selbst zulassen wollte. Sie hasste diese Maschinen mit ihrem Gestank und dem ständigen Lärm. Allerdings genoss sie durchaus die eine oder andere Annehmlichkeit, die ihr das Leben auf dem fortschrittlichen Landgut ihrer Familie versüßte. Wer in aller Welt verzichtete schon gern auf Aufzüge? Sie jedenfalls nicht.

»Wahrscheinlich ist es nichts, über das man sich sorgen müsste«, versuchte Earl Hellingway seine Tochter zu beruhigen. »Wolltest du nicht mit Mrs Leboir in die Stadt fahren? Das wäre doch jetzt genau das Richtige, oder?«

Victoria seufzte theatralisch. »Du hast recht. Alison wird bestimmt schon auf mich warten. So entkomme ich wenigstens für ein paar Stunden diesem Irrenhaus. Ich hoffe nur, mein Zuhause steht noch, wenn ich zurückkomme.« Victoria drückte ihrem Vater einen Kuss auf die Stirn und löste sich aus seiner Umarmung. »Glaube ja nicht, dass du mir so leicht davonkommst. Du wirst dich ausruhen. Ich kann mich doch darauf verlassen, Vater?«

Earl Hellingway lächelte. »Aber natürlich, Schmetterlingchen. Ich wünsche dir viel Spaß. Kauf dir etwas Schönes, ja? Ein neues Kleid vielleicht? Ich möchte, dass du besonders hübsch aussiehst, wenn ich dir auf dem Empfang heute Abend die wichtigsten Männer Großbritanniens vorstelle. Schließlich müssen wir langsam an deine Zukunft denken. Ich hoffe, dass sich bald eine annehmbare Partie für dich findet, mit der du auch einverstanden bist.«

Victoria rollte mit den Augen, während sie die Arme entrüstet in ihre Hüften stemmte. Schon wieder das leidige Thema. »Du willst mir doch nicht erneut mit diesem erbärmlichen Langweiler kommen? Allein der Name: Joseph Newcomen. Vater, ich bitte dich. Eine tote Schildkröte vermag interessantere Gespräche zu führen.«

»Mein Schatz, Joseph entstammt einer äußerst gebildeten und angesehenen Familie«, erläuterte der Earl sachlich. »Sein Vorfahre war Thomas Newcomen. Der Thomas Newcomen. Eine Legende in der Geschichte Großbritanniens, ein brillanter Geist und Erfinder der Dampfmaschine. Joseph wird diesem Namen in Zukunft jede verdiente Ehre erweisen. Ich kann mir niemand Besseren für dich wünschen.«

»Dann heirate du ihn doch, wenn er dir so sehr gefällt«, gab Victoria pikiert zurück. »Ich bin mir sicher, ihr werdet euch hervorragend unterhalten und den ganzen Tag in deinem Arbeitszimmer verbringen.«

Erschöpft verzog der Earl das Gesicht. »Nun ist es aber genug, Schmetterlingchen. Das ist ein äußerst ungebührliches Betragen für eine junge Frau. Besonders für eine Tochter aus gutem Hause. Und insbesondere für dich.« Wie immer fiel es ihrem Vater überaus schwer, einen tadelnden Ton ihr gegenüber anzuschlagen. Seit dem Tod ihrer Mutter litt er unter Schuldgefühlen. Victoria wusste das. Es hielt sie dennoch nicht davon ab, ihn bei jeder Gelegenheit daran zu erinnern.

»Wie du meinst, Vater. Dann wird es dich bestimmt nicht stören, wenn ich mich besser den Vergnügungen hingebe, die sich für eine solche Frau gehören. Vielleicht besticke ich schnell ein Kissen, das ich dir unter den Kopf legen kann, falls du wieder eine Kurzatmigkeit erleidest.«

Damit rauschte Victoria aus dem Zimmer, bevor Earl Hellingways Gesichtsfarbe einen zarten Ton von Magenta annahm.

3

Der Traum vom Waisenhaus

Der Monsieur stand am Fenster des Besucherzimmers und betrachtete die Gewitterwolken, die stoisch über das Waisenhaus hinwegzogen. Der Himmel wanderte in Grau und Schwarz daher. Regen trommelte gegen die Fensterscheibe. Der Monsieur hielt seine Hände hinter dem Rücken verschränkt. Florance sah er nicht an und sie fühlte sich mehr und mehr unwohl dabei. Mit keiner Silbe hatte der Monsieur ihr erlaubt, sich zu setzen, daher war sie mitten im Zimmer stehen geblieben.

»Du bist se'r talentiert, mein Kind.«

Der Akzent des Monsieurs war nicht zu überhören. Er lag schwer auf jedem Wort des französischen Mechanikers. Florance war das von klein auf vertraut, auch die Erzieherinnen des Londoner Waisenhauses besaßen ihn. Er gehörte zu ihnen, so wie jedes Zimmer ein Porträt von Kaiser Napoleon aufwies, der diese Einrichtung höchstpersönlich gegründet hatte. Am Morgen nach dem Weckruf ließ die Leiterin des Waisenhauses die Kinder in der Andachtshalle antreten. Damit sie gemeinsam dem Kaiser, der Großbritannien nach dem großen Krieg unter seine Obhut genommen hatte, dafür dankten. Den Tag über sprachen sie ausschließlich Französisch mit den Kindern. So lernten sie die Ausdrucksweise am schnellsten. Bei den Kleinsten erlaubten sie für gewöhnlich immer wieder einmal eine Ausnahme, besonders, wenn diese Schwierigkeiten hatten, sich einzugewöhnen. Es wunderte Florance, warum der Monsieur mit ihr Englisch sprach, obwohl sie fließend Französisch beherrschte. Aber sie wagte nicht, ihn danach zu fragen.

»Es wäre eine Vergeudung, disch nischt zu fördern«, sprach der Monsieur weiter. »Metall und Dampf liegen dir im Blut. Ich habe misch da'er entschlossen, etwas Ungewö'nlisches zu tun. Etwas beina'e Anstößiges.« Der Monsieur atmete einmal tief ein und aus. »Du wirst bei mir in die Le're gehen. Obwo'l du als Tochter englischer Eltern natürlisch niemals die Akademie in London besuchen wirst. Das ist nur uns Franzosen gestattet. Trotzdem kannst du es weit bringen, wenn du es willst. Das ist sischer.«

Obwohl Monsieur Pignon ihr keine Frage gestellt hatte, antwortete Florance artig. Sie war erst zehn Jahre alt, seit sie denken konnte hier im Waisenhaus, aber nicht dumm. Das war sicher einer der Gründe, warum der Monsieur sie zu sich holen wollte. Den anderen hatte er ihr eben genannt. Innerlich jubelte sie vor Freude. Sie kam hier endlich heraus. Zwar hatte sie in den letzten Jahren eine, vielleicht zwei Freundschaften geschlossen, doch die Mädchen waren recht schnell zu ihren neuen Eltern gezogen. Französische Waisen für französische Eltern. So war es eben. Florance war seitdem mehr für sich geblieben.

»Qui, Monsieur.«

»Bon. 'eute wird dein letzter Tag 'ier im Waisenhaus sein. Isch warte vor der Eingangstür auf disch. Du 'ast genug Zeit, deine 'abseligkeiten zusammenzupacken. Aber vor'er …«

Der Monsieur drehte sich abrupt zu ihr um und sah sie eindringlich an.

»Ja, Monsieur?«

»Vor'er musst du aufwachen, Florance. Du musst aufwachen.« Er eilte zwei Schritte vorwärts, stand plötzlich genau vor Florance, hatte sie an den Schultern gepackt und schüttelte sie.

»Was … was soll ich?«, antwortete sie begriffsstutzig.

»Wach auf! Wach um 'immels willen auf, Florance! Isch bitte disch!«

Mühsam öffnete sie die Augenlider, obwohl sie hätte schwören können, dass sie gar nicht geschlossen gewesen waren. Direkt über ihr schwebte das verschwommene Gesicht Monsieur Pignons. Seine Stirn war von Sorge zerfurcht. Ein Ölfleck zog sich quer über Nase und Wange. Eine Brandblase hatte sich auf der anderen Seite gebildet. Schmerzlich stellte Florance fest, dass er sie immer noch schüttelte. Warum sah sie ihre Umgebung nur so unscharf? Sie spürte, wie ihre Magensäure brodelte und ihr übel wurde.

»Monsieur … Pignon, Sie können jetzt … damit aufhören.« In ihrem Kopf schlug jemand dröhnend gegen einen riesigen Gong. Für einen Moment wünschte sie sich das Sirren zu Beginn ihrer Ohnmacht zurück. Das wäre erträglicher. »Bitte. Ich … bin doch … da«, stöhnte sie, während sie sich mühselig hochstemmte. Monsieur Pignon reichte ihr eine Hand und hievte sie auf ihre Füße. Die Explosion hatte sie tatsächlich mehrere Meter tief in die Maschinenhalle geschleudert.

»Isch befürschtete, du wärst …« Monsieur Pignon sprach es nicht aus, aber auch so wusste Florance, was er meinte.

»Bin ich nicht. Zum Glück. Aber was genau ist eigentlich passiert?« Stöhnend rieb sie sich die Stirn. Bei der Bewegung stieg ihr der Geruch von verschmortem Haar in die Nase. Seufzend zog sie die Reste ihrer Mähne nach vorne. Die

Hitze hatte sie ein gutes Stück davon gekostet, sodass die übrig gebliebene Länge bis kaum auf die Schulter reichte.

»Was passiert ist? Wir wurden sabotiert!« Von einer Sekunde auf die andere verflog die Sorge des Monsieurs und tauschte den Platz mit der Wut des Gerechten. »Ein verfluchter irgendwer hat sisch eingeschlischen und den Druckverteiler beschädigt. Bevor isch mitbekam, was nischt stimmt, ist das Ding schon in die Luft geflogen. Dieser jemand wusste se'r genau, was er tat.«

Florance sah angestrengt zu der Stelle, an der sie vorhin zwischen die Rohre geklettert war. Langsam schärften sich Schemen zu Umrissen. Vom Druckverteiler war nur eine rauchende Ruine übrig geblieben. Teile des Kessels lagen verstreut herum. Einer der großen Kolben war umgestürzt und hatte eine der Zuleitungen verbogen.

»Ein Saboteur? Aber warum? Warum hier?«

»Was weiß denn isch? Nischt jedem Engländer gefallen die französischen Freunde des Earls, n'est-ce pa?«

»Die sind dann aber Unruhestifter, Monsieur, keine Saboteure«, überlegte Florance. Allmählich wurde das Dröhnen in ihrem Kopf leiser. »Womöglich ist es wegen dem morgigen Treffen der Erfinder. Das Symposium des Earls. Wir sollten schleunigst mit den Reparaturen anfangen.« Florance rückte ihre Jacke zurecht und klemmte sich eine lose Haarsträhne hinter das linke Ohr. Sie war bereit, sofort loszulegen, obwohl sich ihre Beine etwas wackelig anfühlten. Ihr Vormund hielt sie auf.

»Nischt einmal ein gewaltiges 'eer von Meschanikern wird dieses Durscheinander bis morgen Abend reparieren können. Selbst, wenn isch das überhaupt irgendwo'er bekäme. Und du musst dich ausru'en.« Monsieur Pignon seufzte ratlos. »Wir 'aben im Lager keinen Ersatz für den Verteiler. Und bis ein anderer aus London eingetroffen ist, ist es längst zu spät.«

»Aber wir müssen doch irgendwas tun können!«, protestierte Florance. »Mit Ihrem Wissen bauen wir im Handumdrehen selbst ein Ersatzgerät.«

»Florance, vielleischt dieses Mal nischt. Sogar isch weiß gerade nischt weiter. Ich werde nach oben ge'en und dem Earl beischten, dass er eine Weile auf einige Dinge verzischten muss. Die Aufzüge, die Verteidigungsanlagen … und vor allem die Neuerungen, die er seinen Gästen präsentieren wollte. Mit ein bisschen Glück bringt ihn das nischt um.« Monsieur Pignon verzog den Mund zu einem misslungenen Anflug von Galgenhumor. Erschöpft rieb er sich mit der flachen Hand über die Stirn. Florance hatte ihren Mentor noch nie so niedergeschlagen gesehen.

Ein Klingeln schallte durch die Maschinenhalle. Jemand hatte die Rufanlage des Hauses betätigt und Florance rechnete sich an zwei Fingern aus, wer es war.

»Ich fürchte, er weiß es bereits, Monsieur.«

Monsieur Pignon nickte. Dann eilte er zur Anlage herüber, nahm die beiden Messingtrichter von der Wand, hob den einen an sein Ohr, den anderen vor seinen Mund.

»Qui?«

Es folgte eine Pause, in der Monsieur Pignon schwieg und zuhörte. Dann nickte er, gab eine kurze Antwort und hängte die Trichter an ihren Platz. Mit einem ungehaltenen Gesichtsausdruck drehte er sich zu Florance um.

»Der junge Lord Edward ist von seiner Spazierfa'rt zurück. Und wie üblisch verlangt er nach dir. Wie es aussie't, wurde dein Wunsch nach etwas zu tun soeben erfüllt. Geh und sie' nach, was dieser …«

»Cretin?«, half Florance frech aus.

»… was der junge Lord für ein Problem mit der Droschke 'at«, berichtigte Monsieur Pignon. »Auch, wenn isch davon ausge'e, dass er selbst mal wieder die Ursache ist. Wenn du das erledigt 'ast, legst du disch für eine Weile 'in, verstanden? Isch werde Earl 'ellingway inzwischen Berischt erstatten.«

»Wenn Lord Edward die Droschke schon wieder verbeult hat, dann kann er was erleben.« Genervt verdrehte sie die Augen beim Gedanken an den Sohn des Earls, was ihr Kopf sofort mit einem schmerzhaften Stich bestrafte. »So furchtbar wie er kann doch niemand auf dieser Welt fahren.«

»Wollen wir es 'offen. Und, Florance …«

»Ja, Monsieur Pignon?«

»Vergiss nischt wieder, wer Lord und wer Bedienstete in diesem 'aus ist«, mahnte ihr Vormund. Damit wandte er sich um und verließ die Maschinenhalle. Florance sah ihm hinterher, bis er durch die Ausgangstür verschwunden war. Erst dann flüsterte sie zähneknirschend ihre Antwort.

»Natürlich, Monsieur.« Bestimmt würde ihr das leichter fallen, wenn Lord Edward sie nicht ständig mit seinen Angebereien von ihrer wichtigen Arbeit abhalten würde, grummelte sie in Gedanken.

4
Eine geheime Lieferung

Mit der Werkzeugtasche über ihrer Schulter eilte Florance den engen Flur entlang, der ausschließlich den Bediensteten vorbehalten war. Von den Herrschaften sah man hier unten nie jemanden. Obwohl es beinahe Mittag war, lag der Korridor in einem schummrigen Licht. Wenige, kleine Fenster und nur ab und zu eine Gaslampe an der Wand waren nicht genug, um für ausreichend Helligkeit zu sorgen. Gerade in diesem Moment war sie tatsächlich dankbar dafür. Kopfschmerzen ließen sich im Dunklen viel besser ertragen. Aus der offenen Küchentür roch es verführerisch nach Kohl und geschmortem Kaninchen. Vermutlich bereitete Margret gerade den Lunch für den Earl und seine Familie vor.

Wie auf Kommando knurrte ihr der Magen. Sie hatte nichts gegessen, seit sie am Ende ihrer letzten Schicht schlafen gegangen war. Eigentlich habe ich es doch nicht so eilig, entschied Florance grinsend. Lord Edward durfte sich ruhig noch etwas gedulden. Soll er doch warten, bis er vor Langeweile versauert. Ihr war klar, dass sie dem Sohn von Earl Hellingway und seinen Angebereien nicht für lange entkommen würde. Er fand immer neue Wege, sie zu irgendwelchen Arbeiten herbeizuzitieren, um sich dann vor ihr aufzuspielen. Dämlicher Angeber.

Sie drehte sich kichernd um und lugte in den gekachelten Raum hinein. Margret führte ihr Reich mit einer Strenge, die sogar die der verstorbenen Hausherrin übertraf. Wenn die Herrschaften gegessen und sich zufrieden zurückgezogen hatten, erst dann gab die Köchin das Essen für die Bediensteten frei. Sich ohne ihre Einwilligung etwas davon zu stibitzen, grenzte in Margrets Augen an ein Sakrileg. Beim Anblick der zubereiteten Köstlichkeiten lief Florance das Wasser im Mund zusammen. Die Übelkeit schien wie weggeflogen zu sein. Die Köchin stand mit dem Rücken zur Tür und hantierte summend mit den Töpfen am Ofen herum. Sie würde es gar nicht mitbekommen, wenn Florance sich heimlich eine Stärkung genehmigte. Immerhin hatte sie weder die Zeit für ein Frühstück gehabt, noch war jetzt der richtige Moment für eine ausgiebige Mahlzeit. Und zu fragen bereitete ihr einfach zu wenig Vergnügen.

Schritt für Schritt schlich sie auf Zehenspitzen vorwärts. Die kleinen Pasteten auf der Anrichte waren genau das Richtige. Vorsichtig stopfte sie sich eine in den Mund, zwei für später in ihre Jackentasche. Zufrieden kauend stahl sie sich rückwärts davon, die Arme nach hinten ausgestreckt, bis sie die Tür an ihren Fingern spürte. So gut wie geschafft. Triumphierend huschte ein Glucksen über ihre Lippen, bevor sie es unterdrücken konnte. Sie blieb stehen und wartete, die Köchin schien jedoch nichts gehört zu haben. Nur auf den Flur zurück und dann ab nach draußen. Da streifte Florance' Werkzeugtasche den Türrahmen. Das Metall der Schraubschlüssel schepperte gegeneinander. Abrupt endete das Geklapper der Töpfe.

»Wenn du glaubst, ich wüsste nicht, was in meiner Küche vor sich geht, dann kennst du mich wirklich schlecht, Florance«, sagte Margret, ohne sich umzudrehen. »Aber das werden wir ändern, wenn du freche Göre den Abwasch erledigst. Du legst zurück, was du genommen hast, und machst dich sofort an die Arbeit.«

Der Tonfall der Köchin klang überaus energisch, trotzdem glaubte Florance, so etwas wie Belustigung herauszuhören. So entschieden, wie Margret sich gewöhnlich gab, so gewogen zeigte sie sich meist Florance gegenüber. Insgeheim beschloss sie, den Küchendienst als Strafe zu akzeptieren. Aber erst später, wenn sich dafür Zeit erübrigen ließ.

»Ich würde ja doch nur das Geschirr zerschlagen, so ungeschickt ich mich dabei anstelle«, antwortete Florance kauend, ohne ihre Tasche abzusetzen. »Und das sind die Pasteten definitiv nicht wert gewesen.«

»Du möchtest also gern den Rest der Woche bei mir in der Küche verbringen und auch noch den Boden schrubben?«, wetterte die Köchin und drohte mit der Scheuerbürste. »Du weißt sehr genau, dass meine Pasteten das Beste sind, was je in dieser Küche gekocht worden ist. Der Monsieur und der Earl sind sich da einig.«

»Dann sollten die beiden vielleicht den Abwasch machen«, lachte Florance ungeniert. Die Köchin stemmte die Hände in die Hüften und schnaufte erregt. Sie sollte schleunigst das Weite suchen, bevor Margret ihre Drohung wahr machte und sie tatsächlich abwaschen ließ. Florance ruckte die Werkzeugtasche auf ihrer Schulter zurecht und lief auf den Flur hinaus. Der Unmut der Köchin folgte ihr bis zur Rückseite des Gebäudes, wo der Sohn des Earls auf sie wartete. Graue Wolken zogen über den Himmel. Es sah nach Regen aus. Der Wind trug die Kühle des Herbstes mit sich und Florance fröstelte. Sie schloss die Knöpfe an ihrer Jacke und zog den Kopf zwischen die Schultern.

Edward verhielt sich mit seinen siebzehn Jahren bereits so, als gehöre Birch Manor ihm und nicht dem Earl. Florance ging die Prahlerei gründlich auf die Nerven. Seit Monsieur Pignon ihr aufgetragen hatte, sich um den Fuhrpark Earl Hellingways zu kümmern, ließ es sich nicht vermeiden, Edward immer wieder über den Weg zu laufen. Der Junge liebte es, mit den Dampfdroschken die Feldstraßen entlangzurasen. Steine, Unebenheiten oder andere Hindernisse störten ihn dabei herzlich wenig. Stolz präsentierte er ihr nachträglich die ramponierten Fahrzeuge, die sie dann zähneknirschend reparierte. Wie man derart rücksichtslos mit den teuren Maschinen umgehen konnte, war ihr ein Rätsel. Sie träumte seit Ewigkeiten davon, irgendwann selbst eine der Dampfdroschken zu besitzen. Schon mit sieben Jahren war Florance fasziniert von den Fahrzeugen gewesen. Am liebsten hatte sie sich am Zaun vor dem Waisenhaus aufgehalten und die vorbeifahrenden Droschken beobachtet. Für sie war es gewiss so gut wie ausgeschlossen, jemals das nötigte Geld für eine aufzubringen oder die Fahrlizenz aus eigener Tasche zu bezahlen. Edward begriff überhaupt nicht, welches Privileg er so selbstverständlich genoss.

Als sie den Kiesweg zu den Fahrzeughallen erreichte, drang ein kränkelndes Motorengeräusch zu ihr. Im Leerlauf gab die Droschke ein schleifendes Geräusch von sich. Ab und zu jaulte der Motor förmlich auf. Sie mochte sich gar nicht vorstellen, wie es sich mit eingelegtem Gang anhören würde. Unwillkürlich beschleunigte sich ihr Schritt. Dieses Mal hatte er ganze Arbeit geleistet, das war überhaupt nicht zu bezweifeln. Edward lehnte mit verschränkten Armen gegen die rechte Fahrzeugseite. Die blonden Haare steckten unter einer

Schirmmütze, die verstaubte Fahrerbrille hatte er nach oben geschoben. Damit und in der Lederjacke mit Halstuch sah er durchaus beeindruckend aus, das musste Florance zugeben. Sein Auftreten dagegen war eher zum Weglaufen. Edward wartete mit dem selbstgefälligen Lächeln eines Siegers auf sie.

»In nur 43 Minuten von Leeds bis nach Bradford. Das ist neuer Streckenrekord.«

»Beeindruckend, Lord Edward«, sagte Florance betont freundlich, während sie an das Fahrzeug herantrat. Sie bemühte sich wirklich, ein nettes Gesicht zu zeigen. Innerlich kochte sie vor Wut. Die Karosserie war schlammverschmiert und ein unterarmlanger Kratzer zog sich quer über den Kotflügel. Auf der abgewandten Seite der Droschke fanden sich garantiert noch ganz andere Schäden. »Ein weiterer Erfolg neben dem, die meisten Droschken in der Grande Nation zu Schrott gefahren zu haben.«

Edward ignorierte die Spitze achselzuckend und sonnte sich in seiner Zufriedenheit. »Wo Grenzen zerschmettert werden, gibt es eben ab und zu ein paar Verluste. Du solltest mich beim nächsten Mal begleiten. Dieses Gefühl ist atemberaubend«, schwärmte er. »Der Fahrtwind, die Geschwindigkeit, die absolute Kontrolle über ein Fahrzeug, das dir sofort den Garaus machen wird, wenn du nur eine Sekunde deine Konzentration verlierst.« Er beugte seinen Oberkörper in ihre Richtung. »Du sähest sehr hübsch auf dem Beifahrersitz aus, in einem Kleid. Du hast doch eins? Ein Kleid, meine ich.«

Florance atmete tief ein. In Gedanken fluchte sie lautstark. Was für ein Schwachkopf. Eher gab Napoleon seine Kaiserwürde ab, als dass sie mit ihm zusammen freiwillig irgendwo hinfahren würde. Edward hatte keinerlei Gefühl für die Maschinen, die er angeblich so sehr schätzte. Und er merkte es nicht einmal. Falls überhaupt, dann saß sie am Steuer.

»Ja, genau«, seufzte sie. »Wenn ich mir bitte anschauen dürfte, was von der Droschke übrig geblieben ist? Der Motor hört sich an, als ob ein gewisser jemand damit einen Steinbruch geschliffen hätte.«

Edward ignorierte auch diesen Vorwurf und zeigte weiter sein überhebliches Grinsen. Es juckte Florance in den Fingerspitzen, dem Sohn des Earls einmal zu zeigen, wie man im Waisenhaus mit ihm umgesprungen wäre. Sie wusste allerdings auch, dass sie diesem Gefühl nicht nachgeben durfte. Die Ermahnung Monsieur Pignons wog schwer. Er würde sie nicht vor einem Rauswurf bewahren können, sofern eine weitere Beschwerde über sie das Ohr des Earls erreichte. Es gab zweifellos wichtigere Aufgaben, um die er sich zu kümmern hatte. Monsieur Pignon zu enttäuschen, war das Letzte, was sie tun wollte.

»Ich möchte nach dem Lunch eine längere Runde drehen«, redete Edward unbeeindruckt weiter. Nicht einen Zentimeter rückte er zur Seite, um ihr Platz zu machen. »Es wäre großartig, wenn die Droschke bis dahin wieder repariert ist. Und sieh zu, dass du aus dem Motor noch etwas mehr Geschwindigkeit herauskitzelst. Für dich ist das doch bestimmt kein Problem, oder?«

»Wenn der Lord es wünscht, werde ich mein Möglichstes tun«, presste sie zwischen den Zähnen heraus.

Demonstrativ ließ Florance die Werkzeugtasche fallen. Edward sprang beiseite, damit sie nicht auf seinen Füßen landete. Die metallene Ausrüstung schepperte lautstark. Ein Glück, dass Monsieur Pignon das nicht mitbekommen hat, dachte sie. Werkzeug war der rechte Arm eines jeden Mechanikers und man behandelte es mit Respekt und Sorgfalt. So hatte er es ihr beigebracht.

Vorsichtshalber wich Edward einen weiteren Schritt rückwärts. Sein Grinsen verlor eine Spur der Selbstsicherheit, wie Florance zu ihrer Genugtuung bemerkte. Doch nicht so ein großer Held. Aus der Distanz beobachtete er, wie sie die Motorhaube öffnete und sie mit einer dünnen Stange feststellte. Dampf stieg unter der Abdeckung nach oben. Der Motorblock strahlte so viel Hitze ab, dass sie fast schätzte, er würde glühen. Sie wedelte mit beiden Händen, bis sich der Dunst einigermaßen verzogen hatte.

Schon auf den ersten Blick sah Florance, was das schleifende Geräusch verursachte. Die Ventile hatten bei der rücksichtlosen Fahrt des Lords einiges abbekommen und mussten ausgetauscht werden. Die Riemen sahen kaum besser aus. Vermutlich blieben das nicht die einzigen Probleme. Auf jeden Fall würde sie sich später unter die Karosserie legen und die Achsen prüfen. Die waren sicher ebenfalls beschädigt. Später, sobald Edward zum Lunch verschwunden war. Schwachkopf, wiederholte Florance in Gedanken. Es grenzte an ein Wunder, dass es die Droschke überhaupt zurück zum Landgut geschafft hatte. Sie sah über ihre Schulter, als sie Schritte auf dem Kiesweg hörte, und seufzte still. Die hatte ihr gerade noch gefehlt.

»Mit diesem verdreckten Ding sollen wir in die Stadt fahren? Alison, das ist eine Zumutung. Ich werde zum Gespött der Leute.«

Florance drehte sich um und verbeugte sich höflich. Edwards Schwester stürmte heran, den Schirm wie einen Säbel von sich gestreckt. Vor Florance und der Droschke blieb sie stehen. Hinter ihr folgte Mrs Leboir, die Mamsell von Birch Manor, die zugleich als Gesellschafterin für Lady Victoria diente. Während die Mamsell Florance freundlich und fast entschuldigend zunickte, zeigte Victoria nur zu deutlich ihre Entrüstung. Mit der Schirmspitze deutete sie auf Florance, fixierte aber mit Funken sprühendem Blick ihren Bruder Edward.

»Mich lässt man nicht derart warten«, schimpfte sie. »Ich hatte mehrfach läuten lassen, aber niemand hat über die Sprechanlage geantwortet. Nicht Monsieur Pignon und ebenso wenig seine Gehilfin. Es ist unfassbar! Man zwingt mich, selbst nach einem Fahrzeug zu suchen, anstatt dass man vorfährt und mich abholt. Das muss man sich einmal vorstellen! Wozu beschäftigen wir das ganze Personal, wenn es nicht das tut, was es soll?« Erbost stampfte sie mit dem Fuß auf den Kiesweg.

»Ich bin mir sicher, dass es sich um ein Missverständnis handelt, Lady Victoria«, erklärte die Mamsell. »Miss Bell wird bestimmt gleich eine andere Droschke vorfahren und uns dann umgehend nach Leeds bringen.«

»Das soll sie sofort tun! Ich habe bereits lange genug gewartet.«

»Dann wirst du dich leider noch etwas länger in Geduld üben müssen, Schwesterlein«, warf Edward ein. Die Entrüstung seiner Schwester beeindruckte ihn kein bisschen. »Ich brauche sie hier. Florance wird mit ihren überaus entzückenden Händen erst meine Droschke auf Vordermann bringen.«

»Damit du sie weiter so schamlos anschmachten kannst? Dieses hässliche Ding? Eine Bedienstete? Voller Dreck und mit Öl verschmiert? Und hast du ihre Haare bemerkt? Was ist damit eigentlich passiert?«, giftete Victoria und bedachte Florance mit einem herablassenden Blick. »Dass du dich nicht in Grund und Boden schämst, Edward.«

Die boshaften Worte trafen Florance sehr, sie griff sich zwar etwas betreten in die angeschmorten Haare, aber ließ sich ansonsten nichts anmerken. Wieso war die Tochter des Earls immer so gemein zu ihr? Ja, Florance war eine Bedienstete, die in einer eigenen, winzigen Kammer schlafen durfte, weil sie das Mündel des Meistermechanikers war. Darüber hinaus verdiente sie sich ihr Leben auf dem Landgut mit täglicher, harter Arbeit. Dabei machte man sich nun mal schmutzig. Aber war das Grund genug, sie deswegen so zu behandeln?

Mrs Leboir legte vorsichtig eine Hand auf Victorias Arm und versuchte, die Lady mit ruhigen Worten zu besänftigen. »Lady Victoria, es gehört sich wirklich nicht für eine Dame von Stand, sich derart auszudrücken. Ihrem Vater würde das bestimmt nicht gefallen. Wir werden eine Lösung finden, die allen gerecht wird. Mit ein wenig Nachsicht.«

»Meinem Vater«, schnaubte Victoria und verdrehte die Augen. »Alison, ich benötige jetzt keinen Unterricht.« Dann stach sie mit der Schirmspitze ein weiteres Mal in Florance' Richtung. »Also, was ist jetzt? Können wir in die Stadt fahren oder nicht?«

»Kannst du nicht«, grinste Edward. »Wie gesagt, sie hat Wichtigeres zu tun.«

»Miss Bell wird bestimmt …«, versuchte es die Mamsell erneut.

»Ich warte«, schnaubte Victoria dazwischen. »Tu gefälligst, was ich dir sage.« Ihr Blick bohrte Florance in Grund und Boden, während sie gleichzeitig die Kiefer aufeinanderpresste.

Florance' Blick flog zwischen Edward, der Mamsell und Victoria hin und her. Merkten sie denn nicht, dass sie alle an ihr herumzerrten? Tu dies, lass das, denk daran. Die Kopfschmerzen meldeten sich zurück und schossen kleine Blitze durch ihren Verstand. Obwohl sie es beinahe schon vergessen hatte, sie war vorhin erst nur knapp einem explodierenden Druckverteiler entronnen. Florance setzte zu einer Antwort an, in der Absicht zu berichten, dass Monsieur Pignon ihr aufgetragen hatte, sich auszuruhen, und dass es ihr gerade nicht möglich war, eine Droschke zu steuern, da durchschnitt ein gellendes, lang gezogenes Pfeifen die Luft. Victoria schrie erschrocken auf und schlug die Hand vor den Mund. Gleichzeitig drehten sich die Mamsell und Edward verwundert um. Ein bebendes Stampfen, begleitet von einem Grollen, ließ die Erde erzittern und die Motorabdeckung der Droschke klappern. Die Haltestange rutschte aus ihrer Position und fiel zur Seite. Die Abdeckung folgte ihr sogleich und schepperte auf das Chassis. Das Beben musste von vorne, von der Birken-Allee herkommen, die dem Landgut seinen Namen gegeben hatte und auf das Herrenhaus zuführte. Eine bessere Gelegenheit für eine Flucht würde Florance vermutlich nicht bekommen. Außerdem brannte sie darauf, zu erfahren, was da vor sich ging.

Sie schob sich zwischen der Mamsell und Victoria hindurch und eilte auf das Ende der Fahrzeughallen zu. Kaum hatte sie die letzte Ecke umrundet, blieb sie mit offenem Mund stehen. Ein haushohes Ungetüm wälzte sich unaufhaltsam über die gesamte Breite der Landstraße dem Anwesen entgegen. Dreck brandete an seinen Flanken auf und spritzte in kniehohen, schmutziggelben Wellen zur Seite. Gebannt starrte Florance das riesige Etwas an. Sie merkte kaum, wie Edward, seine Schwester und die Mamsell neben sie traten. Keiner wandte den Blick von dem heranstampfenden Fahrzeug ab. Selbst Victoria war ehrfürchtig verstummt.

Der Koloss auf der Straße sandte ein weiteres hohles Pfeifen gen Himmel, durchdringend und ohrenbetäubend. Florance schluckte und kämpfte gegen den Kopfschmerz an, den das Geräusch auslöste. Wie der wütende Aufschrei eines wilden Tieres, überlegte sie. Eines gewaltigen, wilden Tieres. Die Behemoth-Transporter der Gendarmerie de Britannia wurden auf dem Kontinent für die Verfrachtung von schweren Lasten gebaut, die ein normales Gefährt nicht bewältigte. Viele von diesen Fahrzeugen gab es nicht und sie außerhalb von militärischen Operationen zu Gesicht zu bekommen, glich einem Wunder. Sie wirkten trotz ihres Umfangs nicht schwerfällig, nein, viel eher majestätisch, fand Florance. Der Bauch des Ungetüms – eisenschwarz, quadratisch und mehr als drei ausgewachsene Männer hoch – war von einem breiten, rauchenden Schlot gekrönt, der Asche und schwarzen Dampf ausstieß. Direkt dahinter lag die Führungskanzel, ein schmaler Kasten aus Metallstreben und Glas. Florance meinte, eine Gestalt hinter dem Fenster zu erkennen, die an den Steuerinstrumenten hantierte. Es musste unendlich viele Yards kosten, einen solchen Transporter zum Halten zu bringen, war er erst einmal in Fahrt gekommen. Aber was tat dieser hier? Mitten auf dem Land und weit weg von Leeds und jeder anderen größeren Stadt.

Was der Transporter geladen hatte, ließ sich nicht erkennen. Die vorderen Luken blieben während der Fahrt geschlossen. Doch es war ziemlich eindeutig, dass es etwas Bedeutsames sein musste und wahrhaftig imposant in seinen Ausmaßen. Komisch, dachte Florance, der Monsieur hat mir gar nichts davon erzählt. Was war so wichtig, dass er es ihr verschwiegen hatte? Ob es mit dem Saboteur zusammenhing?

Flankiert wurde der Koloss von einer Einheit militärischer Einräder. Insgesamt sechs der Maschinen zählte sie. Zwei an der Spitze, vier dahinter. Der Fahrer der vordersten Maschine steigerte für einen Moment die Geschwindigkeit, sobald er sie neben dem Gebäude entdeckte. Die Schöße seiner Uniformjacke flatterten im Fahrtwind. Braun mit Rostrot, die Farben der motorisierten Gendarmerie. Das Emblem, das vorne auf seinem konisch geformten Helm aus dunklem Leder prangte, war auf die Entfernung nicht im Detail zu erkennen. Aber Florance wusste auch so, was darauf zu sehen war. Ein Adler mit einem Rad in den Klauen, das Symbol der Einrad-Einheiten. Womöglich überlegte er, sie zu überprüfen. Doch dann schien er sie als harmlos eingestuft zu haben. Er drosselte das Tempo seines Einrads und ließ sich wieder zurückfallen. Zwei Mädchen, eine Frau und ein Junge waren schließlich keine Attentäter. Oder jemand von den Rebellen, die gegen den Kaiser kämpften.

Der Transporter wälzte sich das letzte Stück durch die Allee und bog dann ab, um das Herrenhaus von der anderen Seite zu umrunden. Der Steuermann lenkte ihn bestimmt zum großen Eingangstor der Maschinenhalle. Das nahm Florance jedenfalls an. Jetzt, wo das Fahrzeug auf gleicher Höhe an ihnen vorüberstampfte, sah sie, dass dieses Modell keine Räder besaß. Stattdessen drehten sich wie bei einem Dampfpanzer schwere Kettenglieder um die Achsen. Sie quietschten protestierend, wenn der Steuermann den Kurs korrigierte. Der in die Luft geschleuderte Dreck verursachte ein unangenehmes Kratzen in Florance' Hals.

Endlich schob sich das Heck des Schleppers an ihnen vorbei. Die letzten Einräder der Gendarmerie-Einheit, als Nachhut positioniert, zogen ebenfalls vorüber. Langsam verebbte der Lärm. Nur das Stampfen der Ketten und die Erschütterungen im Boden waren noch eine Zeit lang zu spüren. Florance sah ihnen gedankenverloren nach, bis der Transporter hinter dem anderen Ende des Landguts verschwunden war. Dann fasste sie einen Entschluss. Sie würde den Monsieur nicht fragen, was es mit dem Transporter auf sich hatte, nicht abwarten. Sie würde es jetzt gleich herausfinden. Ausruhen würde sie sich später. Florance drehte sich um und lief zum Eingang der Fahrzeughallen zurück. Das war der kürzeste Weg. Dass sowohl Edward als auch Victoria entrüstet hinter ihr herriefen, ignorierte sie einfach.

5
Beichte beim Earl

Dass die Ankunft des Transporters und des französischen Militärs seinen Vater nicht aus dem Haus gelockt hatte, überraschte Edward. Ohne Zweifel war etwas überaus Wichtiges für das bevorstehende Symposium auf Birch Manor angeliefert worden und er hatte es nicht einmal mitbekommen. Bereits seit den frühen Morgenstunden hatte sich der Earl in sein Arbeitszimmer zurückgezogen und war seitdem nicht mehr herausgekommen. Typisch für ihn und seine Arbeitsbesessenheit. »Das wird das wichtigste gesellschaftliche Ereignis meiner gesamten Forscherlaufbahn«, hörte Edward ihn in Gedanken sagen. Wenigstens hatte er darüber seinen Sohn und die täglichen Studienaufgaben vergessen, die er ihm aufgetragen hatte. Und Edward hatte die Gelegenheit sogleich genutzt und sich am Morgen mit der Droschke verdrückt. Das wenigste von dem, was er nach Meinung seines Vaters lernen sollte, interessierte ihn wirklich. Trockener Stoff, allemal schlimmer als Staub. Da zog er es tausendmal mehr vor, sich vom Fahrtwind einer Droschke den Dreck der Straße ins Gesicht wehen zu lassen. Gleich am Nachmittag würde er einen weiteren Ausflug machen. Wenn denn die rebellische, aber durchaus entzückende Mechanikerin Florance seine Lieblingsrenndroschke bis dahin repariert hatte.

Nach seiner Rückkehr zum Herrenhaus hatte Edward sich ein ordentliches Mittagessen von Margret, der Köchin, auftischen lassen, das er hungrig verschlungen hatte. Doch das schlechte Gewissen ließ sich damit nicht gänzlich ignorieren. Vater hatte ganz bestimmt wieder einmal verdrängt, dass Pausen und Mahlzeiten wichtig bei der Arbeit waren. Besser, er sah einmal nach ihm und sorgte dafür, dass er nicht verhungerte. Mit einem Tablett machte er sich auf den Weg zum Studierzimmer seines Vaters.

Vor der Treppe in das obere Stockwerk traf Edward auf Monsieur Pignon. Der Meistermechaniker war vor über 21 Jahren auf Birch Manor angestellt worden, was weit vor Edwards Geburt lag. Doch noch nie hatte er den Franzosen mit einem derart unglücklichen Gesichtsausdruck angetroffen. »Monsieur Pignon, ist alles in Ordnung?«

Monsieur Pignon blieb stehen und strich sich seufzend den Vollbart glatt. Kurz zuckten seine Finger zum ehemals gezwirbelten Schnauzer, der jegliche Form verloren hatte. »Merde«, entschlüpfte es dem Mechaniker leise, dann senkte er die Hand, ohne den Schnauzer auch nur zu berühren. Das war eine Einmaligkeit. Der Meistermechaniker achtete stets auf eine ordentliche Erscheinung. Das war eine seiner Lebenseinstellungen, wusste Edward und er wunderte sich.

»Lord Edward, isch entschuldige misch aufrischtisch.« Monsieur Pignon deutete eine schnelle Verbeugung an. »Es war kein guter Tag bis'er. Nein, ganz und gar nischt. Da'er bin isch auf dem Weg zu I'rem Vater, dem Earl, um Berischt zu erstatten. Isch sehe, Sie ge'en ebenfalls dorthin?« Monsieur Pignon deutete auf das Tablett in Edwards Händen.

»Richtig.« Edward hob das Tablett bestätigend ein wenig an und grinste frech. »Futter für den König der Denker.«

Pignon entgegnete nichts auf die Bemerkung, sondern schritt gemeinsam mit Edward die Stufen hinauf. Das Studierzimmer lag ein Stück den Flur hinunter, linker Hand vom Ende der Treppe. Das war ein Weg, der Edward überaus vertraut war. Vor der Tür holte der Meistermechaniker tief Luft, klopfte mit den Fingerknöcheln gegen das Holz und wartete.

»Herein«, klang es dumpf von innen.

Mit einem leisen Stoßseufzer drückte Monsieur Pignon die Klinke herab und machte dann den Weg für Edward frei.

»Hallo Vater«, begrüßte Edward ihn. »Ich habe dir etwas zum Essen mitgebracht, mit besten Grüßen aus der Küche. Und Besuch.« Er stellte das Tablett kurzerhand auf den Salontisch, da nirgendwo sonst ein Platz dafür zu finden war. Wie üblich saß Earl Hellingway an seinem Schreibtisch, einem wahren Monstrum aus Mahagoni. Der Tisch war unter den unzähligen Stapeln aus Journalen und Papieren kaum auszumachen. Für Edward blieb es ein Rätsel, wie sich sein Vater bei so viel Unordnung überhaupt zurechtfand.

Dessen wirres Haar und selbst die Kleidung stand dem Zustand des Arbeitsplatzes in nichts nach. Das Hemd war schief zugeknöpft und der Rock hing sogar offen von den mageren Schultern herab. Dass jemand eingetreten war, hatte Earl Hellingway augenscheinlich bereits vergessen. Zu eifrig widmete er sich seinen Journalen und schrieb immer wieder etwas hastig auf ein Stück Papier, an dessen Rand Edward einige Kritzeleien entdeckte.

Monsieur Pignon räusperte sich laut. An anderen Tagen hätte der Meistermechaniker vermutlich höflich gewartet, bis der Earl seine Anwesenheit bemerkte, dachte Edward erstaunt. Doch Earl Hellingway reagierte nicht.

»Vater«, mischte sich Edward etwas lauter ein und tippte ihm auf die Schulter. »Monsieur Pignon ist da.«

»Sie 'aben mich zu sisch gerufen.«

Erschrocken zuckte Earl Hellingways Kopf hoch und seine Augen brauchten einen Moment, in die Wirklichkeit zurückzufinden. Dann entdeckte er den Meistermechaniker.

»Mein lieber Monsieur Pignon, was machen Sie denn hier? Ist es schon an der Zeit für unseren Routinerapport? Edward, warum gibst du mir denn nicht Bescheid?«

»Sie 'aben mich zu sisch gerufen«, erinnerte der Meistermechaniker noch einmal. Pignon verbeugte sich formell. »Isch denke, den Routinerapport lassen wir ausnahmsweise ausfallen. Sie 'atten misch bezüglisch der Explosion sprechen wollen, n'est-ce pas?«

»Die Erschütterung!«, patschte sich Earl Hellingway an die Stirn. Edwards Vater wies mit dem Arm auf das steinerne Podest, auf dem sich für gewöhnlich der Marmorglobus um sich selbst drehte und die Kontinente und Meere zeigte. Jetzt stand er still.

Wovon redeten die beiden bloß? Dass die Aufzüge bei seiner Rückkehr stillstanden, war Edward schon aufgefallen. Doch er hatte angenommen, sie würden gewartet werden. »Was denn für eine Explosion?«

»Shh, Edward. Später«, überging sein Vater die Frage und Edward seufzte innerlich. »Was ist in der Maschinenhalle passiert, mein lieber Pignon? Gibt es etwa ein Problem?«

»Isch muss leider geste'en, dass es sogar ein überaus gewaltiges Problem gibt«, erklärte der Meistermechaniker. »Die Erschütterung wurde bei der Zerstörung des zentralen Pumpkolbens ausgelöst. Sämtlische Kessel mussten abgeschaltet werden. Eine Reparatur erscheint mir ausgeschlossen.« Betroffen senkte Pignon den Kopf.

Edward bemerkte, wie die Farbe schlagartig aus dem Gesicht seines Vaters wich. Der Earl griff sich mit der Hand an die linke Brust und ächzte schwer. Bitte nicht noch ein Schwächeanfall, dachte Edward besorgt. Der Meistermechaniker tat einen Schritt vorwärts, um Earl Hellingway im Notfall aufzufangen.

»Das … Laudanum«, stieß sein Vater hervor und wies in die Tiefe des Arbeitszimmers. »Flasche.«

Hastig sah sich Edward um, und entdeckte das winzige, erdbodenbraune Fläschchen auf dem niedrigen Tisch vor der Couch. Die Medizin, die Dr. Hancock ihm verschrieben hatte. Er stürmte durch den Raum, nahm das Laudanum an sich und kehrte eiligst zum Arbeitstisch zurück. Schnell setzte er das entkorkte Fläschchen an die Lippen seines erbleichten Vaters. Der nahm zittrig einen Zug daraus. Inständig hoffte Edward, dass es half. Nur um sicherzugehen, goss er ein Glas Sherry ein und reichte es ebenfalls an. In einem Zug stürzte der Earl es herunter, nur um prompt nach Atem zu ringen, als der Alkohol schlagartig durch die Kehle ran. Doch endlich kehrte etwas Leben in seine Züge zurück.

Fahrig wischte sich Edwards Vater über die Stirn. »Ich … vielleicht hat mein Schmetterlingchen … doch recht. Ich muss … kürzertreten …« Er schnaufte mehrmals ein und aus und stützte sich mit den Ellenbogen auf der Tischplatte auf. »Ich halte gewisse Dinge einfach nicht mehr so gut aus. Monsieur Pignon, Sie sagten, der Pumpkolben wurde zerstört? Wie das?«

»Sind Sie sischer, dass isch …« Pignon warf Edward einen verunsicherten Blick zu.

Earl Hellingway wedelte auffordernd mit der Hand und

seine Aufforderung klang dieses Mal deutlich schroffer. »Viel schlimmer wird es kaum werden, nicht wahr? Berichten Sie. Alles.«

Monsieur Pignon nickte zustimmend. »Es 'at sisch ein Saboteur in die Maschinen'alle eingeschlischen. Es gibt keine andere Erklärung dafür. Wie Sie wissen, warten meine Mannschaft und isch jede einzelne Maschine täglisch aufs Gewissens'afteste. Ein Fe'ler ist ausgeschlossen.«

»Ein Saboteur«, überlegte Earl Hellingway mit grimmiger Verzweiflung in der Stimme. »Ungeheuerlich. Aber warum? Warum auf meinem Landgut?«

»Das kann isch Ihnen momentan nischt sagen. Es wurden keine Spuren 'interlassen, die nach der Explosion noch zu gebrauchen gewesen wären.«

Earl Hellingway grunzte erbost und forderte ein weiteres Glas Sherry von seinem Sohn. Edward reichte es ihm. »Heraus damit, Monsieur Pignon. Wer ist dafür verantwortlich? Ein Neider meiner Arbeit? Oder diese Rebellen, die sich als Royalisten bezeichnen?«

»Isch denke, es spielt keine Rolle.« Monsieur Pignon schüttelte sorgenvoll den Kopf. »Den Rebellen geht es gegen den Strisch, dass Sie mit uns Franzosen – den Besatzern – zusammenarbeiten. Den französischen Traditionalisten, die am liebsten jeden Engländer unter dem Fallbeil se'en würden, ebenso, nur 'alt von der anderen Seite. Wer auch immer verantwortlisch ist, sein Ziel 'at er offensischtlisch erreischt. Jede Maschine auf diesem Anwesen steht still. Und isch weiß nischt, wann ich sie wieder in Gang bekommen kann.«

Ein Saboteur auf Birch Manor? Von den Rebellen? Das klang irgendwie idiotisch in Edwards Ohren. Das Anwesen wurde rund um die Uhr durch Sicherheitsmaßnahmen sogar gegen Überfälle geschützt.

Earl Hellingway hielt es nicht mehr an seinem Schreibtisch. Er sprang auf und begann, durch den Raum zu wandern. Bei jedem Schritt hieb er seine Faust in die andere, offene Hand. »Aber morgen findet das Symposium statt. Morgen, Monsieur Pignon, morgen.«

Der Meistermechaniker zuckte ratlos mit den Schultern. »Ich weiß nischt, was isch Ihnen sagen soll«, versuchte er zu erklären. »Der Schaden lässt sisch nischt inner'alb weniger Stunden beheben. Wir 'aben nischt einmal die benötigten Ersatzteile dafür vorrätig.«

»Das ist eine Katastrophe sondergleichen. Heute Abend treffen bereits alle Gäste ein – der Empfang!«, stöhnte Earl Hellingway, erreichte erneut seinen Schreibtisch und blieb direkt neben Edward stehen. Die Gesichtsfarbe hatte sich zwischenzeitlich zu einem besorgniserregenden, dunklen Rot verändert. »Wissenschaftler aus Großbritannien und vom Kontinent werden erwartet, um die neuesten Entwicklungen, die Zukunft selbst zu bestaunen! Hier, auf meinem Grund und Boden. Sogar der Conseil du Roi, der Kommandant des napoleonischen Geheimdienstes in Großbritannien, hat sein Erscheinen angekündigt. Man sagte mir, auf den Befehl des Kaisers persönlich. Wissen Sie nicht, was das für mich bedeutet? Als Engländer von höchster Stelle anerkannt zu werden? Alles muss perfekt funktionieren. Ein solcher Ausfall ist unverzeihlich!«

»Es tut mir überaus leid. Aber so, wie die Dinge im Augenblick ste'en, weiß isch nischt, wie ich Ihnen nur die geringste 'offnung …«

Mit der flachen Hand hämmerte Earl Hellingway auf die Tischplatte. Einer der Stapel aus Zeitschriften und Unterlagen kam ins Rutschen, um in einem wilden Haufen aus fliegenden Blättern zu Boden zu regnen, bevor Edward auch nur die Chance hatte, sie festzuhalten.

»Ich kann und werde meine Gäste weder meines Hauses verweisen noch dieses Symposium absagen. Zu lange habe ich dafür gearbeitet. Zu viel hängt davon ab. Gehen Sie, Monsieur Pignon, und lassen Sie Ihre Leute reparieren, was menschenmöglich ist. Ich werde derweil einige Depeschen verschicken. Vielleicht finde ich jemanden, der uns aushelfen wird, bevor ich durch dieses Unglück zum Gespött der ganzen Welt werde.«

Vater, ständig machte er sich Gedanken darüber, was andere von ihm dachten, schoss es Edward durch den Kopf. Monsieur Pignon verbeugte sich stumm und verließ das Arbeitszimmer. Kraftlos sank der Earl auf seinen Arbeitsstuhl, die Hände vor sein Gesicht geschlagen. »Ein Desaster, ein absolutes Desaster«, stöhnte er vor sich hin. »Wie stehe ich denn bloß da, wenn meine Gäste das bemerken?«

»Vater, Monsieur Pignon wird das bestimmt richten.«

Erneut ruckte der Earl hoch. Mit geröteten Augen starrte er seinen Sohn an. Dann gab er einen kraftlosen Schnaufer von sich. »Widme dich deinen Aufgaben, Edward. Und lass mich jetzt allein. Ich habe zu tun. So viel zu tun.«

Den letzten Satz murmelte der Earl mit seinem Kopf über den Unterlagen. Edward presste die Lippen aufeinander. Wieder einmal vergaß sein Vater alles um sich herum, weil ihm das Symposium wichtiger war. Das Essen, die Ruhe, die er dringend benötigte, und seinen Sohn. Das war nicht das erste und bestimmt auch nicht das letzte Mal, dass das vorkam. Aber daran gewöhnen würde er sich nie. Den aufkeimenden Protest schluckte er wie immer herunter. »Natürlich, Vater.«

Ohne ein weiteres Wort drehte er sich herum und folgte dem Meistermechaniker nach draußen.

6

Fast verhaftet

Florance erreichte das Tor zur großen Fahrzeughalle genau in dem Moment, als sich das Ende des Transporters hindurchschob. Die militärischen Einräder der Begleiteskorte standen aufgereiht neben dem Gebäude. Zwei der französischen Piloten hielten daneben Wache. Kaum war der Transporter vollends hindurchgefahren, schlossen sie die Flügel des Tores. Mit einem schweren Rums prallte Metall auf Metall. Einer der beiden Soldaten trat auf Florance zu. Seine rechte Hand lag warnend auf der Pistolet, die im Holster an seinem Gürtel steckte.

»Stehen bleiben. Der Zutritt zu dieser Halle ist nicht gestattet«, sagte der Soldat forsch.

Die fast akzentfreie Aussprache bewies Florance, dass der Mann schon eine ganze Weile in Großbritannien stationiert war. Doch so leicht ließ sie sich nicht abwimmeln. Florance war viel zu neugierig, um darauf zu warten, irgendwann später Monsieur Pignon zum Inhalt des Transporters zu befragen. Würde sie von dem Mechanikermeister überhaupt eine Antwort erhalten? Florance wollte unbedingt in die große Fahrzeughalle gelangen und mit eigenen Augen sehen, was die Soldaten bewachten. Selbstsicher stemmt sie ihre Hände in die Hüften.

»Ich arbeite als rechte Hand des Meistermechanikers hier auf Birch Manor. Das Verbot gilt mit Sicherheit nicht für mich. In der Halle befinden sich Ersatzteile.« Florance zeigte auf das Eingangstor. Von dort sah der zweite Soldat neugierig herüber. »Ich wurde geschickt, sie zu holen.«

Der Soldat vor Florance setzte ein breites Grinsen auf und besah sie von oben bis unten. »Ein Mädchen. Arbeitet als Mechaniker. Hast du das schon mal gehört, Pierre?«, rief er zu dem anderen. Der zweite Soldat lachte.

»Du machst Scherze, Amias. Noch nie.«

»Wie heißt du, Mädchen?«, fragte der erste Soldat. Sein Blick wanderte ein zweites Mal an ihr herab, doch der Ausdruck, der nun in den Augen des Mannes lag, löste in ihr ein ungutes Gefühl aus.

»Florance Bell heiße ich. Und ich lüge nicht«, antwortete sie mit fester Stimme. Gut, ein wenig gelogen hatte sie schon. Aber nicht damit, dass sie die rechte Hand des Monsieurs war.

»Das ist ein englischer Name«, stellte der Soldat fest. »Mit der Technologie des Kaisers darf man nur arbeiten, wenn man eine französische Genehmigung hat. Und die bekommt kein Limey. Aber lauf ruhig los, hole deine Genehmigung und zeig sie mir.« Er lachte und der andere, Pierre, fiel lauthals mit ein.

Florance verschränkte die Arme vor der Brust und setzte ein grimmiges Gesicht auf. Sie hatte eine solche Erlaubnis. Oder besser gesagt, der Meistermechaniker besaß eine, die sie miteinschloss, und die er immer bei sich trug. Nur würde sie diese sicher nicht ohne Weiteres von Monsieur Pignon bekommen. Ihr Vormund würde den Grund wissen wollen, bevor er die Erlaubnis herausgab. Ich brauche eine andere Idee, dachte Florance. Limey. Was fiel den Soldaten überhaupt ein, sie so zu nennen?

»Wir werden sehen, was Monsieur Pignon dazu sagt, wenn ich ihm erzähle, dass ich meine Aufgabe nicht erfüllen konnte, weil die Herren mich daran hinderten.« Sie wartete und ließ ihre Worte wirken. Doch die Reaktion fiel nicht so aus, wie sie erhofft hatte.

»Dein Monsieur hat hier gar nichts zu sagen«, rief Pierre vom Tor aus.

»Da hat mein Kamerad recht, Mädchen«, bestätigte der Soldat vor Florance und verzog mit gespieltem Bedauern die Mundwinkel. »Wir sind vom Militär. Uns befiehlt niemand etwas. Außer unserem eigenen Befehlshaber natürlich.«

Wieder ließ der Soldat mit Namen Amias seinen Blick über Florance wandern. »Wir werden noch eine ganze Weile bleiben. Nach dem Rechten sehen. Vielleicht überprüfen wir tatsächlich deine Erlaubnis. Vielleicht auch nicht.« Der Soldat wartete und tat so, als müsse er überlegen. Wollte er Florance mit dieser Ankündigung Angst einjagen? Sie hatte jedenfalls nicht vor, sich einschüchtern zu lassen.

»Ich mache dir einen Vorschlag«, fuhr der Soldat schließlich fort. »Der gute Pierre und ich sind schon recht lange im Dienst und wir könnten ein wenig Unterhaltung gebrauchen. Du scheinst mir doch irgendwie hübsch unter all diesem Öldreck. Wenn du uns eine Weile Gesellschaft leistest, etwas von der Gegend erzählst und nett zu uns bist, dann lasse ich dich vielleicht hinein.« Der Soldat zwinkerte und grinste unanständig. Er trat näher an Florance heran, griff nach einer Locke ihres Haares und zwirbelte sie zwischen seinen Fingern. »Was meinst du, Pierre. Würde uns das gefallen?«

»Sehr sogar. Ja, das würde es. Aber ich habe auch eine verdammt trockene Kehle. Kann sie uns etwas zu trinken holen? Bloß kein englisches Bier, das bekomme ich nicht herunter. Ich will Apfelwein.«

»Was sagst du, Mädchen?« Der Soldat grinste immer noch, und seine Nähe hinterließ ein unangenehmes Gefühl bei Florance. »Kannst du das?«

Florance trat entrüstet einen Schritt zurück. Sie war Mechanikerin und bestimmt nicht für die Unterhaltung oder das Bedienen von Soldaten zuständig. Und schon gar nicht wollte sie sich davon abhalten lassen, hinter dieses Tor zu gelangen.

»Nein, kann ich nicht. Wenn Sie etwas zu trinken brauchen, lassen Sie sich doch etwas von Ihren Vorgesetzten geben. Ich bin kein Hausmädchen«, antwortete sie frech. »Und jetzt lassen Sie mich durch.« Florance drängte sich an dem überraschten Mann vorbei. Da stellte sich ihr der Soldat namens Pierre in den Weg.

»Na, na, wo willst du denn auf einmal hin?« Er packte sie ruppig am Arm. Aus seiner Miene war jegliche Erheiterung verschwunden. »Das Betreten der Halle ist untersagt. Das hast du doch gehört.«

Der Griff um ihren Oberarm schmerzte, weil der Soldat sie fester hielt als nötig. Trotzdem ließ sie es sich nicht anmerken. Florance hörte, wie der zweite Soldat sich in ihrem Rücken aufbaute. Der Kies unter seinen Stiefeln knirschte.

»Was soll das denn werden, Limey? Ich schätze es nicht, wenn meine Anweisungen ignoriert werden.« Der erste Soldat ließ seine Hände schwer auf ihre Schultern fallen.

Florance seufzte innerlich. Ihr mehr als undurchdachter Plan hatte nicht funktioniert. Mit Frechheit überrumpelte man französische Soldaten wohl nicht. Es war Zeit für einen Rückzug.

»Ich bitte um Verzeihung«, sagte sie mit großen Augen. »Das war ein Missverständnis. Ich hole gern die Erlaubnis und zeige sie vor, in Ordnung? Dafür müssten Sie mich bitte loslassen.« Florance sah zu der Hand des Soldaten an ihrem Arm, doch der ignorierte es.

»Sollen wir sie unter Arrest stellen, Amias, was meinst du?«

»So lautet der Befehl«, sagte der Soldat hinter Florance. »Jeder, der sich Zutritt zu diesem Gebäude verschafft, ist zu verhaften und unverzüglich dem Sergent zu melden.«

Verhaften? Sie hatte doch gar nichts verbrochen. Sie überlegte fieberhaft, wie sie die beiden Soldaten überzeugen konnte, sie freizulassen. Da hörte sie über den Kiesweg eine weitere Person herankommen. Hilfe suchend drehte sie den Kopf zurück. Monsieur Pignon!

»Florance«, rief ihr Vormund und eilte hastig zu ihnen. »'ier steckst du. Isch suche disch bereits seit einer 'alben Stunde.«

Der Soldat mit Namen Pierre drehte sich um und hielt den Meistermechaniker auf. »Stopp, Monsieur. Sonst werden Sie ebenfalls unter Arrest gestellt.«

»Arrest? Isch verste'e nischt. Das kann sisch nur um einen Irrtum 'andeln«, antwortete Monsieur Pignon beschwichtigend. »Meine Assistentin wird dringend gebraucht. Die Verteidigungsanlagen müssen gewartet werden. Zu unser aller Sischer'eit. Und der des Transporters, den Sie beschützen sollen.«

In diesem Augenblick verspürte Florance einfach nur Dankbarkeit. Der Monsieur versuchte, sie vor der Verhaftung zu retten, obwohl er nicht einmal wusste, was vorgefallen war.

Der zweite Soldat zerrte Florance mit sich, während er neben seinen Kameraden trat. »Sie hat sich einer militärischen Anweisung widersetzt. Und sie arbeitet widerrechtlich an französischer Technologie.«

Sofort griff Monsieur Pignon in seine Jackentasche und holte ein Dokument hervor. »Oh, rischtisch, die Erlaubnis. Se'en Sie, meine Assistentin ist dazu per Sonderverfügung bereschtigt, meine Arbeit zu unterstützen.«

Der erste Soldat nahm das Papier entgegen und studierte es aufmerksam.

Monsieur Pignon faltete beide Hände ineinander und schlug einen besänftigenden Ton an. »Meine 'erren, bitte, es ist doch gar nischts passiert. Wenn Sie gestatten, nehme isch Florance nun mit und sie wird Sie nischt mehr be'elligen, d'accord?«

»Lass sie los, Pierre«, sagte der Soldat und gab dem Meistermechaniker die Erlaubnis zurück. »Es hat alles seine Richtigkeit. Aber eins sage ich dir, Mädchen«, wandte er sich an Florance. »Wenn ich dich noch einmal hier erwische, dann kommst du nicht so einfach davon. Verstanden?«

Florance nickte artig und deutete einen Knicks an. »Das habe ich. Und noch einmal, Verzeihung bitte.« Sie rieb sich den Arm, an dem sie immer noch die Finger des Mannes spürte, und folgte dann Monsieur Pignon. Zusammen gingen sie mit schnellen Schritten über den Kiesweg davon.

»Was in aller Welt 'atte das eben zu bedeuten, Florance?«, flüsterte Monsieur Pignon ihr zu und sie wusste nicht so recht, was sie ihm sagen sollte.

»Isch erwarte eine Antwort«, fügte er ungeduldig hinzu.

Florance seufzte. Es gab keinen anderen Ausweg. Also beichtete sie ihrem Vormund ihr Vorhaben. »Ich wollte mich hineinschleichen, um zu sehen, was der Transporter geladen hatte«, gab sie zu. Doch dann riss sie die Begeisterung über das Gesehene mit. »Das war eine riesige Maschine! Behemoth-

Klasse! Und dazu die bewaffnete Eskorte. Ich wünschte, ich hätte einen Blick auf …«

»'ast du eine Vorstellung, warum die Eskorte den Transport und die Fahrzeug'alle bewacht?« Monsieur Pignon betrachtete Florance ernst und in seiner Stimme lag ein ärgerlicher Tonfall. »No? Dann sage isch es dir: Weil es disch nischts angeht, compris?«

Florance riss beide Augen weit auf. Mit einer Standpauke hatte sie nicht gerechnet. Eben hatte er sie noch elegant aus der unangenehmen Situation mit den Soldaten befreit und nun schimpfte er mit ihr. Dabei hatte sie doch eigentlich gar nichts Schlimmes vorgehabt. Nur mal eben einen Blick riskieren, mehr hatte sie nicht gewollt. »Es tut mir wirklich leid, Monsieur Pignon«, versicherte sie hastig.

Der Meistermechaniker brummte wortlos. Dann schenkte er Florance ein dünnes Lächeln. »Darüber reden wir später noch. Wie geht es deinem Kopf? Du 'ast disch bestimmt nischt ausgeruht, wie isch disch gebeten hatte.«

»Besser«, antwortete Florance einsilbig. »Viel besser.«

»Das 'offe isch. Wir 'aben beide 'ände voll zu tun. Der Earl erwartet, dass wir so viel reparieren, wie es nur möglisch ist. Für Ausru'en ist erst wieder nach dem Symposium Zeit. Und nun los. Die Arbeit wartet, Florance.«

»Ja, Monsieur Pignon.« Sie nickte, sah ihren Vormund jedoch nicht dabei an. Der Transporter muss dann wohl warten, überlegte sie. Wenigstens im Augenblick.

7
Eine saftige Standpauke

»Was 'ast du dir dabei gedacht, Florance? Isch begreife es nischt.« Monsieur Pignon legte sich mit seinem gesamten Gewicht gegen den Niethammer, bis das Gerät mit einem lauten Zischen die glühende Niete in die Kupferplatte vor ihm getrieben hatte. »Die nächste, bitte«, wies er Florance an.

Sie griff in den Behälter zu ihren Füßen und angelte einen Metallbolzen heraus. Mit verschwitzten Fingern lud Florance ihn in den Hammergriff. Das Werkzeug summte. Innerhalb des Griffs stieg nun die Temperatur, die den Bolzen zum Glühen bringen würde. So verband er sich besser mit dem Metall, dass er zusammenhalten sollte. Achtsam ging sie einen Schritt zurück. Ein Sicherheitsabstand war stets ratsam. Das war eine der Regeln ihres Vormunds. Gemeinsam arbeiteten sie daran, notdürftig einen der Hebelarme in der Maschinenhalle zu reparieren. Der Niethammer zischte, und Florance wiederholte die Prozedur.

»Muss isch dir wirklisch sagen, wie dumm es ist, sisch mit dem Militär anzulegen? Bloß, weil du deine Neugierde nischt bezähmen konntest«, schimpfte Monsieur Pignon weiter. Beim Anblick der zerstörten Maschinen in der Halle und der Aussichtslosigkeit, genügend davon bis zum Beginn der Feierlichkeiten zu reparieren, ließ er seinem Ärger über Florance' gedankenloses Verhalten freien Lauf. Scheppernd setzte er das Werkzeug einige Handbreit neben der zuletzt eingebrachten Niete an. Kurz darauf glühte ein weiterer Metallbolzen auf dem Kupfer. »Isch 'atte wirklisch Besseres von dir erwartet, Florance. Nach all meinen Mühen, die isch für disch auf misch genommen 'abe. Aus dem Militärgefängnis bekommt disch nischt einmal Earl 'ellingway 'erausgeholt. Soll isch etwa 'ier alles allein machen?«

»Es tut mir leid«, sagte Florance niedergeschlagen. Sie hatte Monsieur Pignon enttäuscht. Vielleicht wäre es wirklich vorteilhafter gewesen, zu tun, was er ihr aufgetragen hatte: sich auszuruhen. Damit die Kopfschmerzen verschwanden und sie eine bessere Unterstützung war. Im rechten Augenblick hätte sie ihren Vormund immer noch nach dem Transporter fragen können. Anstatt zu versuchen, es auf eigene Faust herausfinden. Wenn sie bloß nicht so genervt von Lord Edward und Lady Victoria gewesen wäre. Die beiden hatten sie geradezu gedrängt, einfach loszustürmen.

Seit Stunden schufteten Florance und die anderen Arbeiter in der Maschinenhalle ohne Erholungspause. Ihr war das Zeitgefühl längst abhandengekommen. War es bereits Nachmittag? Oder erst Mittag? Sie war so erschöpft, dass sogar das Knurren ihres Magens aufgegeben hatte. Nur die Kopfschmerzen, die hatten sich eher verstärkt denn verringert. Von den Schmerzen in ihren Fingern wollte sie gar nicht erst anfangen. Florance schnaufte tonlos und ließ ihren Blick über die Trümmer wandern. So viel Eleganz, so viel Schönheit, die dort zerstört und verteilt auf mehreren Haufen lag. Vielleicht würde das ein oder andere Teil erneut an einem nützlichen Platz eingefügt werden können und wieder im Rhythmus der Maschinen mitschwingen. Das war anfänglich ihre Aufgabe gewesen. All das, was noch brauchbar war, hatten sie sorgfältig sortiert und gestapelt. Der weitaus größere Rest erhob sich als

Berg aus Schutt und verbogenem Metall direkt daneben. Ihre Gedanken kehrten zu dem Transporter zurück. Und zu der geheimnisvollen Ladung, die er gebracht hatte.

»Florance, die nächste Niete!«, ermahnte Monsieur Pignon sie ungeduldig, und sie schreckte auf. »Wo steckst du nur wieder mit deinem Kopf, Mädschen? Doch nischt wieder dort, wo du nischts zu suchen 'ast?«

»Nein, nein, Monsieur Pignon«, beeilte sie sich, zu antworten. »Ich musste nur kurz ausruhen.«

Der Meistermechaniker warf ihr einen zweifelnden Blick zu. »Dafür ist wahrlisch keine Zeit. Die läuft uns davon, verstehst du das nischt? Ohne diesen 'ebelarm brauchen wir gar nischt erst weitermachen.«

»Doch, Monsieur Pignon. Bitte entschuldigen Sie.« Florance schnappte sich eine Niete und legte sie in den Griff des Hammers ein. Als sie die Abdeckung schloss, wallte Groll in ihr auf. War sie nicht die rechte Hand des Meistermechanikers? Es gehörte doch ebenso zu ihren Pflichten, die Fahrzeughalle zu hüten. Besaß sie dann kein Recht darauf, zu erfahren, was man dort verbarg? Besonders, wenn es wichtig genug war, um es von Soldaten bewachen zu lassen. Wieso verheimlichte der Monsieur es vor ihr? Mechanisch füllte sie den nächsten Metallbolzen ein. Es war unfair, ja, das war es.

»Hier steckst du also!« Der Schrei gellte quer durch die Halle und Florance drehte irritiert ihren Kopf. Am Eingangstor stand Lady Victoria. In der einen Hand hielt sie ein paar weiße Handschuhe, mit denen sie dem Arbeiter am Tor auf die Brust schlug. Der Mann verbeugte sich und gab den Weg frei. In der anderen Hand trug Victoria vier oder fünf ausgebeulte Stofftaschen. Das waren bestimmt teure Kleider und Schuhe, vermutete Florance. Sie stöhnte auf, als sich die Tochter von Earl Hellingway direkt einen Weg zu ihnen bahnte. Wenn sie auf eines nicht scharf war, dann auf eine weitere Unterhaltung mit Victoria. Kopfschüttelnd widmete Florance sich wieder ihrer Aufgabe und entschied, die heranstürmende Furie einfach zu ignorieren.

»Das ist allein deine Schuld! Ich hatte dir eine deutliche Anweisung gegeben. Und du rennst davon!« Victoria ließ ihre Einkäufe hinter Florance' Rücken auf den Boden fallen und zerrte sie an der Schulter herum. »Was fällt dir eigentlich ein?«

Auf dem Gesicht der Lady lag eine beeindruckende Staubschicht, wie sie nur bei der Fahrt mit einer offenen Droschke entstand. »Du hast da etwas«, sagte Florance todernst und wies mit dem Zeigefinger auf Victorias Nase. Deren Hand zuckte hoch, um sich reflexartig über die Haut zu wischen. Doch kurz vorher stoppte sie mit einem ungehaltenen Grunzen. Ihre Gesichtsfarbe verdunkelte sich um eine weitere Nuance.

»Das weiß ich! Genau darum geht es doch!«, schimpfte Victoria weiter. »Sieh dir an, was du angerichtet hast. Wie ich nun aussehe! Es ist deine Aufgabe gewesen, mich in die Stadt zu fahren. Mit einer angemessenen Droschke. Stattdessen war ich gezwungen, meinen Bruder fahren zu lassen. Mein Kleid ist ruiniert. Und du kannst von Glück reden, wenn meine neuen Anschaffungen die Rückfahrt heil überstanden haben. Du wirst mir sofort bei der Reinigung helfen.«

»Ich bin an erster Stelle Mechanikern, Lady Victoria«, antwortete Florance. Die ständigen Vorwürfe nagten zunehmend an ihren Nerven. Hatte sie an diesem Tag nicht bereits genug einstecken müssen? »Für die Wäsche sind andere Bedienstete zuständig.«

Victoria verschränkte die Arme vor der Brust und presste die Lippen aufeinander, bis sie jegliche Farbe verloren. »Wofür du zuständig bist oder nicht, das entscheide ich. Entweder du gehorchst oder du darfst sofort deine Sachen packen und dir eine andere Anstellung suchen«, sagte sie kalt.

Monsieur Pignon war die Unterhaltung nicht entgangen, insbesondere weil sein Mündel keine weiteren Bolzen nachlud. Der Meistermechaniker drückte Florance energisch den Bolzenhammer in die Arme, bevor er sich an die Tochter des Earls wandte. »Lady Victoria, da muss isch entschieden widerspreschen. Meine Ge'ilfin wird gebraucht. Sie se'en doch, wie es 'ier aussieht. Es ist so viel zu tun, dass ich nischt auf sie verzischten kann. Das verste'en Sie sischer.«

Das schwere Gerät drohte, aus Florance Händen zu gleiten. Normalerweise bereitete ihr Gewicht keine Probleme. Ohne Anstrengung trug sie Werkzeugtaschen oder holte Metallplatten aus dem Lager. Nicht so viele, wie es einige der anderen Mechaniker schafften. Aber sie tat immer ihr Bestes, um nicht hinter ihnen zurückzustehen. Doch so rabiat und gleichsam unerwartet, wie Monsieur Pignon ihr den Nietenhammer übergeben hatte, musste sie sich wirklich abmühen, ihn nicht fallen zu lassen.

»Zudem«, sprach Monsieur Pignon weiter, »muss isch als ihr Vormund darauf beste'en, meine Erzie'ungsmaßnahme zu Ende bringen zu dürfen. Unge'orsam ist weder in Frankreisch noch in Großbritannien ein tolerierbares Verge'en, n'est-ce pas?«

Erziehungsmaßnahme? Im ersten Moment glaubte Florance, sich verhört zu haben. Ein Blick in das versteinerte Gesicht des Monsieurs bewies ihr jedoch schnell das Gegenteil. Sein Ärger war trotz der letzten Stunden nicht verflogen. Das verstand sie jetzt. Dabei hatte sie geschuftet wie verrückt, und keinerlei Rücksicht auf sich selbst genommen. Für ihren Vormund hatte das nichts geändert.

»Genau darum geht es doch, Monsieur«, entgegnete Victoria entrüstet und schnappte nach Luft. »Ihr Mündel hat meine Anweisung absichtlich ignoriert. Ich will, dass Sie sie bestrafen. Vielleicht versteht sie dann endlich, wo ihr Platz ist. Und wenn Sie ihr bei der Gelegenheit auch beibringen würden, meinem Bruder, Lord Edward, keine schönen Augen mehr zu machen, würde ich das sehr begrüßen.«

»Isch verste'e nischt?«

»Nun, sie wirft sich ihm regelrecht an den Hals. Das ist einfach unerhört. Eine Bedienstete und ein Lord, ich bitte Sie.«

In Florance' Ohren begann das Blut zu kochen. Sie warf sich diesem Großkotz an den Hals? Sie? Eher würde sie ein Glas Rohöl runterwürgen, als auf Edwards plumpe Annäherungsversuche einzugehen. Dieser Angeber, der jede Droschke ruinierte, nur aus Vergnügen. Er war es, der sie nicht in Ruhe ließ, nicht umgekehrt. Wieso bekam sie eigentlich immer die Schuld an allem?

»Lady Victoria, isch werde misch sofort darum kümmern. Seien Sie versischert.« Monsieur Pignon verbeugte sich, ohne Florance nur eines Blickes zu würdigen.

Das war wirklich mehr, als Florance ertragen konnte. Krachend polterte der Nietenhammer auf den Hallenboden. Sie rannte los, auf die Hallentür zu. Tränen stiegen ihr in die Augen und ließen ihre Sicht verschwimmen. Sollte der Monsieur eben zusehen, wie er ohne sie klarkam. Es war einfach nur unfair. Und gemein dazu, sie so zu behandeln.

Die schrille Stimme Victorias hallte ihr hinterher. »Da, sie macht es schon wieder. Wie können Sie nur mit so einer ungehorsamen Person arbeiten, Monsieur? Jetzt unternehmen Sie doch etwas!«

Was ihr Vormund darauf antwortete, hörte Florance nicht mehr. Sie stieß einen der Torflügel auf und lief hindurch. Laut scheppernd fiel er hinter ihr zu.

8

Zur Eröffnung des Symposiums

Viel zu spät traf Victoria im Foyer des Herrenhauses ein. Sie hatte sich mit dem Waschen und dem Umziehen nach der Fahrt in die Stadt Zeit gelassen. So sehr, dass ihr Vater es mit Sicherheit nicht gutgeheißen hätte. Aber das war ihr vollkommen egal. Von der Eifrigkeit, mit der er fremde Ingenieure und Erfinder zu beeindrucken versuchte, hielt sie nicht viel. Überhaupt, dieses Symposium, das er seit Monaten mit manischer Versessenheit vorbereitete und darüber seine eigenen Kinder vergaß, hielt sie für eine absolute Zeitverschwendung. Und ja, die Aufregung tat seiner Gesundheit kein bisschen gut. Es schien ihr fast, als wolle er sich absichtlich frühzeitig ins Grab bringen. Merkte er denn nicht, dass sie dann ganz allein zurückbleiben würde? Dass sie jetzt bereits einsam war?

In gemächlichem Tempo schritt sie in ihrem fliederfarbenen Kleid und der üppigen Krinoline darunter die breite Treppe herab. Gern hätte sie einen der Aufzüge benutzt, aber seit der Explosion rührten sie sich nicht. Wie überlebten Menschen nur ohne solche Annehmlichkeiten? Unter dem imposanten Lüster des Foyers wanderte der Earl unruhig hin und her. Seine Hände blieben keine Sekunde still, die Haare standen wirr ab, weil er wieder mal vergessen hatte, sie nicht zu raufen. Das Gesicht ihres Vaters wirkte blass und eingefallen. Immerhin saß seine Kleidung ordentlich. Victoria stöhnte lautlos. Sosehr sie ihre Mutter geliebt hatte, aber ihrem Vater hätte eine neue, sorgende Ehefrau gutgetan. Eine, die ihn von solch unsinnigen Unternehmungen abgehalten und das Familienvermögen mit Bedacht verwaltet hätte. Reichte es nicht, dass er ihr Geld für jeden technischen Schnickschnack ausgab, der ihm in die Finger geriet? Musste es wirklich auch noch dieser Empfang sein? Am Fuß der Treppe blieb Victoria stehen. Links und rechts neben ihr ruhte je eine Vase auf den hüfthohen Treppenpfeilern. Die Dienerschaft hatte Blumen mit Blüten in ihren Lieblingsfarben besorgt. Der süße Duft füllte die Eingangshalle. Wenigstens das mochte sie. Genau zwischen den Vasen wartete sie ab, bis ihr Vater sie bemerkte. Aber sogar dann blieben die Augen des Earls kaum bei ihr.

»Da bist du ja endlich, mein Schmetterlingchen. Es fahren bereits die ersten Droschken vor.« Der Earl sah immer wieder zum Eingangsportal, als träfe jede Sekunde Kaiser Napoleon in seiner dampfbetriebenen Prunkrüstung ein. Ungläubig schüttelte Victoria ihre sorgfältig frisierten Haare. Dafür hatte sie sich hübsch gemacht?

»Gleich, gleich geht es los«, erzählte der Earl aufgeregt. »Ich kann es kaum erwarten, den Eingang zu öffnen und die ersten Gäste zu begrüßen. Ob es die Familie Newcomen sein wird? Sie lassen es sich eigentlich nie entgehen, frühzeitig zu erscheinen. Hach, das ist so wundervoll.«

»Hübsch siehst du aus, Schwesterherz«, feixte Edward. Ihr Bruder lehnte kaum weniger gelangweilt am rechten Treppenpfeiler. »Joseph Newcomen werden die Augen aus dem Kopf fallen, wenn er dich nachher sieht. Wetten, er lässt seinen Vater gleich heute Abend einen Heiratsantrag überbringen? Und sollte er nicht von allein dran denken, wäre es doch wahnsinnig nett, wenn ihn jemand daran erinnern würde, oder? Es wäre mir ein wahres Vergnügen zu helfen.«

»Das ist eine gute Idee, Schmetterlingchen«, murmelte Earl Hellingway abwesend. »Mein guter alter Freund Newcomen wird hocherfreut sein.« Ihr Vater drehte sich nicht zu ihr um. So bemerkte er nicht, wie Victoria die Zornesröte ins Gesicht stieg.

»Was? Nein! Unterstehe dich, Edward.« Ohne Vorwarnung holte sie aus und schlug zu.

»Au!« Ihr Bruder rieb sich die Brust und ließ erneut seine Zähne blitzen. »Ganz schön grob und so wenig angemessen für eine Lady! Was würde Joseph denken, wenn er dich derart zügellos erleben müsste? Obwohl, vielleicht mag er das sogar.«

»Dieser langweilige Stock denkt? Das würde mich überraschen«, gab Victoria spitz zurück. »Und wenn du nicht sofort mit diesem Unsinn aufhörst, wirst du es noch bereuen!«

»Ich möchte doch bloß eurem großen Glück auf die Sprünge helfen, Schwesterherzchen«, säuselte Edward.

In Victoria kochte die Wut hoch. Trotzdem schaffte sie es, ihrer Stimme eine klirrende Eiseskälte zu verleihen. »Ach ja? Vielleicht interessiert es unseren Vater, von deinem Liebchen aus der Dienerschaft zu hören? Dieses hässliche, ölverschmierte Ding, dass sich unbedingt einen künftigen Earl schnappen will? Eine mittellose Waise. Sie wird in diesem Augenblick für ihren Ungehorsam bestraft. Ich habe persönlich bei ihrem Vormund vorgesprochen, damit sie für ihre Taten geradesteht, bevor ich sie entlasse. Das ist dir doch recht, oder Edward?« Victoria sah ihren Bruder mit schmalen Augen an.

»Sie wird … was?«, stotterte Edward und sie bemerkte mit Genugtuung die plötzliche Röte in seinem Gesicht. Trotzig stieß er sich von dem Treppenpfeiler ab, und hielt ihr den Zeigefinger vor die Nase. »Das wagst du nicht.«

Victoria gab einen spitzen Kiekser von sich. »Was sollte mich davon abhalten? Vater wird in unserem Haus keine respektlosen Bedienstete dulden.«

Edward ballte die Fäuste. »So ist sie nicht. Das weißt du genau. Du kannst es doch einfach nur nicht ertragen, dass sie mehr als nur Kleider und Hübschsein im Kopf hat. Dass sie clever ist, mit Verstand zwischen ihren Ohren und zu etwas nütze.«

In diesem Augenblick war es mit der Beherrschung endgültig vorbei. »Du findest mich also dumm? Ist es das, was du mir sagen willst?« Victoria griff sich mit beiden Händen die nächststehende Blumenvase und schleuderte sie in Edwards Richtung. Der wich schnell aus. Splitternd zerschellte das Porzellangefäß hinter ihm auf dem Marmorboden. Blumen und Scherben verteilten sich überall.

Der Krach ließ ihren Vater herumschnellen. Erschüttert blickte er auf das Unheil. »Was soll denn das, Victoria, Edward? Seid ihr denn von jeglichem Verstand verlassen? Wir bekommen doch gleich wichtige Gäste!«

»Du bekommst Gäste«, fauchte Victoria. »Wir sind doch nur dein schmückendes Beiwerk. Wie diese Blumen da.« Sie reckte die Nase nach oben.

»Ihr seid die Kinder eines Earls. Also benehmt euch auch so«, schimpfte ihr Vater plötzlich mit einer Strenge, die sie noch nie an ihm erlebt hatte. Erschrocken riss Victoria die Augen auf.

»Edward, du wirst sofort jemanden die Scherben beseitigen lassen«, wies der Earl Victorias Bruder an. »Und das Wasser muss aufgewischt werden. Jemand vom Personal soll irgendeinen Ersatz für die Vase herschaffen. Sofort.« Dann wandte sich der Earl an seine Tochter. »Du, Victoria, wirst dich augenblicklich zusammenreißen und dich so benehmen, wie deine Mutter es dich lehrte. Haben wir uns verstanden?«

Trotzig funkelte Victoria ihren Vater an, während Edward an ihr vorbeieilte und sie dabei absichtlich an der Schulter streifte. Obwohl der Stoß wehgetan hatte, schluckte sie die wütende Beschimpfung herunter. Gehorsam senkte sie das Kinn. »Ja. Es tut mir leid.«

Das Gesicht ihres Vaters war rot angelaufen und dunkle Schatten traten unter den Lidern hervor. »Das ist ein in höchstem Maße wichtiger Abend. Ich dulde es nicht, dass er ruiniert wird. Kann ich mich darauf verlassen, dass er nicht zu einem völligen Fehlschlag verkommt, Victoria?«

Schuldbewusst senkte sie ihren Blick und vollführte einen hastigen Knicks. »Ich verspreche es, Vater.« Als sie wieder aufsah, hatte der Earl sein unruhiges Auf-und-Ab-Gehen erneut aufgenommen. Und obwohl sie es kaum für möglich gehalten hatte, wirkte ihr Vater jetzt erst recht angeschlagen. Im Stillen sehnte sie ihre Mutter zurück, und die Zeiten, in denen sie alle eine glückliche Familie gewesen waren.

9
Eine großartige Neuigkeit

Ein kalter Tropfen aus Öl zerplatzte auf Florance' Wange. Er lief herab und fand seinen Weg in den Kragen ihres Hemdes, wo er im Stoff versickerte. Sie ignorierte es. Auf dem Rücken liegend hatte sie sich unter die Dampfdroschke geschoben, bis bloß noch ihre Beine herauslugten. Natürlich hätte sie das Fahrzeug nach der intensiven Reinigung auch über die Mechanikergrube fahren und im Stehen arbeiten können. Aber in diesem Augenblick zog sie es vor, ganz mit sich allein zu sein. Mit sich und der kühlen Perfektion der Reihe aus Nieten vor ihren Augen. Der Anblick entspannte sie, ebenso wie der, den ihr die parallel angebrachten Leitungsrohre aus Messing boten, die zum Antriebskessel führten. An einer Maschine herumzuschrauben, ließ sie die Welt um sich herum vergessen. Die verstand sie wenigstens. Nur sie und die vielen Leitungen, Kolben und Druckkammern. Und niemand, der sie beschimpfte oder maßregelte. Schon gar nicht diese überhebliche Kuh Victoria.

Florance presste die Finger um den Schraubschlüssel in ihrer Hand und zerrte damit an einer verbogenen Gewindestange herum. Sie fluchte. Edward war kein bisschen besser als seine Schwester. Beide hatten nicht das geringste Gefühl für die Maschinen. Oder für Menschen. Dass sich die Tochter des Earls überhaupt in der Maschinenhalle hatte blicken lassen, war bereits ein kleines Wunder. Florance hätte sofort mit jedem gewettet, dass sie den Weg dorthin gar nicht kannte. Wie kam Victoria bloß dazu, bei ihrem Vormund eine Strafe für sie zu verlangen? Als wäre sie ein verzogenes Kind. Und Monsieur Pignon hatte der Lady sogar zugestimmt. In Gedanken spuckte sie das Wort Lady heraus. Gleichzeitig rutschte der Schraubschlüssel von der Gewindestange ab. Ihre Hand ratschte über den dunkelgrauen Metallboden der Droschke und schabte ihr schmerzhaft die Haut von den Knöcheln. Zischend sog sie die Luft ein und biss sich auf die Unterlippe. Sie brauchte eine Zange. Florance ließ das Werkzeug fallen und tastete nach ihrer Tasche. Dabei kehrten die Gedanken zu der Begegnung in der Maschinenhalle zurück. Warum stand ihr Vormund nicht auf ihrer Seite? Sollte er sie nicht verteidigen gegen …

»Die 'ier müsste passen«, sagte eine Stimme, während gleichzeitig etwas Kühles an Florance' Finger drückte. Sie griff zu und setzte die Zange an. Mit einem Ruck löste sich das Problem. Endlich. Florance montierte die Gewindestange ab und legte sie wortlos neben sich. Das Ersatzteil passte nun genau in die leere Stelle.

»Isch 'atte mir gedacht, dass isch disch 'ier finden werde, Florance. Immer wenn du für disch allein sein willst, verkrieschst du disch unter irgendeinem Fahrzeug.«

Florance arbeitete stumm und ignorierte die Worte ihres Vormunds. Sie war wütend. Hielt er ihr jetzt eine weitere Strafpredigt? Nein danke, darauf verzichtete sie wirklich gern. Florance beschloss zu schweigen, bis er aufgab und ging.

»'eute ist ein wischtiger Tag für den Earl. Nischt nur seine Nerven liegen blank. Wir sind alle ein wenisch …« Pignon suchte nach dem richtigen Wort. »Ein wenisch empfindlisch.«

Florance schnaubte. Sie war nicht empfindlich. Sogar alles andere als das. »Das denken Sie also über mich, Monsieur? Dass ich hysterisch bin?«

Vor der Droschke blieb es einen Moment still, bis Pignon antwortete: »Nein, das denke isch nischt. Wäre es möglisch, dass du hervorkommst, damit isch misch ordentlisch bei dir entschuldigen kann?«

Überrascht drückte sich Florance an der Unterseite der Karosserie ab und schob sich ins Freie. Ihr Vormund hockte neben dem Fahrzeug und sah sie an. Als sie sich aufrappelte, stand er ebenfalls auf.

»Monsieur, ich …«, begann sie mit vor der Brust verschränkten Armen, doch Pignon unterbrach sie sofort.

»Du weißt, wie wischtisch es mir ist, dass jeder meiner Mitarbeiter die Aufgaben auf Birch Manor erfüllt, die ihr oder ihm zufallen. Das gilt erst rescht für meine Assistentin. Das bist du, Florance, wenn isch disch daran erinnern darf.«

Florance verzog den Mundwinkel. Die Haltung des Meistermechanikers war ihr nur zu gut bekannt. Schon am ersten Tag hatte er ihr das sehr eindringlich erklärt.

»Es mag für misch als Franzose so sein, als sei isch privilegiert«, fuhr Pignon fort. »Besonders, weil der Earl bloß Brite ist, oui? Einer mit einer Ausnahmegenehmigung des Kaisers Napoleon, um mit Dampfmaschinenteschnologie experimentieren zu dürfen.« Florance' Vormund fasste sanft ihre Arme, zog sie auseinander und nahm ihre Hände in seine. Sie ließ es stumm geschehen. »Aber isch bin vor allem erst einmal dein Vormund. Ich unterrischte disch, sorge für disch und trage die Verantwortung. Meine Aufgabe ist doch nischt allein die Leitung der Ingenieure und Arbeiter an den Maschinen.

Die wischtigste ist es, disch zu beschützen.« Monsieur Pignon holte tief Luft, bevor er weitersprach. Gleichzeitig sah er unerwartet an ihr vorbei. »Wie ein Vater es täte.«

Florance schluckte schwer.

»Nun schau misch nischt so an, als wäre isch verrückt. Oder bin isch das doch?« Ihr war nicht bewusst gewesen, wie erschrocken sie ausgesehen haben musste. Der Monsieur lächelte verschmitzt. »Was wäre isch für ein Mensch, wenn isch ein Kind aufnehme, obwohl es mir egal ist?« Pignon sah sie auffordernd an.

»Ein schlechter«, murmelte Florance. Die Worte ihres Vormunds hatten die Wut in Luft aufgelöst.

»Ein überaus schleschter Mensch, will isch meinen. Ein Glück für uns beide, dass dem nischt so ist, n'est-ce pas?« Pignon führte sie zu einer Sitzbank, die an der Wand der Garage stand. »Magst du mir nun erzä'len, was disch so wütend gemacht 'at?«

Florance zog ihre Hand zurück und verschränkte abermals die Arme. Sie betrachtete den Ausdruck im Gesicht ihres Vormunds, versuchte herauszulesen, ob er sich wirklich dafür interessierte. Dann brach es wie ein Wasserfall aus ihr heraus. »Ich bin es leid, von allen herumgeschubst zu werden. Die Soldaten vor der Maschinenhalle mit ihren Regeln und Anweisungen. Aber sie bedienen wie eine Küchenhilfe, das ginge. Dann Edward, der meint, nur weil er der Sohn des Earls ist, müsse ich ihn anbeten. Dabei schafft er es nicht ein einziges Mal, die Droschke unbeschädigt zurückzubringen. Als ob ich nichts anderes zu tun hätte, als die Folgen seiner Rücksichtslosigkeit zu reparieren.« Sie schwieg kurz, doch Pignon gab ihr mit einer Handbewegung zu verstehen, dass sie weitersprechen sollte.

»Seine Schwester Victoria behandelt mich, nein, jeden, als sei man ihr persönlicher Leibsklave und hätte ihr jeglichen Wunsch zu erfüllen. Wen sie nicht mag, entlässt sie. Sie hatte bloß das Glück, als Tochter aus gutem Hause geboren zu werden. Damit ist sie doch nichts Besseres. Ich würde mich schämen, würde ich mich wie sie verhalten.« Wieder stoppte sie und wartete die Reaktion ihres Vormunds ab.

Der zog die Augenbrauen nach oben. »Das ist noch nischt alles, rischtisch?«

»Nein«, gab Florance kleinlaut zu.

»Möschtest du mir also endlisch sagen, was disch an mir ärgert?«

Jetzt sah Florance an dem Mechanikermeister vorbei. Nun, wo er direkt neben ihr saß und auf eine Antwort wartete, war es ihr mit einem Mal peinlich. Stand es ihr überhaupt zu, ihren Vormund zu kritisieren?

»Isch werde nischt eher aufste'en, bevor das nischt 'eraus ist. Wir beide werden während der Arbeit an nischts anderes denken und unkonzentriert sein. Das ist inakzeptabel.«

»Aber Monsieur …«, setzte Florance an, doch Pignon unterbrach sie.

»No, no, no. Das ist die letzte Gelegen'eit. Später ist dafür keine Zeit. Also?«

Florance seufzte und suchte hilflos nach den richtigen Worten. »Ich bin … Ihr … Ihr seid ein französischer Meistermechaniker. Ihr seid privilegiert. Wenn Ihr nicht auf Birch Manor angestellt wärt, dürfte hier keiner der englischen Arbeiter auch nur eine Kesselschraube festziehen. Die Sondergenehmigung des Earls existiert nur wegen Ihnen. Trotzdem gebt Ihr Euch wie ein Untergebener, wie ein Diener. Wenn der Earl etwas haben will, wenn seine Tochter eine Bestrafung fordert, dann verbeugt Ihr Euch und gehorcht. Das ist nicht … richtig.«

Monsieur Pignon neigte den Kopf zur Seite. »Also soll ich etwas Besseres sein, Florance? Macht es misch wertvoller, weil isch Franzose bin und du nischt? Ist es das, was du meinst?«

»Nein.« Florance schüttelte den Kopf. »Ja. Der Kaiser in Paris hat es so bestimmt. Dann muss das doch so sein.«

Pignon griff erneut nach ihren Händen. »Bitte nimm meine Entschuldigung an, Florance. Die Welt ist kompliziert. Alles, was isch möschte, ist, sie für disch etwas leischter zu machen. Da'er ist der 'eutige Abend ebenso wischtisch für disch. Ein alter Freund wird am Symposium teilnehmen. Isch möschte disch vorstellen.«

»Aber warum, Monsieur?«

»Du weißt von der Akademie Technologie d'avenir. Isch erzählte dir davon.«

»Natürlich.« Das hatte der Monsieur, gleich nachdem er sie als Mündel aus dem Waisenhaus geholt hatte. In den folgenden Jahren ihrer Ausbildung war die Akademie ein Leuchtfeuer für ihren Ehrgeiz gewesen. Etwas, das sie angespornt hatte und dennoch unerreichbar geblieben war. Die Hoffnung, irgendwann einmal dort zu studieren, hatte sich trotzdem tief in sie hineingebrannt.

»Isch weiß, es ist bloß London und nischt der Kontinent«, entschuldigte sich Pignon. »Aber wenn du dort beeindruckst, wie du misch beeindruckt 'ast, mit deinem Talent für die Ingenieurskunst, deiner 'ingabe und Be'arrlischkeit, Neues zu lernen, dann er'ältst du vielleischt eine Zulassung. Als erste Engländerin. Isch 'offe, dass mein alter Freund 'ierbei 'elfen wird.

Auch, wenn isch damit meine fä'igste Assistentin verliere.« Monsieur Pignon zwinkerte ihr zu.

Florance klappte der Unterkiefer herunter. Hatte sie sich gerade verhört? Sie sollte an der Akademie studieren dürfen? Spontan umarmte Florance ihren Vormund. Sogleich ließ sie ihn wieder los, als ihr klar wurde, wie unangemessen das war. »Aber ich dachte, das wäre unmöglich. Ihr selbst habt das gesagt.«

»Isch 'abe da ein gutes Gefühl. So, als ob sisch daran 'eute etwas ändern könnte. Vielleischt. Nur vielleischt.« Monsieur Pignon hob mahnend die Hand. »Es wäre eine Schande, wenn meine talentierte Assistentin ihre Fä'igkeiten nischt verfeinern dürfte«, lachte Pignon vergnügt. »Aber vorher sollten wir das 'ier beseitigen.« Er wischte mit dem Zeigefinger über die Ölspur in ihrem Gesicht. »Und vielleischt ziehst du dir auch etwas anderes an. Etwas, das sauberer ist, was meinst du, Florance?«

Sie nickte aufgewühlt. Womöglich brachte dieser Tag doch noch etwas Gutes mit sich.

10

Der besondere Ehrengast

Monsieur Pignon hielt ihr lächelnd die Tür auf und Florance verschlug es den Atem. Sie hatte mit einer schlichten Versammlung gerechnet. Mit ernst dreinblickenden Wissenschaftlern und Mechanikern, die Vorträge hielten und Baupläne studierten. Doch was sie erblickte, entsprach überhaupt nicht ihren Erwartungen. Staunend blieb Florance nach dem ersten Schritt stehen. Auf der linken Seite war ein halbrundes Podium aufgebaut. Dort spielte ein Orchester gerade eine schnelle Melodie. Männer mit eng anliegenden Spencer-Jacken wirbelten zusammen mit Frauen in rauschenden Kleidern über eine Tanzfläche. Bedienstete boten den Gästen, die in Grüppchen auf Bänken saßen oder an hohen Tischen standen, Wein und Champagner an. Zigarrenrauch hing in der Luft. Überall herrschten Gelächter und lautstarke Unterhaltungen. Aus einer Tür auf der gegenüberliegenden Seite traten ab und zu Gäste mit wohlgefüllten Tellern heraus. Jeder der Anwesenden schien in bester und teuerster Festkleidung angereist zu sein.

Unsicher zupfte Florance an ihrem Bund herum. Monsieur Pignon hatte ihr eine Art Ausgehuniform für den Abend gegeben. Eine von der Art, wie sie die französischen Dampfmechaniker zu besonderen Anlässen trugen. Eine graublaue Jacke mit einer Doppelreihe silberner Knöpfe und zwei roten Streifen, die von der linken Schulter herab zur Hüfte führten. Dazu eine schmal geschnittene Hose in der gleichen Farbe. Die roten Streifen waren mittig an der Außenseite ihrer Beine angebracht. Das wirkte sehr eindrucksvoll in ihren Augen, aber auch festlicher, als sie es gewohnt war. Die Kleidung, die sie normalerweise trug, blieb eher schlicht und funktional. Eben Arbeitskleidung, wie sie für ihre Aufgaben angemessen war. Vielleicht fühlte sie sich deshalb etwas unwohl. Dass an Florance' Uniform die typischen Rangabzeichen fehlten, störte sie eher weniger. Sie gehörte nicht der kaiserlich-französischen Zunft an. Dennoch kam es ihr so vor, als mische sie sich mit einer Verkleidung unter die vielen Gäste. Das Gefühl, es wäre nur eine Frage der Zeit, bis das auffiel, kitzelte unangenehm in ihrem Kopf.

Monsieur Pignon nahm sich zwei Gläser Champagner vom Tablett eines Kellners und überließ ihr tatsächlich die Wahl, ob sie das dritte nehmen wolle. Es war ein besonderer Anlass. Dennoch gab sie der Bedienung zu verstehen, dass sie nichts brauchte.

»Florance, sieh disch ru'ig ein wenisch um«, forderte Pignon sie zwinkernd auf. »Amüsiere disch. Wer weiß, womöglisch findest du ein paar Gesprächspartner, die mit dir fachsimpeln.«

»Ja, Monsieur«, antwortete Florance abgelenkt. Sie war immer noch wie gefangen von der bunten Unruhe im Saal.

»Isch ge'e und suche meinen Freund von der Akademie. Es wird sischer neue Räuberpistolen zu erzä'len geben.« Pignon grinste.

Florance' Kopf ruckte herum. »Pistolen? Auf einem Fest? Wozu?« Sie war erst bei der Erwähnung der Akademie hellhörig geworden und sah ihren Vormund irritiert an. Sofort fiel ihr wieder ein, weswegen sie hergekommen waren. Heute

Abend erhielt sie womöglich eine Zulassung zum Studium. Wenn alles perfekt lief und sie den Freund von Monsieur Pignon beeindruckte. Wie unfassbar war das bloß, überlegte sie voller Aufregung.

»Räuberpistolen«, wiederholte ihr Vormund und zog die Augenbrauen hoch. »Nennt man das in Großbritannien nicht so? Abenteuergeschischten, von denen mindestens die ’älfte geschwindelt ist?«

»Doch, ja«, erwiderte Florance lachend. »Das heißt bei uns genauso.«

»Sehr schön, sehr schön.« Pignon hob den Kopf und spähte suchend in die Menge der Gäste. »Isch glaube, dort ’inten treibt mein Freund sich ’erum. Bleib bitte in der Nä’e, damit isch disch ’olen kann, wenn es an der Zeit ist. Zuerst ein Glas auf alte Zeiten, du verstehst?«

Jetzt war es an Florance, breit zu grinsen. »Absolut, Monsieur. Das hat noch niemandem geschadet.«

»So ist es«, antwortete Pignon mit erhobenen Champagnergläsern. Dann warf er ihr einen sorgenvollen Blick zu. »Geh bitte Lady Victoria aus dem Weg. Und allem anderen Ärger. Wirst du das für misch tun?«

Florance nickte eilig. Sie hatte ganz bestimmt nicht vor, der Tochter des Earls zu begegnen und sich vor den Gästen beschämen zu lassen. Zufrieden drehte sich der Monsieur um und spazierte mit hochgerecktem Kopf an den tanzenden Pärchen vorbei. Florance ließ ihren Blick schweifen. Sie kannte niemanden der Anwesenden. Nicht einmal alle der Bediensteten. Earl Hellingway hatte vermutlich zusätzliche Kräfte von außerhalb eingestellt. Unwillkürlich kehrten ihre Gedanken zu dem Saboteur zurück. Die Explosion hatte ordentlich

Schaden angerichtet. Obwohl sie ununterbrochen gearbeitet hatten, waren die Reparaturen nur zu einem kleinen Teil vervollständigt. Im Grunde hatten der Monsieur und sie gerade einmal so viel instandgesetzt, dass das Symposium ohne bemerkenswerte Einschränkung stattfinden konnte. Doch würde der Saboteur die Gelegenheit nutzen und sich erneut auf das Landgut schleichen? Aber was wollte der dann noch zerstören? Mehr Schaden ließ sich wohl kaum anrichten. Florance beschloss, auf die französischen Wachen zu vertrauen. Die Soldaten hatten sie nicht in die Nähe des geheimnisvollen Gerätes gelassen und die Bewachung der Halle beinahe schon zu ernst genommen. Also würden sie auch nicht zulassen, dass ein Saboteur eindrang, etwas stahl oder beschädigte, da war sie sich sicher. Ihr Magen knurrte und sie legte beruhigend eine Hand auf den Bauch. Wann hatte sie das letzte Mal etwas gegessen? Kurzerhand durchquerte sie den Saal und ging durch die Tür auf der gegenüberliegenden Seite.

Hinter einer langen Tischreihe, die mit weißen Tüchern bedeckt war, bediente ein Teil der Angestellten aus der Küche. Florance ließ sich eine Scheibe Braten, etwas Gemüse und frisch gebackenes Brot von den angerichteten Platten auf einen Teller häufen. Noch auf dem Weg zum nächsten leeren Stehtisch stopfte sie sich die ersten Bissen in den Mund. Margret war einfach die beste Köchin. Das musste Florance ihr unbedingt bei Gelegenheit sagen. Endlich ließ das Knurren in ihrem Magen nach und machte einem zufriedenen Gefühl Platz.

Ein helles, rhythmisches Klirren von Glas weckte unerwartet ihre Aufmerksamkeit. »Wenn ich um Ihre geschätzte Aufmerksamkeit bitten dürfte.« Earl Hellingway stand in der Mitte des Bankettsaales und schlug mit einem Löffel gegen das Kristallglas in seiner Hand. Neben ihm warteten Edward und Victoria, Letztere in einem wallenden, hellfliederfarbenen Kleid. Beiden sah man zweifellos an, dass sie lieber ganz woanders wären. Der Sohn des Earls schaute gelangweilt durch die Menge hindurch. Sie hatte er bisher nicht entdeckt, wie Florance erleichtert feststellte. Dankbar schob sie sich hinter die Gruppe schwatzender Damen, die ausgerechnet in diesem Augenblick vor ihrem Tisch stehen blieben und ihr Deckung gaben. Wenn sie eines jetzt nicht ertragen konnte, waren es weitere Angebergeschichten des Lords.

Edwards Schwester schien da weniger Glück zu haben. Hartnäckig bemühte sich Victoria, den hageren jungen Mann mit der auffällig großen Nase neben sich zu ignorieren. Der lächelte sie unentwegt an, ohne die Augen von ihr abzuwenden. Irgendwie gönnte Florance Victoria ihren nervigen Verehrer. Auf einem Stück Brot kauend grinste sie in sich hinein.

Eine weitere Person wartete neben dem Earl. Im Gegensatz zu Edward und Victoria verfolgte der Mann sehr aufmerksam die Ansprache ihres Vaters. Das helle Haar trug er akkurat gescheitelt, der sichtbare Ministerwinkel betonte gleichsam Strenge und eine scheinbar fürsorgliche Gelassenheit. Als er den Kopf zur Seite drehte und Florance für einen Augenblick ansah, blitzte ein erstes Weiß an seinen Schläfen auf. Es brauchte nicht den ungewöhnlich hellgrauen Aufzug, den der Mann trug, um zu erkennen, dass dort jemand Besonderes stand.

»Bitte, meine geschätzten Gäste, meine Damen, meine Herren«, versuchte es Earl Hellingway erneut. Seine Stimme zitterte vor Aufregung. »Ich möchte gern etwas verkünden.«

Nach und nach verstummten die Gespräche und die Gesichter der Anwesenden wandten sich der Mitte des Saales zu. Der Earl ließ sein Glas mit Wein füllen und hob es in die Luft.

»Es ist mir ein besonderes Vergnügen, Sie alle an diesem außergewöhnlichen Abend als Ihr Gastgeber begrüßen zu dürfen: Wissenschaftler und große Geister aus dem Protektorat Großbritannien und dem gesamten französischen Reich. Hiermit erkläre ich das Symposium für eröffnet! Freuen Sie sich auf die kommenden Stunden und Tage voller wissenschaftlicher Neugier, voller Errungenschaften, voller Erkenntnisse. Zu Ehren des Kaisers Napoleon! Vivat!« Earl Hellingway verbeugte sich. Applaus ertönte um Florance herum. Ein großer Teil der Anwesenden antwortete ebenfalls mit lauten Hochrufen zu Ehren des Kaisers. Florance sah die linke Augenbraue des Mannes mit dem Scheitel zufrieden nach oben zucken.

»Wie ich sehe, haben bereits alle ein Plätzchen gefunden, führen anregende Gespräche, genießen das Essen und den Tanz«, fuhr Earl Hellingway fort. »Ich habe keine Mühen gescheut und ebenso keine Kosten. All das, nur um Ihnen eine unvergessliche Sensation des menschlichen Erfindergeistes zu präsentieren. Denn so unverzichtbar Amüsement und Heiterkeit sind, so unerlässlich ist es, stets nach der Erkenntnis zu streben. Und der Weiterentwicklung des Geistes und der Schaffenskraft. Dass ich für dieses Unterfangen einen exzellenten Ehrengast gewinnen durfte, erfüllt mich mit unendlicher Dankbarkeit. Zudem hat er sich bereit erklärt, als Schirmherr des diesjährigen Symposiums der Wissenschaft zu wirken. Voll und ganz hat er sich dem Schutz der britischen Bevölkerung verschrieben. Gegen die aufständischen

Interessen derjenigen, die das französische Protektorat unseres Landes unverständlicherweise ablehnen, und darüber hinaus …« Earl Hellingway verstummte für eine bedeutungsschwangere Pause, bevor er lächelnd weitersprach. »Darüber hinaus ist er ein glühender Verehrer der Wissenschaft, und übertrifft ohne Weiteres meinen eigenen Wissensdurst. Meine geschätzten Damen, meine werten Herren, darf ich Ihnen den Counseil du Roi vorstellen? Seine Exzellenz Jerome Cœurdur, der Direktor des Geheimdienstes.« Erneut verbeugte sich Earl Hellingway und applaudierte, dieses Mal in Richtung des eindrucksvollen Mannes. Kurz darauf schlossen sich die Gäste des Symposiums an und begeistertes Beifallklatschen hallte durch den Saal. Der Geheimdienstdirektor hob beschwichtigend beide Hände.

»Ich danke Ihnen für den herzlichen Empfang. Das ist doch nicht nötig, vielen Dank.« Cœurdurs Aussprache wies nicht den winzigsten Akzent auf, wie Florance erstaunt feststellte. »Es ist mir selbstverständlich eine Ehre. Earl Hellingway genießt einen tadellosen Ruf als Denker, Forscher und als ehrenwerter Bürger dieses wundervollen Landes. Auch wenn mir zu Ohren gekommen ist, dass er bei der Arbeit gern die eigene Gesundheit vergisst. Wieso ich das weiß? Nun, ich wäre fürwahr eine Fehlbesetzung als Direktor des Geheimdienstes, wenn ich das nicht täte, nicht wahr?« Er zwinkerte dem Earl zu, der seinerseits etwas verschämt über den Seitenhieb lachte, sehr zum Vergnügen seiner Gäste.

»Doch als mir der Earl die ersten Planungen für den heutigen Abend vorlegte, war mir sofort klar, welche großartige Gelegenheit sich uns allen bieten würde. Ich kann Ihnen daher nur wärmstens meine Empfehlung aussprechen, den heutigen Abend und die kommenden Tage zu genießen. Bei Earl Hellingway dürfen Sie sich bestens aufgehoben fühlen.«

Der Counseil du Roi schüttelte dem Earl die Hand. Auch jetzt klatschten die Anwesenden ihren Beifall. Verlegen dankte der Hausherr seinem Gast.

»Zu viel der Ehre, Exzellenz, zu viel«, antwortete Earl Hellingway und verbeugte sich dabei mehrfach vor dem Geheimdienstdirektor. »Ich versichere Ihnen, Exzellenz, es wird alles zu Ihrer Zufriedenheit sein.«

Der Blick Cœurdurs ruhte eine Weile unbewegt auf dem Earl. So lange, bis dieser erbleichte und dem Direktor hastig etwas zuflüsterte. Der plötzliche Stimmungswechsel irritierte Florance. Hatte das noch jemand bemerkt? Doch die Feierlichkeit war bereits wieder im vollen Gange. Wusste der Counseil du Roi etwa von dem Problem auf dem Landgut? Hatte der Earl es ihm soeben mitgeteilt? Schon war der kurze Wortwechsel vorüber. Das Gesicht des Conseil du Roi blieb regungslos. Da rief der Earl etwas über den Lärm der Feiernden hinweg: »Werte Damen und Herren, verpassen Sie nicht die Präsentation! Das wird der Höhepunkt des Abends! In einer Stunde werden wir gemeinsam die neueste Erfindung des Kaisers enthüllen!«

Eine besondere Vorführung. Florance konnte sich sehr genau vorstellen, was Earl Hellingway da ankündigte: die geheimnisvolle Ladung des Transporters. Neugier sprudelte in ihr hoch wie ein Geysir kurz vor einem Ausbruch. Währenddessen fasste der Geheimdienstdirektor den Earl eindringlich am Arm und beide verließen gemeinsam den Saal. Edward und Victoria blieben zusammen mit ihrem Verehrer an Ort und Stelle zurück.

»Isch dachte schon, du wärst den Trubel 'ier bereits leid und zurück in die Maschinen'alle gegangen.« Neben Florance tauchte Monsieur Pignon aus der Menge auf. Seine Wangen waren leicht gerötet. Ihr Vormund lächelte sie an. »Bist du bereit, meinen alten Freund kennenzulernen?«

Aufgeregt nickte Florance. Ihre Gedanken kreisten um die geheimnisvolle Ladung und um das bevorstehende Gespräch, das ihr Leben verändern mochte.

II

Alte Bekannte

Florance folgte Monsieur Pignon bis zu dem Korridor mit den großen Nischen. Draußen erhellten Lampen die sorgfältig gepflegte Gartenanlage und die Wege dazwischen. Überall unter den Buntglasfenstern saßen Gäste, andere spazierten in der Dämmerung umher. Aus einer der Nischen erhob sich eine Dame mit zwei halbvollen Champagnergläsern in den Händen. Sie lächelte freundlich, machte aber keine Anstalten, den Platz freizugeben. Unsicher sah Florance sich um. Wo war denn der Freund, von dem der Monsieur gesprochen hatte? Da fiel ihr Blick auf ihren Vormund, der von einem Ohr zum anderen breit grinste.

»Das ist sie.« Monsieur Pignon wies mit der Hand in ihre Richtung. »Mein Mündel und meine Assistentin: Florance Bell. Florance, das ist Madame Luise Bertrand. Die Leiterin der Akademie Technologie d'avenir in London.«

»Aber … aber das ist eine Frau«, stotterte Florance mit offenem Mund. »Monsieur, Sie sprachen … von einem Freund … Bitte verzeihen Sie mir, Madame. Ich wollte nicht respektlos sein.« Sie begann einen Knicks und reichte der Frau gleichzeitig ihre Hand, ohne eins von beiden zu Ende zu führen.

Pignon verdrehte theatralisch die Augen, grinste jedoch dabei. »Wie oft 'abe isch dir schon gesagt, du sollst erst beurteilen, wenn du alle Einzel'eiten kennst? Aber was beschwere isch misch. Wir 'aben damals unsere Instrukteure auch ganz schön zur Verzweiflung gebracht, nischt wahr, Luise?«

Die Leiterin der Akademie gluckste vergnügt. »Das ist bei den heutigen Schülern nicht anders. Nur dass ich keiner mehr von ihnen bin.«

Madame Bertrand reichte dem Mechanikermeister eins der Champagnergläser. Die beiden Gläser klirrten leise, als sie miteinander anstießen. Ihr Vormund nahm einen großen Schluck und seufzte zufrieden.

»Im 'erzen sind wir es beide immer noch.«

»Vermutlich sind wir das«, bestätigte die Leiterin der Akademie. Sie schwieg einen Moment, bevor sie weitersprach. »Die Sensation heute Abend … man sagte mir, diese neue Erfindung, die der Earl seinen Gästen vorführen will, funktioniere überhaupt nicht. Es gäbe einen schweren Konstruktionsfehler am Prototyp, an dem sich schon ein Dutzend fähiger Mechanikermeister sprichwörtlich die Zähne ausgebissen hätten. Wie schätzt du das ein, Florance?«

In Florance breitete sich ein dankbares Gefühl aus, dass die Madame das Thema wechselte. »Monsieur Pignon hat mir beigebracht, dass man die Ursache am einfachsten findet, wenn man das Problem betrachtet und dann Schritt für Schritt rückwärts verfolgt. Notfalls bis zur ersten Schraube zurück. Oft sind es winzig kleine Ungenauigkeiten, die sich am Ende als fatal herausstellen.«

»Eine weise, sehr zurückhaltende Antwort. Dann will ich direkter fragen: Traust du dir zu, den Prototyp zu reparieren?«

Florance zog die Stirn kraus. »Dazu müsste ich wissen, was es für eine Maschine ist und die Konstruktionspläne dazu studieren. Es wäre sehr unverschämt von mir, diese Frage vorher zu bejahen. Und wenn ich es könnte, was bliebe mir dann noch zu lernen?«

Verwundert drehte Madame Bertrand den Kopf zu Pignon. »Du hast ihr die Pläne nicht gezeigt?«

»Die Pläne liegen gut verschlossen im Arbeitszimmer des Earls. Selbst isch bekam kaum Gelegen'eit, einen Blick darauf zu werfen«, entschuldigte sich Monsieur Pignon und zuckte mit den Schultern. »Isch erzählte dir vor'in von dem Grund.«

»Der Saboteur«, flüsterte Madame Bertrand verschwörerisch.

»Genau der, Luise.«

»Es ist dennoch unverzeihlich, mein lieber Philippe«, tadelte Madame Bertrand den Meistermechaniker sanft. »Deine Assistentin sollte stets eingeweiht sein, damit sie dich beizeiten vertreten kann.« Sie umrundete Florance und begutachtete sie von allen Seiten, was sich für sie irgendwie seltsam anfühlte.

Madame Bertrand tippte sich schließlich schmunzelnd an die Seite ihres Halses. »Du hast da einen Fleck übersehen.«

Erschrocken fasste Florance bei sich an die gleiche Stelle. Die Haut dort fühlte sich ölig an. Maschinenfett, dachte sie. Aber ich habe doch extra aufgepasst, dass alles sauber ist.

»Entschuldigen Sie, Madame, das muss ich übersehen haben. Ich werde es sofort …«

»Aber nicht doch, Liebes«, unterbrach sie die Leiterin der Akademie. »Betrachte es als ein Ehrenzeichen. Mir ist das in meiner Lehrzeit mehr als nur einmal passiert. Und die Instrukteure an der Akademie in Paris rühmten sich für ihre Strenge und Disziplin. Du kannst dir bestimmt ausmalen, wie oft ich für meine Nachlässigkeit bestraft wurde.« Madame Bertrand wandte den Blick kurz nach draußen zum Garten. »Ich muss zugeben, ich sehe Parallelen bei uns. Du bist überaus talentiert, wie mir Philippe berichtete. Mir gefällt deine Hingabe bei den Maschinen. Er ist voll des Lobes über dich, wusstest du das?«

Florance spürte, wie ihr Wärme in die Wangen stieg. »Also … nein … vielleicht.« Sie senkte den Blick und betrachtete ihre Schuhe.

»Kein Grund, dich dafür zu schämen, Liebes.« Madame Bertrand lächelte, doch dann schlich sich ein trauriger Zug an ihre Mundwinkel. »Mich beschämt es umso mehr, dir keine Hoffnungen machen zu dürfen.«

Von einer Sekunde auf die nächste steigerte sich die Wärme in Florance' Gesicht zu einer glühenden Welle. Keine Hoffnung hieß dann, dass sie doch nicht …? Ihr frisch aufgelebter Traum von einem Studium an der Technologie d'avenir Akademie in London bekam sofort tiefe, scharfkantige Risse.

»Mon Dieu, was bedeutet das?«, hakte der Monsieur direkt nach. »Du wirst Florance keinen Platz in der Akademie geben, Luise? No?«

»Ich fürchte nicht, nein«, antwortete Madame Bertrand mit Bedauern.

»Aber warum nischt?«

Die Madame seufzte schwer. »Die Gesetze des Kaisers sind unumstößlich und auch für mich bindend. Nur jemand mit französischer Herkunft darf an einer Akademie der Technologie studieren. Florance ist Engländerin. Ihr ist es nicht gestattet. Außer …«

Sowohl Florance als auch Monsieur Pignon horchten auf.

»Außer?«

»Außer«, wiederholte Madame Bertrand, »sie hätte etwas Außergewöhnliches geleistet oder dem Kaiserreich einen beispiellosen Dienst erwiesen. Etwas, das selbst die vertrockneten Minister in Paris nicht ignorieren würden.« Die Madame lachte freudlos. »Dann, aber nur dann, ließe sich eine Aufnahme in der Akademie rechtfertigen. Es tut mir wirklich leid, Liebes. Ich wünschte, ich hätte eine angenehmere Nachricht für dich.«

In Florance fiel die frisch geschürte Hoffnung scheppernd in sich zusammen wie ein unsachgemäß gestapelter Turm aus Ersatzteilen. Natürlich hatte sie ersehnt, dass Monsieurs Wort etwas bewirken würde. Ihr wenigstens eine Chance einräumen würde. Die Anforderungen der Akademie waren selbst für Franzosen enorm, das wusste sie. Florance' Knie zitterten, ebenso wie ihre Stimme. Dennoch brachte sie einen halbwegs verzeihlichen Knicks zustande.

»Ich danke Ihnen, Madame. Wenn Sie mich nun entschuldigen würden?«

»Natürlich, Liebes.«

Florance drehte sich um und hielt verzweifelt nach dem nächsten Ausgang in den Garten Ausschau. Sie hörte noch, wie der Meistermechaniker etwas sagte, doch die Worte klangen dumpf und rauschten in ihren Ohren. Sie musste jetzt allein sein. Zum zweiten Mal an diesem Tag, aber das war ihr egal. Florance wich einem eintretenden Paar aus und schlüpfte dann hinaus in die Dämmerung.

12

Eine bemerkenswerte Erfindung

Etwas Außergewöhnliches leisten. Wie sollte sie das nur bewerkstelligen? Weder die Arbeit auf Birch Manor noch ihr Talent erfüllten diese Anforderung. Wenn nicht einmal die Empfehlung des Monsieurs half, war dann ihr Traum von der Akademie endgültig zerplatzt? Florance lief einen der Gartenwege entlang, ohne die Richtung, die sie eingeschlagen hatte, wirklich wahrzunehmen. Irgendwann war sie allein. Die übrigen Gäste blieben näher beim Haus, dem Essen und der Unterhaltung. Sie öffnete ein Gartentor, schritt hindurch und folgte dem Kiesweg unter ihren Füßen.

Im Waisenhaus hatten die Erzieherinnen unverzüglich Florance' Vorliebe für die mechanischen Spielzeuge bemerkt. Die anderen schienen sie nicht zu interessieren, obwohl sie gerade einmal drei oder vier Jahre alt gewesen war. Sie selbst erinnerte sich nicht daran. Die Erzieherinnen hatten ihr erst später davon erzählt. Dass sie eine Kriegswaise sei. Und dass ihre Eltern eines Tages einfach verschwanden und dass niemand wusste, was mit ihnen passiert war. Nicht der Direktor des Waisenhauses und erst recht nicht Monsieur Pignon. In der Akte standen bloß ihr Name und ihre Heimatstadt. Florance Bell aus London. Vielleicht war es das gewesen, was ihr den innigen Wunsch eingepflanzt hatte: Die Möglichkeit, nach Hause zurückzukehren, wenn sie an der Akademie angenommen wurde. Dorthin, wo ihre Eltern gelebt hatten. Obwohl sie nicht einmal eine Straße oder ein Viertel kannte, in das sie gehörte.

Dass der Kiesweg geendet hatte, bemerkte Florance erst, als sich direkt vor ihr ein unüberwindliches Hindernis auftürmte. Zwei Flügel einer Metalltür ragten vor ihr auf, eingelassen in eine steinerne Wand zu beiden Seiten. Gaslampen erhellten den Eingang. Ohne es zu beabsichtigen, war Florance zu der großen Halle der Fahrzeuge gegangen. Hier hinein hatten die Soldaten den Transporter gefahren. Die Wachposten! Auf keinen Fall wollte sie erneut verhaftet werden, jetzt, wo sie so nahe herangekommen war.

Hastig wich sie zurück, und hoffte gleichzeitig, sich unbemerkt davonzustehlen. Doch nach nicht einmal fünf Schritten blieb Florance wieder stehen. Keine Soldaten. Nicht ein einziger. Weder neben dem Tor noch in der Auffahrt. Das war doch nicht richtig! Ihre Blicke suchten in der schummrigen Dunkelheit die dampfgetriebenen Einräder der Militär-Einheit. Der Platz neben der Halle, an der diese am Nachmittag abgestellt worden waren, erwies sich als ebenso verwaist. Wieso hatten die Soldaten ihren Posten verlassen? Ihr Befehl lautete doch, die Halle und den Transporter zu bewachen.

Entschlossen kehrte Florance zu dem Tor zurück und drückte den Riegel zur Seite. Leise glitt dieser aus der Halterung und gab den Weg frei. Das Innere der Halle wurde durch ein paar wenige Lampen erhellt. Das war die Nachtbeleuchtung. Genug Helligkeit, um sich zurechtzufinden, aber nicht ausreichend, um alles auszuleuchten. Ein weiteres Detail, das keinen Sinn ergab, wenn Soldaten auf dem Posten waren. Vorsichtig schlüpfte sie hinein. Die Haut an ihrem Hinterkopf kribbelte vor Anspannung.

In der Mitte der Halle erhob sich ein klobiger Umriss. Das musste der Transporter sein. Auch dort hielten sich keine Soldaten auf. War der Saboteur zurückgekehrt und hatte die Soldateneinheit überfallen? Florance lauschte angestrengt. Es herrschte absolute Stille. Allein ihr Atmen verursachte in ihren Ohren ein leises Geräusch sowie ihr Herz, das heftig gegen ihre Rippen schlug. Was sollte sie jetzt unternehmen? Alarm schlagen? Das Klügste war bestimmt, dem Monsieur Bescheid zu geben. Auf der Stelle. Der Meistermechaniker würde dann den Earl, und der den Geheimdienstdirektor informieren.

Ihre Füße zuckten schon in Richtung Eingang, da schlich sich schlagartig ein anderer Gedanke in ihren Verstand. Was, wenn jemand den Saboteur aufstöberte und überwältigte? Und damit das verhinderte, was auch immer hier passieren sollte. Deckte sie gerade eine Verschwörung auf? Würde Madame Bertrand dann genügend beeindruckt sein? Oder der Conseil du Roi. Ganz bestimmt würde es nicht schaden, wenn Florance einen schnellen Blick in den Transporter riskierte. Als Assistentin des Monsieurs stand es ihr doch sowieso zu. Oder?

Auf Zehenspitzen, bemüht, keinerlei Geräusch zu verursachen, arbeitete sie sich bis zur Steuerkanzel vor. Dort musste es einen Hebel geben, der die Verriegelung des Frachtraums aufhob. Florance stemmte den linken Fuß auf ein Kettenglied und zog sich nach oben. Die Kanzel war leer. Probeweise drückte sie die Türklinke. Sie rechnete fest damit, dass die Steuerkanzel verschlossen war. Stattdessen schwang die Tür problemlos nach außen auf. Das war ebenso seltsam wie das Verschwinden der Soldaten. Florance warf einen letzten Blick über die Schulter und stieg dann hinein. Wo zwischen den vielen Hebeln und Knäufen war die Verriegelung? Da! Mit beiden Händen bewegte sie den Schalter abwärts, bis hinter ihr ein vernehmbares Klicken ertönte. Der Zugang zum Frachtraum, eine schmale Tür in ihrem Rücken, öffnete sich.

Staunend betrachtete Florance die seltsam geformten Umrisse der Fracht, die sich in der schummrigen Beleuchtung der Ladefläche abzeichnete. Sie schätzte die Maschine auf eine Länge von ungefähr zehn Schritten. Während sie nach vorne kegelförmig zulief, mit breiten Gewindeblättern und ringförmig angeordneten Schaufeln an der Spitze, verbreiterte sie sich hinten auf die Hälfte ihrer Länge. So eine Form hatte sie noch nie bei einer Maschine gesehen und sie war vom ersten Augenblick an fasziniert. Die Überdeckung war bogenförmig konstruiert, doch die Unterseite lag flach auf dem Boden des Transporters. Es erinnerte Florance an einen Maulwurf, wie er in den Feldern zu finden war.

Durch eine Einstiegsluke an der Seite gelangte sie hinein. Doch erst als sie die Steuerhebel und das schmale Sichtfenster entdeckt hatte, ging ihr auf, dass sie sich in einem Fahrzeug befand. Der Konstruktion nach diente sie dazu, Tunnel unter der Erde zu graben. Florance kam aus dem Staunen nicht heraus. So etwas umzusetzen, war bislang völlig undenkbar gewesen, aber anscheinend war es einigen findigen Köpfen gelungen. Das also war die große Erfindung des Earls! Sie musste die Maschine genauer untersuchen, bevor die anderen Gäste sie zu Gesicht bekamen. Sie musste einfach.

Irgendwo außerhalb der Fahrzeughalle knallte es dumpf. Hatten sie bereits mit dem Feuerwerk begonnen? Das war erst für Mitternacht geplant, wie ihr Vormund erzählt hatte. Oder täuschte sie sich und es war mehr Zeit vergangen? Doch die Neugier übernahm endgültig das Ruder. Ihren ursprünglichen Plan, den Saboteur zu fassen, hatte sie vollends vergessen. Jeden Zoll des Innenraums saugte sie mit ihren Augen auf. Betrachtete die Rohrleitungen und die Steuerelemente, und vollzog in Gedanken die Funktionsweise des seltsamen Gefährts. Es war absolut wundervoll und berauschend. Earl Hellingway hatte recht. Das war eine Sensation. Noch nie in ihrem Leben hatte Florance eine derart kunstvolle Maschine gesehen.

13
Überfall der Rebellen

Das Fenster über den Bankettttischen zerbarst in einem Scherbenregen und Victoria kreischte auf, bevor sonst jemand reagierte. Mit den ersten Schüssen jedoch brach Panik unter den Gästen und den Bediensteten aus. Geschirr zerschellte am Boden, Frauen stürzten über ihre Männer und etliche andere eilten zu den Ausgängen.

Victoria klammerte sich an ihren Bruder. »Edward«, keuchte sie erstickt. »Was passiert hier?«

»Ein Überfall! Wir müssen hier weg. Komm schon.« Edward zerrte an Victorias Arm, bis sich ihre Beine endlich in Bewegung setzten. Im Vorbeieilen sah sie direkt in das bleiche Gesicht von Joseph Newcomen, der ihr nicht von der Seite gewichen war, obwohl sie ihn die ganze Zeit ignoriert hatte. Jetzt machte er keine Anstalten, ihr zu folgen. Gemeinsam drängten Victoria und ihr Bruder sich durch die kopflose Menge. Ihr Fuß trat auf ein Stück Kartoffel und sie strauchelte. Edward hielt sie auf den Beinen.

»Wohin, Edward?«, fragte sie atemlos. »Was, wenn wir den Verbrechern direkt in die Arme laufen?«

Edward schob unsanft einen grell schreienden Mann beiseite, der ihnen im Weg stand. »Wenn wir hierbleiben, erwischen sie uns auf jeden Fall. Wir suchen Vater und bringen uns dann zusammen in Sicherheit. Du weißt, was sie mit Adeligen und deren Kindern anstellen, oder?«

Davon hatte sie gehört. Jeder Aristokrat oder Wohlhabende, der nahe der schottischen Grenze lebte, hatte das. Selbst in London, sogar im Palast des Kaisers in Paris, kursierten die Geschichten. Und es waren keine bloßen Gerüchte. Die Gendarmerie de Britannia und die französische Armee kämpften seit der Besetzung gegen Aufständische. Menschen, die widersinnigerweise das Protektorat durch Kaiser Napoleon ablehnten. Die sich nicht scheuten, die Häuser friedliebender Mitbürger zu überfallen, sie zu entführen oder gar umzubringen, wenn sie kein Lösegeld einbrachten. Alles im Namen eines obskuren, brutalen Anführers mit feuerrotem Haar, der sie unermüdlich seit der letzten Schlacht zwischen Frankreich und Großbritannien zu solchen Untaten anstiftete. Wo ihr Versteck lag, war nicht bekannt. Aber man vermutete, dass es tief in den unwegsamen Terrains der Highlands war. Es gab kaum einen Empfang oder einen Nachmittagstee, an dem nicht darüber gesprochen wurde. Victoria hatte das stets als überaus ermüdend empfunden.

»Vater! Wo bist du?«, rief Edward, während sie sich durch die flüchtende Menge arbeiteten.

Weitere Schüsse fielen. Gab es bereits Verletzte oder gar Tote? Mit aufgerissenen Lidern spähte Victoria über ihre Schulter zurück. Durch die Tür auf der gegenüberliegenden Seite des Raumes stürmten Bewaffnete. Sie trugen braune Tücher vor den Gesichtern und metallene Ranzen auf dem Rücken. In ihren Händen hielten sie Pistolets und veraltete Druck-Gewehre, die über dünne Schläuche mit den Tornistern verbunden waren. Sie feuerten mehrere Salven in die Luft. Putz rieselte herab. Forderungen wurden gebrüllt. Männer und Frauen warfen sich zu Boden und legten fieberhaft Schmuck und Geldbörsen ab. Dann hatte ihr Bruder Victoria auf den Flur hinausgezogen. Zusammen rannten sie in Richtung der großen Treppe, wobei Victoria in ihrem Kleid deutlich Mühe hatte.

»Warum haben die verdammten Abwehrtürme nicht reagiert?«, schimpfte Edward lautstark. Er stoppte, um kurz den besten Weg zu überlegen. »Genau für so eine Situation haben wir die doch.«

»Du sollst nicht fluchen, Edward«, wies Victoria ihn spitz zurecht. Ihre Angst hatte sich angesichts ihrer Lage zwar nicht verflüchtigt, aber das war kein Grund, unmanierlich zu reden.

»Als ob das jetzt wichtig wäre«, ranzte Edward zurück.

Victoria überlegte. »Vielleicht hängt es mit der Explosion zusammen. Die Halle mit den vielen Maschinen sah heute furchtbar durcheinander aus.«

»Hat es ganz sicher. Trotzdem dachte ich, der Monsieur würde sich als Erstes um die Verteidigung kümmern.«

Victoria hörte eilende Schritte den Flur entlangkommen und drehte sich um. Zwei Bewaffnete stürmten heran. Ein Mann und eine Frau. »Da sind die Kinder des Earls! Schnappen wir sie uns!«

Noch ehe sie ihren Bruder warnen konnte, trafen Edward zwei Kolbenhiebe. Einer in den Rücken, der andere gegen den Hinterkopf. Er stürzte mit einem Schmerzenslaut zu Boden. Victoria wurde brutal an die Flurwand gedrängt. Eine behandschuhte Hand drückte ihr Gesicht gegen den Putz. Ihre Arme wurden gepackt und auf den Rücken gepresst. Der plötzliche Schmerz ließ sie aufschreien.

»Schön ruhig bleiben, Püppchen«, knurrte eine Frauenstimme in Victorias Ohr. »Dann bekommst du keinen Kratzer ab.«

»Lassen Sie mich los! Ich bin die Tochter von Earl Hellingway!«, kreischte Victoria. Obwohl sie sich bemühte, ihre Angst nicht zu zeigen, klangen die Worte sogar in ihren eigenen Ohren verschreckt.

»Das wissen wir, Püppchen. Den Verräter werden wir auch noch einkassieren. Und dann machen wir alle eine hübsche Spazierfahrt ins Grüne. Das gefällt dir doch sicher, oder?«

»Hör auf zu quatschen, Glenna. Hast du sie?«, raunzte die Männerstimme hinter ihr. Das musste der Mann sein, der Edward niedergeschlagen hatte. Hoffentlich hatte ihn dieser Verbrecher nicht schlimm verletzt.

»Sie ist gleich verschnürt wie ein hübsches Paket«, antwortete Glenna. »Lebt der Junge noch?«

»Tot nutzt er uns nichts. Aber eine ordentliche Beule hat er. Die wird er einige Tage spüren.« Der Mann lachte gehässig auf. Ein sirrendes Geräusch unterbrach ihn, dann hörte Victoria einen gekeuchten Laut und einen dumpfen Aufprall.

»Irving, was …?«

Noch ein Sirren, dann verschwand der Druck auf Victorias Körper. Die Frau hatte sie losgelassen. Zwei Hände packten sie an der Schulter und drehten sie herum. Vor ihr stand ihr Vater und nahm sie stürmisch in die Arme.

»Bist du unverletzt, mein Schmetterlingchen? Haben sie dir auch nichts angetan?«

»Vater, wie kommst du denn …?« Edward! Sie stieß den Earl von sich. Über ihrem Bruder kniete der Conseil du Roi, eine blankgezogene Degenklinge in der Hand. Blut tropfte von der Spitze.

»Dem jungen Lord geht es so weit gut«, sagte der Geheimdienstdirektor ernst. Der Conseil tastete nach dem Puls ihres

Bruders. »Er ist gleich wieder auf den Beinen. Und das sollte er auch. Es ist hier nicht sicher.«

Erschrocken hielt sich Victoria die Hand vor den Mund. Neben Edward lag ein Mann und starrte mit gebrochenen Augen an die Decke. Direkt dahinter, verkrümmt und gewiss ebenso leblos entdeckte Victoria die Frau, die sie bedrängt hatte. Langsam und unaufhaltsam bildete sich eine dunkelrote Lache unter dem Brustkorb.

Der Conseil du Roi hob Edward an und lehnte ihn gegen die Wand. Mit dem Handrücken patschte er mehrfach auf die Wange ihres Bruders. »Augen aufgemacht, Lord Hellingway«, sagte Cœurdur drängend.

Edward stöhnte, seine Lider flatterten einen Moment, dann sah er angestrengt hoch. Mit der Hilfe des Geheimdienstdirektors stemmte er sich schließlich auf die Beine.

»Ihr müsst sofort in mein Arbeitszimmer gehen«, forderte Victorias Vater besorgt. »Verriegelt die Türen und lasst niemanden herein. Sie sollten lange genug halten, und euch und die ganzen wichtigen Pläne beschützen. Sie dürfen nicht in die Hände der Rebellen fallen. Versprich es mir, mein Schmetterlingchen, ja? Wirf sie notfalls in den Kamin. Aber nur, wenn es keinen anderen Ausweg mehr gibt.«

Entrüstet stemmte Victoria die Arme in die Hüften. »Du und deine Pläne. Selbst jetzt denkst du an nichts anderes.«

»Aber Schmetterlingchen, die Pläne sind unersetzlich«, schnaufte der Earl.

»Natürlich sind sie das«, antwortete sie spitz und verschränkte die Arme vor der Brust. Wie konnte Vater nur? Waren ihm die Pläne wirklich so viel wichtiger als das Leben seiner Kinder?

Edward lehnte sich schwer auf Victorias Schulter und sie stöhnte unter dem plötzlichen Gewicht auf. »Vater, die Verteidigungstürme sind ausgefallen.«

Earl Hellingway nickte. »Ich weiß, Edward. Die Explosion ist dafür verantwortlich. Sie konnten nicht rechtzeitig repariert werden. Monsieur Pignon hat alles in seiner Macht Stehende versucht, aber es war nicht machbar in der Kürze der Zeit.«

Da mischte sich der Geheimdienstdirektor mit in das Gespräch ein. »Lord Edward, Ihr Vater hat mich bereits über die Vorfälle unterrichtet. Ich habe meine Kompanie bereits herbeordert. Sie wird in kürzester Zeit eintreffen und dem Angriff ein Ende bereiten. Bis dahin … sollten Sie Ihre Schwester und sich in Sicherheit bringen.«

Edward stöhnte und versuchte, sich aufzurichten. »Ich kann helfen. Ich werde helfen.«

Cœurdur schüttelte den Kopf. »Sicher nicht. Sie sorgen für die Sicherheit Ihrer Schwester. In Ihrem Zustand ist das Aufgabe genug. Die Verteidigung des Landguts liegt jetzt in meinen Händen.«

»Was ist mit dir, Vater?«, fragte Victoria besorgt. »Du kommst doch mit uns.«

»Nein, Schmetterlingchen, ich muss mich um die Sicherheit meiner Gäste kümmern. Das bin ich ihnen schuldig.« Dem ungehaltenen Blick seiner Tochter hielt ihr Vater nur kurz stand. »Ich komme so schnell wie möglich nach. Versprochen.«

»Sie werden dich entführen oder verletzen oder Schlimmeres. Diese Leute sind gefährlich, Vater.« Victoria wandte sich mit einem betrübten Augenaufschlag an Cœurdur. »Werden Sie ihn bitte beschützen, für mich?«

Der Geheimdienstdirektor nickte entschlossen. »Selbstverständlich, Lady Victoria. Ihrem Vater wird nichts geschehen.«

»Vielen Dank, ich …«

Ein Schuss krachte. Die Kugel stanzte eine Spurrille in die Wand neben Victorias Kopf. Gleichzeitig spürte sie einen heißen Schmerz an ihrem Wangenknochen. Ein Splitter hatte sie getroffen. Mit den Fingern tastete sie nach der blutenden Stelle. Neben ihr griff sich der Geheimdienstdirektor die Doppelflinte, die zu Füßen der beiden Toten auf dem Boden lag. Er setzte sie an die Schulter und feuerte den Flur hinab.

»Los jetzt«, befahl Cœurdur. »Wenn alles vorbei ist, lasse ich Sie aus dem Arbeitszimmer abholen. Warten Sie unbedingt dort.« Er schoss ein weiteres Mal, was mit einem entfernten Schmerzensschrei beantwortet wurde. »Worauf warten Sie noch? Es werden mehr kommen.« Cœurdur lud die Flinte mit Munition nach, die er im Gürtel des Rebellen fand.

»Du musst mich stützen, Victoria«, bat Edward.

Gehorsam legte sie den Arm um seine Hüften und lief los. Die große Treppe. Dort entlang ging es zum Arbeitszimmer ihres Vaters.

14

In letzter Sekunde

Krachend fiel die massive Tür des Arbeitszimmers zu. Victoria half ihrem Bruder in einen der Sessel und kehrte dann zurück, um abzuschließen. Der Schlüssel drehte sich zwei Mal klickend im Schloss. Würde das ausreichen? Sie suchte im Raum nach einer Möglichkeit, den Eingang zu verbarrikadieren. Ihr Blick blieb an einer der niedrigen Kommoden hängen, die seitlich an der Wand standen. Ächzend stemmte sie sich dagegen, bis das Möbel wenigstens halb vor dem Türblatt zu stehen kam. Erst dann gab sie erschöpft auf und gönnte sich selbst einen Moment zum Durchatmen. Gegenüber von Edward ließ sie sich auf das Sofa sinken. Mit der flachen Hand fächelte sie sich keuchend Luft zu. »Rebellen, Edward. In unserem Haus! Wieso?«

»Wieso, was?«

Victoria lachte ungläubig. »Wieso kommen die zu uns? Es gibt keine Reichtümer zu erbeuten. Nicht, dass wir arm wären. Aber das ist lächerlich. Und Vater ist ein Earl. Kein Verwandter des Königs oder sonst jemand Wichtiges.«

Vorsichtig tastete Edward nach der Beule, die sich durch den Schlag mit dem Gewehrkolben an seinem Hinterkopf bildete. Als er sie berührte, zuckte er zusammen. »Vater ist ein Befürworter des Protektorats und damit in ihren Augen ein Landesverräter. Einer, der den britischen König George IV im Stich gelassen hat. Das allein ist schon Grund genug.«

»Ich bitte dich, Edward«, antwortete Victoria. Sie konnte

den entrüsteten Unterton in ihrer Stimme nicht unterdrücken. »Niemand in der Welt hält ausgerechnet unseren Vater für einen Verräter. Außerdem hat Kaiser Napoleon Europa und Großbritannien den Frieden gebracht. Ohne ihn würden Männer wie König George IV weiterhin sinnlose Kriege gegeneinander führen.«

Edward klang gereizter, als Victoria es erwartet hatte. »Ja, Kaiser Napoleon ist ein Segen für Europa. Genau das hat Vater oft genug gesagt, zu jedem, der es hören wollte. Seine Passion für die Wissenschaft hat ihm einiges an Sympathien seitens des Protektorats eingebracht, das mag sein. Aber diese Sympathien rühren vor allem daher, dass er das Protektorat von Beginn an nach allen Kräften unterstützt hat. Was denkst du, warum wir einen französischen Meistermechaniker beschäftigen und warum sämtliche Maschinen und Anlagen auf unserem Grund und Boden dem neuesten Stand der Technik entsprechen? Braucht es mehr, um auf die persönliche Feindesliste des Anführers der Royalisten zu landen? Bestimmt nicht.«

»Woher sollte ich das ahnen?«, blaffte Victoria zurück. »Diese stinkenden, lärmenden Dinger interessieren mich kein Stück.« Sie schwieg und konnte doch nicht verhindern, dass sie über das Gehörte nachdachte. »Wieso weißt du überhaupt so viel darüber? Es überrascht mich, dass du nicht nur deine Droschken und diese …« Sie schluckte die Beleidigung, die ihr für das Mündel von Monsieur Pignon auf den Lippen lag, mühsam herunter. »… dieses Mechanikermädchen im Kopf hast.«

»Wieso, wieso, wieso«, äffte Edward sie nach und sie musste erneut schlucken. Bestimmt waren die Schmerzen schuld daran, dass ihr Bruder so mit ihr sprach. Sonst wagte er das nicht.

»Weil du den lieben langen Tag all das tun kannst, wonach dir ist«, schimpfte Edward weiter. »Dir frisst er förmlich aus der Hand. Derweil bemühe ich mich von früh bis spät, die endlosen Vorträge unseres Vaters auszuhalten. Er hat sich in den Kopf gesetzt, dass ich in seine Fußstapfen treten soll, wenn er einmal nicht mehr ist. Hat er mich gefragt, ob ich das will? Nein.«

Victoria stand auf und kniete sich beschämt vor den Sessel und legte ihre Hände auf Edwards Knie. »Das … das tut mir leid«, gab sie leise zu. »Ich dachte immer, du …« Sie stockte erneut und suchte nach Worten. »Deine stundenlangen Ausflüge mit den Droschken …«

»Die waren die einzige Möglichkeit, Vater und den Büchern einmal länger als für nur ein paar Minuten zu entkommen«, ergänzte Edward ihren Satz. »In der Regel vergisst er mich dann recht schnell und zieht sich zu seinen eigenen Studien zurück.« Er wandte den Kopf und sah an ihr vorbei. »Wärst du so freundlich und würdest mir ein Glas Sherry einschenken?«, forderte er sie auf. Es lag wenig Wärme in seinen Worten.

»Alkohol, Edward? Du weißt doch, wie Vater dazu steht«, antwortete sie erschrocken.

»Vater ist aber gerade nicht hier. Sollten die Rebellen das Arbeitszimmer stürmen, ist das sowieso egal. Findest du nicht? Es wird hoffentlich meine Schmerzen lindern.«

Victoria durchbohrte ihren Bruder einige Sekunden lang entrüstet mit ihrem Blick, stand aber tatsächlich auf und öffnete den Barschrank, in dem ihr Vater verschiedene Portweine und Sherrys aufbewahrte. Sie konnte kaum glauben, dass sie es tat. Mit einem Glas, dessen Boden gerade eben bedeckt war, kehrte sie mit zitternden Beinen an den Sessel zurück. Fast wünschte Victoria, sie hätte ebenfalls etwas, das ihre Nerven vom Zittern befreien würde.

»Sind wir hier sicher, Edward? Ich habe Angst, dass sie nach uns suchen werden. Die Frau, die mich festhielt, hatte gesagt, dass sie uns mitnehmen wollen.«

Edward sah sie nicht an, was sie noch mehr beunruhigte.

»Keine Ahnung. Vielleicht ja. Kampflos werde ich mich jedenfalls nicht ergeben.«

»Aber sie haben Carabine! Und Pistolets und wer weiß was sonst noch für schlimme Dinge, mit denen sie uns etwas antun können. Womit willst du dich denn verteidigen?«

Edward schnaufte abfällig und Victoria erkannte, dass ihre Worte ihn nachdenklich werden ließen. »Wenn wir uns still verhalten, glauben sie sicher, dass wir woanders sind. Sie werden schon keine Tür aufbrechen. Außerdem trifft bald die Kompanie des Conseils ein. Du wirst sehen, dann suchen die Rebellen ganz schnell das Weite. Und du kannst zurück zu deinem Verehrer.«

Victoria gab einen kieksenden Laut von sich. »Dieses Tränentier? Ich hoffe, dass ihm nichts passiert, aber trotzdem kann er mir gestohlen bleiben.«

Jemand rüttelte von außen an der Klinke. Victoria brachte sich mit einem kaum unterdrückten Aufschrei hinter Edwards Sessel in Sicherheit.

»Sei still«, zischte ihr Bruder sie scharf an. Zu spät war das dennoch. Die Türklinke bewegte sich nicht mehr, dafür hämmerte es nun gegen die Tür.

»Aufmachen!«

»Wer ist das, Edward?«, flüsterte sie. Ihr Bruder antwortete nicht. Dafür drückte er ihre Hand so fest, dass sie ein weiteres Mal aufschreien wollte. Ihre Hand wegzuziehen, wagte sie dennoch nicht.

»Lady Victoria! Lord Edward! Sind Sie da drin? Öffnen Sie bitte die Tür!«

»Das ist Alison!«, erkannte Victoria die Stimme der Mamsell. Zögerlich machte sie zwei, drei Schritte auf die Tür zu und blieb dann wieder stehen. »Was, wenn es eine Falle ist? Wenn sie dazu gezwungen wird, von den Rebellen?«

Ein weiteres Mal hämmerte Alison gegen das Türblatt. »Geht es Ihnen gut? Bitte, so öffnen Sie doch!«

Ihre Stimme klang besorgt und gleichsam verunsichert. Vielleicht hatte sie den Weg zum Arbeitszimmer mit viel Glück geschafft und vielleicht waren die Rebellen ihr auf den Fersen. Victoria musste sie einfach hereinlassen. Mit ihrem ganzen Gewicht drückte sie gegen die Kommode, doch das schwere Möbel bewegte sich nur ein winziges Stück.

»Siehst du dich in der Lage, mir wenigstens dieses Mal zu helfen, Edward?«

Edward brummte etwas Unverständliches, stand aber dann ächzend auf. Gemeinsam schoben sie die Kommode beiseite. Victoria drehte den Schlüssel und öffnete die Tür. Kaum war sie einen Spalt offen, drückte sich die Mamsell hinein und schloss die Tür sofort hinter sich wieder zu.

»Dem Himmel sei Dank, Ihnen ist nichts passiert.«

Dankbar erwiderte Victoria die Umarmung, bis ihr Tränen in die Augen stiegen. »Alison, ist das nicht schrecklich?«, schluchzte sie. »Sie wollten uns entführen und Edward haben diese schlimmen Menschen sogar niedergeschlagen. Er hätte tot sein können.«

Edward winkte ab, während er mit schiefem Mundwinkel

die linke Schulter rotieren ließ. »Eine Beule am Kopf und ein Schlag in den Rücken. Halb so wild.«

»Halb so wild? Du warst kaum in der Lage aufzustehen«, wies Victoria ihren Bruder zurecht. »Zum Glück ist der Conseil eingeschritten. Er hat die Halunken niedergestreckt und uns gerettet. Den Angriff wird er ganz sicher zurückschlagen und uns alle befreien.«

Die Mamsell warf Edward einen fragenden Blick zu und der bestätigte die Worte seiner Schwester. »Er lässt seine Kompanie anrücken. Wir müssen nur abwarten und uns solange still verhalten.«

Erstaunt bemerkte Victoria, dass Alison erbleichte. »Die tête de mort.« Dann räusperte sich die Mamsell und löste sich aus der Umarmung. »Sie hatten eine Kommode vor die Tür geschoben. Das war sehr klug. Wir sollten das erneut tun. Wenn Sie mir beide bitte helfen würden?«

»Natürlich«, sagte Victoria.

Gemeinsam sicherten sie den Eingang des Arbeitszimmers, bevor sie sich alle auf Couch und Sessel niederließen. Die Mamsell zückte ein weißes Spitzentuch aus einer ihrer Rocktaschen und fuhr sich damit über Stirn und Schläfen.

»Erzähle doch, Alison«, drängte Victoria schließlich. »Wie ist es dir gelungen zu entkommen? Wie sieht es im Haus aus? Hast du Vater gesehen? Ihm geht es doch gut? Was ist mit den Gästen? Was haben die Rebellen mit ihnen angestellt?«

Alison Leboir lächelte nachsichtig. »So viele Fragen.« Die Mamsell nahm sich eine Atempause, in der sie sich sammelte und nach Antworten suchte. »Ich war gerade mit dem Küchenmädchen Edith im Vorratshaus, als der Angriff begann. Nur dadurch entgingen wir wohl der Gefangennahme. Ich habe Edith sofort losgeschickt, mit den anderen Küchenmädchen und der Köchin zu fliehen. Leider weiß ich nicht, wo Ihr Vater im Augenblick steckt, Lady Victoria. Die Angreifer sind überall im Haus verteilt und treiben die Gäste zusammen. Aber ich bin mir nicht sicher, ob sie wirklich wegen Schmuck und Geld gekommen sind.«

»Weswegen sollten sie sonst einen Überfall wagen?«, warf Edward skeptisch ein. »Die Entführung und Ermordung von ehrbaren Bürgern dieses Landes finanziert ihre Machenschaften. Und Angst und Schrecken zu verbreiten, das ist doch ihre Absicht.«

Die Mamsell zog die Augenbrauen zusammen und legte die geschlossenen Handflächen gegen ihre Lippen. »Ich fürchte, Lord Edward, Sie haben ein falsches Bild von der Vorgehensweise der Royalisten. Dieser Überfall ist nicht das, wonach er aussieht.«

»Wie meinst du das, Alison?«, richtete sich Victoria in ihrem Sitz auf. Doch anstatt auf ihre Frage einzugehen, hob die Mamsell warnend den Zeigefinger. Jetzt hörte auch Victoria die Rufe und die Laute von vielen Füßen auf der steinernen Treppe. Waren das die Soldaten, die der Conseil zu ihrer Rettung versprochen hatte?

Mrs Leboir schüttelte stumm mit dem Kopf, so als hätte sie die Frage in Victorias Gesicht herausgelesen, und erhob sich. »Wir sollten gehen. Sofort.«

»Aber wie? Wenn sie schon die Treppe heraufkommen, gibt es keinen Ausweg für uns«, rätselte Victoria.

Die Mamsell sah sich um. Dann drehte sie ein Notizgestell von der Wand weg, das der Earl für das Zeichnen von technischen Skizzen benutzte. Dahinter kam die Holztäfelung zum Vorschein, wie sie in fast allen Räumen des Herrenhauses angebracht war. Etwas alt und abgenutzt und hätte längst einmal erneuert gehört, wie Victoria fand, aber ansonsten gewohnt langweilig. Die Mamsell fuhr auf halber Höhe mit der flachen Hand über die Täfelung. An einer Stelle stoppte sie und drückte gegen das Holz. Es klickte leise. Dort, wo bisher ausschließlich Wand zu sehen gewesen war, zeichnete sich nun der Umriss einer verborgenen Tür ab.

Begeistert trommelte Edward mit der flachen Hand auf die Sessellehne. »Alte Dienstbotengänge! Ich erinnere mich daran. Vor ungefähr 12 Jahren hat Vater sie verschließen lassen. Dachte ich jedenfalls immer.«

»Einen gibt es noch, wie Sie sehen«, lächelte Alison. »Der Gang führt runter in die Hauswirtschaftsräume. Bis an den Garten heran.«

»Und von dort sind die Garagen problemlos zu erreichen. Ich fahre uns dann mit einer der Droschken vom Gut weg, bis die Gefahr vorüber ist. Das wird ein Kinderspiel.« Edward zeigte für Victorias Geschmack viel zu viel Freude an seinem Plan. Sie sorgte sich um ihren Vater, der noch irgendwo im Haus unterwegs war. Hoffentlich hatte der Conseil ihn beschützt und er war nicht den Rebellen in die Hand gefallen. Oder verletzt.

Vor dem Arbeitszimmer erklang eine raue Frauenstimme, auf die ein Mann antwortete. Gleich darauf wurde die Klinke heftig und mehrfach nach unten geruckt. Es gab keinen Zweifel daran, wo das Ziel der Rebellen lag.

Mrs Leboir zog die verborgene Tür vollständig auf und Edward eilte in die schummrige Dunkelheit dahinter. »Kommen Sie, Lady Victoria. Uns läuft die Zeit davon.«

»Nur einen Moment!« Ihr war eingefallen, um was ihr Vater sie gebeten hatte: die Pläne beschützen. Eilig lief sie zum Safe an der hinteren Wand des Arbeitszimmers und entriegelte ihn. Das Fach mit den Unterlagen quoll vor Papieren über. Was davon waren die Pläne, die ihr Vater gemeint hatte? Kurzerhand rollte Victoria alles zusammen, was sie greifen konnte. Dann folgte sie der Mamsell in den Dienstbotengang, was mit dem ausladenden Rock eine kleine Herausforderung war. Kaum war die verborgene Tür geschlossen, hörte sie, wie die Rebellen ins Arbeitszimmer brachen.

15
Gefangen

Draußen über dem Garten, aber weit entfernt für Florance, knatterte das Feuerwerk. Sogar einzelne Böllerschüsse registrierte sie ab und zu, sofern sie denn darauf achtete. Sie hatte abseits der Pilotensitze eine Bodenluke entdeckt, aufgeriegelt und hing nun kopfüber in der Öffnung. Entlang Rohrleitungen und Verbindungsstücken folgten die Finger ihren Blicken. Sie musste es berühren, um es zu glauben. Was für eine Handwerkskunst. Diese annähernd unmögliche Anordnung der Maschinenteile fügte sich wie aus einem Guss ineinander, mit einer Feinheit, für die es mehrere Meister gemeinsam gebraucht haben musste.

Florance wünschte, sie wäre in der Lage, etwas Vergleichbares zu konstruieren. Sie rutschte noch ein Stück tiefer, bis allein ihre Hüfte das Gewicht ihres Körpers an der Kante hielt. War es diese Meisterschaft, die man auf der Akademie erlernen würde, wenn man denn aufgenommen wurde? Dann forderte Madame Bertrand in der Tat ein Wunder von ihr. Wie nur sollte sie etwas vergleichbar Außergewöhnliches leisten? Ein schier ausswegloses Vorhaben. Sogar, wenn das Gerücht der Wahrheit entsprach und diese Maschine trotz aller Genialität fehlerhaft war.

In ihrem Kopf spukte plötzlich die Idee herum, sie zu reparieren. Doch dafür benötigte sie den Konstruktionsplan. Ohne diesen war es leichter, mit verbundenen Augen eine Distel in einem Meer aus Blumen zu finden, als die Stelle in der Maschine, die nicht funktionierte. Der Plan lag bestimmt im Safe des Earls. Der stand in dessen Arbeitszimmer, zu dem sie keinen Zutritt hatte. Wenn überhaupt schaffte es allein Monsieur Pignon, Earl Hellingway davon zu überzeugen, den Konstruktionsplan herzugeben. Doch ihr Vormund hatte Florance nicht einmal von dieser großartigen Maschine erzählt. Unter diesen Voraussetzungen auf einen Reparaturversuch zu hoffen, schien völlig unrealistisch.

Alarmiert unterbrach sie ihre Begutachtung. Hatte gerade alles um sie herum gewackelt? Florance hielt den Atem an und lauschte über ihren Herzschlag hinweg. Tuschelte da jemand hinter der Außenwand? Oder verzerrte der Wartungsschacht einfach die eigenen Geräusche? Sie schimpfte mit sich selbst, dass sie so unachtsam gewesen war. Deswegen hatte sie den Transporter durchsucht. Um den Saboteur zu finden und ihn festzunehmen. Stattdessen hatte sie sich ablenken lassen und alles um sie herum vergessen. Florance lauschte erneut. Doch da war nichts, nur Stille. Aber war sie sich wirklich sicher? Wenn sie ein Saboteur wäre, dann war Heimlichkeit die wichtigste Eigenschaft. Mühsam stemmte sie sich hoch, um den Kopf aus der Öffnung zu bekommen.

Da rumste plötzlich die Einstiegsluke der Maschine zu. Das Licht um sie herum verlöschte in der gleichen Sekunde. Florance zuckte zusammen. Gleichzeitig rutschte ihre Hand von dem Rohr ab, auf das sie sich stützte. Ihr Oberkörper sackte abwärts, die Hüfte ratschte über die Kante. Nur einen Moment später folgten die Beine und dann die Füße. Zu guter Letzt fiel die Bodenluke um und sperrte sie vollends ein.

Eingekeilt und mit einer unangenehmen Verdrehung des Körpers steckte sie kopfüber fest. Florance tastete mit den

Händen nach einem Halt, ihre Füße zappelten. Mehr ließ sich beim besten Willen nicht bewegen. Schreck und Beklemmung klopften heftig gegen ihren Verstand, doch sie zwang sich, ruhig zu atmen. Panik hilft dir nicht weiter, sprach sie in Gedanken zu sich selbst. Testweise drückte sie ihren Körper erst aufwärts, dann versuchte sie, sich wenigstens ein Stück zu drehen. Es gelang nicht. Dazu war es einfach viel zu eng. Sie musste es sich eingestehen: Sie benötigte Hilfe. Allein schaffte sie es nicht heraus.

Elender Mist, fluchte sie lautlos. Was für eine Peinlichkeit! Den Gesichtsausdruck von Monsieur Pignon konnte Florance sich bereits in allen Einzelheiten ausmalen, wenn er davon erfuhr. Die Assistentin des Meistermechanikers unerlaubt in einer geheim gehaltenen Maschine gefangen, die sogar von Soldaten bewacht wurde, damit niemand sie und ihre Funktion zu Gesicht bekam oder raubte. Earl Hellingway würde alles andere als begeistert sein. Und wenn es noch schlimmer wurde, kostete es Florance sogar ihre Anstellung. Trotzdem blieb ihr keine Wahl. Sie hatte sich dieses Dilemma selbst eingebrockt.

»Hallo? Ich brauche Hilfe! Hört mich jemand?«

Sie wartete ein paar Sekunden, doch niemand antwortete. Wenn sie von außen kaum etwas vernahm, dann war sie selbst ebenso schlecht zu hören. Florance musste lauter werden. Mit den Händen klopfte sie gegen die Rohre, sogar an das winzige Stück Wand, das sich dazwischen auftat. Dazu brüllte sie in voller Lautstärke um Hilfe. Wieder erhielt sie keine Antwort. Niemand öffnete die Bodenluke, niemand griff nach ihr und zog sie hervor. Noch ein Versuch. Dieses Mal holte sie alles aus ihren Stimmbändern heraus, bis sie begannen, wehzutun. Erst anschließend atmete sie mehrmals vorsichtig ein.

Ein heftiger Ruck erschütterte die Maschine, den Florance selbst in ihrer eingekeilten Position wahrnahm. Der Druck verstärkte sich erst an ihrer rechten Seite, dann wieder an der anderen. Es kam Florance so vor, als schwanke die Maschine hin und her. Aber wie war das möglich? Sie stand doch festgezurrt auf dem Transporter und der wiederum nahm einen beträchtlichen Platz in der Maschinenhalle ein. Ein zweiter Ruck, dieses Mal um ein Vielfaches heftiger als der erste, stoppte die Schwankung. Stille kehrte ein. Florance wartete, dann trommelte und brüllte sie wieder los. Doch auch dieses Mal kam niemand, um sie aus ihrer misslichen Lage zu befreien. Sie war gefangen. Und keine Rettung in Sicht.

16

Im vergessenen Flur

Warum musste es in dem alten Dienstbotenflur bloß so finster und eng sein? Und wieso knarzte es ständig unter ihren Füßen? Victoria war fest davon überzeugt, dass einige der Bodendielen morsch waren. Das Letzte, was sie wollte, war, mit ihrem Fuß durchzubrechen. So schnell, wie sie es eben wagte, folgte sie der Mamsell und ihrem Bruder Edward. Ihr fliederfarbener Rock schabte zu beiden Seiten an den Wänden. Das ruinierte es, ohne Zweifel, stöhnte sie innerlich. Alle paar Meter warf eine Leuchte an der Decke sein altersschwaches Licht auf sie herab. Aber das reichte gerade einmal dafür, dass Victoria die Richtung erkannte, in die sie liefen. Die Rechte umklammerte die heiß geliebten Pläne ihres Vaters. Mit der linken Hand tastete sie an der Wand entlang. Klebriges Gespinst legte sich kitzelnd um ihre Finger. Victoria zuckte zurück, nur um im gleichen Augenblick mit dem Gesicht durch Spinnweben zu laufen. Sie kreischte hell und laut auf.

»Still, du Zimperliese!«, zischte Edward ihr von vorn zu. »Das ist jetzt schon das vierte Mal. Wegen dir werden sie uns noch hören!«

»Aber ich hasse Spinnweben«, klagte Victoria. Angewidert versuchte sie, das klebrige Zeug mit dem Ärmel abzuwischen. »Sie sind … sie sind ekelhaft! Wenn ich daran denke, wie die Viecher mit ihren haarigen Beinen darin herumkrabbeln. Oh bitte nicht! Wenn sie jetzt in meinen Haaren stecken!«

»Keine Sorge, dein Gekreische werden sie nicht ertragen und freiwillig abziehen«, ätzte Edward.

Hinter ihrem Bruder schälte sich Alison aus der Düsternis und Victoria hätte beinahe ein weiteres Mal geschrien. So biss sie kurzerhand in ihren Ärmel. Doch der Geschmack aus Staub, Stoff und altfeuchter Tapete war kaum besser zu ertragen. Victoria schüttelte sich. »Jetzt habe ich auch noch Spinnweben in meinem Mund. Igitt.«

»Würden Sie beide bitte nicht so einen Lärm machen«, flüsterte die Mamsell eindringlich. »Wir sind längst nicht außer Gefahr. Gleich befinden wir uns direkt neben dem Bankettsaal. Mit ein wenig Glück können wir uns da einen Überblick über die Lage verschaffen. Aber nur, wenn Sie beide wirklich leise sind. Schaffen Sie das?«

Victoria nickte, dann fiel ihr ein, dass Alison das vielleicht überhaupt nicht sah. »Ja«, fügte sie schnell hinzu und auch Edward brummte seine Zustimmung.

»Gut. Warten Sie bitte hier.«

Die Mamsell tauchte unter einer weiteren Leuchte hindurch und trat näher an die Wand heran. Allein das hätte Victoria wegen der Spinnweben nicht gewagt. Mit beiden Händen schob Alison etwas winzig Kleines seitwärts. Schließlich legte sie sogar ein Auge an die Stelle. War das ein Guckloch? Konnte man von dort etwa in den Bankettsaal schauen? Für Victorias Geschmack verharrte Alison viel zu lang in dieser Position. Offensichtlich machte sie sich keine Gedanken über Spinnen und sonstiges Getier, das sich in dem dunklen Flur verbarg. Ein Frösteln kroch Victoria durch die Adern. Wie schlimm mochte es schon sein, von Aufständischen entführt zu werden im Vergleich zu dem hier?

Endlich kehrte Alison zu ihr und Edward zurück. »Es ist schlimmer, als ich befürchtet habe.«

»Was haben Sie gesehen, Mrs Leboir?«, fragte ihr Bruder. Die Anspannung in seiner Stimme war kaum zu überhören.

Victoria besaß keine Geduld für solche Fragen. Sie musste Dringenderes wissen. »War Vater dort? Geht es ihm gut? Ist er verletzt? Nun sag schon.«

»Ja, Ihr Vater ist dort«, bestätigte ihr Alison ruhig. »Im Bankettsaal.«

»Dann will ich ihn sehen. Augenblicklich.«

Doch Alison trat weder beiseite, noch zeigte sie ihr das verborgene Guckloch, durch das man in den anliegenden Saal blicken konnte. Vor Empörung stieß Victoria einen undamenhaften Schnaufer aus. »Das ist skandalös. Alison, ich befehle es dir. Ich will mich mit eigenen Augen davon überzeugen, dass mein Vater unversehrt ist.«

»Bei allem Respekt, Lady Victoria«, entgegnete Alison unbeeindruckt. »Sie werden mir glauben müssen, dass er unverletzt ist. Wenn wir weitere Zeit vergeuden, gelingt uns nicht mehr die Flucht.«

Flucht. Die war doch jetzt hinfällig. Und was fiel Alison bloß ein, so mit ihr zu reden? »Wozu sollen wir denn weiterhin davonlaufen? Wenn Vater direkt nebenan ist und es ihm gut geht, dann sind diese Verbrecher offensichtlich erfolgreich von Birch Manor vertrieben worden. So, wie es der Conseil versprochen hat. Ich sehe also überhaupt nicht ein, weshalb …

»Halte dir doch endlich einmal selbst die Klappe zu«, unterbrach Edward sie so plötzlich, dass ihr vor Schreck der Mund offen stehen blieb. »Es reicht. Wirklich.« Ihr Bruder legte eine Faust auf seine Lippen, schloss die Augen und holte tief Luft. Dann stieß er den Atem mit einem großen, entschlossenen Seufzer aus.

»Mrs Leboir, bitte treten Sie beiseite.«

17
Auf der Ironside

Florance riss die Lider auf. Lichtlose Schwärze schwebte wie zuvor vor ihren Augen. Hatte sie geschlafen? Oder war sie ohnmächtig geworden? Und wenn ja, wie lange? Anscheinend hatte ihr eigenes Körpergewicht sie tiefer zwischen die Leitungen rutschen lassen. Der einzig andere Unterschied zu vorher war der drückende Schmerz in ihrem Kopf. Jetzt gerade pochte es hinter ihrer Stirn wie kurz nach der Explosion. Die ungünstige Kopfüber-Position in ihrem Gefängnis trug daran die Schuld. Die Luft war merklich dünner. Florance lauschte über das Klopfen ihres Pulses hinweg. In weiter Ferne vernahm sie andere Geräusche. Aber sie blieben zu vage, zu leise. Die Maschine hielt sich regungslos, eine Bewegung war nicht zu spüren. Hatte man sie wieder abgestellt? Dass sie sich gerührt hatte, daran gab es für Florance keinen Zweifel. Aber half ihr das weiter, wenn sie unter der Luke eingesperrt blieb?

Mit einem Seufzer schloss sie die Lider. In die Dunkelheit zu starren, strengte unnötig an. Sie musste überlegen, einen Weg aus ihrer Misere finden. Sonst würde der erste Mechaniker, der die Luke in ein paar Monaten öffnen würde, den Schreck seines Lebens erfahren. Spontan grinste Florance. Das würde ein ganz besonderer Anblick werden. Ihre Gedanken flogen hin und her, doch es fiel ihr schwer, konzentriert zu bleiben. Durst, sie hatte heftigen Durst. Sie leckte sich über die trockenen Lippen. Wie viele Stunden mochte es her sein, dass sie etwas getrunken hatte? Eine Zeit lang hörte sie ihrem

Atem zu. Der Rhythmus trug sie fort, bis schlagartig Helligkeit vor ihren Augen tanzte. Sie blinzelte und drehte den Kopf aufwärts. Jemand stand über der offenen Luke und sah auf sie herab.

»Mögen mich die Würmer fressen! Was zum Teufel ist das da?« Die Stimme klang kratzig und tief, als hätte ihr Besitzer entweder eine starke Erkältung oder am Vortag zu ausführlich in eine Flasche Whisky geguckt.

»Das sind Beine, würde ich sagen, Captain McGregor«, antwortete eine andere Stimme, die freundlicher und eindeutig weiblich klang.

»Das sehe ich selbst«, schnaufte die erste ungehalten. »Ich bin schließlich nicht blind. Die werden wohl nicht ganz allein da hineinspaziert sein. Vermute, da hängt noch einiges mehr dran.«

Eine Pause trat ein, in der Florance nicht wagte, sich zu rühren. Was waren das für Leute? Und waren sie womöglich gefährlich? Nach Soldaten hörten sie sich jedenfalls nicht an.

»Was ist jetzt, Iona?«, polterte die Stimme McGregors weiter. »Holt ihr die jetzt da heraus oder soll ich es selbst tun?«

»Ihr habt den Captain gehört. Du, du und du. Anfassen und vorsichtig herausziehen.« Das war wieder die Frau. Sie hörte sich ruhiger und gelassener an als der andere. Womöglich war das gut. Weitere Stimmen antworteten ihr mit einem Aye und kurz darauf fühlte Florance, wie sie an ihren Unterschenkeln und Füßen gepackt wurde. Ruppiger, als sie sich es gewünscht hätte, wurde sie aus der Bodenluke herausgezogen. Der Aufschlag ihres Ärmels verhakte sich an einem Vorsprung, sie bekam ihn aber nicht mehr rechtzeitig frei. Keine

Sekunde später knackte es in der Naht an der Schulter und der komplette Ärmel riss ab. Da ging sie dahin, ihre schöne Uniform. Monsieur Pignon würde vermutlich toben, wenn er das sähe. Er hasste unordentliche Kleidung. Andererseits, Florance hatte im Augenblick ganz andere Probleme. Kaum war sie vollständig aus der Luke heraus, drehte man sie herum und sie plumpste unsanft auf ihre Knie. Kräftige Hände pressten auf ihre Schultern. Sofort dachte sie darüber nach, aufzubegehren, sich zu wehren. Wenn möglich, sogar davonzulaufen. Aber sie wusste nicht einmal, wer diese Leute waren.

»Sieh einer an. Tot ist er schon mal nicht, unser blinder Passagier.« Der Mann vor ihr pustete in seinen feuerroten Schnauzbart und verschränkte die Arme vor der Brust. Die abstehenden Zwirbel links und rechts der Nase zitterten. Er trug das ebenso rote Haar in kurzen Locken, um seinen Hals war ein weißes Tuch geschlungen. Der unmodische Gehrock und die Hose waren aus erdbraunem, groben Stoff gefertigt. Beides wirkte abgenutzt, aber deswegen nicht von schlechter Qualität. Von der linken Schulter hing eine blau-rotkarierte Schärpe herab. Alle schottischen Clans verwendeten ein eigenes, unverkennbares Muster, an dem sich die Mitglieder einer Familie erkannten. So hatte es ihr Monsieur Pignon erzählt. Ob dieser Zwirbelbartträger wirklich ein Schotte war, das wagte sie nicht zu beurteilen.

»Das wäre auch noch schöner«, fuhr der Mann fort. »So ein toter Bursche in den Motoren macht jede Menge Unrat in so einer hübschen Maschine wie meiner. Und erst der Geruch, zusammen mit dem Schmieröl. Unerträglich.«

»Das ist kein Bursche, Captain«, korrigierte ihn die Frau, die wohl Iona hieß, mit einem leichten Kopfnicken. Sie wartete ab, bis der Schotte seine eigenen Schlüsse gezogen hatte. Im Gegensatz zu McGregor trug sie eine dunkelgrüne Jacke mit einer einfachen Knopfreihe, dazu eine gleichfarbige Hose. Praktische Kleidung, für körperliche Arbeit wie geschaffen. Über ihre Schulter hinweg ragte der Lauf einer Carabine, einem alten Gewehr, hervor. Im Gürtel steckten ein Messer und eine Pistolet. Niemand trug so viele Waffen am Körper, wunderte sich Florance. Es sei denn, man war bei der Gendarmerie de Britannia.

»Ist es nicht?«, meldete sich der Schotte.

»Nein, Captain.«

»Aha. Dann schaue ich mir das einmal genauer an.« Der Mann namens McGregor kniff die Augen zusammen, drückte den Kopf nach vorne und musterte sie. Sogar jetzt vollführten seine Bartzwirbel die Bewegung mit. »Schimmerndes, schwarzes Haar, zu lang für einen Burschen, aber auch zu kurz für eine Dame. Aber das macht heutzutage eh jeder so, wie er will. Oder sie. Die Statur schlank und drahtig, aber nicht kräftig genug. Sanfte Augen, aber mit Feuer. Ein Mädchen also. Stellt sich mir dennoch die Frage: Was macht sie in meiner Maschine?«

Seine Maschine, schnaufte Florance innerlich. Das sagte der Mann jetzt bereits zum zweiten Mal und so langsam reichte es ihr. Sie begehrte gegen den Griff an den Schultern auf, vergeblich zwar, aber der Captain öffnete sofort weit die Augen. »Das ist nicht Ihre Maschine! Die ist Eigentum des französischen Kaisers!«

»Das war sie vielleicht einmal. Jetzt ist sie es jedenfalls nicht mehr«, antwortete McGregor gleichmütig. »Immerhin steht sie im Bauch meines Luftschiffes. Damit sind die Eigentumsverhältnisse wohl geklärt, finde ich. Oder etwa nicht, Leute?« Die Frage ging an die Männer und Frauen um sie herum. Heiteres Gelächter erklang.

Ein Luftschiff? Saure Spucke sammelte sich in ihrem Mund, doch sie schluckte sie hektisch herunter. Das war unmöglich! Außer man hatte sie entführt. Und das bedeutete, sie befand sich nicht mehr auf Birch Manor. »Dann haben Sie sie gestohlen. Ich verlange, dass Sie die Maschine zurückbringen. Und mich ebenso. Sofort!«

»Das ist leider unmöglich«, antwortete die Frau neben dem Captain mit einem freundlichen Lächeln.

»So ist es«, nickte McGregor barsch. »Die Ironside hat zwei hässliche Löcher einstecken müssen. Sie qualmt schlimmer als eine Horde Vulkane. Die zielen wirklich verdammt gut, diese Mistkerle. Das muss man ihnen lassen. Aber das ist eben ein Grund mehr, nicht kehrtzumachen. Das verstehst du doch.«

»Ich verstehe das überhaupt nicht«, knurrte Florance zurück. »Sie sind also nichts anderes als ein gewöhnlicher Dieb. Einer, der nicht davor zurückschreckt, die Angestellte eines englischen Earls zu entführen.« Die Worte sprudelten heraus, nur um sich sofort auf die Lippen zu beißen. Das hätte sie besser nicht sagen sollen. Das Gesicht des Captains nahm einen dunklen Rotton an. Seine Bartenden zitterten, ohne dass er sich bewegte. Florance hoffte inständig, dass sie in diesem Augenblick nicht zu weitgegangen war. Die Frau namens Iona schob sich zwischen sie und McGregor.

»Das nennt man Kriegsbeute. Wir sind keine Diebe, diese Bezeichnung hören wir wirklich nicht gern. Der Captain am allerwenigsten.«

Hinter Iona schnaufte es mehrmals. »Weiß sie, wie man auf Schiffen mit blinden Passagieren umgeht? Weiß sie das?«

Erneut lächelte die Frau und zwinkerte versöhnlich. »Der Captain meint damit, dass man sie erst kielholen lässt und dann über Bord wirft. Das Kielholen ist ziemlich umständlich auf einem Luftschiff, daher verzichtet man gern darauf. Aber das Über-Bord-Werfen … Sagen wir so, es ist nicht wirklich angenehm, von einem Luftschiff zu fallen. Du solltest Captain McGregor besser nicht verärgern.«

Florance schluckte und schwieg. Das waren Rebellen! Feinde des Kaisers Napoleon und des französischen Protektorats. Mörder und Diebe. Aber Birch Manor war doch gesichert gegen solche Überfälle. Es gab genug Abwehrtürme, um … Da fiel ihr die Explosion wieder ein, die einen großen Teil der Antriebskessel zerstört und beschädigt hatte. Das Landgut war in Wirklichkeit ungeschützt gewesen. Dabei hatten davon nur ein paar Arbeiter und Earl Hellingway gewusst. Woher hatten diese Leute die Information bekommen?

Der Saboteur, natürlich. Steckte der mit dem rothaarigen Captain unter einer Decke? Moment … hieß es nicht, der brutale Anführer der Rebellen trug feuerrotes Haar? Und einen Schnauzbart? Bestürzung fuhr Florance durch die Glieder. Wenn der die Verantwortung für ihre Entführung hatte … sie wagte es nicht, den Gedanken zu Ende zu bringen. Im Augenblick war sie seine Gefangene. Also musste sie so lange überleben, bis jemand sie befreite. Es würde Monsieur Pignon auffallen, dass sie fehlte. Nichts würde er unversucht lassen, um sie zu finden. Darauf vertraute Florance inbrünstig.

»Es … tut mir leid«, presste sie schließlich hervor. »Ich habe das nicht so gemeint.«

»Ja, da bin ich mir sogar sicher.« Iona zwinkerte ihr zu. »Und jetzt solltest du dem Captain endlich erzählen, wieso du kopfüber in seiner Maschine steckst.«

»Es ist nicht …« Florance schluckte den Rest des Satzes herunter. Sie brauchte schnell eine Erklärung. Von ihrem Plan, den Saboteur zu fassen, konnte sie schlecht erzählen. Oder davon, dass sie sich heimlich in die Halle der Fahrzeuge geschlichen hatte, weil sie die Leiterin der Akademie beeindrucken wollte.

Während sie noch überlegte, sagte der Mann, der sie an den Schultern gepackt hatte: »Captain, ist Ihnen die Uniform des Mädchens aufgefallen? So eine wird von den französischen Mechanikern zu besonderen Anlässen getragen.«

In Florance wuchs ein fieses Gefühl aus der Magengegend nach oben bis zu ihrem Nacken. Eine frostige Gelassenheit legte sich auf die Stimme des Luftschiffkapitäns.

»Eine Spionin des Kaisers. Deshalb also.« McGregor ließ ein Knurren über seine Lippen beben. »Schafft sie mir aus den Augen.«

»Ich hatte dich gewarnt, Mädchen«, sagte Iona zu ihr. Das Lächeln war aus dem Gesicht der Frau verschwunden. Weitere Hände griffen nach Florance und zerrten sie hoch. Ohne jedoch so richtig auf die Füße zu kommen, schleifte man sie von der Luke weg und aus der Maschine heraus. Verzweifelt drehte sie den Kopf zurück, sah zu McGregor und der Frau an seiner Seite.

»Was passiert jetzt? Was haben Sie mit mir vor?«, fragte sie ängstlich.

Sie erhielt keine Antwort. Stumm und grimmig starrten die beiden hinter ihr her. In den unbarmherzigen Griffen gefangen, schleppte man sie aus dem Frachtraum heraus. Erst einen engen Gang entlang, dann eine Treppe mit wenigen Stufen hinauf. Kurz darauf wehte ihr nächtlicher Wind ins Gesicht. Über ihrem Kopf knatterten die Tragflächen des Luftschiffes, erhellt von der Beleuchtung an Deck. Jenseits der Reling stampften die Motoren, welche das Gefährt fern vom Grund hielten. Schwarzer Qualm stieg am Heck auf und vermischte sich mit dem nächtlichen Horizont. Mit aller Kraft kämpfte Florance gegen die Übelkeit an.

Sie wagte kaum, sich umzusehen. Trotzdem bemerkte sie, dass das Luftschiff seine besten Zeiten weit hinter sich hatte. Es musste alt sein. Vielleicht dreißig oder vierzig Jahre? Kriegsluftschiffe erreichten ein solch stolzes Alter nicht. Aber es gehörte zu einer langen Liste von Luftschifftypen, die ihr Vormund sie in ihrer Ausbildung hatte auswendig lernen lassen. Das war eines der letzten intakten Exemplare der längst verschrotteten englischen Flotte. Wenn nicht sogar das Einzige, das noch funktionierte. Doch was half ihr dieses Wissen jetzt?

Die beiden Rebellen schleppten sie bis an die Reling. Dort ließ der eine sie los, um ganz nah an den Rand zu treten. Was er tat, verbarg er vor Florance. Der Wind riss die Geräusche von ihr weg. Erst als er sich zu ihr umwandte und den Ausblick freigab, sah sie, dass ein Teil des Geländers beiseitegeklappt war. Dahinter wartete freier Himmel. Florance wurden die Knie weich. Sie sollte vom Luftschiff gestoßen werden! So wie es die Frau angedroht hatte. Jetzt, ohne Gelegenheit für weitere Worte.

»Bitte, Sie müssen das nicht tun. Ich … ich will mit dem Captain sprechen. Bringen Sie mich bitte zu ihm!«

Der Mann an der Reling grinste, sagte aber nichts. Stattdessen winkte er lässig mit den Fingern. Florance wurde am Oberkörper ein Stück nach hinten gezogen. Einen Moment später erhielt sie einen heftigen Stoß. Mehr fallend als stolpernd flog sie vorwärts. Hart krachte sie auf die Planken. Das Metall war rutschig und feucht. Drohend schnell kam die Kante auf sie zu. Hektisch versuchte sie, die offene Reling zu fassen zu bekommen. Doch ein plötzlicher Fußtritt wischte ihre Hand weg, nur eine Fingerlänge von der rettenden Stange entfernt. Sie hörte Gelächter. Es rauschte in den Ohren, genau wie ihr Pulsschlag. Haltlos kippte sie über den Rand und in die Nacht hinein. Florance fiel. Wind zerzauste ihre Haare. Unter ihr war nichts, das sie hielt.

18

Ein heimlicher Blick

Als Edward an das Guckloch in der Wand herantrat, wich Mrs Leboir schweigend beiseite. Aus ihren Augen sprach die Ungeduld und immer wieder sah sie den Dienstbotengang in Richtung Arbeitszimmer entlang. Bestimmt fürchtete sie, dass die Rebellen doch noch den Eingang entdeckten. Bisher jedenfalls war das nicht der Fall gewesen. Der Gang hinter ihnen blieb dunkel und still. Edward schob das winzige Holzplättchen an der Wand nach oben, kniff das eine Auge zu und legte das andere an die entstandene Öffnung.

Im Bankettsaal herrschte ein heilloses Durcheinander, soweit er das erkennen konnte. Tische lagen umgeworfen auf dem Boden, zerbrochenes Geschirr und der Inhalt einer der Suppentöpfe breitete sich gemächlich darauf aus. Das Orchester hatte den Raum verlassen, die Instrumente standen vergessen auf dem Podest. Ein paar der Gäste saßen mit gefesselten Armen und Beinen dicht an dicht an der Wand aufgereiht. In der Mitte des Bankettsaals stand der Geheimdienstdirektor mit dem Degen in der Scheide an seiner Hüfte. Die Doppelflinte eines getöteten Rebellen lag ein Stück neben seinen Füßen.

Doch da erspähte Edward endlich seinen Vater! Er lebte und war nicht in die Hände der Rebellen gefallen. Ein Stein fiel von Edwards Herzen. Sein Vater kniete vor Cœurdur, mit beiden Armen stützte er den Oberkörper auf dem dunklen Parkettboden ab. Er sah bestürzend verletzlich aus, wie er dort hockte, dachte Edward. Ein ungutes Gefühl beschlich ihn. Wenn alles in Ordnung war, warum sah der Conseil du Roi auf diese Weise auf ihn herab? Die Stimmen drangen durch das winzige Loch in der Wand nur sehr leise zu ihm. Dennoch verstand er jedes Wort.

»Und nun zu Ihnen, werter Earl«, sagte der Geheimdienstdirektor gerade zu Edwards Vater. »Ich weiß nicht, was Sie hier für ein krudes Spiel spielen. Aber das werden wir sehr gern herausfinden. Gemeinsam, bei einer ausführlichen Unterhaltung.«

Der Earl hustete überrascht auf und auch Edward konnte nur mühsam ein Keuchen unterdrücken. Die Aufregung hatte dunkle Schatten unter seines Vaters Augen gemalt, die sich von der blaubleichen Haut im Gesicht deutlich abhoben. »Was denn für ein Spiel, Exzellenz? Ich habe Ihnen doch alles erzählt. Nichts verschwieg ich, das schwöre ich.«

Soldaten liefen an den beiden vorbei und begannen, die gefesselten Gäste zu befreien und herauszuführen. Für Edward wurde es deutlich schwieriger, alles zu verstehen. Umso angestrengter lauschte er.

Die Miene Cœurdurs blieb regungslos. »Sie haben mir berichtet, was ich hören sollte. Das ist mein Eindruck. Mir sind hier in den letzten beiden Tagen etwas zu viele Zufälle passiert, als dass ich nicht von einem gut geschmiedeten Komplott ausgehen kann. Das Heranschaffen einer neuartigen und gefährlichen Apparatur, die Eigentum des Kaisers ist, ein Saboteur, der die Verteidigungsanlagen zerstört und nun ein Rebellenangriff. Ich bekam schon bei der Unterbreitung ihres Vorhabens Bedenken, aber ich wollte mit eigenen Augen sehen, ob ich mich wirklich so sehr in Ihnen täusche.«

»Ein Komplott? Nein, Eure Exzellenz, nein. Es gibt kein Komplott!«, beteuerte Edwards Vater und schlug kraftlos die Hände ineinander. Flehend streckte er sie in die Höhe. »Sie haben mir doch die Genehmigung erteilt. Ich würde niemals … das wissen Sie.«

Der Geheimdienstdirektor schüttelte bedauernd den Kopf. »Earl Hellingway, ich verhafte Sie wegen des Verdachts auf Verschwörung und Zusammenarbeit mit den Rebellen. Darüber hinaus wegen des Versuchs, unersetzbares Eigentum des Kaisers zu entwenden und an den Feind zu überstellen.«

Edwards Vater gab einen erstickten Laut von sich. Dessen Gesicht nahm einen bedenklich violetten Farbton an, als erlitte er in diesem Augenblick einen Herzanfall. Edwards Finger ballten sich zu Fäusten, so fest, dass seine Arme zu zittern begannen. Wenn es eine Tür gegeben hätte, wäre Edward hindurchgestürmt. Sein Vater verhaftet wegen Verschwörung mit den Rebellen? Als wüsste der Conseil du Roi nicht, wie loyal er gegenüber dem Protektorat war! Das war doch völliger Humbug! Wie konnte er bloß glauben, dass er mit den Feinden des Landes unter einer Decke steckte?

Der Geheimdienstdirektor winkte einen Offizier heran. »Major Wjatka, lassen Sie den Gefangenen in Ketten legen. Bei dem Verhör gedenke ich anwesend zu sein, also fangen Sie nicht ohne mich an.«

»Zu Befehl.«

Wie bei den Männern der Kompanie zierte ein Totenkopfwappen die linke Brustseite seiner Uniformjacke. Metallschellen klickten um die Handgelenke von Edwards Vater, was dieser mit einem tiefen Ächzen kommentierte. Anschließend wurde er auf die Füße gezogen und ohne Gegenwehr aus dem

Saal geführt. Cœurdur maß mit seinen Blicken den nahezu geleerten Saal und folgte dann dem Offizier nach draußen.

Edward hatte genug gesehen und begriff trotzdem immer noch nicht so recht, was gerade passiert war. Mit wummerndem Herzen ließ er das Holzplättchen über das winzige Loch in der Wand fallen.

19
Hochverrat

Als Edward sich unerwartet heftig von der Wand abstieß, fuhr Victoria erschrocken zusammen. Da er mehrere Minuten völlig regungslos herumgestanden hatte, hatte sie begonnen, die ramponierten Falten ihres Rockes zu untersuchen. An seinen Augen erkannte sie sofort, dass etwas ganz und gar nicht stimmte.

»Der Conseil hat Vater soeben in Ketten legen lassen«, stieß Edward hervor. »Er wirft ihm Hochverrat und Zusammenarbeit mit den Rebellen vor. Die Vorstellung, er würde mit den Aufständischen paktieren, ist absurd.«

Victoria stieß einen ungläubigen Laut aus. »Unser Vater? Dazu ist er doch gar nicht in der Lage! Der erinnert sich doch nicht einmal daran, was er am Vortag aus der Küche zum Dinner bekommen hat. Selbst, wenn es sein Leibgericht war. Du hast dich bestimmt getäuscht. Der Geheimdienstdirektor würde das doch niemals tun.«

Die Augen der Mamsell blitzten selbst im Dämmerlicht ungeduldig auf. »Ich kenne Ihren Vater genauso gut wie Sie. Mir ist ausgesprochen bewusst, wie abwegig eine solche Anschuldigung klingt. Trotzdem spricht die Verhaftung des Earls eine klare Sprache.«

»Aber mein Bruder hat recht, Alison.« Victoria mochte die Behauptungen Alisons einfach nicht so stehen lassen. Es blieb grotesk, überhaupt darüber nachzudenken. »Vater würde das niemals unterstützen. Er ist ein Freund des Protektorats, mehr sogar: ein Anhänger des Kaisers. Der Conseil wird seinen Irrtum erkennen müssen.«

»Ist Ihnen nicht klar, was das für Sie beide bedeutet? Der Conseil wird Ihren Vater verhören und Earl Hellingway wird alles gestehen«, raunte die Mamsell beschwörend. »Ich kenne die Methoden des Geheimdienstes. Niemals hält er die Misshandlungen durch. Auf Hochverrat steht der Tod durch den Strang. Für den Vater, wie auch für seine Kinder. Er wird Seite an Seite mit der Lady und dem Lord hängen, sollte der Conseil du Roi Sie beide zu fassen bekommen, verstehen Sie das? Sind Sie also endlich damit einverstanden, dass wir jetzt gehen?«

»Misshandlungen?«, stammelte Victoria. »Was für Misshandlungen, Alison?« Edward fasste nach ihrem Arm und zog sie vorwärts, bevor sie auch nur einen Finger zur Gegenwehr rührte. Man wollte ihren Vater foltern? Aber das war doch verboten! Kaiser Napoleon würde niemals …

»Wir sind einverstanden«, unterbrach Edward rüde das Gedankenchaos, das in ihr wütete.

Ohne eine Antwort auf Victorias Frage eilte Alison voraus, da sie den Weg genau zu kennen schien. Nach einigen Treppenstufen und einem Stück abschüssigen Flurs, in dem der Läufer unter ihren Füßen unangenehm feucht gewesen war, blieb die Mamsell vor einer Sackgasse stehen. Victoria sah auf eine alte, nur grob zusammengezimmerte Bretterwand. Die obere Hälfte war von Spinnweben bedeckt. Inständig hoffte sie, dass darin keine fetten, widerlichen Spinnen saßen und warteten.

»Wie geht es jetzt weiter?«, flüsterte Edward. Er schien überhaupt keine Angst zu haben. Zumindest zeigte er sie nicht. In den letzten fünf Minuten hatte sich ein überaus übles Gefühl in Victorias Magen breitgemacht. Wenn sie nicht bald aus dem engen, furchtbaren Gang herauskam, würde sie sich übergeben müssen. Oder ohnmächtig werden. Vielleicht sogar beides. Frische Luft und das so schnell wie möglich, das war es, wonach ihr dringend verlangte.

»Das hier wurde von innen verbarrikadiert. Irgendwo muss trotzdem der … Ah, gefunden«, raunte Alison zurück. Mit der Hand fuhr sie einen Spalt zwischen den Brettern entlang. Es klickte, und die Bretterwand sprang ein winziges Stück nach innen auf. Die Mamsell legte ein Ohr an die Öffnung und lauschte.

»Alles ruhig. Wir haben Glück.«

Nacheinander schlüpften sie durch die entstandene Tür. In dem Raum dahinter standen vier Holzbetten, am Fußende fand sich jeweils eine Wäschetruhe. Das muss der Schlafraum der Hausburschen sein, staunte Victoria. Ohne Scheu öffnete Alison jede Truhe und wählte hastig verschiedene Kleidungsstücke aus. Zusammen landeten sie in einem Umhängesack, der an einem der Bettpfosten festgemacht war. An einem anderen Bett griff sich Alison eine lederne Tasche, kippte ihren Inhalt aus und streckte auffordernd die Hand aus. »Die Pläne.«

Instinktiv drehte sich Victoria von Alison weg und schützte die zusammengerollten Papiere in ihrer Hand mit ihrem Körper. »Mein Vater trug mir auf, sie um jeden Preis zu beschützen. Ich gebe sie nicht her!«

Alison zog die Augenbrauen nach oben und warf einen schnellen Blick Richtung Decke, bevor sie sprach. »Lady Victoria, ich will sie Ihnen nicht wegnehmen! Oder wollen Sie sie weiterhin einfach festhalten, während wir draußen herumrennen, uns verstecken oder vor Soldaten und Royalisten fliehen? Ich kann mir kaum vorstellen, dass es das ist, was Ihr Vater sich gedacht hat.«

In diesem Moment ging Victoria auf, dass sie die Sache mit den Plänen nicht weitergedacht hatte. Aber es war auch nicht ihre Absicht gewesen, Hals über Kopf ihr Zuhause zu verlassen. War das, was Alison sagte, überhaupt richtig? War es nicht besser, den Geheimdienstdirektor aufzusuchen und ihn um Erklärung zu bitten? Trotz allem hatte seine Exzellenz versprochen, ihren Vater zu beschützen.

Victoria drehte den Kopf und sah durch eines der Fenster. Ein lang gezogenes Heulen oder Pfeifen wuchs draußen heran. Das war ein Ton, den sie nichts Bekanntem zuordnen konnte. Erst war es leise und klang wie in weiter Ferne, bis es schließlich an Stärke gewann. Drei Sekunden später schlug etwas neben dem Zimmer der Dienstburschen ein. Wände und Boden wackelten wie bei einem Erdbeben. Victoria stolperte vorwärts, in die rettenden Arme der Mamsell. Doch auch sie hatte mit ihrem Gleichgewicht zu kämpfen. Trotzdem gelang es Alison, sie beide auf den Füßen zu halten. Aus den Augenwinkeln bekam Victoria mit, wie Edward gegen eine Truhe fiel. Er klammerte sich an den Holzdeckel, bis die Erschütterung verebbte. Etwas, das sich nach herabfallenden Erdbrocken anhörte, regnete draußen herab. Davon abgelenkt, ließ sich Victoria ohne Gegenwehr von der Mamsell die Pläne abnehmen. Alison drückte die zusammengerollten Papiere in die Ledertasche. Mit einem beinahe unverschämt vorwurfsvollen Blick presste sie anschließend Victoria die Tasche gegen die Brust.

»Wie schon gesagt, ich nehme Ihnen die Pläne nicht weg.«

Victorias Lunge fiepte beim Luftholen. Sie spürte, wie Panik sich in ihrem Brustkorb breitmachte und ihr Rachen anschwoll. »Was war das da eben?«

»Ein Artilleriegeschoss. Sie setzen die Geschütze gegen die Rebellen ein. Aber sie nehmen dabei keine Rücksicht auf das Haus. Das heißt, wenn wir hierbleiben, sterben wir!«

Edward rappelte sich auf und rannte zur Ausgangstür. »Die Garagen sind nicht weit weg. Wir müssen bloß über den Hof laufen. Mit einer der Dampfdroschken schaffen wir es am schnellsten weg von hier.«

»Versuchen wir es!«, antwortete Alison, die sich sofort dem Vorschlag von Edward anschloss.

In Victorias Kopf herrschte das absolute Durcheinander. Artilleriegeschosse. Rebellen. Jemand, der mit Geschützen auf ihr Zuhause feuerte. Wussten die Soldaten nicht, dass sie und ihr Bruder, immerhin die Kinder des Earls, im Herrenhaus und längst nicht außer Gefahr waren? Sie verstand nichts mehr und bekam kaum mit, dass sie bereits im Freien rannten. Alison zog sie mit sich. Vorbei an einem tiefen Krater im Boden, den Victoria in der Dunkelheit fast übersehen hätte. Was, wenn sie stürzte und sich das neue Kleid vollends ruinierte? Es war doch bereits voller Spinnweben.

Hinter ihnen heulte es ein weiteres Mal heran, schneller und wesentlich lauter als zuvor. Instinktiv zog Victoria den Kopf ein und presste die freie Hand auf eines ihrer Ohren. Ein Schornstein und ein Stück Dach vergingen in einem Feuerball. Sie spürte die Hitze der Explosion in ihrem Rücken brennen. Ziegel und Dachpfannenstücke prasselten um sie herum hernieder, und es mochte pures Glück sein, dass keiner von ihnen getroffen wurde.

»Sie feuern jetzt häufiger!«, rief Alison. »Und wir stehen mitten im Zentrum des Beschusses!«

Edward gestikulierte wild mit dem Arm und deutete die Richtung an. »Hier entlang! Ich weiß, wo die schnellste Dampfdroschke abgestellt ist. Mit der bringe ich uns raus!«

Ihr Bruder übernahm die Führung. Er rannte mit ihnen quer über den Hof, Victoria und Alison folgten ihm dicht auf. Das nächste Gebäude, ein Schuppen mit Werkzeugen des Gärtners, passierten sie auf der linken Seite und rannten weiter.

»Da vorne«, rief Edward ihnen zu. »Wir haben es gleich geschafft.«

So sehr hoffte Victoria, dass es stimmte. Es wurde zunehmend mühseliger zu atmen. Schnelles Rennen lag ihr nicht besonders. Laufen überhaupt. Schon gar nicht in einem Kleid. Das gehörte sich nicht für eine Lady, wie sie eine war. Nie hatte jemand von ihr verlangt, um ihr Leben zu laufen. Victoria keuchte vor Erschöpfung. Das war alles einfach bloß unzumutbar. Vater hätte das niemals gestattet. Widerstand regte sich in ihr, drängte unweigerlich in Richtung Oberfläche. Sie würde jetzt sofort stehen bleiben und die Behandlung einfordern, die ihr zustand. Sie war die Tochter von Earl Hellingway. Eine Lady. Keine dahergelaufene Gesetzlose, die man verfolgen und beschießen und verhaften konnte, wie einem der Sinn stand. Sie würde …

Rechts von ihr liefen plötzlich schemenhafte Gestalten zwischen zwei Gebäuden hervor. Unter ihnen blitzte es wie bei einem Gewitter hell und sekundenschnell auf, nur dass es bloß einen Meter über dem Boden passierte. Dazu krachte es mehrfach. Hielt Victoria das Blitzen zunächst für Feuerwerkskörper, wie sie zur Jahreswende benutzt wurden, so wurde ihr doch schnell klar, wie sehr sie sich täuschte. Hinter den Gestalten marschierte eine weitere Gruppe heran. Diszipliniert feuerte sie auf die Fliehenden, von denen einer, dann ein zweiter zu Boden stürzten und sich nicht mehr rührten. Soldaten, das waren Soldaten! Die jagten die Verbrecher und brachten sie zur Strecke. Sie kamen ihnen zu Hilfe! Wie von selbst hob sich ihr Arm und begann zu winken.

Eine Hand legte sich von hinten auf ihren Mund, eine weitere drückte ihren Arm nach unten. »Sind Sie von allen guten Geistern verlassen worden, Lady Victoria?«, zischte die Mamsell in ihr Ohr. »Wir werden noch entdeckt.«

Mühsam presste Victoria ihre Worte heraus. »Schluss mit dem Gerenne. Ich kann einfach nicht mehr. Ich will sofort zurück nach Hause.« Ihre Augen drehten sich in die Richtung, aus der sie gekommen waren. Das Dach des Herrenhauses brannte lichterloh, und aus einigen Fenstern schlugen Flammen. Ein Stück des Gebäudes fehlte. Mit offenem Mund starrte Victoria auf ihr Zuhause. Es war zerstört. Dahin und vergangen.

Ein militärisches Kommando hallte zu ihnen herüber, das in der Explosion eines weiteren Artillerietreffers beinahe unterging. Ein Teil der Soldatentruppe wandte sich genau in ihre Richtung. Mündungsfeuer blitzte auf. Wortlos zerrte Alison an ihr und Victoria stolperte schwankend hinterher.

»Da, die Garage!« Edward eilte an das doppelflügelige Tor und entriegelte es. Doch kaum hatte er die eine Seite nach außen aufgezogen, schlug etwas von oben in das Dach ein. Eine rot glühende Kugel bildete sich im Inneren der Garage, wuchs schlagartig an und riss beide Tore aus den Angeln. Die

Druckwelle schleuderte Edward nach hinten. Eine Sekunde später stieß er Victoria und Alison zu Boden.

»Keine Zeit für eine Pause«, keuchte die Mamsell. Ihre Stimme klang dumpf und verzerrt. Schwer kämpfte Victoria um ihre Orientierung. Im Gewirr aus Beinen und Armen war es unmöglich zu sagen, wo unten und wo oben war. Die Explosion dröhnte in ihren Ohren. Verschwommen sah sie, wie ihr Bruder sich aufrappelte und ungläubig seinen Körper abtastete. Hinter ihm ragten die rauchenden Trümmer der Droschke und der Garage auf.

»Es gibt noch mehr«, stieß er mühsam aus. Seine Worte hatten an Klarheit eingebüßt. »Mehr Droschken.«

Doch Alison schüttelte den Kopf. »Nein. Sie sind gleich hier.« Mit beiden Händen zog sie Victoria in ihrem sperrigen Rock zurück auf die Füße. »Wir laufen.«

Sie brachte keine Widerworte hervor. Dafür fehlte ihr einfach die Kraft. Zusammen mit Alison und Edward stolperte sie an der zerstörten Garage vorbei, mit den Soldaten dicht an ihren Fersen.

20

Im Käfig

Schlotternd umschlang Florance ihre Knie mit den Armen. Es war bitterkalt. Hatte sie anfangs noch das Gefühl gehabt, der Flugwind am Luftschiff risse ihr jede Körperwärme fort, spürte sie inzwischen bloß Eis in ihren Gliedern. Sie und die Metallstangen um sie herum waren quasi eins geworden. Gern wäre sie aufgestanden und herumgelaufen. Es hätte geholfen, nicht völlig gefühllos zu werden. Aber der Käfig, in dem sie saß, war dafür nicht groß genug. Langsam schaukelte er mit dem Widerstand des Windes hin und her. Immer schön parallel zur Außenwand des Luftschiffes, neben der er hing. Die Konstruktion bot ihr keine Chance zu entkommen. Ein paar Schrecksekunden lang hatte Florance wirklich geglaubt, man habe sie über die Reling geschubst. Dass sie in den Tod stürzen würde. Doch der harte Aufprall auf den Käfigboden, das Zufallen des Deckels und das höhnische Gelächter von oben hatten sie rasch eines Besseren belehrt.

Die restlichen Stunden der Nacht hatte sie auf den Gitterstangen gesessen und seit Sonnenaufgang vermutlich drei weitere. Ihr Magen knurrte, dabei war ihr von Grund auf elend zumute. Vom Gericht, das sie sich auf dem Symposium gegönnt hatte, war nichts in ihrem Bauch geblieben. Es hatte gleich nach ihrer Landung im Käfig mit den Wolken Freundschaft geschlossen. Florance hasste das Fliegen. Monsieur Pignon war damals mit ihr in einem winzigen Passagierluftschiff geflogen, nachdem er sie aus dem Waisenhaus geholt hatte.

Die Übelkeit hatte sie bis heute nicht vergessen. Genauso wenig vertrug sie Schifffahrten. Das ewige Hin- und Herwalzen und Stampfen bereitete ihr ein massives Unwohlsein, das sich vom Kopf bis in die Beine auszubreiten schien. Wasser würde ihr jetzt guttun. Kalt, in winzigen Schlucken und im Nacken verteilt. Nein, vielleicht doch besser ein Becher voll mit erhitztem Wasser. Damit ihr weniger frostig wurde. Natürlich war ihr bewusst, dass das nur ein Wunschtraum blieb.

Neben ihr in der Schiffswand klackerte es und eine Luke öffnete sich. Zitternd wandte Florance sich um. In der unerwarteten Öffnung zeigte sich der Kopf von Captain McGregor. Zufrieden lächelnd kreuzte er die Arme und legte sie auf dem unteren Rand ab.

»Du bist wach, kleine Spionin. Das ist gut. Die Temperatur in den oberen Luftschichten ist nicht für jeden geeignet. Viele schlafen davon ein. Manche sogar für immer.« McGregor zuckte gelassen mit den Schultern, doch Florance verstand, dass er ihr bloß Angst einjagen wollte. Wozu sie im Käfig sterben lassen?

»Du siehst ein wenig blass aus. Es herrscht ein ruhiges Lüftchen, das die Ironside stabil dahinschweben lässt. An stürmischen Tagen geht es wesentlich rauer zu. Aber dir reicht wohl das sanfte Schaukeln meiner alten Lady. Nicht gut für deinen Magen, wie es aussieht.«

Florance entgegnete nichts. Angestrengt presste sie die Kiefer aufeinander, damit ihre Zähne nicht fortwährend klapperten. Ungerührt sah ihr der Captain eine Weile zu, wie sie fror. Schließlich zog er den Kopf zurück und verschloss die Luke. Wann würde er zurückkehren und wie lange würde er sie hier draußen zittern lassen? Dass er beileibe nicht mit ihr fertig war, dazu brauchte sie keinen Wahrsager. Aber womöglich würde es einige Stunden dauern. Vielleicht bis McGregor sicher war, dass sie ihre Kraft aufgebraucht hatte. Erschöpft schloss sie die Augen. Florance würde durchhalten. Egal, wie viel Zeit verging. Sie dachte an Monsieur Pignon. Wie stolz er auf sie sein würde, wenn sie stark blieb. Wenn sie den Rebellen nichts gab, das sie gegen den Kaiser verwenden konnten.

Ein Ruck ging durch den Käfig. In Windeseile griff Florance nach einem der Metallstäbe, um sich festzuhalten. Ihr Gefängnis wackelte bedrohlich, stieg dann aufwärts und blieb kurz darauf parallel zur Reling stehen. Ein Mann kletterte auf den Arm des Krans. Mit wenigen Handgriffen war der Deckel geöffnet. Geschickt stieg der Rebell zu Florance in den Käfig und half ihr heraus. An Deck erwarteten sie Captain McGregor und seine rechte Hand, die Frau namens Iona.

»Steckt unsere Spionin in eine wärmere Zelle. Und gebt ihr eine Decke, bevor sie uns erfriert«, brummte McGregor seinem Untergebenen zu, ohne Florance aus den Augen zu lassen.

Halb geführt und halb getragen passierte Florance die beiden. Mehr als ein zitterndes Nicken und ein kaum hörbares Danke brachte sie nicht zustande. Doch der Captain hatte es bemerkt. Sie sehnte sich sehr nach der versprochenen Wärme. Fast mehr, als wieder nach Hause zu kommen. Unter Deck steckte man sie tatsächlich in eine winzige Kajüte, in der eine Holzliege und eine Daunendecke auf sie warteten. Zitternd kroch Florance bis in die hinterste Ecke der Pritsche und wickelte sich ein. Auf der Rückseite der Kajütentür wurde ein Riegel vorgeschoben. Wieder allein. Wieder warten. Bis sie sich endlich in der Lage fühlte, Finger und Arme aneinanderzureiben, klickte das Schloss erneut. Die Tür öffnete sich und McGregor trat ein. In seinen Händen hielt er einen Becher und einen Teller mit Brot und Gemüse. Dampf stieg von beidem auf und Florance roch trotz der laufenden Nase den Duft von Kräutertee. Der Captain setzte sich, blieb ein Stück von ihr entfernt und reichte Florance den Becher. Den Teller stellte er neben ihr ab.

»Vorsicht, es ist heiß. Solltest nur kleine Schlucke nehmen. Und lange pusten.«

Geduldig wartete er, bis Florance das Trinkgefäß in ihre zittrigen Hände genommen hatte. Etwas vom Tee schwappte über den Rand und tropfte auf ihre Finger und die Decke. Der heiße Tee biss heftig in ihre Lippen. Dennoch ließ sie sich nichts davon anmerken. Sie brauchte die Wärme jetzt, so viel, wie es auszuhalten war. Während sie immer wieder trank, kehrte endlich das Gefühl in ihre Glieder zurück.

»Danke, Captain McGregor.«

Ihr Entführter brummte zustimmend. »Bin kein Unmensch. Und lasse niemanden einfach so verrecken. Außer es ist notwendig.« Der Captain schwieg und sah zu, wie Florance nach dem Teller angelte. »Hunger, wie? Wann hast du das letzte Mal etwas gegessen?«

»Ich bin mir nicht sicher.« Ihre Stimme schlotterte, so wie sie es selbst im Käfig getan hatte. Das verging bestimmt bald. »Vor einem Tag? Vor zweien?«

»Du weißt es nicht?«, fragte McGregor und kippte misstrauisch den Kopf zur Seite.

»Ich steckte kopfüber in einem Wartungsschacht, ohne mich rühren zu können. Es war so dunkel, dass ich kaum meine Hand gesehen habe. Also, ja, ich weiß es nicht.«

»Verstehe.« McGregor schlug ein Bein über das andere und stützte dann den rechten Arm darauf ab. Den Oberkörper leicht vorgebeugt, bedachte er sie mit einem weiteren, prüfenden Blick. »Man hat dich in dem Schacht vergessen?«

»Wie kommen Sie darauf?« Florance' Entrüstung hatte sich einen Weg gebahnt, bevor ihr Verstand sie aufgehalten hatte. »Ich muss Ihre Fragen nicht beantworten«, warf sie trotzig hinterher.

»Sollen mich doch die Würmer fressen, mutig bist du«, nickte der Captain. Die Anerkennung in seinem Blick war für Florance nicht zu übersehen. »Manch einer würde es für nicht besonders klug halten, zu reagieren, wie du es tust. Und viele in deiner Situation brächten nicht einmal den Mumm dazu auf. Du hast recht. Du musst meine Fragen nicht beantworten. Es wäre allerdings ein schlechter Handel. Ein sehr schlechter Handel. Für mich und besonders für dich.«

Florance stopfte sich den Mund voll mit Brot, kaute und schluckte schließlich mühsam herunter. »Wenn Sie wollen, stecken Sie mich doch wieder in den Käfig«, entgegnete sie. »Ich halte das noch eine ganze Weile aus.« Florance hielt sich den Becher mit Tee an die Lippen und trank.

McGregor strich sich über die Zwirbel seines Schnauzbartes. »Eine Weile, ja, aber nicht ewig. Die Kälte lässt einen langsam erstarren. Erst die Finger, die Zehen, dann die Nase. Sehr unangenehm. Äußerst hässlich, wenn du es überlebst.«

Nach außen ungerührt aß und trank Florance weiter. Sie wollte möglichst alles hinunterschlingen, bevor der berüchtigte Anführer der Rebellen die Geduld mit ihr verlor. Über seine Grausamkeiten erzählte man sich genügend Geschichten. In den Käfig und die Kälte sehnte sie sich absolut nicht zurück, denn sie wusste, dass er recht hatte. Sie hielt vielleicht noch einen weiteren Tag aus. Womöglich sogar einen zweiten. Aber dann? Andererseits kam es für sie überhaupt nicht infrage, sich mit diesen Verbrechern einzulassen. Sie stahlen, entführten Menschen und töteten. Skrupellos und ohne Gewissen. Weil sie den Kaiser hassten und jeden, der seine Ziele und Verbesserungen guthieß. Sie waren Unmenschen. Darüber täuschten weder Tee, Brot oder freundliche Worte hinweg. Also schwieg sie.

Nachdem er sie eine Weile beim Essen beobachtet hatte, erhob sich McGregor von der Pritsche. »Du willst nicht kooperieren. Ich verstehe das. Ja, das tue ich wirklich. Aber damit lässt du mir keine Wahl. Das bedaure ich sehr.« Er nahm Becher und Teller an sich und wandte sich zum Gehen. »Genieße die wenigen Minuten unter der Decke. Bis dich jemand abholt und wieder rausbringt.« Vor der Tür blieb der Kapitän noch einmal stehen, sah Florance aber nicht an. »Außer …« Er ließ das Wort in der Luft hängen und wartete ab.

Erneut bot er ihr einen Ausweg an. Warum tat er das? Irgendetwas musste er sich von ihr erhoffen, auch wenn sie keine Vorstellung davon hatte, was es sein mochte. Informationen über die Soldaten? Weitere, leichte Ziele für seine Überfälle? Die besaß sie nicht. Und etwas anderes würde sie ihm ebenfalls nicht geben. Also was dann? Florance wägte ihre Möglichkeiten ab. Natürlich wollte sie nicht sterben, schon gar nicht so. Was, wenn sie sich zum Schein auf sein Angebot einließ? Nur für eine Weile? Es hieß, zu überleben, bis Monsieur Pignon alles zu ihrer Rettung unternommen hatte. Doch dafür brauchte ihr Vormund Zeit, einen Hinweis, wo sie festgehalten wurde. Florance holte tief Luft, bevor sie antwortete.

»Außer was?«

Langsam drehte sich der Captain um. Bedächtig lehnte er sich mit dem Rücken gegen die Kajütentür. »Die Uniform, die du trägst. Bedeutet sie, dass du eine Mechanikerin bist, wie Taylor behauptet? Oder hast du sie gestohlen?«

Florance' Finger gruben sich in den Stoff der Decke. »Wenn Sie glauben, ich verrate Ihnen französische Technikgeheimnisse, dann muss ich Sie leider enttäuschen, Captain. Das werde ich ganz sicher nicht. Auch nicht, wenn Sie mir weiter drohen.«

Wie zur Beruhigung hob McGregor Becher und Teller in die Luft. »Wohoo, kleine Spionin. Ein bisschen weniger feindselig, wenn ich bitten darf. Er hatte also recht. Du kennst dich mit diesen Maschinen aus.« Er kam näher an Florance heran und stellte das Geschirr wieder auf die Pritsche. Sich hinzusetzen unterließ er jedoch dieses Mal. »Ehrlich und frei heraus: Ich brauche deine Hilfe bei einem dringenden Problem. Besser gesagt, deine Fähigkeiten. Wenn du dich dazu entschließt, biete ich dir dafür diese Kajüte, Verpflegung und die Zusage an, dass dir nicht passieren wird. Einsperren muss ich dich natürlich trotzdem weiterhin, das versteht sich. Also, was sagst du?«

Die Gedanken rasten in Florance' Verstand hin und her. Da war ganz sicher irgendwo ein Haken versteckt. Viel zu großzügig klang sein Angebot in ihren Ohren. Aber es verschaffte ihr Zeit. Durfte sie es dann ausschlagen, ohne um ihr Leben zu fürchten? Immerhin hatte er eine Mechanikerin in seiner Gewalt, die sich mit der französischen Technologie auskannte. So eine Gelegenheit würde er doch nicht ungenutzt verstreichen lassen. Andererseits hatte er bislang mit keinem Wort erwähnt, wofür er sie brauchte. Wie nur sollte sie entscheiden?

»Ich sehe, du brauchst ein wenig Zeit zum Überlegen. Ich gehe und hole dir einen frischen Tee. Dann allerdings hätte ich gern eine Antwort.« Ohne eine weitere Erklärung verließ der Rebellenanführer die Kajüte. Hinter ihm fiel die Tür zu, ein Schlüssel klickte im Schloss. Eingesperrt. Florance blieb verwirrt und ratlos auf der Pritsche zurück. Das Verhalten des Captains war überaus seltsam. Sie hatte erwartet, dass er ihr handfest drohen, sie womöglich foltern ließ, um an die Informationen zu kommen, nach der er trachtete. Aber nichts von alledem hatte er versucht. Stattdessen hatte er ihr Tee und etwas zum Essen gebracht.

Trotzdem war Florance klar, dass sie nicht einfach herumsitzen durfte, jetzt, wo die Wärme in ihre Glieder zurückgekehrt war. Sie wickelte sich aus der Decke und stand auf. Es musste doch eine Möglichkeit zur Flucht geben. Führten Luftschiffe wie dieses an Deck nicht immer Rettungskapseln mit sich? Kleine Fluchtgleiter, die mit einem einfachen Antrieb versehen und die für nicht mehr konzipiert waren, als dafür zwei oder drei Menschen wohlbehalten zum Erdboden zu transportieren. Dafür brauchte man nicht einmal Pilot sein. Wenn sie einen davon erreichte … Ganz bestimmt ließe McGregor sie nicht verfolgen. Vorausgesetzt, Florance schaffte es, ausreichend Vorsprung herauszuholen, bevor ihre Flucht entdeckt würde. Prüfend ließ sie ihren Blick durch die schmale Kajüte wandern. Durch die Tür würde sie nicht entkommen. Es gab kein Bullauge. Und auch sonst sah alles um sie herum recht massiv aus. Der Boden bestand aus dicken Bohlen. Die Wände gaben ein dumpfes Pochen von sich, als sie dagegen klopfte. Selbst unter der Pritsche fand sich nichts, das sich für einen Durchschlupf eignete. Kein loses Brett, kein Loch. Verdrossen setzte sich Florance wieder hin. Wohl oder übel musste sie auf eine bessere Gelegenheit warten und sie hoffte, dass sie eine solche bald erhielt.

21
Das Verhör des Earls

Von außen machte das uralte Gebäude nicht viel her. Ein rotbraunes, kastenförmiges Etwas, nahezu schmucklos, das mit seinen beiden Flügeln ein großzügiges U bildete. Eigentlich war es so funktional, wie es Cœurdur bevorzugte. Viele Räume, besonders im Keller, und der weitläufige Park um Temple Newsham herum garantierten einen ausreichenden Schutz vor neugierigen Blicken. Eine ideale Anlage für einen militärischen Stützpunkt.

Gleichzeitig jedoch stellte Temple Newsham für den Geheimdienstdirektor auf eine unangenehme Weise einen gewichtigen Teil der britischen Geschichte dar. Einst im Besitz der Tempelritter und zahlreicher Würdenträger, war es vor wenigen Jahren von der Marquise von Hertford bewohnt worden, der man eine einstige Liaison mit dem ehemaligen Prinzen von Wales nachsagte. Dem Prinzen, der jetzt als König George IV in einem Gefängnis von Kaiser Napoleon sein Leben fristete. Damit verlieh der Umstand, dass sich das Gebäude nun in der Hand des französischen Militärs befand, dem Ganzen eine spöttische Ironie.

Zügig schritt der Geheimdienstdirektor auf das verschnörkelte Schutzgitter des Aufzuges zu, schloss es auf und ließ sich dann nach Betätigen des Steuerungshebels von der Kabine in den unterirdischen Bereich tragen. Der Zugang zu den Planungsräumen und dem Zellentrakt stand nicht jedem einfachen Soldaten zu. Gemessen an der Brisanz mancher Zelleninsassen war diese Einschränkung absolut geboten. Und der Mann, der im Verhörraum auf ihn wartete, gehörte mit Sicherheit dazu. Drei Stockwerke tiefer hielt die Kabine mit einem sanften Ruck an. Cœurdur wandte sich nach links. Er durchschritt zwei weitere Gittertüren und erreichte das Ende des langen Flurs. Major Wjatka wartete in Habachtstellung vor der letzten Tür. Er salutierte, als Cœurdur vor ihm stehen blieb.

»Sie dürfen sich rühren, Major Wjatka.«

»Danke, Eure Exzellenz«, antwortete der Major mit dem schweren russischen Akzent knapp. Wjatka nahm die Hand herunter und verschränkte sie zusammen mit der anderen hinter seinem Rücken.

»Wie geht es unserem Gast?«

»Er wirkt aufgrund der vorbereitenden Behandlung angeschlagen, bleibt jedoch dabei, unschuldig zu sein, Eure Exzellenz. Sehr zu meiner Überraschung, wenn ich das so freimütig ergänzen darf.«

Cœurdur nickte nachdenklich. Ursprünglich hatte er erwartet, dass allein die Aussicht auf das Strafmaß ausreichen würde, zu kooperieren. Wie sehr er sich doch mit dieser Einschätzung getäuscht hatte.

»Nun gut. Dann werden wir zusammen einmal nach ihm sehen. Schließen Sie auf, Major.«

»Zu Befehl, Eure Exzellenz.« Wjatka vollführte eine stramme Drehung auf den Fersen, zückte einen Schlüssel an einer langen Kette und öffnete die Tür zum Verhörraum. Grelles Licht aus Leuchtern an Decke und Wänden erwartete den Geheimdienstdirektor.

Auf einem Stuhl inmitten des schlicht eingerichteten, hell gekachelten Zimmers saß Albert Hellingway, den Oberkörper und den Kopf tief nach vorn gebeugt. Seine Augen waren geschlossen, die weißen Haare klebten wirr in einem Halbkranz am Schädel. Lederriemen fixierten Arme und Beine. Der Festanzug hatte durch die Verhaftung sichtlich gelitten und würde auf keiner Veranstaltung mehr zum Einsatz kommen. Wobei Cœurdur davon ausging, dass für den Gefangenen das gesellschaftliche Leben in der vergangenen Nacht ein abruptes Ende genommen hatte. Niemand würde einen Hochverräter zu sich nach Hause einladen oder seinerseits auf eine Feierlichkeit reagieren. Selbst dann nicht, wenn sich dessen Unschuld herausstellte und er dem Strick entkam. In diesem Falle bedauerlich. Andererseits ein persönlicher Verlust, den der Geheimdienstdirektor ungerührt in Kauf nahm.

Gelassen zog Cœurdur die dunkelgrauen Lederhandschuhe, die er an diesem Tag trug, von seinen Fingern. Zusammengefaltet steckte er sie in seine Jackentasche und klatschte dann laut mehrmals in die Hände. Der Earl zuckte auf dem Stuhl zusammen, bewegte sich sonst aber nicht weiter. »Wecken Sie ihn auf, Major.«

Wjatka ging zu einem Waschtisch an der Wand, füllte eine Handwanne mit kaltem Wasser und goss dem Gefangenen den Inhalt schwungvoll auf den gebeugten Nacken. Mit einem kehligen Keuchlaut schwang der Oberkörper des Earls hoch. Weit aufgerissene Augen starrten Cœurdur an, ohne ihn zunächst zu erkennen. Doch schließlich kroch Verstehen in die blassen, zerfurchten Züge seines Gegenübers.

Der Conseil du Roi deutete eine Verbeugung an. »Earl Hellingway, stellvertretend für den Kaiser entschuldige ich mich für die unwürdige Behandlung, die Ihnen zugemutet wurde.

Ich verspreche Ihnen, dass das sofort ein Ende findet. Sobald Sie mir gesagt haben, was ich wissen muss.«

Der Earl stieß erneut ein Keuchen aus und sog daraufhin mehrmals tief Luft ein. Schließlich brachte er einige Laute über seine Lippen, von denen Cœurdur keinen einzigen verstand. Der Geheimdienstdirektor ging einen Schritt auf den Gefangenen zu und kniff die Lider zusammen.

»Verzeihung, würden Sie das bitte wiederholen? Ich fürchte, das, was Sie sagen wollten, war nicht zu verstehen.«

Wieder stöhnte der Earl und schloss die Augen, als sammle er Kraft zusammen. »Man … hat mich … gefoltert. Bin … unschuldig.«

»Das bedaure ich«, antwortete Cœurdur ernst. »Wären Sie bereit, mir einige Fragen zu beantworten?«

Earl Hellingway nickte zittrig, entgegnete aber nichts.

»Das freut mich. Wir sollten in dieser Angelegenheit zusammenhalten. Mir ist ebenso wie Ihnen daran gelegen, alles möglichst zügig aufzuklären.« Cœurdur gab dem Major ein Zeichen. Der stellte sofort einen Stuhl direkt gegenüber dem des Earls hin und der Geheimdienstdirektor setzte sich. Cœurdur schlug das rechte Bein über das linke, verschränkte die Finger ineinander und umschlang mit beiden Händen das aufgestellte Knie. »Fangen wir also an. Wie lange arbeiten Sie schon mit den Feinden des Kaisers zusammen?«

Schwach schüttelte der Earl Hellingway den Kopf. Einzelne, kalte Schweißtropfen fielen von seiner Stirn herab. »Nicht … ich … ich arbeite nicht … mit dem Feind … unschuldig.«

Cœurdur schürzte enttäuscht die Lippen. »Earl Hellingway, die Ihnen auf Treu und Glauben überantwortete Maschine der Tyflopontikas-Klasse wurde von Ihrem Grund entwendet. Während sämtliche Verteidigungsanlagen abgeschaltet, oder wie Sie sagen, defekt waren. Haben Sie dafür eine Erklärung?«

Cœurdur wartete einen Augenblick ab, ob Earl Hellingway seine Frage verstanden hatte. Eine Reaktion blieb jedoch aus.

»Wie lauten die Namen Ihrer Kontaktpersonen und wo sind diese zu finden? Wenigstens das können Sie mir doch erzählen.«

»Habe … keine Namen. Ich kenne keinen Namen. Weil ich … niemals mit den … Feinden des Kaisers … kooperiert habe. Sagte bereits … ich bin unschuldig.«

Äußerlich blieb Cœurdur ruhig, doch in seinem Inneren tobte die Ungeduld. »Sie wollen mir also nicht helfen. Verstehe ich Sie korrekt, Earl Hellingway? Verraten Sie mir, wohin Sie die Konstruktionspläne der Tyflopontikas geschafft haben. Das ist ebenfalls Diebstahl von kaiserlichem Eigentum. Napoleon ist ein strenger Mensch. Wenn ich das Sagen hätte, würden die Dinge anders laufen. Aber zurzeit … Haben Sie die Pläne an die Rebellen übergeben?«

Stille Tränen rannen über seine Wangen. Auch der Geheimdienstdirektor sagte einen Moment lang nichts. Endlich erhob er sich mit einem Stoßseufzer und sah auf den Earl herab.

»Ich hätte mir inbrünstig einen anderen Ausgang gewünscht. Das dürfen Sie mir glauben. Aber die Gesetze des Kaisers sind unumstößlich. Ob wir diese nun gutheißen oder nicht. Für uns alle kann ich nur hoffen, dass Ihre beiden Kinder verständiger sind, Earl Hellingway. Sie zwingen mich sonst zu Dingen, die ich vermeiden möchte. Major, begleiten Sie mich nach draußen.«

Cœurdur wehte ein Flüstern des Earl hinterher, während sie den Raum verließen, das ein einziges Wort wiederholte. »Unschuldig … unschuldig … unschuldig.« Die Tür des Verhörzimmers schloss sich mit einem trockenen Laut und ließ jedes Geräusch hinter Cœurdur verstummen. Er wandte sich an den Major. »Ich benötige ein schriftliches Geständnis. Der Kaiser wird es sehen wollen. Also besorgen Sie es mir. Schnellstmöglich. Mir würde Ihr Wort genügen, Major. Das wissen Sie.«

»Jawohl, Eure Exzellenz.«

»Ist der Aufenthaltsort von Lady Victoria und Lord Edward mittlerweile bekannt?«

»Das Anwesen wurde vollständig durchsucht, nachdem die Flammen gelöscht waren, jedoch ohne Ergebnis«, berichtete Major Wjatka. »Es ist nur eine Frage der Zeit, bis sie aufgegriffen werden, Eure Exzellenz. Ich habe Straßensperren rund um Leeds angeordnet.«

In den vielen Jahren, in denen Cœurdur auf die Dienste des Majors zurückgegriffen hatte, war er von Sergei Grigoriwitsch Wjatka nicht ein einziges Mal enttäuscht worden. Der russischstämmige Infanterist beherrschte seine Aufgaben mit geschlossenen Augen. Was der Major zusagte, das hielt er ein. Das war es, was für Cœurdur zählte. Er zog die Handschuhe aus seiner Tasche und legte erst den linken, dann den rechten an.

Der Conseil du Roi benötigte vornehmlich die Konstruktionspläne. Alles andere würde sich finden. Trotz des Brandes blieb es vollkommen unwahrscheinlich, dass diese verloren waren. Der Earl war ein gewissenhafter Mann. Wenn er eines beschützte, waren es die Pläne. Irgendwie hatte er dafür gesorgt, dass sie nicht in seine Hände gelangten. Aber wie?

»In Kürze erwarte ich endlich Informationen über den Unterschlupf der Rebellen. Wenn Sie hier fertig sind, bereiten Sie alles für eine Mobilmachung vor. Die Totenkopf-Kompanie wird das Rebellenversteck vollständig säubern, ohne die Beteiligung des regulären Militärs. Ich möchte nicht, dass Kaiser Napoleon davon erfährt, bevor es vollbracht ist. Sie haben Ihre Instruktion, Herr Major.«

Wjatka salutierte. Der Major würde das Geständnis in Kürze vorlegen, daran hegte der Geheimdienstdirektor keinerlei Zweifel. Und dann kam eins zum anderen, so, wie Cœurdur es geplant hatte.

22
Eine Nacht im Harewood

Es mussten mittlerweile Stunden sein, die sie durch die Nacht gelaufen waren. In ihren eleganten Schuhen fühlte es sich für Victoria wie ein ewiges Stolpern an. Alison hatte sie gleich hinter ihrem Zuhause weg von allen Straßen geführt. Trotzdem waren die lodernden Flammen des brennenden Birch Manor noch eine ganze Weile zu sehen gewesen. Sie hatten die dichten Wolken am Himmel orangerot gefärbt. War das das Ende ihres Zuhauses? Wiese und Acker waren die Hölle auf Erden für Victorias Füße, zwei Anhängsel aus purem Schmerz. Sie wettete, dass ihre Zehen und ihre Fersen längst Blasen trugen. Das war eine Zumutung, und so langsam fragte sie sich, warum sie es überhaupt noch ertrug. Victoria wusste schließlich nicht einmal, wohin sie liefen. Unbändig sehnte sie sich nach ihrem Bett mit dem Stoffhimmel über ihr, dazu einen Schlaftrunk. Warmer Kakao mit der Spezialzubereitung von der Köchin persönlich. Ein ausgiebiges Bad nehmen, sich umziehen und das ruinierte Kleid endlich wegwerfen.

»Können wir nicht etwas Licht bekommen, Alison?«, beklagte sie sich. »Beim nächsten Loch breche ich mir bestimmt den Knöchel.«

Alison antwortete in dem gleichen ruhigen Tonfall, den sie immer benutzte, wenn sie mit ihr sprach. Ihr machte die Lauferei durch die Dunkelheit der Nacht offensichtlich gar nichts aus. »Wir müssen unauffällig bleiben. Das sagte ich Ihnen doch bereits, Lady Victoria. Daher gibt es eine Weile kein Licht.«

Victoria gab einen ungehaltenen Kiekser von sich. »Aber ich kann nicht mehr, Alison. Meine Füße sind wund gescheuert. Sie bluten. Oder Schlimmeres. Auf der Straße wäre es viel leichter. Vielleicht nimmt uns jemand in seiner Dampfdroschke mit.«

»Ja, da stimme ich Ihnen zu, Lady Victoria. Das wäre es. Aber dort suchen die Soldaten nach uns. Jede Kreuzung, jede Abzweigung wird bereits jetzt mit Straßensperren versehen sein.« Alison wies mit dem Arm vorwärts. »Gleich können wir einen Augenblick ausruhen.«

Victoria hätte es nicht für möglich gehalten, doch in der Dunkelheit vor ihnen erhob sich eine undurchdringliche Wand, die aus noch weniger Helligkeit bestand als die Nacht um sie herum. Wohin brachte Alison sie alle bloß? Sie fürchtete sich ohnehin längst genug.

»Edward, jetzt sag doch auch mal etwas!«, schluchzte Victoria. Edward war seit der Explosion der Garage stumm geblieben und Alison widerspruchslos gefolgt. Schon wieder würdigte er sie mit keiner Antwort. Mit dem Ruß, Schweiß und dem anderen Dreck im Gesicht, was sich für einen Lord absolut nicht gehörte, sah er aus wie einer der Verbrecher, die ihr Zuhause überfallen hatten.

Sie erreichten den undurchdringlichen Rand und Victoria erkannte, warum sie derart düster auf sie wirkte. Bäume standen dicht an dicht und dazwischen wuchs jede Menge Gestrüpp. Das musste Harewood sein. In diesem Moment bekam Victoria eine ungefähre Vorstellung davon, wie weit sie gelaufen waren. Die Mamsell suchte den Rand des Gehölzes ab, bis sie eine Stelle fand, durch die man hineinkam.

»Hier. Ein Stück sollten wir uns vom Waldrand entfernen, dann können wir endlich eine Pause machen.«

Victoria hatte sich doch wohl verhört. Meinte Alison das wirklich ernst? Sie sollte nachts in einem Wald herumkriechen?

»Edward!«, drängte sie ihren Bruder erneut. Keinesfalls konnte er damit einverstanden sein.

Doch zu Victorias Überraschung blaffte Edward sie harsch an. »Was?« Seine Pupillen funkelten wütend in ihre Richtung.

»Willst du etwa tun, was Alison vorschlägt?«

»Du kannst gern draußen vor dem Wald stehen bleiben. Das ist mir gerade vollkommen egal. Ich halte den Vorschlag von Mrs Leboir für sehr vernünftig.« Edward steuerte auf die Lücke im Dickicht zu und verschwand darin, der Mamsell hinterher.

Victoria öffnete den Mund, aber kein einziges Wort brachte sie heraus. Sprachlos starrte sie auf die Lücke im Dickicht. Doch als die Geräusche der beiden so langsam verstummten, eilte sie ihnen hinterher. Alleine wollte sie ganz sicher nicht zurückbleiben.

»Wartet auf mich! Bitte!«, flüsterte Victoria eindringlich und folgte dem schmalen Trampelpfad vor sich. Der Stoff ihres Kleides blieb an etwas Dornigem hängen und zerriss. Wenn das so anhielt, trug sie bald lediglich bunte Fetzen an ihrem Körper. Mit den Händen tastete sie sich vorwärts, nahm Holz mit ihren Fingern wahr und etwas Feuchtes streifte ihr Gesicht. Trotzdem wagte sie keinen weiteren Laut. Lief sie in die richtige Richtung? Wo waren Alison und Edward abgeblieben? Rechts von ihr glomm schimmernd ein Licht auf. Sofort änderte sie ihre Route und steuerte darauf zu. An einer kleinen, freien Stelle fand sie ihren Bruder mit dem Rücken gegen einen Stamm gelehnt und die Beine weit von sich gestreckt. Alison hockte ein Stück daneben und schob Laub und Äste um die Lampe auf dem Boden vor ihr. Wozu das gut sein sollte, konnte sich Victoria beim besten Willen nicht vorstellen. Mit dem Dreck drum herum nutzte das Licht doch kaum. Wie schön wäre es, die Augen nicht mehr anzustrengen? Aber sie wagte nicht, Alison danach zu fragen, aus Angst, wieder etwas Dummes zu sagen. Sie suchte nach einer Stelle, die ihr nicht zu feucht oder schmutzig schien, raffte ihr Kleid als Sitzunterlage zusammen und ließ sich aufstöhnend nieder. Im Gegensatz zu ihrem Bruder lehnte sie sich nicht an einen Baumstamm. Wer wusste schon, was dann für Krabbelviecher auf ihr herumkletterten. Die Tasche mit den Plänen drückte sie fest an sich.

»Hast du dir also überlegt, doch mitzukommen«, stellte Edward fest. »Schaffst du es vielleicht auch, dich fünf Minuten lang nicht über alles zu beschweren? Das wäre wirklich eine Erleichterung für uns alle.«

Vor Überraschung blieb Victoria der Mund offen stehen. Wie brüsk ihr Bruder mit ihr sprach. Wie versteinert sah sie zu Alison, die den Umhängesack von ihren Schultern zog. Nach und nach holte sie verschiedene Kleidungsstücke heraus, Schuhe, drei Hosen und einfache Hemden, Halstücher und Jacken, und formte daraus gleichgroße Bündel. Je eins drückte sie ihr und Edward in die Hand, das Letzte behielt sie für sich.

Entgeistert betrachtete Victoria das Kleidungsbündel und dann die Mamsell an. »Was soll ich damit?«

»Lady Victoria, Ihr Kleid würde Sie selbst im ordentlichen

Zustand sofort verraten«, erklärte Alison, während sie ihr eigenes Oberteil aufknöpfte. Darunter zeigte sich unschicklich ein Stück der Unterwäsche. »Helles Flieder, sehr schön für eine Festivität, aber auch sehr ungewöhnlich für jemanden, der ohne Dampfdroschke unterwegs ist. Vermutlich ist jeder Suchtrupp mit einer genauen Beschreibung ausgestattet. Und laufen können Sie in dem Rock sowieso nicht.«

Victoria presste fest die Lider aufeinander und drehte den Kopf zur Seite. »Ich soll das anziehen? Hier draußen?« Sie musste die Sachen nicht einmal genauer anschauen, um zu wissen, dass es grober, minderwertig zusammengenähter Stoff und vor allem die Kleidung eines Mannes waren.

»Lord Edward wird uns bestimmt einen Moment der Privatsphäre geben, damit wir uns umziehen können.«

Neben ihr erhob sich Edward und hielt sein Bündel unter dem Arm geklemmt. »Natürlich. Ich bleibe in der Nähe. Falls etwas sein sollte.«

»Vielen Dank, Lord Edward.«

Ohne Umschweife verließ ihr Bruder den beleuchteten Bereich und verschwand hinter den Bäumen. Victoria hörte seine Schritte durchs Unterholz stapfen, bis er stehen blieb. Wenn er bereit dazu war, diese Lumpen zu tragen, dann war das seine Entscheidung, aber für sie …

»Ich ziehe das auf keinen Fall an, Alison. Diese Sachen sind eine Zumutung.« Angeekelt warf sie das Bündel von sich. Victoria würdigte die Mamsell nicht eines einzigen Blickes, während sich diese aus ihrem eigenen Kleid schälte und in die Sachen aus dem Beutel schlüpfte. Als sie damit fertig war, sammelte sie das Weggeworfene ein und legte es Victoria erneut in den Schoß.

»Ich verspreche Ihnen, Lady Victoria, gleich bei der nächsten Gelegenheit besorge ich Ihnen Akzeptableres. Bitte ziehen Sie sich um.«

Victoria verschränkte die Arme vor ihrer Brust. Der Geruch der fremden Kleidung stieg ihr in die Nase. Vergammelte Kernseife, muffig, wie alter Schweiß, der sich nicht mehr richtig hatte herauswaschen lassen. »Das kannst du nicht von mir verlangen, Alison. Das gehört sich einfach nicht. Ich bin eine Lady, kein Bauerntrampel. Außerdem habe ich nun wirklich genug. Du glaubst doch nicht, dass ich die Nacht in diesem Dickicht verbringen werde. Ich erwarte ein Zimmer und ein anständiges Bett. Sofort.«

Sie hörte, wie Alison seufzte, und schließlich vor ihr in die Hocke ging.

»Lady Victoria, ich versuche einzig und allein, Sie zu beschützen.«

»Vor wem oder was denn?«, gab Victoria entrüstet von sich. »Vor den Soldaten unseres Kaisers? Wir sind dem Reich und dem Protektorat Großbritannien stets ergeben gewesen. Mein Vater …«

Es knackte im Gehölz. Edward kam zurück. Auf seiner Stirn zeigte sich eine tiefe Furche, die sogar im bedeckten Licht der Laterne zu erkennen war. »Unser Vater wurde verhaftet«, knurrte er Victoria an. »Von dem Mann, den er als Schirmherr für den wichtigsten Moment seiner Wissenschaftskarriere gewinnen konnte. Begreifst du es immer noch nicht? Man hat unser Zuhause mit Artillerie beschossen und es vermutlich völlig zerstört. Es waren Menschen dort. Wir waren dort. Glaubst du wirklich, man würde uns in einer Sänfte in den nächsten Palast eskortierten und uns ein warmes Bad einlassen, wenn sie uns schnappen? Seine Exzellenz, der Geheimdienstdirektor hat es in Kauf genommen, dass wir bei dem Angriff draufgehen. Verstehst du das?«

»Er hat das in Kauf …« Die Worte Edwards sickerten in ihren Verstand, der sich bisher geweigert hatte, all die Ereignisse dieser Nacht vernünftig einzuordnen. Kurz wollte die alte Bockigkeit herausjagen, dass das doch nicht sein könne, er nicht so einen Unsinn von sich geben solle und schon gar nicht in diesem Ton mit ihr zu reden habe. Aber dann ereilte sie die Erkenntnis mit der Wucht eines Orkans. Edward hatte recht. Sie waren jetzt Kriminelle, wie die Rebellen. Gesucht wegen Hochverrats. Wenn man sie fasste, landeten sie wahrscheinlich sofort in einem Gefängnis. Allein die Vorstellung ließ Victoria erzittern. Die Mamsell tat alles, um sie davor zu bewahren. Während sie mit ihren ständigen Beschwerden den beiden das Leben unnötig schwer gemacht hatte.

»Es tut mir leid. Wirklich«, flüsterte sie kleinlaut, aber in der Stille der Nacht war es dennoch deutlich zu vernehmen. Sie nahm die Kleidung in ihrem Schoß auf und sah sich nun ihrerseits nach einem geeigneten Platz um, an dem sie sich entkleiden konnte. Wenige Minuten später kehrte sie in das Licht der Laterne zurück und reichte das zerrissene Kleid an Alison weiter. Die Mamsell stopfte es mit den eigenen und den Sachen von Edward unter einen Busch. Mit Blättern und Ästen verdeckte sie den Kleiderstapel notdürftig.

»Morgen in der Dämmerung gehe ich los, und besorge uns allen etwas zu essen«, versprach die Mamsell. »Bis zum Smithy Inn brauche ich zu Fuß hoffentlich nicht mehr als eine halbe Stunde. Vielleicht eine ganze. Ich werde mich auf jeden Fall beeilen.«

»Mrs Leboir, das Smithy Inn liegt direkt an der Kreuzung Richtung Collingham«, warnte Edward. »Das ist die schnellste Route Richtung Osten und stark befahren. Ich kenne sie sehr gut von meinen Ausfahrten. Der Geheimdienst wird mit Sicherheit eine große Straßensperrung aufstellen und jeden kontrollieren, der dort vorbeikommt.«

Alison sah die Frage in Victorias Augen, bevor sie diese aussprechen konnte.

»Mich hat seine Exzellenz bislang nicht auf seiner Liste der Gesuchten. Aber Cœurdur ahnt vielleicht, wer euch zur Flucht verholfen hat. Da ich bis zur Eröffnung des Symposiums mit anderen Dingen beschäftigt war, und er mich deswegen nicht gesehen hat, stehen meine Chancen trotzdem recht gut, ohne größere Aufmerksamkeit durchzuschlüpfen.«

Angst stieg in Victoria auf. Sie sorgte sich plötzlich um die Mamsell. Und zu ihrer eigenen Überraschung weniger darüber, dass sie dann allein wären. Mehr, was mit Alison passieren würde, wenn sie gefasst wurde. Unwillkürlich griff sie nach der Hand der Mamsell. »Ich möchte nicht, dass man dir etwas antut, nur weil du uns geholfen hast.«

Alison lächelte ernst. »Ich werde vorsichtig sein, versprochen. So, und nun sollten wir alle versuchen, ein wenig zu schlafen. Bis zum Morgen sind es nur noch ein paar Stunden. Ich weiß, es ist nicht besonders bequem. Versuchen Sie es bitte dennoch.« Alison ließ ihre Hand los und drehte sich zu der Laterne um. »Sollte Ihnen kalt werden, rücken Sie bitte aneinander. Körperwärme ist der beste Schutz gegen die nächtliche Kälte. Sie beide haben als Kinder immer in einem Bett geschlafen, erinnern Sie sich noch?«

Victoria dachte an ihre Kinderzeit zurück, als sie und Edward richtige Winzlinge gewesen waren. Sie hatte ihren großen Bruder damals hingebungsvoll geliebt. Im Grunde ihres Herzens tat sie das immer noch. Nur zeigte sie es mittlerweile äußerst selten. Mit einem um Verzeihung bittenden Blick rutschte sie näher an Edward heran und umklammerte ihn mit beiden Armen von der Seite. Er grunzte zulassend und legte seine Hände schließlich über die ihren. Victoria schloss die Augen. Sie würde wirklich versuchen, zu schlafen. Erschöpft genug fühlte sie sich dafür. Durch die geschlossenen Lider bemerkte sie, wie das Licht der Laterne ausging. Noch während sie der Mamsell lauschte, wie sie sich selbst einen Platz aussuchte, war sie bereits tief und fest eingeschlafen.

23
Wut in der Nacht

Was ihn geweckt hatte, das konnte Edward nicht zuverlässig sagen. Vielleicht war es ein Knacken im Unterholz gewesen, der Schrei einer Eule oder das Flattern einer Fledermaus. Trotzdem jagte sein Herz. Es brauchte unzählige Schläge, bis es sich beruhigt hatte. Im Wald waren keine Soldatenstiefel, keine Befehle, keine Schüsse zu hören. Hatte ihn ein Albtraum aus dem Schlaf gerissen? Victoria lag immer noch direkt neben ihm, hatte sich an ihn gekuschelt, um der Kälte zu trotzen. Ihr Atem ging gleichmäßig und tief. Der lange Fußmarsch hatte sie bis an ihre Grenze gebracht und sie sehr erschöpft. Er selbst fühlte sich ebenfalls ziemlich gerädert. Die Stunden, die er auf dem Waldboden zugebracht hatte, taten ihr Übriges. Bewegungslos lauschte er den Geräuschen der Nacht.

Es war eine Ewigkeit her, dass er nicht in einem Zimmer oder einem gemütlichen Bett geschlafen hatte. Wie alt war er damals gewesen? Fünf oder sechs? Es war diese eine sternenklare Nacht im Sommer gewesen, da hatten er und sein Vater Nahe den Stallungen ein Zelt aufgeschlagen. Nur sie beide. Bis zum Anbruch der Morgendämmerung hatten sie die Sterne beobachtet. Und er hatte gebannt den Erklärungen seines Vaters über Kometen, Sternenbilder, Meteoren und den Mond gelauscht. Das war zu einer Zeit gewesen, in der sich der Earl noch nicht vollständig in seine wissenschaftlichen Bücher vergraben und seine Kinder darüber meist vergessen hatte. Seine Mutter hatte das nicht zugelassen.

Mrs Leboir hatte die Lampe gelöscht, als sie sich schlafen gelegt hatte. Die meisten Sterne blieben hinter einem dichten Wolkenvorhang verborgen. Das Licht reichte gerade so aus, um ihren Lagerplatz zu erhellen. Vorsichtig befreite sich Edward aus der Umarmung seiner schlafenden Schwester. Er musste aufstehen, sich strecken. Seit ihrer Flucht von Birch Manor war er keinen einzigen Augenblick allein oder ohne eine der unzähligen Beschwerden Victorias gewesen. Er warf einen Blick auf Mrs Leboir. Auch sie schlief, jedoch unruhiger. Ihr Kopf zuckte sacht hin und her und ihre Finger griffen nach etwas, das nur sie sehen konnte. Er sollte sie nicht allein lassen, nicht einmal für einen Moment. Doch Edward brauchte eine Pause von alledem. Auch wenn er der Dunkelheit im Wald und der in seinem Herzen nicht entkommen würde. Seine Füße bewegten sich wie von selbst vorwärts. Kurz darauf befand er sich mitten im Unterholz.

Der vergangene Abend hatte seine Familie unschuldig zu Verbrechern gemacht. Zu Verrätern an Kaiser Napoleon, den sein Vater nach der Eroberung Britanniens sofort anerkannt hatte. Es gab Urkunden und Papiere, die das bezeugten und dem Earl besondere Privilegien gegenüber anderen britannischen Adeligen verliehen. Den Conseil du Roi hatte das jedoch nicht davon abgehalten, seinen Vater zu verhaften. Seit sie vom Anwesen entkommen waren, hatte er sich ununterbrochen den Kopf darüber zerbrochen. Warum hatte seine Exzellenz das getan? Was war der Grund für das alles?

Doch selbst mit dem wenigen, das Mrs Leboir angedeutet hatte, fand er keine Erklärung dafür. Es hatte bloß seinen Zorn wachsen lassen. So sehr, dass er sich selbst nur noch mit Mühe davon abhalten konnte, auf der Stelle umzudrehen.

Im Vorbeigehen hieb er mit der Faust gegen einen Baumstamm. Ein Käuzchen flog mit protestierendem Geschrei aus dem Geäst auf. In Leeds gab es Richter, mit denen er sprechen musste. Wenn nötig, würde er sogar nach London reisen, nach Paris, um persönlich vor den Kaiser zu treten. Irgendwer musste ihm zuhören und seinen Vater von allen Anklagepunkten freisprechen!

Gleichzeitig war ihm klar, dass das womöglich eine vergebliche Hoffnung war. Sie flüchteten vor den Soldaten, die Birch Manor beschossen hatten, und sie versteckten sich wie Landstreicher in einem Wald. Er wusste nicht einmal, wo und wann ihre Flucht endete. Oder wie deren Ausgang sein würde. Die Erkenntnis machte ihn nur noch wütender. Wenn sie verhaftet würden, würde es schwer werden, bei den richtigen Stellen Wohlwollen zu finden. Jemanden, der einen Blick auf die Urkunden seines Vaters warf, wenn die überhaupt noch existierten und nicht beim Brand des Herrenhauses vernichtet worden waren. Über ihm brach die Wolkendecke auf und wie zur Bestätigung schien das Licht des Mondes auf sein Gesicht.

Edward blieb stehen und schloss seine Augen. Er musste doch irgendetwas unternehmen! Doch da ging ihm auf, dass er keinen Plan hatte. Wie sollte er sie beide jemals wieder nach Hause bringen? Wie den Namen ihrer Familie reinwaschen? Allein? Der einzige Mensch, der ihnen geblieben war, war Mrs Leboir. Dabei wusste er nicht einmal, ob er ihr vertrauen konnte. Aber eines gab es, was er unbedingt tun musste: seine Schwester beschützen, so gut es ging. Selbst wenn das bedeutete, wochenlang auf der Flucht zu sein und sich vor allen anderen Menschen zu verbergen. Edward drehte um und schlich auf die Lichtung zurück. Weder Mrs Leboir noch Victoria hatten etwas bemerkt. Sie schliefen. Er legte sich neben seine Schwester und griff nach ihrer Hand, um sie behutsam auf seiner Brust abzulegen. Sie schnaufte kurz, dann kuschelte sie sich wieder an ihn.

24
Ein unerwartetes Angebot

Eine halbe Stunde später kehrte McGregor mit einer weiteren Tasse Tee zurück in Florance' Kabine. Zwischenzeitlich war die auszehrende Kälte aus ihren Gliedern einer wohligen Wärme gewichen. Eigentlich brauchte sie die Decke nicht mehr, aber sie genoss das Gefühl viel zu sehr, in etwas Weiches gehüllt zu sein. Der zweite Tee tat ebenso gut wie der erste.

»Es geht dir besser, kleine Spionin«, bemerkte der Captain brummig. Dieses Mal blieb er vor der Pritsche stehen, auf der Florance hockte. »Du bist zäh. Trotzdem brauche ich jetzt eine Antwort. Steht die Vereinbarung, oder nicht?«

Florance hatte versucht, die Minuten für sich in ihrem Gefängnis zu nutzen. Hin und her hatte sie überlegt, ihre Situation abgewägt ebenso wie ihre Möglichkeiten zur Flucht. Im Augenblick war sie von McGregor und seiner Mannschaft abhängig. Davon, dass sie das Flugschiff früher oder später landen würden. Blieb sie eingesperrt, war jede Überlegung über Flucht sinnlos. Auch wenn Florance überzeugt war, dass McGregor nicht vorhatte, sie zu töten, so war ihr ebenso klar, dass er es tun würde, ließ sie ihm keine andere Wahl. Vom Gegenteil auszugehen, hieße töricht zu sein. Monsieur Pignon hatte ihr stets eingeschärft, erst alle Bestandteile zu verstehen und zu bewerten, bevor man handelte.

»Sollen mich doch die Würmer fressen! Wie lange willst du mich hinhalten, Mädchen? Ja oder nein?«

Florance leerte ihre Tasse Tee, setzte sie ab und sah dann McGregor direkt in die Augen. »Wofür brauchen Sie meine Hilfe? Nur damit wir uns verstehen: Ich werde weder etwas Unrechtmäßiges tun noch irgendetwas, das dem Kaiser oder dem britischen Protektorat schadet.«

»Hoho«, lachte McGregor amüsiert. »Mädchen, alles auf diesem Luftschiff ist in den Augen Napoleons unrechtmäßig. Sogar die Decke, die du da festhältst. Oder der Tee, den du eben noch getrunken hast. Beides haben wir einem französischen Händler abgenommen, der so unbekümmert war, seinem Warentross bei Glasgow eine längere Pause zu gönnen.«

»Gestohlen also«, erwiderte Florance, ohne sich von der Erzählung beeindrucken zu lassen.

McGregor zuckte mit den Schultern. »Nenne es, wie du willst. Ich muss für meine Leute sorgen. Mit allem, was sie benötigen. Und wenn ich damit dem Franzosenpack schade, soll es mir recht sein.«

»Daran werde ich mich nicht beteiligen«, bekräftigte Florance. Und sie beabsichtigte, nicht von diesem Grundsatz abzuweichen.

McGregor nickte mehrfach. Wägte er ab, was er nun sagen wollte? »So so. Du glaubst also, ich will dich gegen deinen Willen zu einer der unseren machen. Interessant. Los, steh auf und komme mit. Ich zeige dir, wofür ich deine Hilfe brauche. Dann wirst du vermutlich anders darüber denken.« Der Captain öffnete die Kabinentür und blieb wartend auf dem Flur stehen.

Zögerlich sah Florance dem Rebellenanführer hinterher. Sollte sie ihm tatsächlich folgen? Legte er es darauf an, sie zu zwingen, so gab es sowieso nichts, das sie ihm entgegensetzen konnte. Und im ungünstigsten Falle kehrte sie in den Außenkäfig zurück und blieb dort, bis sie befreit oder freigelassen werden würde. Sofern er sie nicht über Bord werfen ließ. Verstohlen atmete sie tief ein. Dann rutschte sie von der Pritsche und verließ die Kabine.

Ohne eine Erklärung führte der Captain Florance vom vorderen Teil des Bugs aus über das Zwischendeck. Die Türen auf beiden Seiten des Ganges blieben geschlossen. Nur ab und an öffneten sie sich, wenn ein Mitglied von McGregors Besatzung geschäftig ihren Weg kreuzte. Ein kurzer Gruß wurde gewechselt, dann entschwanden sie wieder in einer anderen Tür. Florance fiel auf, dass alle keine Uniformen, sondern bloß unterschiedlichste Alltagskleidung trugen. Nicht die Frauen und nicht die Männer. Waffen schleppten die meisten mit sich herum, aber auch bei diesen vermisste Florance eine Gleichartigkeit. Niemand an Bord, den sie zu Gesicht bekam, wirkte für einen Krieg ausreichend gerüstet. Aber das bestätigte in ihren Augen den Ruf einer Bande aus Dieben und Halsabschneidern.

Je näher sie der Mitte des Luftschiffes kamen, desto lauter wurde das Stampfen der Schiffsmaschinen. Am Geräusch erkannte Florance sogleich, dass etwas nicht stimmte. Sie vermisste die tragende Melodie, die sie sonst aus dem Arbeiten des Metalls heraushörte. Dieser Klang hatte nichts mit geschmeidig ineinandergreifenden Gegenstücken zu tun, sodass kein gleichmäßiger Rhythmus entstand. Die Kolben liefen nicht rund und der Druck kränkelte ebenfalls. Die Sinfonie dieser Maschinen war völlig aus dem Takt geraten. Damit war klar, wofür Captain McGregor ihre Unterstützung benötigte.

»Die Maschinen haben ein Problem, richtig? Und Sie bekommen es nicht in den Griff«, stellte sie fest, während sie neben dem Rebellen herlief. »Deswegen Ihr Angebot.

Von den acht Kesselanlagen, die diese Luftschiffklasse besitzt, laufen gerade einmal die Hälfte. Bei dreien davon rotieren die Kolben mit einer schwankenden Verzögerung«, erklärte Florance fachkundig. Sie hatte gelernt, am Klang einer laufenden Anlage ein vorhandenes Problem zu erkennen. Bei diesen Maschinen musste sie sich nicht einmal besonders anstrengen. »Braucht es nicht mindestens fünf funktionierende Kessel, um ein Luftschiff dieser Klasse am Himmel zu halten?«

»Verbrenne mir einer den Hintern, sehr clever. Woher weißt du das?«, staunte McGregor. »Vier Kessel, wenn es keine Ladung an Bord hat und nur die Kernmannschaft fliegt«, korrigierte der Captain. »Aber wir haben eine Ladung, wie du ja selbst weißt. Eine schwere noch dazu.«

Florance spürte einen Schauer nach ihrem Herzen greifen. »Aber dann ist es ein Wunder, dass dieses Luftschiff noch nicht abgestürzt ist.«

»Hmm«, brummte McGregor. »Ein Wunder, ja. Besonders ohne unseren einzigen, fähigen Mechaniker an Bord.«

»Wieso ist der nicht da und repariert den Schaden?«

Der Rebellenanführer schnaufte unversöhnlich. »Weil ein Treffer der französischen Artillerie ein hübsch großes Loch in unseren Rumpf gerissen hat. Yorick stand unglücklicherweise genau davor.«

»Er ist tot?«, fragte Florance überflüssigerweise.

McGregor antwortete nicht, sondern öffnete stattdessen die Tür zum Maschinenraum des Luftschiffes. Als sie ihm folgte, wehte ihr eine stete Böe kalter Luft entgegen. In der

Bordwand klaffte ein Loch von sechs oder acht Fuß. Breit genug, damit Lord Edward mit einer seiner Dampfdroschken hindurchpasste. Ein Stück des Deckbodens fehlte ebenfalls. Man hatte Bretter so um das Loch angebracht, dass niemand unabsichtlich hinausfiel. Aber wirklich sicher war das nicht. Tatsächlich zählte sie nur sieben Kessel. Einer hatte vermutlich an der Stelle des Schadens gestanden. Zwei weitere existierten bloß noch unvollständig. Die würde niemand mehr befeuern. Blieb einer, den man instand setzen musste. Die übrigen vier waren definitiv neu einzustellen. Die rechte Hand des Captains, Iona, arbeitete an einem dieser Kessel, zwei weitere Rebellen unterstützten sie dabei. Schon auf den ersten Blick bemerkte Florance, dass sie bestenfalls ungeübt im Umgang mit kesselbetriebenen Maschinen waren. Und das, was sie gerade vorhatten, war so falsch, wie es nur sein konnte. Stellten sie nicht sofort ihre Reparaturversuche ein, zerstörten sie unwiederbringlich eine weitere Kesselanlage. Wenn Florance gerade eines am wenigsten ersehnte, dann war es mitsamt dem Luftschiff der Rebellen abzustürzen. Sie stürmte am Captain vorbei und nahm kurzerhand Iona den Schraubschlüssel aus der Hand.

»Stopp! Sofort aufhören!«

»Hey«, beschwerte sich die Rebellin. »Was soll denn das? Ich versuche hier, uns allen das Leben zu retten. Her mit meinem Werkzeug!«

»Sie tun aber das Gegenteil davon«, erklärte Florance bestimmt. Sosehr Iona bemüht war, sie war drauf und dran, die Anlage zu ruinieren. Das durfte sie nicht zulassen.

Die Rebellin richtete sich auf und stellte sich genau vor Florance hin. »Du bist immer noch eine Gefangene! Eine

Spionin! Erzähle mir nicht, was ich auf unserem Schiff zu tun habe.«

Florance ließ sich nicht einschüchtern. »Dann sollten Sie wissen, was Sie tun. Tun Sie aber nicht.«

»Ich war wohl viel zu freundlich zu dir. Kein Problem, das lässt sich ändern. Schnappt sie euch und sperrt sie zurück in ihre Kajüte«, rief sie den beiden Rebellen zu.

»Iona, genug!« Der Captain hatte laut und streng geklungen und Iona sah McGregor mit großen Augen an. »Wir hatten besprochen, wie es laufen soll.«

»Ich bin immer noch dagegen«, widersprach die Rebellin. Bei ihrer letzten Begegnung hatte sie wesentlich umgänglicher gewirkt. In diesem Augenblick erkannte Florance zwar keine direkte Feindseligkeit in den Augen der Frau, aber Sympathie fand sie ebenso wenig. »Wir bekommen das alleine hin, Captain.«

»Genau das bezweifle ich.« McGregor trat neben Florance und betrachtete sie ernst. »Du siehst unsere Zwangslage. Die im Moment auch deine ist, sofern ich das besonders betonen muss. Jetzt ist keine Zeit mehr für Geduld und Nachsicht. Du schuldest mir immer noch eine Antwort.«

Der Captain hatte recht, das spürte Florance. Dieses Flugschiff kam womöglich keine dreißig Meilen weit mehr, bevor die Kesselanlagen wegen Überlastung aufgaben oder die gut gemeinten Versuche, die beschädigten wieder zum Laufen zu bekommen, eine davon schrottete. Ab welchem Zeitpunkt war eine Landung nicht mehr möglich? Das wollte sie nicht herausfinden. Florance musste etwas tun. Schon allein, um ihr eigenes Leben zu retten.

»Ich helfe Ihnen.« Sie versuchte, so zu klingen, als habe sie tatsächlich eine Wahl. Nur um dem Captain nicht die Genugtuung zu geben, sie richtig eingeschätzt zu haben.

McGregors Mund umspielte ein zufriedenes Lächeln. »Bist du dir sicher? Das ist ein Rebellenschiff. Ein Feind des Kaisers. Ich möchte dich bloß daran erinnern. Du wolltest nichts Unrechtmäßiges tun.«

»Das ändert nichts an meiner Meinung über Sie und Ihre Leute«, bekräftigte Florance.

»Selbstverständlich nicht«, bestätigte McGregor großzügig.

Selbstsicher verschränkte Florance die Arme vor der Brust. »Und ich werde dieses Luftschiff nicht kriegstauglich machen. Selbst dann nicht, wenn Sie mir noch einmal den Käfig androhen. Oder mich über Bord werfen wollen. Sobald es stabil fliegt, höre ich sofort auf. Das ist meine Bedingung.«

McGregor klatschte begeistert in die Hände. »Da sollen mich doch die Würmer fressen. Ich bin einverstanden.«

»Ihr Ernst, Captain?«, schob sich Iona dazwischen.

»Mein voller Ernst. Unsere Spionin bekommt jede Unterstützung, die sie verlangt. Verstanden?«

»Ja, Captain«, bestätigte die Rebellin seufzend.

Auch Florance atmete innerlich auf. Sie würde tun, was erforderlich war und sich mit ihrem Gewissen vereinbaren ließ. Niemand, nicht einmal Kaiser Napoleon, sollte ihr später vorwerfen können, sie habe die Feinde Großbritanniens unterstützt. Jetzt allerdings drängte die Zeit.

»Wenn Sie gestatten, Captain McGregor, fangen wir mit der ausgefallenen Kesselanlage an. Wenn diese läuft und ihren Teil des nötigen Drucks erzeugt, werden die anderen entlastet. Erst danach kümmern wir uns um die anderen Maschinen. Ich brauche Werkzeug und Leute, wenigstens zwei. Besser wären drei, die mir zur Hand gehen.«

McGregor vollführte eine ausladende Armbewegung, die den kompletten Maschinenraum zu umfassen schien. »Alles, was du hier vorfindest, steht dir zur Verfügung. Wenn du mehr brauchst, lasse es mich wissen. Sofern es an Bord ist, bekommst du es.«

»Danke.«

»Ich habe allerdings noch weitere Fragen, auf die ich eine Antwort bekommen werde. Wir reden bei nächster Gelegenheit weiter, kleine Spionin.«

Florance nickte und erstellte im Kopf bereits eine Liste mit Materialien und Ersatzteilen, von denen sie hoffte, dass sie existierten. »Gibt es weitere Beschädigungen am Schiff, über die ich Bescheid wissen sollte?«

Schräg hinter Florance kicherte Iona angespannt. »Wollen Sie es ihr sagen, Captain, oder soll ich?«

»Nur zu, Iona, ich lasse dir gern den Vortritt.« McGregor deutete eine Verbeugung in Richtung seiner Untergebenen an. Das löste bei Iona eine weitere, nervöse Lautäußerung aus.

»Wo soll ich da bloß anfangen? Die Stabilisatoren an Backbord sind es nur noch dem Namen nach, dann sind da die Ruder. Eine schnelle Kehrtwende ist mit denen nicht möglich. Hatte ich schon die Tragflächensteuerung erwähnt?«

Florance seufzte laut. Da wartete ein ganzes Gebirge an Arbeit auf sie. Doch zunächst standen die Kesselanlagen an. Der Rest musste warten.

25
Ohne Reparatur kein Flug

Müde wischte sich Florance mit dem übrig gebliebenen Ärmel ihrer Jacke über die Stirn. Trotzdem blieb das feuchte Gefühl auf der Haut, weil sich mit dem Stoff die Mischung aus Schweiß und Öl nicht gänzlich entfernen ließ. Sie arbeitete Seite an Seite mit Iona an der ausgefallenen Kesselanlage. Zeit war der entscheidende Faktor und deshalb gönnte sie weder sich noch Iona eine Verschnaufpause. Die beiden anderen Rebellen setzten bei Bedarf ihre Körperkraft ein oder schafften Ersatzteile heran. Weitere Verwendung hatte Florance für sie nicht. Von Mechanik und Dampftechnologie verstanden die Rebellen überhaupt nichts. Bei Iona jedoch merkte Florance sofort, dass sie schon bei Reparaturen geholfen hatte. Ein paar ihrer Handgriffe saßen ordentlich, bei den übrigen benötigte sie strikte Anweisungen. Aber sie schlug sich recht gut.

Die Explosion beim Auftreffen des Artilleriegeschosses und die herumfliegenden Teile der Bordwand hatten den Kessel empfindlich aufgerissen. Metallplatten waren zu entfernen und zu ersetzen gewesen, um ihn wieder abzudichten. Das Vernieten übernahm Florance. Obwohl der Niethammer deutlich älter war, und schon ziemlich abgenutzt aussah, ließ er sich handhaben. Trotzdem wünschte sie sich, das Modell zur Hand zu haben, das auf Birch Manor eingesetzt wurde. So blieb die Arbeit mühsam. Nach der letzten Niete legte Florance den Niethammer beiseite und drehte sich zu Iona um. Halb um den Kessel herum verschraubte die Rebellin einige

Zuleitungen. Diese führten den erzeugten Druck an die Turbinen weiter, die mit für den Auftrieb des Luftschiffes sorgten. Die letzte Etappe der Reparatur. Iona hatte ihre Zunge konzentriert seitlich zwischen ihre Lippen geklemmt. Es sah zufriedenstellend aus, was sie tat. Dennoch sah Florance ihr über die Schulter.

»Die zweite von unten muss etwas nachgezogen werden. Die Verschraubung hat sich gelockert, während du an den beiden daneben gearbeitet hast«, korrigierte sie Iona.

»Das siehst du, ohne zu prüfen?« Die Rebellin zog wenig damenhaft die Nase hoch. Auf einem Luftschiff wie diesem gab es keinen Raum für feine Sitten.

Florance griff nach vorne und rüttelte probeweise an der Zuleitung. Das Metall bewegte sich und knirschte in der Verschraubung. »Noch eine Umdrehung mehr, dann sitzt sie«, erklärte sie.

Iona nickte anerkennend. »Yorick wusste mehr als wir alle zusammen über die Maschinen. Er hielt sie am Laufen, aber ich glaube, die meiste Zeit über hat er mehr zusammengeflickt als wirklich repariert. Ich muss zugeben, deine Kenntnisse beeindrucken mich.«

Verlegen winkte Florance ab. »Mein Mentor ist streng. Die ersten Jahre meiner Ausbildung waren ziemlich schwierig. Er hat jeden meiner Schritte dreimal kontrolliert. Manchmal tut er es immer noch, sogar bei sich selbst. Er arbeitet wirklich gewissenhaft und legt sehr viel Wert darauf, dass seine Mitarbeiter es ebenfalls tun.«

»Franzose, hm?«, spuckte Iona überraschend hart aus. »Elende Bastarde. Sie tragen die Schuld an dem ganzen Elend.«

Das waren die ersten Worte der letzten Stunden, die über bloße Arbeitsanweisungen und Schweigen hinausgingen. Obwohl Florance bewusst auf jegliches Gespräch verzichtet hatte, weil sie nicht den Eindruck erwecken wollte, nett zu ihren Entführern zu sein, vermochte sie die Kritik an ihrem Vormund nicht hinzunehmen. Daher mischte sich eine deutliche Spur von beißendem Sarkasmus in ihre Entgegnung.

»Monsieur Pignon hätte mir bestimmt davon erzählt, wenn er Menschen wie Sie zu Überfällen auf friedliebende Bürger angestiftet hätte.«

»Menschen wie wir?« Iona vollführte eine letzte Drehung an der gelockerten Verschraubung und sah auf. Ihre Augenbrauen trafen sich direkt über der Nasenwurzel und schnitten eine tiefe Falte darüber. Florance tat so, als sehe sie es nicht.

»Rebellen. Feinde des Kaisers. Die sein Eigentum stehlen. Oder wollen Sie sagen, dass die Maschine im Lagerraum nur zufällig dorthin gelangt ist? Daran trägt mein Mentor ganz sicher keine Schuld. Ebenso wenig wie am Zustand Ihres Luftschiffes.«

Ungläubig sah Iona zu Florance hoch. Dann glättete sich langsam die Stirn, die Mundwinkel wanderten nach oben und schließlich brach ein tosendes Gelächter aus der Rebellin heraus. »Du verstehst wirklich viel von Dampfmechanik, aber durch alles andere stolperst du wie ein Dales-Pony, dem man die Augen verbunden hat. Zu lustig.«

Mit dieser Reaktion hatte Florance nicht gerechnet. Was amüsierte die Rebellin so sehr? Hatte sie denn etwas Falsches gesagt? Ihr Mund klappte auf, aber es kam kein Wort heraus.

Iona wischte sich eine Lachträne vom linken Auge. »Ich muss dir recht geben. Die Maschine, die haben wir gestohlen.

Und wenn ich es offen zugeben darf, ich weiß nicht einmal genau, wofür. Aber da der Captain es so entschieden hat, wird es einen guten Grund dafür geben.« Die Rebellin stutzte und sah Florance merkwürdig an. »Ich kenne deinen Namen überhaupt nicht. Wie heißt du, Mädchen? Wenn du das einem Menschen wie mir verraten darfst.«

»Florance«, stammelte sie verwirrt. Niemand hatte bisher nach ihrem Namen gefragt, nicht einmal der Captain.

Die Rebellin erhob sich und stemmte ihre Hände in die Hüften. »Also gut, Florance. Kein typisch britischer Name, aber immerhin ein schöner. Hast du Familie? Eltern oder Geschwister?«

Florance zögerte zunächst, antwortete schließlich doch. »Nein.«

»Niemand, der auf dich wartet? Das ist traurig. Wirklich.« Ionas Blick wanderte für einen Augenblick in weite Ferne. »Ich sehne mich nach meinen beiden Kleinen. Larna und Rowan. Meine Schwester passt auf die beiden auf, solange ich fort bin.«

»Sie haben Kinder?«, fragte Florance erstaunt. Sie hatte sich bislang darüber überhaupt keine Gedanken gemacht, wie das Leben der Rebellen außerhalb ihrer Verbrechen aussah. Sie hatte immer angenommen … ja, was eigentlich?

»Wir alle haben Familie. Freunde. Menschen, die sich um uns sorgen. Die hoffen, dass wir gesund nach Hause zurückkehren.« Das Gesicht der Rebellin hatte einen weichen, fast schon traurigen Zug angenommen. »Niemand an Bord folgt dem Captain aus boshaftem Vergnügen. Wir tun es, weil wir keine andere Wahl haben. Weil wir für unsere Freiheit kämpfen. Dafür sind in der vergangenen Nacht Kameraden von uns gestorben. Ihren Familien müssen wir bald die schlimme Nachricht überbringen. Wenn wir es denn überhaupt dorthin zurückschaffen.«

In Florance' Kehle bildete sich ein dicker, einschnürender Klumpen schlechten Gefühls.

»Komm, das soll nicht deine Sorge sein.« Iona klopfte ihr auf die Schulter, während sie sich an ihr vorbeidrückte. »Mehr ist an diesem Kessel nicht in Ordnung zu bringen, sofern ich dich richtig verstanden habe. Vielleicht sollten wir ihn dann jetzt mal ordentlich befeuern und dafür sorgen, dass die Ironside nicht doch noch abschmiert. Was meinst du? Und dann kümmern wir uns um die anderen Probleme.«

Florance sah der Rebellin hinterher, wie sie zu dem Schalltrichter schlenderte, dessen Ende ein Deck tiefer bei den Kohlenschauflern auslief. Iona rief ein Kommando hinein. Müde rieb sie sich erneut über die Stirn und öffnete das Zulaufventil ein kurzes Stück. Flüssigkeit strömte durch die Rohre und füllte den Kessel. Wenn der nötige Druck aufgebaut war, würde sie sehen, ob die Reparatur erfolgreich verlaufen war. Tief in ihr drin arbeitete es kaum weniger. Sie hatte die Rebellen stets als Übeltäter ohne jegliche Moral oder gar ein Gewissen angesehen. Doch wie es schien, war die Wirklichkeit wesentlich komplizierter. Allerdings gab es für sie und Iona immer noch genügend zu tun, bis das Luftschiff außer Gefahr war. Über alles andere würde sie sich dann Gedanken machen, wenn dafür Zeit war. Doch schon jetzt erwartete sie neugierig das nächste Gespräch mit Captain McGregor.

26

Die Soldaten kommen!

Eine Hand legte sich auf Victorias Mund und drückte fest zu. Sie war so erschöpft gewesen, dass sie tief und fest geschlafen hatte, obwohl es eigentlich zu kalt und unbequem gewesen war. Doch urplötzlich war sie hellwach. Ihr Herz jagte und klopfte wild in ihrer Brust. Ihr Instinkt befahl ihr, um sich zu schlagen, sich zu befreien. Stattdessen tastete sie so unauffällig wie möglich nach ihrem Bruder, um ihn zu wecken. Edward schlief tief und fest und rührte sich nicht.

»Schsch, Lady Victoria«, sagte jemand an ihrem Hinterkopf. »Leise. Ich bitte Sie.«

Victoria erkannte die Stimme der Mamsell, obwohl es ihr in der ersten Sekunde vor Schreck nicht gelungen war. »Edwmpf!«, presste sie undeutlich durch die Hand auf ihrem Mund heraus.

»Nicht. Sie dürfen keinen Laut von sich geben. Es sind Soldaten in der Nähe.«

Sie versuchte ein Nicken, das sich durch den festen Griff etwas unbeholfen anfühlte.

»Ich nehme jetzt meine Hand fort. Es ist wirklich wichtig, dass Sie leise sind, damit man uns nicht entdeckt.« Der Druck auf Victorias Mund verschwand so schnell, wie er gekommen war. Endlich konnte sie den Kopf drehen und aufsehen. Hinter ihr hockte Alison. Besorgt spähte die Mamsell in das Dickicht. Den Beutel hatte sie über ihre Schulter geschnallt. Obwohl die Sonne bereits aufgegangen war, entdeckte sie niemand anderen in ihrer Nähe. Der Wald blieb still und selbst die Vögel waren verstummt. Victoria wagte nicht, sich aufzurichten.

»Wecken Sie Lord Edward, aber behutsam.«

Noch einmal nickte Victoria stumm. Vorsichtig rüttelte sie an Edwards Schulter. Verschlafen drehte dieser sich zu ihr um.

»Was ist denn los? Lass mich doch …«, murmelte er nicht ganz wach. Er verstummte aber sofort, als er die Mamsell erkannte. Alison legte den Zeigefinger auf die Lippen und deutete ihm, kein weiteres Wort zu sagen. Schließlich wies sie in Richtung Osten, dorthin, wo die Landstraße lag. Mit beiden Armen tat sie so, als trüge sie ein Gewehr. In Edwards Augen glomm Verstehen auf. Das nächste Zeichen hieß sie aufstehen. Dabei half ihr die Mamsell. Ihr Bruder kam beinahe geräuschlos auf die Beine. In die Stille des Morgens drängten neue Geräusche: das entfernte Knacken von Ästen, sogar einige gerufene Befehle. Der Wald um sie herum verschluckte die genauen Worte, sodass Victoria nicht verstand, was sie bedeuteten.

Die Mamsell führte sie zunächst eine ganze Weile weg von den Soldaten und tiefer in das Gehölz. Es kam Victoria wie eine halbe Ewigkeit vor, bis sie erneut die Richtung wechselten. Immerhin gestattete die Mamsell ihnen nun leise Gespräche.

»Was ist denn bloß passiert, Alison?«, fragte Victoria schwer atmend.

»Die Totenkopf-Kompanie durchkämmt den Harewood«, berichtete Alison flüsternd. »Ein Glück, dass ich früh genug beim Smithy Inn ankam. Die Straßensperre war bereits aufgestellt, aber sie hatten noch nicht genügend Soldaten dorthin abkommandiert. Als ich jedoch mit unserem Proviant den Inn verließ, traf eine komplette Abteilung der Totenkopf-Kompanie ein. Ich konnte gerade noch so verschwinden, bevor sie anfingen, die Leute zu überprüfen.«

Edward duckte sich unter einem Ast hindurch, der quer über ihrem Weg hing. Für Victoria drückte er den Ast etwas nach oben, damit sie es leichter hatte. Manchmal schaffte er es eben doch, ein Kavalier zu sein, stellte sie erfreut fest.

»Die Straßensperren verstehe ich, aber warum sind die Soldaten hier im Wald? Suchen sie nach uns?«, fragte ihr Bruder.

Mit einer schnellen Bewegung rückte Alison den Umhängebeutel auf ihrer Schulter zurecht. In Victorias Augen sah dieser deutlich voller und schwerer aus als im Vergleich zum letzten Abend. »Lord Edward, die Totenkopf-Kompanie ist für ihre Zuverlässigkeit genauso berüchtigt wie für ihre schonungslose Härte. Sie werden die komplette Gegend auf den Kopf stellen, wenn das erforderlich ist, um ihre Befehle auszuführen.« Alison stoppte und forderte sie und Edward auf, sich absolut still zu verhalten. Unruhig hielt Victoria den Atem an. Ihr Herzschlag raste unangenehm vor sich hin und es fiel ihr schwer, nicht zu zappeln. Die Mamsell lauschte gebannt und rückte schließlich ganz nah an sie heran.

»Sie sind uns dicht auf den Fersen.«

Victoria hielt es nicht länger aus. »Was sollen wir denn bloß tun?«, flüsterte sie. »Sie werden uns bestimmt schnappen.«

»Das zu verhindern, hat die oberste Priorität. Lady Victoria, Lord Edward, hören Sie bitte genau zu. Drei Meilen in Richtung Norden fließt der Wharfe. Der Harewood endet fast genau an seinem Ufer. In der Nähe steht eine Sägemühle, daneben sind riesige Stapel mit geschlagenen Bäumen gelagert.

Verstecken Sie sich dort, bis ich wieder bei Ihnen bin. Binden Sie ein Tuch an Ihre Position, damit ich Sie besser finden kann.«

Sofort begann Victoria, am gesamten Leib zu zittern. Alison ließ sie allein? Ausgerechnet in diesem Augenblick? »Du kannst mich doch nicht verlassen, Alison. Du musst für mich da sein.«

»Ihr Bruder wird auf Sie achtgeben. Nicht wahr, Lord Edward?«, sprach Alison beruhigend auf sie ein.

»Selbstverständlich, ich beschütze meine Schwester mit meinem Leben«, warf sich Edward in die Brust und griff nach ihrem Arm. Er drückte sie dabei fester, als es ihr lieb war. Aber es war nicht der richtige Zeitpunkt, sich deswegen zu beschweren. Dass er sich für gewöhnlich aufspielte, das war für Victoria nichts Neues. Momentan war ihr durchaus recht, wenigstens ihn an ihrer Seite zu wissen.

Lächelnd schüttelte Alison den Kopf. »So weit wollen wir es nicht kommen lassen, Lord Edward. Ein Stück weit begleite ich Sie noch. Doch wenn ich Ihnen sage, Sie sollen losrennen, dann tun Sie das. Halten Sie nicht an, egal was Sie hören. Werden Sie das tun?«

Victoria reichte das nicht. Der Gedanke, dass sie sich trennten, erzeugte ein Druckgefühl aus Furcht in ihrer Brust, dass sich kaum ertragen ließ. »Aber wo wirst du dann sein, Alison? Wann kommst du zurück? Wir schaffen das nicht ohne dich.«

Alison nahm Victoria behutsam in den Arm. »Das werden Sie und das müssen Sie. Nur keine Sorge, ich bin immer in Ihrer Nähe. Und jetzt los. Wir sollten unser Tempo etwas erhöhen.« Die Mamsell zwinkerte ihr aufmunternd zu. So viel

Zuversicht, wie Alison zeigte, verspürte sie bei sich selbst keineswegs. Wie sollte sie das in dieser Situation? Sie hatte unzählige Fragen, doch Alison war bereits losgelaufen.

Edward zog an ihrem Arm und wie von selbst setzte sie sich in Bewegung. »Komm schon, Victoria. Benutze deine Beine. Tragen werde ich dich bestimmt nicht.«

Da war er wieder, der rüpelhafte Edward. Wenn sie bloß genug Luft für eine Erwiderung hätte, dachte sie verstimmt. So keuchte sie nur stumm hinter ihm her. Anfangs achteten sie noch darauf, möglichst still vorwärtszukommen. Nach aber ungefähr einer Meile, schätzte Victoria, änderte Alison plötzlich ihre Vorgehensweise. Zunehmend trat sie fest auf am Boden liegende Zweige oder warf rasch aufgehobene Steine gegen Baumstämme abseits des Pfades. Es knackte und pochte laut durch den Harewood. Die Reaktion ließ nicht lange auf sich warten. Der Lärm war gehört worden. Kommandorufe ertönten und die Geräusche unzähliger Bewaffneter, die durch das Unterholz brachen, folgten ihnen nun.

Ohne anzuhalten, gab Alison das Kommando. »Jetzt. Bleiben Sie nicht stehen.« Damit schlug sie sich nach rechts zwischen die Bäume hindurch. Keine fünf Sekunden später war sie außer Sicht und das Knacken ihrer Schritte vermischte sich mit denen ihrer Verfolger.

Für Victoria war das bisherige Tempo bereits an der Grenze des Aushaltbaren gewesen. Doch Edward genügte es längst nicht. Immer stärker zog er an ihr und für sie fühlte es sich an, als verlöre sie vollständig die Kontrolle über ihre Füße. »Nicht … Ich kann … nicht.« Ganze Sätze brachte sie nicht mehr heraus. Victoria keuchte und rang nach jedem Atemzug. Ihr Bruder zeigte sich davon überhaupt nicht berührt.

»Weniger reden, mehr laufen«, warf er ihr frech an den Kopf. Während sie versuchte, die Fassungslosigkeit darüber zu verarbeiten, verhedderten sich ihre Füße ineinander. Edwards Griff um ihren Arm ging verloren. Sie schlug der Länge nach hin. Gleichzeitig krachte im Wald ein Schuss. Dort, wo eben noch ihr Kopf gewesen war, spritzte die Rinde eines Baumes auseinander.

»Hoch!«, brüllte Edward. Er hievte sie zurück auf die Füße »Und jetzt renn wie nie in deinem Leben.«

Victoria hielt wie ihr Bruder den Kopf zwischen die Schultern gezogen. Gemeinsam jagten sie vorwärts. Wenn Edward einen Haken schlug, tat sie es ebenfalls. Zwei weitere Schüsse sandten ihnen ihre Projektile hinterher. Wo sie einschlugen, bekam Victoria nicht mit. Sie war zu sehr damit beschäftigt, nicht erneut zu stürzen. Gleichzeitig fürchtete sie sich vor dem Schmerz. Niemals würde sie diesen ertragen, wenn sie tatsächlich eine Kugel erwischte. Hingen die Soldaten schon an ihren Fersen? Wie nah waren sie wirklich?

An einem Findling, der unverhofft auftauchte, bugsierte Edward sie seitlich aus ihrer bisherigen Richtung, drängte sie hinter den Stein und hielt ihr den Mund zu. Kurz darauf hörte sie Stiefelschritte heraneilen. Sie kam auf mindestens vier Menschen, womöglich sogar fünf. Wenn Edward nicht aufgepasst hätte, dann … Die Schritte stoppten und Victoria hörte, wie die Soldaten umkehrten und zum Felsen zurückkehrten. Bleiben oder losrennen, bevor sie zu nahe waren? In Edwards Augen las sie das gleiche Zögern. Er schaffte es vielleicht sogar zu entkommen. Aber sie selbst war am Ende ihrer Kräfte. Direkt neben dem Findling, hinter dem sie sich versteckten, blieben die Soldaten stehen. Victoria hörte ihre

Stimmen. Höchstens drei Schritte trennten sie voneinander. Waren es die Soldaten, die auf sie gefeuert hatten? Oder eine neue Einheit? Sie wünschte, ihr Herz würde leiser schlagen. Es musste zu hören sein, für jeden, der ihnen nahe genug kam.

Östlich von ihrer Position dröhnte unvermutet etwas durch den Wald. Für Victoria klang es, als schlüge jemand mit einem schweren Löffel auf einen Topf ein. Was vollkommen undenkbar war. Trotzdem erteilte der Anführer der Suchmannschaft umgehend ein Kommando. Die Soldaten zogen ab. Victoria sackte auf den Waldboden, kaum, dass Edward die Hand von ihrem Mund nahm.

»Alles in Ordnung bei dir?«, fragte er besorgt.

Sie nickte. Zu einer Antwort fühlte sie sich nicht imstande.

»Bis zum Fluss sollte es nicht mehr weit sein. Da verstecken wir uns und du kannst verschnaufen, bis Mrs Leboir eintrifft. Schaffst du es bis dahin?«

»Ich muss«, presste Victoria hervor. Obwohl sie am ganzen Leib schwitzte, spürte sie jeden Luftzug eiskalt auf ihrem Gesicht. Bestimmt stand sie kurz vor einer Ohnmacht. »Haben wir etwas zum Trinken? Bitte, ich bin so durstig.«

Edward schüttelte den Kopf. »Nicht jetzt. Später, wenn wir versteckt sind.« Er spähte am Findling vorbei und lauschte. Auch Victoria spitzte ihre Ohren. Es schien niemand mehr in ihrer Nähe zu sein. Daher kehrten sie vorsichtig auf den Pfad zurück. Kaum hatten sie sich erneut vergewissert, dass sie alleine waren, rannten sie los. Mit letzter Willenskraft folgte sie ihrem Bruder, der sie aus dem Wald hinaus und zwischen ein paar aufgeschichtete Stapel aus liegenden Baumstämmen führte. Dort brach sie vor lauter Erschöpfung in die Knie, mit Übelkeit in Magen und Mund. Edward hielt ihr eine Flasche mit Wasser hin, aus der sie gierig trank, bis er sie ihr wieder wegnahm.

»Nicht so hastig, Victoria. Sonst wird dir schlecht.«

»Das ist mir beileibe egal«, stöhnte sie. Langsam kehrte die Wärme in ihr Gesicht zurück. »Sind wir endlich in Sicherheit?«

Edward reckte sich, bis er über den Holzstapel, hinter dem sie sich verbargen, hinwegsehen konnte. Mit flinken Fingern knotete er sein Halstuch ab und klemmte es zwischen die beiden obersten Stämme. »Niemand zu sehen«, berichtete er ihr. »Aber in Sicherheit sind wir längst nicht.«

Ohne, dass sie es zu verhindern vermochte, brach Victoria in Tränen aus. »Wann hört das endlich auf, Edward? Wir werden von Soldaten gejagt, man schießt sogar auf uns. Das ist doch alles nicht richtig.«

Edward legte tröstend seinen Arm um sie. Victoria genoss das seltene Gefühl der Geborgenheit, welche ihr diese Geste vermittelte. Allerdings ließ das ihre Tränen erst recht fließen.

»Ich weiß. Bleib bitte noch ein Weilchen stark. Du bist Lady Victoria Hellingway, vergiss das nicht.« Edward grinste sie beim letzten Satz frech an und sie musste unwillkürlich lächeln.

»Ich versuche es«, versprach sie ihm schließlich.

»Das wollte ich hören.«

»Ich mache mir große Sorgen, dass Alison etwas passiert ist. Die Soldaten haben sie doch nicht geschnappt, oder? Was, wenn sie sie erschossen haben?« Victoria schlug ihre Hände vor das Gesicht. »Das wäre schrecklich.«

Ein Geräusch direkt hinter ihr ließ sie zusammenzucken. »Das wäre es, haben sie aber nicht.«

»Alison«, rief Victoria und umarmte die Mamsell stürmisch. »Wo bist du bloß gewesen?«

Behutsam löste sich Alison aus der Umarmung. »Nicht so fest bitte und gern auch weniger laut. Wir müssen noch ein paar Minuten unentdeckt bleiben, bis unsere Mitfahrgelegenheit eintrifft«, berichtete sie geheimnisvoll.

Victoria zog die Stirn kraus. »Unsere Mitfahrgelegenheit?«

»Nur Geduld, ich zeige sie Ihnen gleich.«

27
Übergabe einer Karte

Laternen malten Inseln aus Licht auf der alten Steinbrücke über den Tyne. Cœurdur, der Geheimdienstdirektor, stand genau in der Mitte und betrachtete das dunkle Wasser, das unter ihm hinwegfloss. Irgendwann einmal würde Newcastle vom Kaiser mit einer modernen Brücke beschenkt werden. Eine der vielen, unsinnigen Ideen Napoleons, die in seinen Augen mehr Verschwendung von Geld, denn Nutzen verhieß. Die Pläne für das Konstrukt, das sowohl Zuggleise als auch eine Schwebebahn für den Transport von Menschen beinhaltete, sahen überaus vielversprechend aus. Dabei bestand diese Stadt ausschließlich aus Staub und Dreck. Mit der Kohle, die unter anderem von hier aus exportiert wurde, hielt sich das Protektorat Großbritannien am Leben. Aber das machte diesen Flecken des Kaiserreichs nicht zwangsläufig hübscher. Viel mehr verabscheute Cœurdur die Stadt Newcastle. Hätte es keinen wichtigen Anlass gegeben, mitten in der Nacht ausgerechnet auf der alten Steinbrücke zu warten, hätte er die dreieinhalb Stunden Fahrt von Leeds sicher nicht auf sich genommen.

Cœurdur war allein mit sich, dem gluckernden Wasser und den Laternen. Tief wickelte er sich in seinen Mantel ein, um die Kälte der Nacht fernzuhalten. Ein Nachtwächter hatte vor einer halben Stunde die Brücke überquert. Jede einzelne Laterne hatte er kontrolliert und war dann stumm weitergezogen. Dem einsamen Wartenden an der Brüstung hatte er keinen Blick geschenkt. Nebel zog langsam von Nordosten auf.

Nach und nach verschluckte er die Silhouetten der Häuser am Ufer und die der Festung von Newcastle. Zunehmend tauchte er auch die alte Brücke in seinen wabernden Dunst. Ein Wetter wie geschaffen für ein heimliches Rendezvous zweier Liebender. Cœurdur schnaufte amüsiert. Für denjenigen, den er hier traf, empfand er nicht einmal Sympathie.

Eine Gestalt, ebenfalls in einen langen Mantel gehüllt, den Kopf mit einer ausladenden Kapuze bedeckt, löste sich lautlos aus den Schwaden. Sie kam vom Nordufer her. Ihre Schritte vernahm Cœurdur erst, als sie ihn beinahe erreicht hatte. Sie blieb neben ihm stehen, deutete eine Verbeugung an und lehnte sich dann ebenfalls über die Brüstung. Nebeneinander schenkten sie den Fluten vermeintlich ihre volle Aufmerksamkeit.

»Exzellenz, seid gegrüßt.«

Die Stimme des Mannes besaß einen fisteligen Beiklang, der zeitweilig beinahe lächerlich, aber gleichsam unangenehm wirkte. Cœurdur warf einen Blick zur Seite, ohne sich dabei zu bewegen. In Höhe der Hüfte beulte sich der Mantel aus. Darunter versteckte der Ankömmling wenigstens ein Messer oder sogar eine Pistolet. Aber das sorgte ihn nicht. Auch Cœurdur war nicht völlig ungeschützt zu diesem Treffen erschienen.

»Du bist spät dran.«

»Ich bitte hierfür um Verzeihung. Überall in der Umgebung herrscht erhöhtes Aufkommen der Gendarmerie de Britannia. Das machte es etwas schwieriger, unseren Treffpunkt zu erreichen. Ihr wisst nicht zufällig etwas darüber?«

Da lag mehr in den Worten, eine Schwerfälligkeit, die Cœurdur nur zu gut einzuschätzen wusste. »Zeit genug für ein paar Gläser Whisky scheint es dennoch gegeben zu haben.

Schottischer, nehme ich an. Ich schätze es nicht, wenn man betrunken seinen Pflichten nachkommt.«

Der Mann neben ihm schnäuzte sich in die Hand und lachte dann unflätig in sich hinein. »Aquavite. Es macht das Leben leichter und erträglicher.«

»Und es lockt den Tod an. Ich erwarte, dass du deine Arbeit gewissenhaft erledigst. Einen Fehler werde ich nicht tolerieren. Vergiss nicht, du bist immer noch eines Verbrechens gegen den Kaiser schuldig. Mein Wort kann das ändern. Aber wenn du …«

Ruckartig richtete sich der Mann mit der Kapuze auf. Seine Hand verschwand blitzschnell unter dem Mantel. »Ihr wollt mir doch nicht drohen, Exzellenz. So allein wie wir beide hier stehen.«

Gelassen drehte sich Cœurdur zu seinem Gesprächspartner um. Solche Gemüter waren ihm vertraut. Lautes Gebaren, ein scheinbar selbstsicheres Aufplustern, das mit einer kleinen Demonstration von Stärke sofort in sich zusammenfiel. Dafür musste er nicht einmal nach seiner eigenen Waffe greifen. »Bin ich das? Allein? In meiner Position?« Cœurdur ließ die Worte einwirken. »Bei der geringsten Bewegung unter deinem schäbigen Mantel ist unsere für dich lohnenswerte Geschäftsbeziehung nachhaltig zunichtegemacht. Das wollen wir doch beide vermeiden.«

Ungesehen kreisten zwei Libellenjäger hoch über der Stadt, die seine Position seit Betreten der Stadtgrenze verfolgten. Zwei Flügelpaare, gänzlich der Eigenart der namensgebenden Insekten nachgebildet, hielten die militärischen Fluggeräte in der Luft. Die Piloten flogen sie in ausreichender Entfernung zum Boden, sodass man das typische Brummen nicht vernahm. Am Ende der Brücke hielten sich fähige Soldaten der Totenkopf-Kompanie bereit. Seine Begleiteskorte, die ihn in einer Geländedroschke der Cloporte-Klasse hierher begleitet hatten. Selbst auf dem Wasser unter ihnen warteten Spezialkräfte auf Booten, um bei Gefahr sofort eingreifen zu können. Der Mann mit der Fistelstimme verharrte, zögerte sichtlich und brachte dann seine Hand betont langsam zum Vorschein. Sie war leer. So, wie Cœurdur es erwartet hatte. Obwohl es Informanten wie ihn genügend gab, auf diesen einen hätte er im Augenblick ungern verzichtet. Es warteten weitere Aufgaben, die der Geheimdienstdirektor ohne Zeitverzögerung erledigt brauchte.

»Nur ein Scherz, Eure Exzellenz.« Die Fistelstimme hatte einen unterwürfigen Stich dazugewonnen. »Ein sehr schlechter. Ich bitte um Verzeihung.«

Cœurdur zeigte seinem Gesprächspartner weder, dass er die Entschuldigung annahm, noch, ob er dessen Ausrede für glaubhaft hielt. »Hast du erlangt, was ich dir auftrug?«

Der Mann schob ein gefaltetes Blatt über die Brüstung der Brücke. Cœurdur nahm es und warf einen Blick hinein. Es zeigte eine Karte der schottischen Highlands, dem rauen Teil des nördlichen Großbritanniens. Eine Markierung wies auf den Ort, den er seit langen Jahren suchte.

»Es hat mich etliche Monate gekostet, um an die Personen heranzugelangen, deren Vertrauen ich für dieses Wissen benötigte. Ich denke, Ihr werdet zufrieden sein und meine Entlohnung etwas anheben«, erzählte der Mann mit der Fistelstimme.

»Du erhältst die vereinbarte Bezahlung. Doch …« Cœurdur überlegte einen Atemzug lang. »Solltest du zukünftig deine Zuverlässigkeit unter Beweis stellen, werde ich wohlwollend darüber nachdenken. Du wirst von mir hören.«

Der Informant verneigte sich ohne jedes weitere Wort, drehte sich um und verschwand in der Richtung, aus der er gekommen war. Nebel nahm seinen Platz neben Cœurdur ein. Der Geheimdienstdirektor faltete die Karte zusammen und steckte sie in die Innentasche seines Mantels. Es wurde Zeit für die Rückfahrt nach Leeds. Die Totenkopf-Kompanie wartete auf den Marschbefehl.

28
Ein offenes Wort

Weit ins nördliche Schottland, irgendwo dorthin hatte die Ironside sie gebracht. Von der Reling aus betrachtete sie die baumlose, grüne Moorlandschaft, die unter dem Flugschiff vorbeizog. Von Städten, wie Florance sie aus Großbritannien kannte, war nur wenig zu sehen und je weiter sie flogen, desto seltener wurden sie. Mittlerweile entdeckte sie nur ab und zu vereinzelte Höfe und vereinsamte Ruinen von Gebäuden. Florance schloss die Augen und genoss für einen Moment tatsächlich den eisigen Wind auf dem offenen Deck der Ironside. Zusammen mit Iona und den anderen beiden Helfern hatte sie die notwendigen Reparaturen durchgeführt. Abstürzen würde das Luftschiff bis zu seinem Zielort jedenfalls nicht mehr. Dafür hatte ihr der Captain ein paar Freiheiten erlaubt, solange sie auf der Ironside waren. Einerseits fühlte es sich großartig an, diese Aufgabe erfüllt zu haben. Doch andererseits haderte sie weiterhin mit den Zielen der Rebellen. Die würde sie niemals gutheißen.

Dann war da noch ihre Gefangenschaft. Kaum war sie allein auf dem Oberdeck, hatte sie sich auf die Suche nach den Notfallgleitern gemacht. Es schien die beste Gelegenheit für eine Flucht. Wahrscheinlich schaffte sie es bis zum rettenden Grund, bevor jemand bemerkte, dass sie fort war. Doch alle Gleiterbuchten waren leer gewesen. Kein einziger Fluchtgleiter fand sich dort, wo er hätte sein müssen. Entweder hatten die Rebellen nie welche besessen oder sie waren längst zerstört. Eine Flucht von dem fliegenden Luftschiff war also vorerst unmöglich. Wie aber würde es mit ihr weitergehen, wenn sie erst einmal in der Basis der Rebellen angekommen waren? Wie lange würde McGregor sie dort gefangen halten? All das bereitete ihr schlagartig Furcht.

»Ein wunderschöner Anblick, nicht wahr?«

Die unerwartete Stimme an ihrer linken Seite ließ Florance zusammenzucken. Sie riss die Augen auf und sah Captain McGregor neben sich stehen. Auch er lehnte sich an die Reling.

»Wenn morgens die Sonne aufgeht und hinter den Bergen erscheint, dann leuchten diese Moore in dem sattesten Grün, das du dir vorstellen kannst. Ich kann dir nicht raten, in eines davon unbedacht hineinzulaufen, das nicht.« McGregor lachte aus tiefster Kehle. Als er sich beruhigt hatte, sah er sie bedeutungsvoll an. »Ich wollte dir meinen aufrichtigen Dank aussprechen, Mädchen. Deine Hilfe hat dafür gesorgt, dass Kinder ihre Eltern wiedersehen werden.«

Florance sagte nichts. Sie nickte bloß und zog die Jacke enger um sich. Langsam stieg ihr die Kälte in die Glieder.

»Du heißt Florance, wie mir Iona mitteilte.«

Hierauf antwortete sie ebenfalls nicht. Was sollte sie dem Captain dazu antworten?

Er wirkte ernst auf sie, aber auch verlässlich für seine Leute, und nicht wie das Monster, von dem man erzählte, wenn über ihn gesprochen wurde. Allerdings mochte das alles bloß Täuschung sein. Sie kannte den Mann im Grunde überhaupt nicht. Wie sollte sie sich da ein Urteil erlauben?

Entrüstet polterte McGregor los und Florance tat unwillkürlich einen Schritt zurück. »Sollen mich doch die Würmer fressen, nun sprich endlich mit mir! Hast du beim Arbeiten deine Zunge festgenietet? Oder glaubst du etwa, ich will dich auffressen? So schaust du mich nämlich gerade an.«

Florance schüttelte den Kopf und fasste sich schließlich ein Herz. »Was haben Sie mit der gestohlenen Maschine vor, Captain McGregor?«

Der Captain kniff die Lider zusammen. Dann verschränkte er seine Arme vor der Brust und sah sie schief an. »Du bist immer noch eine Gefangene. Unter dem Verdacht der Spionage. Wäre es da klug, solche Informationen preiszugeben? Sag mir das.«

»Vermutlich nicht.«

»Bist du denn eine Spionin?«

»Nein.«

»Hm«, überlegte der Captain. »Weshalb warst du dann in diesem Schacht eingesperrt? Kopfüber, wenn ich dich daran erinnern darf. In einer einzigartigen Maschine der neuen Tyflopontikas-Klasse, die unbewacht in einer leeren Halle stand. Für eine Diebin sieht das nicht bemerkenswert erfolgreich aus.«

Florance überlegte lange, ob sie diese Frage beantworten sollte. Aber eigentlich gab es keinen Grund, nicht bei der Wahrheit zu bleiben. »Es war ein Versehen«, gab sie zu. »Ich habe mich darin umgesehen, und dann haben Sie die …« Der fremde Begriff ging ihr nicht leicht über die Lippen. »… Tyflopontikas vermutlich verladen. Die Luke fiel zu. Den Rest kennen Sie.«

Der Captain schmunzelte sichtlich. »Dann soll ich dir diese simple Geschichte also glauben?«

Jetzt war es an Florance, sich zur Wehr zu setzen. Sie mochte vielleicht nicht alles erzählen, manches sogar dringend für sich behalten, doch eine Lügnerin war sie nicht. »Ob Sie das tun oder nicht, das ist ganz allein Ihre Sache. Aber es ist so, wie ich es sage.«

»Gut, gut.« Der Captain schwieg und betrachtete eine Weile die vorbeiziehenden Wolken. Dann nickte er, mehr für sich selbst denn für Florance. »Ich könnte jemanden wie dich gut gebrauchen. Nicht bloß, weil du eine hervorragende Mechanikerin bist und dieser Posten im Augenblick schleunigst besetzt werden müsste. Du besitzt einen starken, unerschütterlichen Willen. Nur ein kleines Regiment mit Menschen wie dir und Großbritannien wäre innerhalb weniger Wochen wieder ein freies Land.«

Florance sah ihn nicht an, als sie ihn daraufhin fragte: »Ist es das, was Sie erreichen wollen? Warum? Großbritannien geht es doch seit Kaiser Napoleon besser denn je. Bürgerrechte, Gleichheit vor dem Gesetz, Freiheitsrechte, der Schutz des Eigentums. Dazu die vielen technischen Möglichkeiten. Großbritannien ist dank des Kaisers in die Zeit der Moderne vorgestoßen. Warum sollte man das aufgeben wollen?«

Verdrossen hieb der Captain mit der Faust auf die Reling. Es polterte dumpf. »Gleichheit vor dem Gesetz, dass ich nicht lache! Wenn man Franzose ist vielleicht. Aber als stolzer Engländer? Niemals. Vor Gericht zählt unser Wort nur halb so viel, das habe ich schon oft genug miterlebt. Besitzen wir Eigentum, selbst wenn es seit Generationen in der Familie ist, müssen wir erst einmal belegen, woher es stammt und selbst dann kann man es uns einfach wegnehmen. Und Freiheit? Freiheit hatten wir auch vor diesem fremden Kaiser.« McGregor schnaufte laut. »Großbritannien hat einen rechtmäßigen Herrscher. Einen König. George der IV wird von diesem

Franzosen seit Jahren irgendwo in einem Kerker festgehalten. Er ist kein Gast, wie es offiziell behauptet wird, sondern eine Geisel. So will der Kaiser sicherstellen, dass sich Britannien nicht gegen ihn erhebt. Das ist ein Unrecht, das aus der Welt geschafft gehört. Und dafür kämpfe ich.«

»Indem Sie englische Earls und deren Gäste ausrauben.« Die Worte waren schneller heraus, als Florance nachgedacht hatte. Erschrocken hielt sie die Hand vor den Mund.

Doch der Captain nahm es ihr nicht so übel, wie sie es befürchtet hatte. »Ja, auch damit«, lachte er gütlich. »Eine Rebellion frisst Unmengen klingender Münzen. Es müssen Bäuche gefüllt und Menschen eingekleidet werden. Medizinische Versorgung. Waffen, ja. Das wird alles nicht auf irgendeinem Jahrmarkt verschenkt, doch gebraucht wird es dennoch. Aber mit dieser Maschine dort unten im Laderaum, haben wir eine echte Chance, den Thronräuber aus unserem Land zu jagen. Damit wir alle in unserem Land wieder frei leben dürfen und nicht nur wie ein geduldeter Gast auf unserem eigenen Grund und Boden behandelt werden. Ist das so falsch?«

Florance seufzte schwer und mit einer Ernsthaftigkeit, die sie in dieser Intensität sonst eigentlich nur von ihrem Vormund kannte. »Mit Diebstahl und Mord? Mord an Unschuldigen? Beantworten Sie sich doch diese Frage selbst einmal. Sie stehen gegen alles, was ich in meinem Leben an Gutem erfahren habe. Ich kann Ihr Vorhaben nicht befürworten. Sobald ich befreit bin, werde ich die Gendarmerie darin unterstützen, Sie und Ihre Leute aufzuhalten. Es tut mir leid.«

»Manchmal ist der Preis für die Freiheit höher als das, was manche dafür bezahlen wollen«, antwortete McGregor ruhig. »Auch mir tut es leid. Sehr sogar. Es hätte mich sehr gefreut, wenn du Yorick ersetzt hättest. Wie gesagt, jemanden wie dich … Ich muss dich nun wieder in deine Kajüte sperren. Es dauert nicht mehr lange, bis die Ironside ihr Zuhause erreicht. Die genaue Lage ist nur sehr wenigen Menschen bekannt und das soll auch so bleiben. Das verstehst du sicher.«

»Natürlich.«

McGregor griff ihren Arm und führte Florance von der Reling weg. »Ich stehe natürlich zu meinem Wort. Für die Arbeit, die du geleistet hast, wirst du weiterhin gut behandelt. Aber frei herumlaufen lassen kann ich dich jetzt nicht mehr.«

Sehnsüchtig warf sie einen letzten Blick in den Himmel über ihnen, dann brachte eine schmale Treppe sie wieder zurück unter Deck.

29

Mit dem Schiff davon

Bevor das Verladen der Baumstämme begann, hatten die Arbeiter vom Transportschiff, das an der nahen Sägemühle angelegt hatte, erst einmal eine Brotzeit an Land eingelegt.

Diese kurze Frist hatten Victoria, Edward und Alison genutzt, um sich an Bord zu schleichen. Kaum hatten sie ein passables Versteck hinter einigen Kisten gefunden, marschierten die Soldaten der Totenkopf-Kompanie aus dem Harewood hervor.

»Das war in allerletzter Sekunde«, bemerkte Alison mit einem Stoßseufzer.

Nur mühsam unterdrückte Victoria einen erschrockenen Laut. »Haben sie uns gesehen?«, flüsterte sie Edward zu. Der hatte ihr galant über die Bordwand geholfen und sie als Erste in ihr Versteck geschoben.

»Nein, ich glaube nicht.« Edward blickte zum Ufer und beobachtete, wie die Soldaten ausschwärmten. Leise erzählte ihr Bruder, was er sah. »Sie durchsuchen systematisch das Lager des Sägewerks. Einer der Befehlshaber spricht mit dem Schiffseigner und dem Besitzer der Sägemühle. Beide schütteln den Kopf und zuckten mit den Schultern. Von denen sind wir jedenfalls nicht entdeckt worden. Oder sie behalten es für sich. So wie es auf mich den Eindruck macht, erhalten die Soldaten nicht besonders bereitwillig Unterstützung. Eher im Gegenteil. Alle bleiben an ihren Plätzen und wissen von gar nichts.«

Dankbar nahm Victoria die Jacke der Mamsell an, die diese ihr zu einem Sitzkissen zusammengerollt hatte. Auf den harten Planken des Schiffes ließ es sich überhaupt nicht angenehm sitzen. »Die Sägemühle gehört einem Engländer«, berichtete Alison. »Für gewöhnlich sind die Steuern, die an das Kaiserreich zu zahlen sind, so hoch, dass er kaum Gewinn erwirtschaftet. Gerade die Totenkopf-Kompanie findet hier in der Gegend wenig Freunde. Je weiter es nach Norden geht, desto unbeliebter sind sie.«

Hektisch zog Edward den Kopf ein. »Sie kommen zum Schiff. Leise jetzt.«

Instinktiv machte sich Victoria so klein wie nur irgend möglich. Trotzdem schaffte sie es nicht, ein Zittern zu unterdrücken. Der ständige Stress und die Angst, gefasst zu werden, setzten ihr zu. Am Landungssteg vernahm sie kurzes, befehlendes Rufen. Das musste der Kommandeur der Soldateneinheit sein. Eine andere Stimme antwortete. Der Mann, dem sie gehörte, kam näher, schien sich damit aber nicht zu beeilen. Der Soldat fragte nach der Ladung des Schiffes, obwohl diese offensichtlich war, und Passagieren, die es transportierte. Der andere verneinte. Holz sei das Einzige, was man mitnähme. Und da man gerade erst angelegt habe, sei der Lagerraum leer, hörte Victoria. Der Soldat reagierte lange Sekunden nicht auf die Antwort des anderen.

Mit geschlossenen Augen wartete Victoria auf den Befehl, das Schiff zu durchsuchen. Ihre Herzschläge dehnten sich zu einer Unendlichkeit aus. Doch zu ihrem Erstaunen kam das Kommando zum Abrücken. Ihre Verfolger zogen ab. Die Anspannung in Victoria hielt noch eine ganze Weile an, dann sackte sie wahrhaft in sich zusammen.

»Es ist ausgestanden«, sprach Edward beruhigend auf sie ein. »Für's Erste jedenfalls.« Aus ihren Vorräten wählte er etwas Schinken und eine Art Gebäck aus und drückte es ihr in die Hand. Beides roch streng und ihr Magen wollte bereits rebellieren, bevor sie hineingebissen hatte. »Du solltest etwas essen. Wir brauchen jetzt alle eine Stärkung.«

Victoria bedachte ihren Bruder mit einem dankbaren Blick. Wie fürsorglich er ihr gegenüber war. Aber ob sie das Gebäck, wenn es denn welches war, herunterbekam, bezweifelte sie beinahe. Zaghaft biss sie hinein und verzog würgend das Gesicht. Viel zu fettig. Dennoch kaute sie weiter und schluckte den Happen schließlich hinunter. Auch die beiden anderen nahmen sich etwas zu essen und eine Weile schwiegen sie kauend. Mit dem letzten verladenen Baumstamm legte das Transportschiff ab und schipperte den Wharfe entlang. Kein Arbeiter kam zu ihrem Versteck. Vielleicht gönnte ihnen das Schicksal wenigstens jetzt eine winzige Atempause, während das Wasser des Wharfe unablässig hinter dem Heck gluckerte.

»Wohin fährt das Schiff, Alison?«, fragte Victoria.

»Soweit ich weiß, nach York, Lady Victoria«, sagte Alison. »Dort werden wir von Bord gehen.«

»Und dann?«

Die Mamsell überlegte, bevor sie antwortete. »Sind wir ein gutes Stück von seiner Exzellenz entfernt.«

In Victoria keimte Hoffnung auf. Trotzdem wagte sie kaum, nach dem zu fragen, was ihr im Augenblick am sehnlichsten schien. »Weit genug, um in einem angemessenen Hotel unterzukommen? Mit einem Bett und Dinner?«

Tröstend legte Alison eine Hand auf Victorias Arm. »Nein, ich fürchte, das genügt längst nicht. Es wird dunkel sein, wenn wir in York ankommen. Dort besteigen wir den letzten Zug Richtung Norden.«

Victoria seufzte niedergeschlagen, doch Edward wollte die Pläne der Mamsell nicht mehr so einfach hinnehmen. Das überraschte sie.

»Warum?« Seine Augen funkelten vor innerem Zorn.

»Warum was, Lord Edward?«

Edward prustete seinen Atem heraus. Als wäre der Damm nun vollends gebrochen, sprudelte er einen Satz nach dem anderen hervor. Mit großen Augen verfolgte Victoria, wie er sich immer weiter in Rage redete. »Sie sagen uns ständig, was wir tun sollen, wohin wir gehen, wann wir uns verstecken. Warum hören wir auf Sie, Mrs Leboir? Ja, Sie haben uns vor der Verhaftung bewahrt. Aber mein Vater wurde zu Unrecht als Kollaborateur beschuldigt. Ihm droht sogar die Hinrichtung. Und trotzdem unternehmen wir nichts dagegen, sondern laufen immer weiter davon. Warum also?«

Milde lächelte die Mamsell und ihre Antwort formulierte sie in ruhigen Worten. »Ich versuche bloß, Sie zu beschützen, wie es meine Aufgabe …«

»Kommen Sie mir jetzt bitte nicht so«, unterbrach sie Edward, und Victoria fuhr innerlich zusammen über die Unhöflichkeit ihres Bruders. »Ich möchte eine Erklärung. Eine, die mich überzeugt.«

Auch dieses Mal nahm sich Alison Zeit zum Antworten. Wie schaffte sie es bloß, selbst in einer solchen Situation derart gelassen zu bleiben, wunderte sich Victoria. Trotzdem zitterte die Stimme der Mamsell auffällig genug, dass es nicht zu überhören war.

»In Ordnung. Es ist wohl an der Zeit, dass ich offen zu Ihnen beiden bin.« Alison holte tief Luft und stieß den Atem lang gezogen wieder aus. Die Hände hatte sie übereinandergelegt, die Haut auf den Knöcheln wirkte bleich. »Bevor ich als Mamsell in den Dienst bei Ihrem Vater eingetreten bin, führte ich ein etwas anderes Leben«, begann Alison. »Nach der Eroberung Großbritanniens durch Kaiser Napoleon heiratete ich einen französischen Offizier. Mein Luc war ein warmherziger, guter Mensch. Vermutlich habe ich ihn deswegen viel zu lange darüber im Unklaren gelassen, mit was für einer Frau er in die Ehe eingewilligt hatte. Sogar, als man ihn verhaftet und des Hochverrats schuldig gesprochen hatte, glaubte er aufrichtig, dass alles ein großer Irrtum sei. Ihm, als Angehöriger des kaiserlichen Militärs, ein Offizier sogar, wurde Paktieren mit dem Feind vorgeworfen. Er liebte mich von ganzem Herzen. Bis in den Tod. Obwohl ihm kurz vor seiner Hinrichtung offenbart worden war, wer tatsächlich an seinem Unglück die Schuld trug: ich.« Alison verstummte und lenkte ihren Blick auf das Wasser des Flusses. In ihren Augen glitzerten Tränen. Sofort vergaß Victoria ihre unbequeme Sitzposition und rückte näher an Alison heran.

»Das ist ja schrecklich«, wisperte sie. »Aber warum war es Ihre Schuld? Das kann doch nicht sein.«

»Meinst du das ernst, Victoria?«, warf Edward ein. Ungläubig schüttelte er den Kopf. »Sie war es. Sie hat ihren Ehemann benutzt, um an geheime Informationen zu gelangen. Um sie dann an die Rebellion weiterzureichen.«

»Ist das wahr?« Victoria wollte nicht glauben, was ihr Bruder da behauptete, doch Alison schloss die Augen und nickte.

Ohne Schonung für sich selbst fuhr die Mamsell fort. »Als Ehefrau eines ahnungslosen Verräters verlor ich alles. Unser

Haus, das gesamte Vermögen. Kein Reichtum, aber es hatte uns genügt. Eine Weile schlug ich mich mit der Hilfe von Verwandten durch. Doch als das nicht mehr ging, suchte ich mir letzten Endes eine neue Anstellung.«

Edward verschränkte die Arme und sah Mrs Leboir mit zusammengekniffenen Augenbrauen an. »Wenn mein Vater davon gewusst hätte, wären Sie niemals auf seinem Anwesen beschäftigt worden. Das wissen Sie, oder?«

»Es ist mir sehr bewusst«, bestätigte Alison. »Aber Ihre Mutter war vor Kurzem gestorben und der Earl brauchte dringend jemanden, der den Haushalt verwaltete. Ich besorgte mir eine wohlwollende Empfehlung und so stellte er mich ein. Die ganze Zeit über wagte ich nicht, mich an meine alten Kontakte zu wenden. Weil eines unumstößlich sicher war: Der Geheimdienst wusste genau, dass ich eine Rebellin war. Man hatte Luc allein aus dem Grund gehenkt, um mich dazu zu bringen, die anderen Aufrührer zu verraten, ohne dass ich davon etwas bemerken sollte. Ohne Zuhause und ohne Geld war es nur logisch, dass ich Hilfe bei meinen Leuten suchte. Aber ich tat es nicht. Damals leitete ein einfacher Offizier des Geheimdienstes die Untersuchung. Doch das ist dieser Mann nicht mehr. Er hat eine bemerkenswerte Karriere hingelegt. Sie können sich bestimmt denken, wer es ist.«

In diesem Moment durchfuhr es Victoria wie ein Blitz. Das Bild eines Mannes, grauer Anzug, streng gescheiteltes Haar, manifestierte sich vor ihren Augen. »Seine Exzellenz Jerome Cœurdur.«

»Der Geheimdienstdirektor, korrekt«, bestätigte die Mamsell seufzend. »Jetzt wissen Sie, warum ich mit Ihnen davongelaufen bin. Warum ich Sie so weit weg von Cœurdur bringe, wie nur möglich. Als ich erfuhr, dass er zum Symposium anreist, ahnte ich, dass das nicht ohne Hintergedanken passiert.«

»Daher kennen Sie also diese ganzen Sachen«, stellte Edward grimmig fest. »Ablenkung, Flucht, Verstecken. Das ist mehr, als man von einer Mamsell erwarten würde. Und es ändert nichts daran, dass Sie meinen Vater und uns hintergangen haben.«

Alison senkte getroffen den Blick zum Boden. »Es tut mir wirklich aufrichtig leid. Selbstverständlich reiche ich umgehend meine Kündigung ein, wenn wir wieder auf Birch Manor sind.«

»Genau das erwarte ich von Ihnen«, sagte Edward, doch Victoria drängte sich zwischen ihren Bruder und Alison.

»Ganz sicher nicht, Edward. Sie hat so viel für uns getan. Wir setzen sie nicht auf die Straße, sollten wir das hier überstehen, verstanden?«

Edward knurrte ungehalten und drehte sich weg. Victoria würde ihm später ordentlich den Kopf waschen, nahm sie sich vor. Aber auf keinen Fall würde sie zulassen, dass er oder ihr Vater Alison kündigte. Im Gegenteil, sie würde dafür sorgen, dass die Mamsell eine gebührende Entlohnung für ihre Heldentat erhielt. Sie holte tief Luft und wartete, bis sich ihr Herzschlag wieder beruhigte.

»Alison, wieso bringst du uns in den Norden?«

»Ich kenne dort jemanden, der uns Unterschlupf geben wird, bis sich etwas anderes ergibt«, erzählte die Mamsell mit gedrückter Stimme. »Fern von den Städten und von jedem, der uns an Cœurdur und an die Totenkopf-Kompanie verraten könnte. Niemand wird uns an diesem Ort suchen, das ist sicher.«

»Dann bringe uns bitte genau dorthin. Wir tun alles, was du sagst. Ohne Widerworte, versprochen. Nicht wahr, Edward?«

Doch ihr Bruder zog es vor, nicht auf dieses Versprechen zu reagieren.

30

Im Rebellenversteck

Florance hatte die Augen geschlossen und lag auf ihrer Pritsche, als ein kräftiger Ruck durch den Rumpf der Ironside ging. Sofort war sie hellwach. Noch vier Mal rumste es, jedoch hierbei deutlich verhaltener. Zu Anfang wusste sie die Geräusche nicht einzuordnen. War das Luftschiff in ein Gefecht geraten? Hatte man sie bereits aufgespürt und versuchte, sie zu retten? Doch dann vernahm sie das charakteristische Summen vom Einholen der Tragflächen. Ihr fiel ein, was Captain McGregor gesagt hatte, kurz bevor er sie wieder in ihre Kajüte eingesperrt hatte. Die Ironside würde bald ihr Zuhause erreichen. Vermutlich war es genau das. Man hatte das Luftschiff gelandet. Also waren die Rebellen an ihrer geheimen Basis angelangt. Wenn Florance die Entfernung anhand der Flugdauer und der ungefähren Geschwindigkeit schätzte, dann befand sie sich im Augenblick mindestens 350 Meilen von Leeds entfernt. Eine gewaltige Strecke.

Es klickte an der Kajütentür. Jemand hatte einen Schlüssel ins Schloss gesteckt und entriegelte ihr Gefängnis. Kurz darauf öffnete Iona die Tür.

»Wir sind da. Ich soll dich von Bord bringen. Befehl vom Captain. Die Decke kannst du mitnehmen. Du wirst sie brauchen.«

Florance erhob sich, rollte die Decke zusammen und verließ folgsam die Kajüte. Rosa leuchteten die Wangen der Rebellin. Bestimmt freute sie sich darauf, in Kürze ihre Kinder wiederzusehen. Wie von selbst gönnte Florance ihr diese Freude von Herzen.

»Wohin bringst du mich?«, fragte sie die Rebellin vor der Kajüte.

»Es gibt zwei Verwahrräume, in denen wir Gefangene unterbringen, bis das Lösegeld eingetroffen ist. Sind nicht allzu gemütlich, aber zu schlimm auch nicht. Du wirst schon sehen.«

»Verwahrräume«, bemerkte Florance verdrossen. »Du meinst Gefängniszellen.«

Iona zuckte mit den Schultern, während sie Florance vom Luftschiff führte. »Nenne es, wie du magst. Frei herumlaufen können wir dich jedenfalls nicht lassen. Obwohl, selbst wenn du abhauen würdest, bringen täte dir das nichts.«

»Wie meinst du das denn, Iona?«

Doch die Rebellin antwortete nicht. Sie ließ Florance einen Laufgang heruntergehen, der sie auf festen Boden führte. Unten angekommen drehte sie sich zur Ironside um und entdeckte riesige Messingklammern, die das Luftschiff wie in einem Trockendock hielten. Darüber glänzten am Nachthimmel hell unzählige Sterne, an beiden Seiten begrenzt durch einen gewaltigen Spalt. Das schien der Weg zu sein, durch den das Luftschiff hineingelangt war. Mit offenem Mund nahm Florance den Rest ihrer Umgebung in Augenschein. Um sie herum wurde Felsgestein von Gasleuchten erhellt. Der Lichtschein wurde vom Boden, den Wänden und von der Decke hoch über ihr widergespiegelt. Wohn- und Lagerräume waren in Etagen in den Stein getrieben worden. Treppen und Aufzüge verbanden die verschiedenen Ebenen. Hier und da entdeckte sie sogar einige Holzhütten. Was sie hier sah, war mehr eine kleine Stadt denn eine Rebellenbasis. Und diese erhob sich mitten in einem Berg.

Überall um sie herum herrschte regsame Betriebsamkeit. Besonders am Dock des Luftschiffes. Männer und Frauen trugen die Ladung von Bord. Über dem Schiff bewegte sich ein Kran, an dessen Ende die Maschine des Earls befestigt und aus dem Laderaum heraufgezogen wurde. Die Tyflopontikas, erinnerte sich Florance. Kinder liefen jubelnd und schreiend auf die von Bord gehenden Kämpfer zu, schlossen sie in die Arme. Jedermann zeigte ein erleichtertes und fröhliches Gesicht. Dennoch fiel Florance auf, dass doch nicht alles so zum Besten stand, wie sie erst angenommen hatte. Fast ein jeglicher trug geflickte Kleidung, deren Einzelteile nicht mal zusammenpassten. Dazu wirkten manche eher kränklich, gar hager und ausgezehrt, wenige wirklich fest auf den eigenen Beinen. So erstaunlich sich die Rebellen in ihrem Berg eingerichtet hatten, auf Florance machte es eher den Eindruck eines großzügigen Armenlagers.

»Genug gesehen?«, fragte Iona milde.

Florance nickte. Sie wusste im Augenblick nichts zu sagen. Allerdings wurde ihr klar, was die Rebellin vorhin gemeint hatte. Ein Versteck mitten in einem Berg, das in den vergangenen Jahren erfolgreich vermieden hatte, von den kaiserlichen Truppen entdeckt zu werden. Das bedeutete, dass es sehr weit weg von jeder Stadt lag. Und die Umgebung rau und unwegsam war. Selbst wenn die Flucht gelang, mühelos würde sie nicht werden, davon war Florance überzeugt. Die Einschätzung der Rebellin, dass der Versuch nichts bringen würde, glaubte sie.

»Dann können wir ja weitergehen. Noch ein Stück vorwärts, dann fahren wir nach oben.« Iona blieb vor einer Aufzugskabine stehen und bugsierte Florance hinein. Gemeinsam wurden sie aufwärtsgetragen, bis die Kabine mit einem sanften Ruck zum Halten kam.

»Da entlang bitte.«

Der Gang, der vom Aufzug wegführte, wurde ebenfalls von Gaslampen erhellt. Die Ausleuchtung war allerdings weniger großzügig im Vergleich zu der am Dock. Zur Linken waren zwei Türen mit vergitterten Fenstern eingelassen. Iona öffnete die Erste der beiden und bat Florance hinein. In diesem Punkt hatte die Rebellin auf jeden Fall recht gehabt. Florance würde die Decke brauchen. Der Verwahrraum bestand aus einer engen Höhle, in der drei Pritschen, ein kleiner, viereckiger Tisch und zwei Holzstühle standen. Die Luft fühlte sich kühl, aber trocken an. Erhellt wurde das Ganze von der Gaslampe auf dem Gang. Ein eigenes Licht gab es in der Zelle nicht. Innerlich seufzte Florance auf und vermisste bereits jetzt die gemütliche Kajüte auf der Ironside.

»Dein neues Zuhause. Ich lasse dir gleich etwas zur Stärkung bringen.« Die Rebellin verschloss die Tür hinter Florance, blieb aber einen Moment vor dem Gitterfenster stehen. »Es tut mir wirklich leid, dich hier einzusperren. Nach allem, was du für uns getan hast. Ohne dich wäre ich jetzt nicht zu Hause. Das wären viele nicht.«

»Das muss es nicht«, antwortete Florance aufrichtig und verzog lächelnd den Mundwinkel. »Immerhin bin ich eine Spionin. Nimm deine Kinder ordentlich in den Arm.«

»Danke. Das werde ich machen.« Das Gesicht der Rebellin verschwand vor dem Gitterfenster und Florance blieb allein zurück. Abwarten und nicht aufgeben, das war jetzt ihre Aufgabe. Sie hoffte inständig, dass Monsieur Pignon bald eintreffen würde und sie nach Hause holte.

31
Ein Spaziergang von Bord

Es war unfassbar schwer gewesen einzuschlafen. Obwohl Florance es gewohnt war, auf Birch Manor in einer kleinen Kammer zu wohnen, ließ sie der Gedanke, schon wieder eingesperrt zu sein, nicht zur Ruhe kommen. Die einfache Pritsche und das Licht, das durch das Gitterfenster schien, glätteten die tobenden Gedankenwogen nicht. Unruhig hatte sie sich hin und her gewälzt und war schließlich nach ein paar wenigen Stunden aufgestanden. Draußen auf dem Gang herrschte Stille, als hielte der Berg selbst den Atem an. Welche Tageszeit war, ließ sich nirgendwo erraten. Sehr früher Morgen vielleicht. Sie stand auf, ging hin und her, und setzte sich wieder. Dieses Warten war furchtbar.

Endlich hörte Florance Schritte näher kommen. Neugierig sah sie zum Gitterfenster. Jemand blieb vor ihrer Zelle stehen und schloss auf. Es war Captain McGregor, der schließlich eintrat. Er lächelte freundlich, doch unter seinen Augen zeichneten sich dunkle Schatten ab. Genau wie sie selbst musste er in der vergangenen Nacht kaum geschlafen haben.

»Guten Morgen. Lust auf einen kleinen Spaziergang, Florance? Ein wenig von unserem bescheidenen Zuhause hast du bei der Ankunft bereits gesehen. Aber ich schätze, es schadet nicht, wenn du dir ein wenig die Beine vertrittst.« McGregor vollführte eine einladende Geste, die hinaus aus der Zelle wies.

»Guten Morgen, Captain McGregor. Das Angebot nehme ich gern an«, antwortete sie. Tatsächlich spürte Florance Neugier und Freude darüber, dass sie ein wenig herauskam. Doch im nächsten Moment schoss ihr ein Gedanke durch den Kopf: Sie war weiterhin eine Gefangene der Rebellen. Gab es einen Grund dafür, sie aus der Zelle herauszuholen? Sie hatte zwar bei der Reparatur der Ironside geholfen, damit sie nicht abstürzte, aber zu einer der Seinen machte sie das noch lange nicht. Hoffte er weiterhin, dass sie den getöteten Mechaniker ersetzte? Florance beschloss, die Frage erst einmal für sich zu behalten und abzuwarten.

»Sie sehen nicht so aus, als hätten Sie eine erholsame Nacht gehabt, Captain. Wenn ich das sagen darf«, sagte Florance, während sie gemeinsam zum Aufzug schlenderten.

McGregor gab einen amüsierten Laut von sich. »Es gibt immer zu viel zu tun und zu wenig Zeit für Schlaf, wenn man sich für ein Leben wie dieses entschieden hat. Das sagt einem vorher nur keiner.«

Arbeit gab es in Florance' Alltag auf dem Landgut stets ausreichend. Eigentlich bestand der größte Teil des Tages daraus. Frühes Aufstehen nach sechs, mal sieben Stunden Schlaf, dann die Schichten in der Maschinenhalle. Der Rest blieb für die Mahlzeiten, lernen und eine Winzigkeit Freizeit. Aber es war ein geregeltes Leben. Keine Sorge um Essen oder ordentliche Kleidung, kein Kampf ums Überleben. Unterbrochen wurde es bloß von den Sonderwünschen des Lords. Sicher trauerte Edward längst ihren Diensten nach. Stand überhaupt noch eine einzige fahrtüchtige Droschke in den Garagen? Das bezweifelte sie aus fester Überzeugung. Ihre Gedanken wanderten zu ihrem Vormund. Ganz bestimmt schuftete Monsieur Pignon nun Tag und Nacht. Er brauchte Florance an seiner Seite, um die viele Arbeit zu bewältigen. Zusätzlich würde er jeden Moment dafür einsetzen, um ihre Rückkehr zu ermöglichen. Da war sie sich ganz sicher.

Mit dem Aufzug fuhren sie hinab auf die unterste Ebene. Dorthin, wo Florance ihre ersten Schritte im Berg der Rebellen getan hatte. McGregor führte sie zunächst in Richtung des Docks, schwenkte dann aber zur Seite, an die andere Flanke des Berges.

»Ich hoffe, deine neue Unterkunft lässt sich einigermaßen aushalten«, sagte der Captain. »Sie ist nicht besonders hübsch oder exquisit. Für Luxus haben wir hier keinen Platz. Trotzdem gäbe es eine Möglichkeit, deinen Aufenthalt etwas angenehmer zu gestalten.«

Florance wusste sofort, worauf McGregor anspielte. Für sie kam das überhaupt nicht infrage. »Für Yoricks Posten müssen Sie sich jemand anderen suchen. Das erwähnte ich doch bereits.«

»Ja, ich erinnere mich deutlich daran«, schmunzelte der Captain. »Trotzdem, das Angebot steht weiterhin.«

Sie schwiegen, bis sich vor ihnen eine Kaverne öffnete, die sich als Lagerraum entpuppte. Sie folgten ihr bis ans gegenüberliegende Ende, wo ein weiterer Hohlraum auf sie wartete.

»Wie lange leben Sie schon in diesem Berg, Captain?«, fragte Florance neugierig. Alles, was sie bei ihrem Spaziergang sah, wirkte wie eine teils gewachsene, aber wirklich klug durchdachte Struktur. Als habe ein findiger Kopf die Möglichkeiten des Bergesinneren von Anfang an äußerst präzise analysiert. Das war eine der Vorgehensweisen, die ihr Monsieur Pignon beigebracht hatte. Erst einschätzen, dann planen und zu guter Letzt exakt umsetzen.

»Ziemlich genau seit dem Ende der französischen Invasion«, berichtete der Captain. »Unser Flottenverband wurde in der letzten Schlacht über Edinburgh von den kaiserlichen Luftschiffen regelrecht zerrieben. Ein Hoch auf die veraltete Technik des britischen Empires! Es war, als wollte man mit Fischerbooten eine gepanzerte Burg einnehmen. Der letzte Widerstand war ein einziges Fiasko. Verschwinden blieb die einzige Option.« McGregor nickte nachdenklich vor sich hin. »Ich erinnerte mich an diesen Berg. Also schaffte ich meine Leute hierher. Ich bin in dieser Gegend geboren und aufgewachsen, musst du wissen. Ein echter Clansman.« Er lachte und Florance glaubte, eine Spur Verbitterung in seiner Stimme herauszuhören. Obwohl sie selbst viel zu klein gewesen war, um die Schlachten und Kämpfe zwischen Britannien und dem französischen Kaiser mitzubekommen, so konnte sie sich dennoch vorstellen, wie grausam es vonstattengegangen sein musste.

»Unser Versteck sprach sich unter den Besiegten herum. Mehr und mehr Britannier trafen ein, denen die Besatzer Haus und Hof beschlagnahmt oder bei dem Angriff zerstört hatten. Heimatlose, denen der Kerker drohte, weil sie sich gegen die Ungerechtigkeiten auflehnten, und denen nicht mehr als die Flucht blieb, mit dem, was sie am Leibe trugen. Und schließlich waren es zu viele, um sie einfach auf dem kalten Gestein schlafen zu lassen. Kaum einigermaßen häuslich eingerichtet, keimte die Idee zum Widerstand auf. Den König finden, befreien und mit ihm unser Land zurückzuerobern. Tja, und nun stehen wir hier.«

Die Geschichten, die man sich vom Anführer der Rebellion zutuschelte, klangen völlig anders. Beinahe wagte sie nicht, ihre Fragen zu stellen. »Wissen Sie, was man über Sie sagt, Captain? Dass Sie ein grausamer und skrupelloser Verbrecher sind?«

McGregor nickte ein weiteres Mal und gleich darauf maß er Florance durchdringend mit seinem Blick. »Sagt man das, ja? Dann wird es wohl stimmen.«

Ihr stockte der Atem. »Verzeihung, Captain. Ich wollte nicht …« Sie verstummte schlagartig. War sie dieses Mal zu weit gegangen?

Fahrig wischte sich McGregor mit der Hand über die Stirn. »Da sollen mich doch die Würmer fressen. So weit ist es schon gekommen, dass ich jungen Mädchen Angst einjage. Es tut mir leid. Verzeihe mir diesen Ausrutscher. Denn du musst wissen: Diese Geschichten habe ich selbst verbreitet. Eine Taktik, um meinen Feind einzuschüchtern. Deshalb habe ich dich ganz sicher nicht mitgenommen.« McGregor blieb stehen und nickte mit dem Kopf nach vorne. »Wie wäre es? Willst du einmal bei gutem Licht einen Blick auf meine neue Errungenschaft werfen?«

Verwirrt über die Reaktion des Captains drehte Florance den Kopf in die Richtung, in die der Rebellenanführer gedeutet hatte. Vor ihr, in einer hallenähnlichen Höhle mit großzügiger Ausleuchtung stand die gestohlene Maschine, mit der zusammen sie in die Hände des Schotten gefallen war. Zum ersten Mal sah sie den Prototypen in aller Deutlichkeit.

»Darf ich?«, fragte sie vorsichtig.

»Nur zu«, bestätigte der Captain großzügig. Er blieb mit verschränkten Armen an Ort und Stelle stehen und betrachtete Florance, die ihre Begeisterung kaum unterdrücken mochte.

Staunend umrundete sie die Maschine. Eine wirklich eindrucksvolle Arbeit. Die breiten Gewindeblätter an der kegelförmigen Spitze waren meisterhaft gefertigt und faszinierten sie am meisten. Acht Schritte lang war der Korpus. An der Seite befanden sich kurze flossenartige Ausbuchtungen, die in einer Art dreieckiger Stacheln endeten. Vermutlich dienten sie der Stabilisierung. Erneut drängte sich ihr der Vergleich auf, den sie schon beim ersten Mal auf der dunklen Ladefläche des Transporters gewonnen hatte.

»Es hat große Ähnlichkeit mit einem Maulwurf«, sagte sie. »Seine Funktion ist also wirklich die eines …«

McGregor unterbrach sie lächelnd. »Ganz recht, eine Grabungsmaschine. Vor dir steht der Prototyp der ersten Tyflopontikas-Klasse. Das ist aus dem Griechischem entliehen und bedeutet exakt das, was du gerade sagtest: Maulwurf.«

»Und damit wollen Sie sich dann durch den Boden graben? Oder neue Kavernen errichten?« Florance war klar, dass der Aufwand und das Risiko, diese Maschine zu stehlen, für diesen Zweck viel zu hoch war. Dafür riskierte man nicht das Leben seiner Leute. Aber was wollten die Rebellen dann damit?

»So etwas in der Art.« McGregor sprach nicht weiter.

Erwartete er etwa, dass sie von selbst darauf kam? Nein, das wäre absurd. Schon wieder hatte sie vergessen, dass sie nicht freiwillig hier war. Natürlich verriet der Captain ihr nicht seine Pläne, ohne in Gefahr zu geraten, dass sie diese an diejenigen weitergab, die seine Feinde waren.

Der Anführer der Rebellen kam zu ihr und klopfte mit der flachen Hand gegen die Außenwand des Prototyps. Dumpf hallte der Schlag durch die Kaverne. »Es gibt nur ein Problem. Die Tyflopontikas bewegt sich zwar, tut aber ansonsten nicht, wozu sie gebaut wurde. Wir haben die halbe Nacht versucht, sie dazu zu bringen. Ohne Erfolg. Sogar mit Yoricks Wissen wäre es vermutlich vergeblich, wenn er denn da wäre.«

»An dieser Aufgabe sind bereits viele gescheitert, habe ich gehört.« Namhafte Mechaniker hatten sich daran versucht, den Fehler zu finden, und waren erfolglos geblieben.

»Ich hatte gehofft, du würdest mit deinem Sachverstand einmal einen Blick darauf werfen.«

Den Prototyp untersuchen. Ihn in jeder Einzelheit studieren. In Florance' Adern pulsierte plötzlich die pure Aufregung. Bot er ihr wirklich die Möglichkeit dazu an? Das wäre der Wahnsinn! Die Versuchung wuchs unbändig in ihr. Doch dann fiel ihr ein, was Madame Bertrand, die Leiterin der Akademie, gesagt hatte. Niedergeschlagen schüttelte sie den Kopf. »Es geht nicht. Tut mir leid.«

»Weil du einem Rebellen wie mir nicht helfen wirst?«, fragte McGregor.

»Das ist es nicht. Ohne die Konstruktionspläne ist es unmöglich.« Zuletzt hatten die verschlossen im Safe des Earls gelegen. 350 Meilen weit weg. »Ich nehme nicht an, dass sie in Ihrem Besitz sind, Captain?«

»Nein, sind sie nicht. Meine Quelle hat mir davon nichts gesagt. Ein Versuch ist ausgeschlossen, ja? Trotz deiner bemerkenswerten Fähigkeiten?«

»Tut mir wirklich leid, Captain. Das ist nicht zu schaffen. Ich habe noch nie eine so komplexe Maschine gesehen. Aus jedem einzelnen Zoll spricht die Genialität ihrer Konstrukteure und ich habe gerade einmal einen flüchtigen Blick drauf werfen können. Selbst mit den Bauplänen wäre es wie das Suchen einer Nadel im Heuhaufen. Das könnte Monate dauern.

Ja, wenn mir ein unfassbar glücklicher Zufall helfen würde, dann vielleicht nicht. Aber so?« Florance schüttelte niedergeschlagen mit dem Kopf.

Schnaufend ließ sich McGregor zu Boden sinken und lehnte sich mit dem Rücken gegen die Außenwand des Prototyps. »Wenn du es sagst, wird es so sein. Aber dann war alles umsonst. So viel riskiert. So viele Leben verloren. Für einen Haufen Schrott.« Er ballte eine Faust und hieb frustriert nach hinten. »Entschuldige, es ist nicht deine Schuld.« Ein schwerer Seufzer verließ seine Brust. »Sieh dich ruhig um. Ich muss das erst einmal eine Weile verdauen. Wenn du fertig bist, bringe ich dich wieder zurück in dein Quartier.«

Einen Moment lang stand Florance unschlüssig neben dem Captain herum. Dann fasste sie sich ein Herz und betrat das Innere der Tyflopontikas.

32
Angriff der Totenkopf-Kompanie

Etwas hatte Florance aufschrecken lassen. Wie auch in der vergangenen Nacht fiel das Licht der Gaslampe durch Gitterfenster der Zellentür. Sie horchte in die Stille. Nichts. Schon wollte sie sich wieder auf die Seite drehen und weiterschlafen, da bemerkte sie, dass das Licht auf dem Gang unstet flackerte. In der nächsten Sekunde hörte sie ein Knattern, dann einen Knall. Alarmiert erhob sie sich und eilte zur Tür. Was ging da draußen vor sich? Florance hielt ein Ohr an das Gitter. Schrie dort jemand? Das Geräusch war hell und schrill gewesen, aber zu leise und zu weit weg.

»Hallo?«, rief sie, so laut es ging. Sie wusste nicht, ob jemand in diesem Abschnitt des Berges lebte. Nicht einmal, ob die Zelle direkt neben ihrer leer oder besetzt war. »Captain McGregor?«

Niemand antwortete. Also doch allein. Ein zweiter Knall schepperte und ließ den Fels um sie herum erzittern. Steinmehl rieselte von der Decke herab und kurz setzte die Gaslampe aus. Zischend entzündete sie sich wieder, aber Florance hatte den Eindruck, dass die Flamme jetzt deutlich stärker zitterte. Eindeutig war nichts in Ordnung. Bange Sekunden wartete sie, lauschte den ungewöhnlichen Lauten und fragte sich, was sie bloß tun sollte.

»Assuré – sicher!«, hörte sie unvorhergesehen einen Ruf. Stiefel trappelten über den Felsboden und näherten sich ihrer Zelle. »Assuré – sicher!«

Vorsichtshalber trat Florance zwei Schritte zurück, weg von der Zellentür. Ein fremder Mann spähte durch das Gitter und bellte ein kurzes Kommando in Florance' Richtung. »Zurücktreten!«

Sie gehorchte und hob sicherheitshalber die Hände in die Luft. Die Zellentür erzitterte unter mehreren Stößen, dann gab das Schloss krachend nach. Drei Soldaten stürmten herein und richteten Carabine auf sie. Sofort erkannte Florance an der Uniform, dass es französische Truppen waren. Aber wie die Gendarmerie de Britannia sahen sie nicht aus. Eher wie eine Spezialeinheit. Auf den Schulterklappen war ein Totenkopf abgebildet. Ihre Gewehre wirkten ebenfalls sehr eigentümlich. Jede der Muffler-Carabine, welche von den Soldaten als Silencieux – der Schweigende – bezeichnet wurde, besaß ringförmig angeordnete Läufe und einen klobigen Verstärker nahe dem Griff. Leise waren diese Waffen mit Sicherheit nicht, aber sie sorgten für Stille, sobald sie zum Einsatz kamen.

»Mein Name ist Florance Bell aus Leeds«, beeilte sie sich zu erklären. »Mein Vormund ist Philippe Pignon, Meistermechaniker mit Abschluss von der Akademie Technologie d'avenir. Ich wurde entführt und hier gefangen gehalten.«

Der vorderste Soldat reagierte überhaupt nicht auf ihre Worte. Stattdessen wedelte er mit dem Lauf seiner Waffe zum Gang hin. »Mitkommen!«

»Selbstverständlich. Danke, dass Sie mich befreit haben.«

Ihre Hände hielt Florance oben. Wie man sich zu verhalten hatte, wenn die Gendarmerie einen mitnahm, hatte sie als Kind verinnerlicht. Gehorchen, keinen Widerstand leisten. Dann lief alles glimpflich ab. Außerdem gehörte sie nicht zu den Rebellen. Das musste den Soldaten doch klar sein. Immerhin hatten sie sie eingesperrt vorgefunden. Ein zweiter Wink mit dem Lauf hieß sie, die Arme zu senken, was Florance dankbar tat.

Unsanft stieß man sie zum Aufzug, den sie eingekeilt zwischen den Soldaten bestieg. Während der Fahrt riskierte sie einen Blick in das Innere des Berges. Auf jeder Etage wurden Menschen zusammengetrieben und abwärts verfrachtet. Wo sie auch hinschaute, bemerkte sie bewaffnete Truppen. An einigen Ecken gab es Gerangel zwischen Rebellen und Soldaten, mitunter Chaos. Vereinzelt fielen Schüsse, aber wirklichen Widerstand entdeckte sie nicht. Der Angriff musste das Versteck vollkommen überraschend getroffen haben.

Florance dachte an Iona und ihre Kinder. Hoffentlich waren sie unversehrt geblieben. Wo steckte der Captain? Hatten sie ihn schon gefangen genommen? Deswegen waren die Soldaten hier. Im Sinne des französischen Gesetzes war er ein Schwerverbrecher. Dennoch verspürte Florance großes Bedauern. So wie sie ihn kennengelernt hatte, war er beileibe kein übler Mensch. Für ihn hoffte sie, dass er bei dem Angriff unverletzt blieb.

Kaum hatten sie die untere Ebene erreicht und den Fahrstuhl verlassen, suchte Florance in der Menge ein bekanntes Gesicht. War Monsieur Pignon mitgekommen? Hielt er nach ihr Ausschau? Eindeutig würde es nicht mehr allzu lange dauern, bis sie in einem Gefährt in Richtung Süden saß. Zuhause sein, und in ihrem eigenen Bett schlafen. Mit Monsieur Pignon zusammen an den Reparaturen arbeiten. Neue Strategien für eine Verbesserung der Kessel besprechen. Das war es, was sie wollte.

Die Soldaten eskortierten sie zu einem hastig eingerichteten Kommandoposten, der am Rande der Hauptkaverne errichtet worden war. Ein Offizier leitete dort die Unternehmung. Der Mann trug sein Haar kurz und stoppelig unter der Majorsmütze. Seine Züge wirkten hart, kampferfahren und waren von vielen Narben gezeichnet. Der Totenkopf zierte ebenfalls seine Uniform, obwohl dieser nicht schlicht weiß wie bei den anderen Soldaten, sondern mit goldenen Fäden gestickt war. Mit ihm würde Florance über ihre Heimreise reden. Doch man hieß sie warten, während einer der Infanteristen Meldung machte. Der Major lauschte den Worten seines Untergebenen. Dann erteilte er einen knappen Befehl, ohne Florance auch nur eines Blickes zu würdigen. In schnellen Schritten kehrte der Soldat zurück.

»Befehl vom Major. Zu den anderen mit ihr.« Alle drei salutierten.

Florance versuchte einen höflichen Protest. Zu welchen anderen wollte man sie bringen? Gab es doch weitere Entführte und sie wusste nur nichts von ihnen?

»Das muss ein Fehler sein. Ich werde vermisst und soll befreit werden. Bitte lassen Sie mich doch mit dem Major sprechen.«

Man packte sie an den Armen und schob sie ungerührt in die gegensätzliche Richtung.

»Hören Sie«, versuchte es Florance erneut. »Ich bin keine Rebellin. Sondern eine Bürgerin in der Obhut von Philippe Pignon. Verstehen Sie das nicht?«

Wieder reagierte keiner der beiden. Quer über den Platz ging es, bis sie vor sich eine Ansammlung von Frauen und Kindern sah, die von Soldaten eingekesselt und mit drohenden Carabine in Schach gehalten wurden. Von rechts wurde eine Gruppe Gefangener herangeführt. Dazwischen lief eine Person, die Florance sofort erkannte: Iona. In ihren Armen hielt sie zwei Kinder, Mädchen, vielleicht acht und zehn Jahre alt. Einer der Bewaffneten versuchte gerade, sie gewaltsam zu trennen. Doch Iona wehrte sich. Unverhofft zog sie eine Pistolet und streckte ihren Bewacher mit zwei Schüssen nieder.

Florance keuchte erstickt. Tu das nicht, wollte sie rufen. Stattdessen sah sie hilflos zu, wie sich Iona zur Flucht wandte und ihre Kinder mit sich zog. Sofort wurden Kommandorufe durch die Kaverne gebrüllt. Soldaten liefen heran und eilten den Fliehenden hinterher. Auch Florance' Bewacher richteten die Aufmerksamkeit auf das Chaos und zückten die Waffen. Schüsse krachten. Die Soldaten schossen einfach in die Gruppe, die mit der Rebellin gekommen war. Menschen fielen getroffen zu Boden und Florance war davon überzeugt, dass auch Kinder zu den Verletzten zählten. Warum schossen sie einfach auf Unbewaffnete? War es wenigstens Iona gelungen, zu entkommen?

Ein Klumpen aus kaltem Ekel ballte sich in ihrem Magen zusammen. Das war nicht richtig, fuhr es ihr durch den Kopf. Die Soldaten unterschieden nicht zwischen Kämpfern und Unbewaffneten. Kindern oder Erwachsenen. Eines wurde ihr sofort klar: Wenn sie sich zu den anderen Gefangenen sperren ließ, drohte ihr womöglich das gleiche Schicksal. Sie sah ihre Bewacher an. Beide schienen sie vollkommen vergessen zu haben. Langsam und vorsichtig wich Florance rückwärts. Niemand wurde auf sie aufmerksam. Also wiederholte sie es. Fünf Schritte schaffte sie, dann drehte sich einer ihrer Bewacher um.

»Sofort stehen bleiben«, bellte er und richtete seine Muffler-Carabine auf sie.

In diesem Moment krachte eine Explosion, die den Berg zum Wackeln brachte. Florance stolperte, während der Druck der Erschütterung eine gewaltige Staubwolke durch die Kaverne blies. Innerhalb von Sekunden wurde sie davon verschluckt. Sie sah weder Soldaten noch sonst jemanden. Trotzdem sprang sie schnell einige Schritte zur Seite. Nur, damit man sie nicht gleich entdeckte, wenn sie ihr hinterherkamen. Was sollte sie nun tun? Loslaufen aufs Geratewohl? Bloß die ungefähre Position der Ironside war ihr vertraut. Sofern sie die in dem Nebel überhaupt fand. Sie war nicht sonderlich davon überzeugt, dass es ihr gelang zu entkommen. Aber einen besseren Plan hatte sie im Augenblick nicht.

Zwei Hände packten sie hinterrücks an den Oberarmen. Reflexartig wollte sie ausholen und zuschlagen, da flüsterte ihr der Captain ins Ohr: »Bleib ruhig, Florance. Gleich wird ein Teil der Höhle einstürzen. Eine bessere Ablenkung werden wir nicht bekommen. Sie haben den Berg vollständig umstellt. Aber die Staubwolke wird uns eine Weile Deckung geben.«

»Wie haben Sie das …?«

»Später. Soll ich dich mitnehmen oder willst du doch lieber hierbleiben und auf die französischen Soldaten vertrauen? Das ist die Totenkopf-Kompanie. Keine besonders zimperliche Truppe, wie du vielleicht bemerkt hast. Sie haben den Berg vollständig umstellt. Niemand wird ihnen entkommen. Außer … wir fliehen sofort mit der Ironside. Wenn es gelingt, bleibt so wenigstens die Hoffnung, die anderen zu einem späteren Zeitpunkt zu befreien. Andernfalls gibt es niemanden mehr, der das tun könnte.«

Florance überlegte nur wenige Sekunden. »Wenn Sie mich mitnehmen wollen, Captain McGregor, dann komme ich mit.«

»Da sollen mich doch die Würmer fressen«, lachte McGregor leise. »Eine gute Entscheidung, Mädchen. Hier, halte dich an meinem Ärmel fest, damit wir uns nicht verlieren.«

Florance tat wie geheißen. Mit großen Schritten eilte sie hinter dem Captain her, der genau zu wissen schien, wohin er gehen musste.

33
Auf und davon

»Schaufelt! Schaufelt so, als wäre der Teufel persönlich hinter euch her!«, brüllte der Mann, dessen Stimme Florance überhaupt nicht behagte. Sie klang unangenehm in ihren Ohren, als trüge sie einen schiefen Ton mit sich. Der Captain hatte ihn mit Robert Ruterfas vorgestellt und sie zusammen in das untere Deck beordert. Florance erkannte das Gesicht des Mannes. Er war mit unter den Leuten gewesen, die sie aus dem Wartungsschacht der Tyflopontikas befreit hatten. Der, der so hämisch gegrinst und sie dann über die Reling in den Käfig geschubst hatte. Ein unangenehmes Ziehen machte sich in ihrem Bauch breit. McGregor selbst war in Richtung Steuerkabine geeilt. Für einen zügigen Start musste der Druck in den Turbinenkesseln auf Maximum stehen. Also schaufelte Florance wie Ruterfas und drei weitere Männer und Frauen Kohlen in die Flammen der Öfen. Schweißtropfen rannen in ihre Augen und bereits nach wenigen Minuten brannte es nicht nur in den Öfen, sondern auch in ihren Armen und Schultern.

Mit einem Ruck, der durch den gesamten Rumpf der Ironside spürbar war, öffneten sich die Halteklammern des Docks. Das Luftschiff schoss aufwärts. Die Bewegung kam so überraschend, dass Florance Mühe hatte, auf den Beinen zu bleiben.

»Halt dich gefälligst irgendwo fest, wenn du es nicht alleine hinbekommst, Mädchen«, schnauzte Ruterfas sie an. »Wir haben keine Hände frei, dich festzuhalten.«

Florance entgegnete nichts, sondern stieß die Schaufel tief in die Kohlenschütte neben sich. Eine halbe Drehung, dann ein Tritt auf den Fußhebel. Fauchend öffnete sich die Schutzklappe, die Ladung Kohle landete zielsicher in den Flammen. Keuchend nahm sie den Fuß vom Hebel, und die Klappe schloss sich wieder. Die anderen taten das Gleiche direkt neben ihr. Jeder an seiner eigenen Ofenklappe. Aus dem Flugschiff musste alles herausgeholt werden, was mit den von ihr reparierten Turbinen möglich war. Ohne Zweifel nahm die französische Armee die Verfolgung auf. Und mit Gnade durften sie nicht rechnen. Holte man sie ein, schoss man die Ironside ab. Davon war Captain McGregor überzeugt.

Dieses Mal spürte sie das Wenden des Bugs rechtzeitig in ihren Beinen. Sie klammerte sich mit einer Hand an der Kohlenschütte fest, bis sie wieder ohne Halt stehen konnte. Die Ironside hatte folglich die Enge des Berges verlassen und manövrierte unter freiem Himmel. Eine weitere Wende, dieses Mal zur anderen Seite. Das Flugschiff folgte einem Zickzackkurs. Das bedeutete vermutlich, es wurde auf sie gefeuert. In der folgenden Atempause wiederholte sie das Schaufeln. Kohlen anheben, Klappe öffnen, Kohlen reinschippen, Klappe schließen. Einen schnellen Blick auf den Druckmesser werfen.

»Mr Ruterfas, mein Kessel steht auf voller Leistung«, rief sie dem Rebellen zu, der in ihrer kleinen Gruppe die Führung übernommen hatte.

»Du bist doch die Mechanikerin, oder?«, brüllte Ruterfas zurück.

»Ja, das bin ich.«

»Dann hoch mit dir zu den Turbinen. Hier unten kommen wir erst einmal klar.«

»Wird gemacht, Sir.«

Florance steckte ihre Schaufel in die vorgesehene Halterung und lief dann an den anderen vorbei zur Treppe. Um körperlich anstrengende Arbeit drückte sie sich nie. Aber jetzt, wo der Druck hergestellt war, brauchte es weniger Leute an den Öfen. Oben bei den Turbinen war Florance nützlicher. Mit akkuraten Einstellungen an den Ventilen ließ sich einiges mehr an Leistung herausholen. Und das war es, was im Augenblick zählte. Da sie den Weg kannte, war es für sie ein Leichtes, das richtige Deck zu finden. Sofort machte sie sich an die Arbeit. Sich ganz auf ihre Aufgabe zu konzentrieren und zwischen den Kesseln hin und her zu eilen, lenkte sie ab von dem, was um sie herum geschah. Und auch von der Tatsache, dass sie sich auf der gemeinsamen Flucht mit den Rebellen befand. Machte sie das nicht auch zu einer Verbrecherin? Immer wieder griff sie nach einem Halt, wenn das Flugschiff ein Manöver ausführte. Die Turbinen arbeiteten gleichmäßig. Nur ab und zu griff Florance regulierend ein. Endlich wurde der Flug stabiler. Anscheinend hatte sich die Ironside von ihren Verfolgern gelöst. Da tauchte Mr Ruterfas neben ihr auf.

»Du sollst auf die Brücke kommen. Befehl vom Captain.«

Florance drehte ein Ventil zu und nickte. »Ich mache mich sofort auf den Weg, Mr Ruterfas. Zwei Decks hoch und dann Richtung Bug halten, oder?« Von der Ironside hatte sie bislang nur einen Teil gesehen. Besser, sie fragte nach, bevor sie sich verlief.

Der Rebell wich nicht direkt zur Seite, sondern bedachte sie mit einem seltsamen Blick. »Richtig. Immer Richtung Bug. Nenn mich einfach Ruterfas. Das tun alle hier. Das Mr kannst du dir sparen.«

»Wird gemacht. Ruterfas.« Sie wartete ab, dass er den Weg freigab. Aber er tat es nicht. »Sonst noch etwas?«, fragte sie, so freundlich es ging. In Wirklichkeit begann in ihr zunehmend Unbehagen vor diesem Mann zu wachsen.

»Der Captain scheint dir zu trauen, obwohl du im Dienst der Franzosen stehst. Ich bin mir nicht sicher, was du hier tust. Oder ob du hier sein solltest.« Ruterfas machte eine Pause, dann zog er schniefend die Nase hoch. »Komm nicht auf dumme Ideen, das wäre mein Rat.«

»Werde ich nicht. Dürfte ich?« Florance schob sich an dem Rebellen mit der unangenehmen Stimme vorbei und verließ das Turbinendeck. In einigem Abstand folgte ihr Ruterfas, allerdings ohne zu ihr aufzuschließen. Ein seltsamer Mann, dachte Florance. Ob der Krieg ihn so verändert hatte? Was immer es sein mochte, der Captain hatte ihn sicher nicht ohne Grund an Bord geholt. Sie erreichte die Brücke und klopfte gegen die Tür, bevor sie eintrat.

»Ah, Florance«, begrüßte sie McGregor. Der Anführer der Royalisten stand am Ruder der Ironside. Hinter ihm zeichnete sich der Nachthimmel durch das breite Brückenfenster ab. »Wir haben es geschafft, zu entkommen. Für's Erste. Auch durch deine Unterstützung. Dafür wollte ich mich gern bedanken. Bei allen Höllen, das war vielleicht ein Ritt. Wie durch das Auge eines Wirbelsturms. War nicht sicher, dass wir es schaffen. Ich wünschte bloß, wir hätten mehr tun können und niemanden zurücklassen müssen. Ich hoffe sehr, sie werden es mir jemals verzeihen.« Er seufzte tief und sah zu Boden. Dann blickte er sie wieder direkt an. »Aber jetzt müssen wir erst einmal unsere Verfolger endgültig abschütteln.«

»Danke, dass sie mich mitgenommen haben, Captain

McGregor.« Als Gefangene betrachtete McGregor sie wohl nicht mehr. Neugierig näherte sie sich dem Ruder und begutachtete die Steuerinstrumente drum herum. Trotz der aufreibenden Situation ließ sich ihr Wissensdurst nicht gänzlich unterdrücken. Ihr war überhaupt nicht übel, wie bei ihrem letzten Flug, stellte Florance überrascht fest.

»Wie gewünscht, Captain. Ich habe deine Mechanikerin mitgebracht.« Ruterfas betrat ebenfalls die Brücke und lächelte schief. In seinem Blick lag eine unausgesprochene Erwartung, doch McGregor ignorierte es.

»Du weißt doch, wie man navigiert.«

Anstatt etwas zu sagen, wischte sich Ruterfas mit dem Ärmel über die Nase.

»Stell dich eine Weile ans Ruder.«

McGregor übergab das Steuerrad, baute sich am breiten Fenster der Brücke auf und sah nach draußen. »Du hast sicherlich Fragen. Die habe ich auch. Aber stelle deine ruhig zuerst.«

Verdutzt drehte sich Florance zu dem Anführer der Rebellen um. »Woher …?« Er hatte recht, das war nicht zu leugnen. Sie hatte jede Menge Fragen, die in ihr rumorten, seit sie mit dem Captain zusammen aus dem Berg geflohen war. »Die Soldaten, warum haben die mich nicht befreit? Ich hatte gedacht, man wäre wegen mir … dass man mich zurückbringen würde.«

Schnaufend lehnte sich McGregor gegen eine Brückenstrebe. »Dafür gibt es meines Erachtens nur zwei Erklärungen: Erstens, die Armee war nicht darüber informiert, dass sie dich aufgreifen soll. Man sucht dich nicht oder es wurde nicht gemeldet. Ergo: keine Rettungsmission.«

Protestierend riss Florance die Augen weit auf. »Monsieur Pignon, mein Vormund, lässt ganz bestimmt nach mir suchen. Und genauso sicher hat er mein Verschwinden gemeldet.« Da fiel ihr ein weiterer Grund ein, weswegen Monsieur Pignon dies nicht hätte tun können. Dieser trieb ihr umgehend die Zornesröte in die Wangen. Sie ballte die Fäuste und hielt sie dem Captain unter die Nase. »Wenn einer ihrer Leute ihm etwas bei dem Überfall angetan hat, dann …«

McGregor hob beide Handflächen zur Verteidigung hoch, ohne sich vom Fleck zu rühren. »Da sollen mich doch die Würmer fressen. Mädchen, der Überfall war doch kein versehentlicher Glücksfall. Ich wusste, dass die Verteidigungstürme des Landguts nicht funktionierten. Wir tauchten ohne jegliche Vorwarnung auf, so überraschend, dass Warnschüsse vollkommen ausreichten. Zu ärgerlich, dass wir die erbeutete Maschine im Berg zurücklassen mussten. Deinem Monsieur ist bestimmt nichts geschehen. Weder durch meine noch durch die Hände meiner Leute. Wenn du mich dennoch dafür schlagen willst, nur zu.«

Einen Augenblick lang wusste Florance nicht, ob sie den Beteuerungen des Captains Glauben schenken durfte. Was, wenn er log? Wenn er ihr bloß etwas vormachte, um sie … ja, wozu eigentlich? Zögerlich ließ sie die Fäuste wieder sinken.

»Sehr freundlich von dir«, zwinkerte McGregor ihr zu. Wie Florance senkte er seine Hände und steckte sie lässig in die Taschen seiner Hose. Gleich darauf wurde er wieder ernst. »Als die Totenkopf-Kompanie samt ihrer Artillerie anrückte, sind wir sofort geflohen. Im Gefecht ist beinahe meine halbe Mannschaft gefallen.« Er verstummte, aus seinem Blick sprach die Trauer über den Verlust. »Viele von ihnen kannte ich seit vielen Jahren, nannte sie meine Freunde. Ich will wissen, wer dafür verantwortlich ist. Wer uns in diese Falle geschickt hat. Wenn der heutige Angriff reiner Zufall war, dann stelle ich mich freiwillig für den Galgen an.«

»Das tut mir aufrichtig leid«, sagte Florance. »Ich wünschte, ich könnte irgendwie helfen.«

»Schon gut. Der Tod ist für unsereins ein immerwährender Begleiter. Jeder von uns kennt das Risiko – auch wenn es in diesem Fall wie eine kinderleichte Aktion aussah. Rein und raus, niemand wird verletzt. Sehr naiv, oder? Wir sind Royalisten, die gegen ein übermächtiges Kaiserreich kämpfen. Wie sollte man da glauben, mit unversehrter Haut davonzukommen?«

Florance überlegte. So, wie der Captain es erzählte, mutete es wirklich sehr seltsam an. Außerdem mochte sie irgendwie nicht glauben, dass Monsieur Pignon nicht nach ihr suchen ließ. Es musste etwas anderes passiert sein. »Sie deuteten eine zweite Erklärung an.«

McGregor nickte bedächtig. »Die ist kaum erfreulicher. Jemand hat dem Kommandeur der Truppen befohlen, dich festzunehmen. Aber so, dass du für die Welt da draußen einfach verschwindest. Niemand hat dich gesehen, niemand weiß, wo du bist, verstehst du?«

»Aber das ergibt keinen Sinn«, runzelte Florance die Stirn. »Wozu sollte das gut sein?«

»Damit man dich verhören kann. Informationen erhält. So etwas in der Art. Wäre nicht das erste Mal, nicht wahr, Ruterfas?«, gab McGregor die Frage an den Rebellen am Steuerrad weiter.

»Korrekt, Captain. Nicht das erste Mal«, bestätigte dieser knurrig.

Verwirrt ging Florance auf der Brücke hin und her. »Das ist absurd. Ich weiß nichts. Bis vor wenigen Stunden hätte ich niemandem etwas verraten können, was nicht jeder andere französische Mechaniker ebenfalls oder besser gewusst hätte.«

»Hm«, brummte McGregor nachdenklich. »Dann fällt mir nur eine einzige andere Möglichkeit ein. Keiner der Verantwortlichen dieses Fiaskos hat dich überhaupt eingeplant. Das ist gut. Vielleicht stellt sich das irgendwann als Vorteil heraus. Die Tatsache bleibt jedoch, dass man dich ab sofort zu unserer Seite zählen wird, ob du willst oder nicht. Du hast dich der Verhaftung entzogen und bist mit uns geflohen. Tut mir leid.

So oder so, es wird Zeit, dass ich mir überlege, wie wir weiter vorgehen.«

»Wenn ich etwas dazu sagen dürfte«, meldete sich Ruterfas zu Wort. »Wir sollten den Kopf einziehen und für eine Weile unsichtbar werden. Bis wir wissen, was vor sich gegangen ist.«

Da fiel Florance siedend heiß ein, wen sie die ganze Zeit nicht zu Gesicht bekommen hatte, seit sie zum zweiten Mal auf die Ironside gegangen war. »Captain, ich habe Iona nicht an Bord gesehen. Sie ist mit den Soldaten aneinandergeraten. Ist sie hier, mit ihren Kindern?«

»Sie hat es nicht geschafft«, seufzte McGregor. »Ich weiß nicht einmal, ob sie lebt oder gefangen wurde. Sie kannte den Fluchtplan. Mit dem Freisetzen der Staubwolke sollte sie zum Schiff kommen. Aber sie ist nicht aufgetaucht. Also mussten wir ohne sie losfliegen.«

»Aber dann müssen wir sie retten«, entgegnete Florance voller Inbrunst. »Wir können sie doch nicht zurücklassen.«

Ruterfas prustete ein heiseres Kichern heraus. »Dafür brauchen wir viel mehr Kämpfer. Gegen diese Übermacht an Soldaten sind wir doch so schon nicht angekommen.«

»Mehr Kämpfer«, höhnte McGregor niedergeschlagen. »Wo sollen wir die herbekommen? Der größte Teil des Widerstands wurde in der heutigen Nacht getötet oder verhaftet. Es gibt niemanden mehr außer uns.«

Wieder zog Ruterfas geräuschvoll die Nase hoch. »In Britannien leben mehr als genug Unzufriedene. Die müssen wir aufrütteln und bewaffnen.«

McGregor schüttelte den Kopf. »Das dauert Jahre und kostet ein Vermögen. Und wo soll ich den neuen Widerstand unterbringen? Unser letztes Versteck wurde vorhin ausgehoben, falls du das vergessen hast. Sie werden es garantiert sprengen, damit niemand dorthin zurückkehren kann. Es gibt keinen Plan B.« Der Anführer der Royalisten drehte sich weg und starrte in den dämmrigen Himmel vor dem Brückenfenster. »Ich muss darüber nachdenken.«

»Ich habe einen Hof. Sehr einsam, hübsch am Ende einer Schlucht gelegen. Ideal, um neue Pläne zu schmieden. Da fällt auch die Ironside nicht auf«, sagte Ruterfas, verstummte dann und ließ seine Worte wirken.

McGregor holte tief Luft und stieß sich vom Steuerpult ab. »Du kennst den Kurs?«

»Den kenne ich, Captain«, bestätigte Ruterfas.

»In Ordnung, dann bring uns dort hin.«

»Aye, aye, Captain.« Ruterfas drehte das Steuerrad, bis die aufgehende Sonne genau über dem Bug aufleuchtete.

34

Ein Hof im Nirgendwo

Noch nie in ihrem Leben hatte sich Victoria derart schmutzig gefühlt. So sehr, dass sie meinte, ihr letztes Bad sei etliche Wochen her. Sie konnte sich selbst nicht ertragen. Alles stank und starrte vor Dreck. Ihre Haare waren kaum zu bändigen und lagen in wirren Strähnen verknotet auf ihren Schultern. Was neidete sie Edwards Kurzhaarfrisur. Übellaunig warf sie einen Blick auf Alison, die ein Stück vor ihr herlief. Die Mamsell trug ihren Schopf seit dem Harewood geflochten. Zu dieser Zeit war Victoria längst zu allem zu müde gewesen. Frierend schlang sie die Arme um ihren Leib. Die Sonne sank dem Horizont entgegen. Wie konnte sie eine weitere Nacht im Freien auf sich nehmen?

Nachdem sie sich heimlich von Bord des Holztransportschiffes geschlichen hatten, waren sie dem Plan der Mamsell gefolgt und hatten im nächtlichen York den letzten Zug in Richtung Schottland bestiegen. Die Sitzplätze, die sie sich dicht gedrängt mit anderen Menschen teilen mussten, waren hart und unbequem gewesen. An Schlaf war kaum zu denken. Dazu schrak sie jedes Mal hoch, wenn jemand das Abteil betrat. Aus Angst, es würde ein Soldat sein, der sie erkannte. In Glasgow hatten sie dann den Zug gewechselt und waren bis Perth weitergefahren. Von dort aus reisten sie auf der Ladefläche einer alten Farmerdroschke weiter. Zwischen Säcken und Kisten mit Hühnern hatten sie es etliche Stunden ausgehalten, weil das Fahrzeug bloß im Schritttempo fuhr. Mitten im

Nichts, so kam es ihr vor, hatte man sie schließlich abgesetzt. Wieder zu Fuß, stöhnte Victoria innerlich.

Edward brütete still vor sich hin. Mit ihm war kein einziges vernünftiges Wort zu wechseln. Victoria hatte einige Versuche unternommen, doch er bestrafte sie mit endlosem Schweigen. Derart verschlossen kannte sie ihren Bruder nicht. Deshalb sorgte sie sich zunehmend. Die Erzählungen Alisons hatten ihn zunehmend wütender gemacht, das hatte Victoria ihm angesehen. Die Mamsell, eine ehemalige Rebellin, selbst ihr machte das zu schaffen. Aber irgendwie hatte sie doch auch keine andere Wahl gehabt, oder?

»Alison, wie weit noch?«, jammerte sie leise, nicht sicher, ob die Mamsell sie überhaupt hörte.

Alison blieb stehen, wartete, bis Victoria sie erreicht hatte, und legte dann stützend einen Arm um ihre Hüfte. »Nur noch ein paar Schritte. Heute Nacht werden wir in einem Bett schlafen, versprochen.«

Victoria hob hoffnungslos den Kopf. »Wo denn, Alison? Hier ist doch nichts. Nur Gras, Berge und Steine.«

Milde lächelte Alison sie an. »Wenn du genau hinsiehst, kannst du den Pfad erkennen. Ich weiß, es ist schwer unter dem Gras, aber er ist da. Er führt uns genau dort hin.«

Sie hob den Arm und Victoria sah in die Richtung, in die sie zeigte. Die Anhöhe zu ihrer Rechten wies einen scharfen Schnitt auf. Zu beiden Seiten ragte nackter Fels auf. Doch dazwischen entdeckte sie eine Erhebung, die genau wie ein flaches, breites Haus mit einem bewachsenen Dach aussah. Ein heruntergekommenes Gatter zäunte es ein, die Fenster waren mit Läden verschlossen.

Erleichtertet atmete Victoria auf. Sie spürte die Euphorie

in sich regelrecht hervorsprudeln. Endlich fand die Schinderei ein Ende.

»Edward, sieh doch! Es ist geschafft. Wir werden essen und schlafen und einfach mal keine Angst haben.«

Ihr Bruder quittierte den Freudenausbruch mit einem Knurren. »Wenn du meinst.« Mehr sagte er nicht dazu.

Victoria hakte sich bei Alison unter. »Ist der Besitzer denn nicht da? Das Haus sieht völlig verlassen aus.«

»Wenn er nicht da ist, wird er bestimmt bald zurückkommen. Und fernab von Dörfern und Städten ist es normal, dass ein Haus etwas ungepflegt aussieht. Das sollte uns nicht stören, denke ich«, antwortete die Mamsell, während sie auf das Grundstück zugingen.

Kurze Zeit später öffnete sie quietschend das niedrige Tor des Zauns. Sie eilte voraus und zog an der Eingangstür. Ohne Widerstand ließ sie sich öffnen. Hier draußen schien ein Absperren nicht nötig zu sein. »Hallo? Jemand zu Hause?« Niemand antwortete.

»Lassen Sie mich bitte vorgehen, Lady Victoria«, bat Alison und schob sie sanft zur Seite. Die Mamsell betrat den Innenraum des Hauses, entzündete eine Laterne und sah sich um. »Kommen Sie herein«, forderte sie Victoria und Edward schließlich auf, während sie von innen die Fensterläden öffnete. »Wir sind allein.«

Sofort eilte Victoria hinein. Unter ihren Füßen wallte Staub auf und sie atmete eine dicke Ladung davon ein, was sie zum Husten brachte. Ihr Bruder ließ sich deutlich mehr Zeit beim Hinterherkommen. Achtlos schob er die Tür hinter sich zu. Im Licht des schwindenden Tages bemerkte Victoria, dass ihre Unterkunft sehr sparsam eingerichtet war. Ein grober Holztisch mit zwei Schemeln, eine Truhe und ein Regal, in dem diverse Töpfe standen. Eine offene Feuerstelle diente zum Beheizen, aber natürlich brannte kein Feuer.

»Lord Edward, würden Sie sich bitte um den Kamin kümmern?«, trug Alison Victorias Bruder auf. »Etwas Wärme wird uns bestimmt guttun. Und bitte fassen Sie beide nichts weiter an. Wir sind Gäste, und keine angekündigten. Wir wollen meinen Bekannten nicht verärgern.«

Während Edward ein paar Holzscheite aufstellte, ließ sich Victoria auf einen der Schemel plumpsen. »Sitzen«, schwärmte sie entzückt. »Auf einem richtigen Stuhl. Wie habe ich das vermisst.« Geschafft legte sie ihre Arme auf der Tischplatte ab und ließ ihren Kopf darauf sinken.

»Das ist ein Schemel. Ohne Rückenlehne«, schnappte Edward vom Kamin aus herüber. Er ratschte ein Streichholz am Mauerwerk entlang. Der Kopf entzündete sich zischend und steckte ein paar dünne Kienspane an. Kurz darauf loderte das Feuer und verbreitete eine wohlige Wärme.

»Jetzt sei doch nicht so griesgrämig, Edward«, neckte sie ihren Bruder. »Du könntest wirklich etwas bessere Laune haben, finde ich.«

»Und ich finde deine gute Stimmung absolut unpassend«, erwiderte Edward.

Die Mamsell kramte in ihrem Vorratsbeutel und förderte Tee hervor, den sie im Smithy Inn erstanden hatte. »Etwas frisches Wasser wäre gut. Lord Edward, hinter dem Haus ist ein Brunnen. Wenn Sie so freundlich wären?«

Edward schnaufte laut. »Natürlich. Wir wollen schließlich nicht, dass Lady Victoria sich verausgabt, weil sie mithilft.« Murrend ging er dicht an Victoria vorbei und versetzte ihr mit dem Ellenbogen einen Stoß gegen die Schulter. Das tat nicht besonders weh, aber rüde war es dennoch. »Hey, was soll das denn, Edward?«, protestierte sie. »Ich bin wirklich erschöpft. Das könntest du zur Kenntnis nehmen, wenn du dich um mich sorgst.«

»Das sind wir alle, Victoria«, antwortete Edward, mit der Hand an der Türklinke. In diesem Moment wurde sie aufgestoßen, er stolperte mit einem Schrei rückwärts und stürzte schließlich neben Victorias Schemel zu Boden. Genau wie sie starrte er in den Lauf einer Pistolet.

»Wer verflucht noch mal seid ihr und was macht ihr in meinem Haus?«

Sofort hastete Alison mit erhobenen Händen vorwärts und stellte sich schützend vor Victoria und Edward. »Nicht schießen!«, rief sie so laut, dass sich Victoria ein weiteres Mal erschreckte. »Mein Name ist Alison Leboir. Ich weiß, wir kommen unangemeldet. Ein alter Freund hat mir einst gesagt, dass man hier Unterschlupf findet, wenn man vor den Besatzern auf der Flucht ist. Sind Sie Robert?«

»Möglich«, blaffte der Bewaffnete die Mamsell an und für einen Augenblick fürchtete Victoria ernsthaft, er würde keine weiteren Erklärungen mehr hören wollen.

»Geh zur Seite, Ruterfas«, sagte ein zweiter Mann, drängte sich an dem Sprecher in der Tür vorbei und eilte mit großen Schritten auf die Mamsell zu. Sein Haar leuchtete kupferrot und der Schnauzbart, den er trug, zeigte beachtliche Zwirbel rechts und links. »Alison, meine Liebe, was tust du denn hier?«

»Onkel Duncan?« Weit öffnete Alison ihre Arme und umarmte den Neuankömmling in aller Herzlichkeit. Erstaunt sah Victoria zu, wie die beiden sich drückten. Das war der Onkel der Mamsell? Sie hatte nie erzählt, dass sie Verwandtschaft hatte. Nicht einmal auf dem Schiff des Holzhändlers.

»Du hast lange nichts von dir hören lassen, Alison.« Der Onkel löste sich von der Mamsell und hielt sie mit ausgestreckten Armen vor sich. Eingehend betrachtete er seine Nichte, sehr zur Verblüffung von Victoria. »Geht es dir gut? Ein wenig geschafft siehst du aus«, sagte er.

Alison lachte glockenhell. »Deine Tage sind wohl kaum weniger aufregend gewesen, wenn ich mich nicht täusche. Sehe ich da weiße Haare auf deinem Kopf? Und weniger Falten hattest du auch beim letzten Mal.«

»Ja, das ist richtig. Harte Zeiten eben.« Das Lachen des Onkels klang sympathisch, trug aber ebenso eine Note von Traurigkeit, fand Victoria. »Da sollen mich doch die Würmer fressen, du hast Besuch mitgebracht.« Neugierig sah er sie und ihren Bruder an. »Steh auf, Bursche, oder willst du am Boden festwachsen?«

Sofort rappelte sich Edward auf und stellte sich verteidigungsbereit neben seine Schwester. Victoria erhob sich ebenfalls von ihrem Schemel. Den Männern traute er anscheinend nicht, obwohl die Mamsell mit ihnen bekannt war.

»Das sind Lady Victoria und Lord Edward Hellingway von Birch Manor«, stellte Alison sie vor. »Cœurdur ist hinter ihnen her. Ich musste sie in Sicherheit bringen. Wir brauchen für eine Weile ein gutes Versteck.«

»Ob ihr hier dafür richtig seid, wage ich zu bezweifeln. Auch uns sucht man und es ist nur eine Frage der Zeit, bis …« Der Onkel stutzte. »Hellingway sagst du?«

»Genau. Ich arbeite … arbeitete dort. Die Totenkopf-Kompanie hat das Gebäude mit ihrer Artillerie nahezu zerstört.«

Der Onkel schnaufte hörbar. »Ich weiß. Wir sind vor ein paar Tagen dort gewesen«, gab er zu.

Noch jemand drängte sich an dem Mann in der Tür vorbei. Die Stimme gehörte einem Mädchen, stellte Victoria erstaunt fest. »Birch Manor wurde zerstört? Aber warum das? Was ist mit Monsieur Pignon? Ist ihm etwas passiert?«

Florance, die Mechanikerin. Die, die ständig um Edward herumgeschlichen war. »Was macht die denn hier?«, fragte Victoria mit Eis in der Stimme. Sofort kochte die alte Eifersucht in ihr hoch. Dass diese Bedienstete mit Alisons Rebellenfreunden unter einer Decke steckte, wunderte sie jedenfalls nicht. Das passte einfach zu dieser Gewöhnlichen.

»Victoria? Edward? Ihr seid hier?« Das Gesicht von Florance zeigte echte Überraschung. Dennoch ließ Victoria die Fragen unbeantwortet und drehte sich abweisend ab. Ihr Bruder starrte das ungehobelte Flittchen stumm an. Ihm fielen nahezu die Augen heraus. Trotzdem kam diese Mechanikerin zu ihnen an den Tisch. Hinter ihr warf der Eigentümer des abseitsliegenden Hauses geräuschvoll die Tür zu.

»Das sieht ja nach einem großartigen Familientreffen aus. Wie wunderbar. Allesamt herrlich unerwartet. Tut mir leid, ich bin nicht auf so viele Gäste vorbereitet.« Seine Worte troffen vor Spott, aber auch so mochte Victoria ihn auf Anhieb kein Stück weit leiden. Allein seine Stimme war unangenehm genug.

»Wissen Sie etwas zu Monsieur Pignon? Dann müssen Sie es mir sagen. Bitte«, versuchte es diese Florance erneut. Da Victoria sich innerlich einer Reaktion verweigerte, übernahm die Mamsell die Antwort. Alison besaß offensichtlich keine Skrupel, dieser Florance eine tröstende Hand auf die Schulter zu legen.

»Dir geht es gut, ist das ein Glück. Ich hatte mich schon gesorgt, ob du den Überfall heil überstanden hast. Es ging alles so furchtbar schnell. Ich wünschte, ich wüsste, wie es Monsieur Pignon gerade geht.«

Florance zog die Stirn in Falten. »Aber was ist denn genau passiert, Mrs Leboir? Ich habe nichts von alledem mitbekommen.«

In kurzen Worten erzählte Alison dem respektlosen Mündel von Meistermechaniker Pignon alles, was in den letzten Tagen passiert war. Von den Rebellen, der Flucht und von dem brennenden Herrenhaus.

»Earl Hellingway wurde wegen Hochverrats verhaftet?«

So richtig nahm Victoria die von Florance gezeigte Bestürzung nicht ab. Es würde sie nicht wundern, wenn das alles bloß geheuchelt wäre. Was hatte sie schon mit dem Earl, ihrem Vater, zu schaffen?

»Das ist unfassbar. Wirklich, das tut mir wahnsinnig leid«, beteuerte Florance.

Hinter ihr rieb sich der Mann, den Alison Onkel genannt hatte, mit beiden Händen über die Augen. Anschließend blickte er sie und ihren Bruder voller Schuldbewusstsein an. »Das war so nicht abgesprochen. Mittlerweile weiß ich nicht mehr, wie sich alles derart falsch entwickeln konnte.« Er verbeugte sich in Victorias Richtung. »Lady Victoria, Lord Edward, ich fürchte, ich bin Ihnen beiden eine Erklärung und eine Bitte um Verzeihung schuldig.«

»Ich verstehe nicht«, antwortete Victoria irritiert.

»Der Mann, der für den Überfall auf Ihr Zuhause verantwortlich ist, der steht direkt vor Ihnen«, bekannte Alisons Onkel. »Ich bekam einen Hinweis mit Angaben zu Ort und

Zeit. Eine einfache Sache. Landen, die Maschine verladen, und einige Wertsachen abstauben für die Rebellion. Abhauen. Niemand wird verletzt. Wir wollten genauso zügig verschwinden, wie wir angekommen waren. Doch dann tauchte die Totenkopf-Kompanie auf und griff an. Plötzlich rannten wir um unser Leben.«

»Sie?« Edwards Stimme zitterte vor Wut. Beide Hände ballte er zu Fäusten. »Sie!«

Bevor Victoria reagieren und ihn festhalten konnte, stürzte Edward vorwärts, holte aus und … wurde von dem Mann mit dem roten Schnauzbart mit einem deftigen Treffer gegen das Kinn erneut auf den Boden geschickt.

»Auch dafür entschuldige ich mich«, sagte er. »Aufrichtig. Dennoch, bei allem Verständnis für Ihre Wut, ich …«

»Wie können Sie es wagen?!« Victoria kniete sich neben ihren Bruder und versuchte, ihm aufzuhelfen. Doch Edward stieß ihren Arm beiseite.

»Lass mich«, fauchte er. Mit wackeligen Beinen kam er ohne ihre Hilfe hoch und ließ sie hilflos danebenstehen. »Sie sind schuld, dass mein Vater in ein Gefängnis gebracht wurde. Dass unser Zuhause niederbrannte. Wofür? Für Ihre lächerliche Rebellion gegen den Kaiser?« Er spuckte Alisons Onkel verächtlich vor die Füße.

Der Besitzer des Hauses, Robert, kicherte heiser. »Ich sehe schon, der pure Wiedersehenstaumel. Captain, ich ziehe los und versuche, bei meinen Kontakten herauszufinden, wie die Lage aussieht. Ob der Geheimdienst unsere Spur aufgenommen hat. Sie wissen schon. Fühlen Sie sich bitte alle wie zu Hause, ja? Ersparen Sie sich nur das Plündern meiner Speisekammer. Die ist bereits leer.«

Captain?, fragte sich Victoria. Von was?

»Mach das, Ruterfas«, nickte der. »Hoffen wir alle morgen auf ein paar bessere Neuigkeiten. Wenn du Zeit dafür findest, bring etwas zu essen mit.«

Ruterfas verbeugte sich und schlüpfte durch die Tür nach draußen.

35
Im Angesicht der Rebellen

Edward hatte sich von den anderen so weit wie möglich zurückgezogen. Mit dem Rücken gegen die hinterste Steinwand des Hauses gelehnt, saß er auf dem Fußboden und starrte feindselig auf den Rebellenanführer mit den roten Bartzwirbeln. Nichts wollte er mit diesen Verbrechern zu tun haben. Ohne den Angriff der Rebellen schliefe er jetzt in seinem Bett, wo am nächsten Morgen ein ordentliches Frühstück auf ihn gewartet hätte. Der Geheimdienstdirektor hätte seinen Vater nicht verhaftet und sie wären nicht auf der Flucht.

Die Rebellen waren schuld, dass sein Zuhause zerstört worden war. Das hatte der Captain selbst zugegeben. Nur das Bedauern, das kaufte Edward dem Mann nicht ab. Er kannte die Geschichten über ihn, den rothaarigen Teufel. Zu viele davon. Sie waren ein beliebter Teil des Klatsches in den Pubs, genauso wie auf den Empfängen der Wohlhabenden. Sie strotzten vor gnadenlosen Raubzügen, Grausamkeiten und unschuldigen, unbewaffneten Opfern unter den Bürgern. Die meisten davon hatte Edward bisher als übertrieben abgetan. Aber jetzt, in diesem heruntergekommenen Haus, sah er, dass er all diese Gräueltaten vollbringen konnte und dabei noch freundlich lächelte. Sah, wie der Captain herzlich mit Mrs Leboir und mit Florance umging. All diese Falschheit trieb Edward die Magensäure in die Kehle. Wie viele der Angestellten von Birch Manor mochten bei dem Überfall umgekommen sein? Wie viele der Gäste? Alles bloß, um Wertsachen und irgendeine

Maschine zu erbeuten. Und trotzdem wagte es dieser Mann, zu lächeln und seine Freiheit zu genießen.

Als Ruterfas zu Beginn hereingekommen war, hatte er seine Pistolet auf dem Tisch abgelegt und sie nicht weiter beachtet. Die Waffe hatte Edward eine ganze Weile im Auge behalten. Die beiden Rebellen hatten es nicht als notwendig erachtet, sie von den anderen Anwesenden fernzuhalten. Als würde das Vertrauen, dass der Captain Florance und Mrs Leboir entgegenbrachte, wie von selbst auf ihn und Victoria übergehen.

Währenddessen hatte sich in Edwards Kopf ein gewagter Plan geformt. Was, wenn er mit ihr den Anführer der Rebellen überwältigen würde? Ein solch wichtiger Gefangener musste den Geheimdienstdirektor von der Unschuld seines Vaters überzeugen. Das musste es einfach. Victoria würde ihn unterstützen. Sie mochte die Rebellen ebenso wenig wie er selbst und sie sehnte sich schmerzlich nach ihrem Zuhause und ihren Annehmlichkeiten. Aber Florance? Und was war mit Mrs Leboir? Würde sie ihn einfach gehen lassen? Mit ihrem Onkel, den sie so lange nicht gesehen hatte? Ruterfas war ebenso ein Problem. Der Mann wirkte verschlagen. Kaum weniger gefährlich als der Captain. Ob sie weitere Waffen trugen, von denen Edward nichts wusste? Und wie sollte er samt seinem Gefangenen zur nächsten Stadt kommen? Zu Fuß würde es eine Ewigkeit dauern und er war jetzt schon vollkommen erledigt. Trotzdem war er entschlossen gewesen, es zu wagen. Doch dann war Ruterfas gegangen und hatte seine Pistolet mitgenommen.

Edwards Blick fiel auf Florance. Auch sie hielt sich abseits, sah aber immer wieder zu ihm herüber. Wieso war sie zusammen mit dem Rebellenanführer hereingekommen? Das hatte ihn sprachlos gemacht. Gehörte sie etwa zu ihnen, den Verbrechern? Sie behandelte den Captain respektvoll und er erwiderte das ebenso. Fast so, als wären sie Vertraute. Aber bedeutete das nicht, dass sie ihn schon vor dem Überfall gekannt hatte? Mit ihm bereits früher in Kontakt stand? Dass Florance im Verborgenen ebenso eine Rebellin gewesen war, wie Mrs Leboir es Victoria und ihm auf dem Holzfällerschiff gebeichtet hatte? War sie womöglich über den bevorstehenden Angriff informiert gewesen? Irgendwie konnte er das nicht glauben. Dennoch klangen ihm nun die Worte des Meistermechanikers in seinen Ohren. Er war sich sicher gewesen, dass sich ein Saboteur auf Birch Manor eingeschlichen und die Dampfmaschinen manipuliert hatte, die auch für die Verteidigung des Anwesens zuständig waren. Doch wie das möglich gewesen war, dafür hatte Monsieur Pignon keine Erklärung gehabt. Allerdings hatte die Explosion die Anlage beinahe vollständig zerstört. Hieß das nicht, dass es jemand gewesen sein musste, der sich auf dem Anwesen und mit den Maschinen ausgekannt hatte? Jemand wie Florance?

Victoria hatte die Assistentin von Monsieur Pignon mit ihren Fragen gelöchert. Doch auf keine hatte Florance geantwortet. Das machte sie verdächtig, oder nicht? Andererseits hatte ihre Bestürzung echt gewirkt. Sie wusste wirklich nicht, was auf Birch Manor passiert war, wusste nichts vom Verbleib des Meistermechanikers. Obwohl sie doch dort gewesen war. Er hatte sie auf dem Symposium kurz gesehen. Das war während der Ansprache seines Vaters gewesen. Da hatte sie die gleiche, festliche Uniform getragen, wie sie es jetzt tat, nur dass die nun ziemlich ramponiert und verschmutzt aussah. Ihr Gesicht war ebenso ungewaschen wie das seine. Und wenn er wetten sollte, dann standen die dunklen Schatten unter ihren Augen den seinen in nichts nach. Florance war durch eine harte Zeit gegangen. Genau wie er und Victoria. Ja, ihr glaubte er, ganz im Gegensatz zum Captain.

Was Edward irritierte, war, dass Florance dem Rebellenanführer anscheinend vertraute. Wie konnte sie das bloß tun? Sie musste die Geschichten doch ebenso kennen. Und wenn ihrem Meister während des Überfalls etwas geschehen war, er gar verletzt oder getötet worden war, dann hätte der Captain das zu verantworten. Also wieso war sie auf seiner Seite? Edward verschränkte die Arme auf seinen Knien und legte das Kinn auf ihnen ab. Mühsam kämpfte er gegen die Verzweiflung an, die in ihm aufstieg. Was sollte er bloß tun?

36

Nutzlose Pläne

Eine Weile lang unterhielten sich Captain McGregor und Mrs Leboir leise bei einem Becher heißen Tees miteinander. Beide hatten sich viel zu erzählen, überlegte Florance. Wer wusste schon, wie lange sie sich nicht gesehen hatten. Deshalb schwieg sie lieber und wärmte sich am Kamin auf. So unerwartet auf die Kinder des Earls zu treffen, das hatte sie im ersten Augenblick unfassbar gefreut. Obwohl sie beide nicht unbedingt ihre Freunde nannte, fühlte sie sich endlich nicht mehr allein. Es war, als wäre sie mitten in der Fremde auf ein Stück Zuhause gestoßen. Doch es wurde schnell deutlich, dass diese Freude nicht auf Gegenseitigkeit beruhte. Lady Victorias Fragen, die sie auf ihre gewohnt herablassende und beleidigende Art gestellt hatte, machten deutlich, dass sie ihr misstraute – vielmehr noch: dass sie sie für eine der Rebellen hielt! Nach allem, was sie durchgemacht hatte, konnte Florance es nicht fassen. Wie oft hatte sie ihre Loyalität gegenüber den Franzosen, dem Protektorat, sogar Birch Manor bewiesen! Doch egal, was sie sagte, es wurde klar, dass die Kinder des Earls ihr nicht glauben würden. Daher hatte sie es vorgezogen, nichts weiter über ihre Zeit mit den Rebellen zu erzählen. Sie musste erst über einiges nachdenken. Doch sie hoffte, dass sich später noch eine Gelegenheit bot, die Missverständnisse aus dem Weg zu räumen. Während die Tochter des Earls immer wieder mal feindselig in ihre Richtung starrte, brütete Lord Edward mit dunklem Blick vor sich hin. Selbst Victoria hatte irgendwann aufgegeben, ihn aufzumuntern, und ließ ihren Bruder allein auf der anderen Seite des Raumes gegen die Wand gelehnt sitzen. Es passte überhaupt nicht zu dem angeberischen Charakter, den Edward sonst immer ihr gegenüber gezeigt hatte. Seine direkten Flirtversuche oder die Einladungen zu gemeinsamen Fahrten mit den Droschken. Die Verhaftung des Earls musste ihm ziemlich zusetzen, vermutete Florance. Wenn selbst Earl Hellingway nicht vor der Willkür des französischen Militärs gefeit war, wer dann? Hatte Captain McGregor womöglich recht mit seiner Rebellion gegen den Kaiser? Dass Birch Manor niedergebrannt sein sollte, erschütterte sie zutiefst. Ihr Zuhause, zerstört. Auch das konnte kaum ein Unfall gewesen sein. Wo sollte sie nur hin, wenn alles vorbei war? Hoffentlich ging es Monsieur Pignon gut.

Mrs Leboir gehörte also zu den Rebellen. Das war vielleicht eine Überraschung! Und sie war die Nichte des Captains. Überhaupt hatte sich in den vergangenen Tagen derart viel ereignet, dass Florance nicht mehr hinterherkam, alles für sich zu sortieren. Wie sollte es jetzt bloß weitergehen? Den Rest ihres Lebens auf diesem Hof hocken und sich verstecken, war jedenfalls keine Lösung. Ruterfas war vor ungefähr drei Stunden aufgebrochen. Vor dem nächsten Morgen kehrte er vermutlich nicht zurück. Obwohl sie ihn nicht mochte, wartete Florance sehnlichst auf die Informationen, die er erhielt. Die Warterei war furchtbar. Schließlich verschaffte sie ihrem Herz Luft.

»Captain, wir können doch nicht einfach nur herumsitzen und nichts tun. Was unternehmen wir jetzt?«

McGregor unterbrach seine Aussprache mit der Mamsell und wandte sich Florance zu. »Wenn ich darauf eine Antwort hätte, dann wären wir nicht hier.«

Die Untätigkeit des Captains machte Florance fassungslos. Der Mann, der seit Jahren einen aussichtslosen Kampf gegen ein übermächtiges Frankreich geführt und nie den Glauben daran eingebüßt hatte, schien aufgegeben zu haben.

»Jeder Einzelne von uns hat sein Zuhause verloren«, erklärte Florance mit Inbrunst. »Lady Victoria dort am Tisch sieht mich die ganze Zeit an, als trüge ich an allem Schuld. Lord Edward hat sich in seine Ecke verkrochen. Und Sie, sie blasen Trübsal, während ihre eigenen Leute sonst wohin verschleppt wurden und auf den Galgen warten. Samt Frauen und Kindern. Das ist es also? Mehr kommt nicht vom großen Anführer der Rebellen?«

Getroffen schnaufte McGregor auf. »Und was sollen wir deiner Meinung nach unternehmen? Die Totenkopf-Kompanie bitten, einfach alles zu vergessen und jeden freizulassen, den sie verhaftet haben? Das kannst du ja mal versuchen!«

»Natürlich nicht. Aber wenn Sie keine Lösung sehen, wer dann?«, hakte Florance unerbittlich nach. »Sie sind der Kopf der Rebellion! Unternehmen Sie etwas!«

Unvermittelt sprang Victoria auf. Ihr Schemel polterte auf den Boden des Hauses. »Es reicht«, brüllte sie und Florance zuckte erschrocken zurück. »Du anmaßende Göre, was bildest du dir eigentlich ein?« Sie schleuderte die Tasche in ihrer Hand nach Florance. Gerollte wie gefaltete Papiere fielen heraus. Manche landeten auf dem Boden, andere flogen bedenklich nahe an den Kamin heran. Zwei trudelten in Richtung Glut und drohten in Flammen aufzugehen. »Nein!«, kreischte Victoria hell. »Die Pläne meines Vaters!« Sie stürzte vorwärts, klaubte die Rollen aus dem Kamin und begann hektisch, die übrigen einzusammeln.

Florance half ihr. »Was ist das alles?«

Eine der Rollen hatte ihre Neugier geweckt und sie öffnete sie, ohne nach Erlaubnis zu fragen. Über der detaillierten und umfangreichen technischen Zeichnung einer Maschine prangte der Begriff Tyflopontikas-Klasse. »Das sind die Pläne«, rief sie aus. »Die, die wir brauchen! Woher hast du die, Victoria?«

»Sofort her damit! Sie gehören meinem Vater!«, brüllte Victoria, die gar nicht mitbekam, dass Florance sie nicht mehr mit ihrem Titel angesprochen hatte. Wütend zerrte sie an dem Papier.

»Ladys, bitte.« McGregor kam hinzu und hielt mit Nachdruck die Arme von Florance und ihrer Widersacherin fest. »Beruhigt euch. Zerrissen nutzen sie niemandem etwas.« Die kurzzeitige Patt-Situation gab dem Captain die Gelegenheit, selbst einen Blick auf die Zeichnung zu werfen.

»Erstaunlich. Was für ein Meisterwerk!« Er hielt kurz inne und sagte dann: »Gib ihr den Plan zurück, ja? Uns nutzt er ja doch nichts mehr.« Einen inständig bittenden Blick schickte er hinterher. Also ließ sie los. Stumm sah sie Victoria zu, wie sie alle Papiere zurück in die Tasche stopfte.

Tröstend drückte McGregor ihr die Schulter. »Die Maschine ist in der Hand der Totenkopf-Kompanie. Aber … das muss nicht so bleiben.«

Florance riss erstaunt die Augen auf. »Wie meinen Sie das, Captain?«

Entschlossen stemmte McGregor die Arme in die Hüften. »Dass du recht hast. Ich bin der Anführer des Widerstands. Wenn alle unsere Leute verhaftet und verschleppt wurden, dann werden wir sie eben befreien und die Tyflopontikas finden. Das ist das Einzige, was momentan Sinn ergibt. Danke, dass du mich an meinen Weg erinnert hast.«

Hinter ihnen wurde die Tür geöffnet und alle fuhren aufgeschreckt herum. Ruterfas trat ein, viel früher als erwartet, dabei war nicht einmal der nächste Morgen angebrochen. »Eine hervorragende Idee«, rief er. »Und ich weiß, wo wir sie finden.«

Es brauchte eine Weile, bis sich die erste Aufregung über die Neuigkeit gelegt hatte. Florance stand mit den anderen um den Tisch in der Mitte des Zimmers herum. Sogar Edward war zu neugierig, sich nicht dazuzugesellen. Gemeinsam betrachteten sie eine Landkarte, die Ruterfas für sie auf der Tischplatte ausgebreitet hatte.

»Mein Haus steht hier, am Rande des Cairngorm-Gebirgszuges. Die Gefangenen aus dem Rebellenversteck halten sie in einem Lager östlich von Edinburgh gefangen. Also dort. Es ist bewacht, das schon, aber momentan ist die Gendarmerie de Britannia mit der Suche nach den Hellingway-Sprösslingen beschäftigt. Und uns, Captain.«

»Wenn wir bei Dunkelheit mit der Ironside über die Seeseite heranfliegen, dann kommen wir nah dorthin, ohne dass uns jemand bemerkt«, überlegte McGregor bitterernst. »Trotzdem bleibt es Wahnsinn, mit ein paar schlecht ausgerüsteten Kämpfern ein Gefangenenlager zu stürmen. Da wären Ruterfas und ich, und zwei weitere, die ich auf dem Schiff entbehren könnte. Wir brauchen eine List.«

Ruterfas' Grinsen verblasste, während er sich mit beiden Armen auf dem Tisch abstützte. »Es gibt da noch eine Sache.« Der Rebell mit der unangenehmen Stimme sah alle Anwesenden nacheinander an. »Der König ist ebenfalls dort. Und jetzt, wo die Rebellion sozusagen zerschlagen wurde …« Ruterfas verstummte bedeutungsschwanger, als wage er nicht, weiterzusprechen. »Er soll ermordet werden. Bald. Ohne Rebellion ist sein Ableben keine Gefahr mehr für das Kaiserreich. Als Symbol für den Kampf taugt er jetzt jedenfalls nicht mehr.«

Der Captain ruckte hoch. »König George IV soll ermordet werden? Wieso rückst du erst jetzt damit heraus? Ich versuche bereits seit der Kapitulation, seinen Aufenthaltsort ausfindig zu machen. Niemand wollte reden. Also woher weißt du das plötzlich alles?«

Lässig zuckte Ruterfas mit den Schultern. »Es ist einiges in Aufruhr. Da muss etwas durchgesickert und mir direkt vor die Füße gefallen sein. Vielleicht war ich zur richtigen Zeit einfach überzeugender.« Er hielt Daumen und Zeigefinger hoch und rieb sie aneinander.

»Seine Majestät ist im Gefangenlager?«, fragte Mrs Leboir verwundert nach, und Florance musste ihr sofort rechtgeben. »So eine wichtige Geisel zusammen mit allen anderen?«

»Nein, nein«, winkte Ruterfas ab. »Der König sitzt im Holyrood Palace ein. Der direkt dahinter steht, keine 600 Schritt entfernt.«

»Es ist womöglich diese eine Gelegenheit.« McGregor hatte sofort begonnen, auf und ab zu wandern, und Florance bemerkte die Unruhe in seinem Gesicht. Er verstummte und brütete weiter vor sich hin. Sichtlich litt er unter der Last der Unmöglichkeit. So nah am Ziel und doch so unerreichbar. »Der König«, murmelte er vor sich her. »So lange hatte ich keine Ahnung.« Er blieb stehen und schlug mit der Faust in die offene Hand. »Eine List. Es geht nicht anders. Aber wie? Die Zeit drängt.«

Für Florance war nicht zu übersehen, dass sich der Captain in einer schwierigen Situation befand. Und jede Unterstützung gebrauchen würde, die man ihm anbot. Daher fasste sie einen Entschluss und sprach das aus, was ihr durch den Kopf schoss.

»Ich hätte nicht gedacht, dass ich das einmal sage. Aber ich denke, wir sollten mithelfen. Alle. Das, was den Gefangenen angetan werden soll, ist unrecht. Es sind Frauen und Kinder dabei. Unschuldige, die einfach nur um ihr Überleben gekämpft haben. Jetzt soll sogar der britannische König ermordet werden. Das können wir nicht zulassen, Leute!«

»Da sollen mich doch die Würmer fressen, das kommt überhaupt nicht infrage«, polterte McGregor los. »Das ist meine Aufgabe, ein Kampf des Widerstands. Darin habt ihr nichts zu suchen.«

Victoria gab einen spitzen Laut von sich. »Das sehe ich genauso. Wir haben damit nichts zu tun. Unschuldige? Sie sind Rebellen. Jeder, der sich mit ihnen zusammentut, ist ein Verbrecher und kein Unschuldiger. Ganz bestimmt halten wir uns da heraus.«

»Aha?«, entgegnete Florance, die die giftigen Kommentare von Victoria einfach leid war. »Und zu was macht es dich dann? Du und dein Bruder, ihr seid mit einer Rebellin vor der Verhaftung geflohen, sitzt mit dem Anführer der Royalisten sogar zusammen in einem Haus mitten im Nirgendwo. Wer sollte euch glauben, dass ihr nicht freiwillig hier seid, hm?«

Victoria erbleichte und presste fest die Lippen aufeinander, bis diese jede Farbe verloren. »Alison«, keuchte sie erstickt. »Sag doch bitte etwas.«

Die Mamsell seufzte. »Ich befürchte, Lady Victoria, dass Florance recht hat. Wenn die Soldaten uns finden, wird man uns sofort verhaften. Niemand hört uns dann zu. Wie die anderen verschwinden wir still und heimlich in einer Zelle. Das ist es, wie Cœurdur die Dinge handhabt.« Mrs Leboir wandte sich an den Captain. »Es wird anscheinend Zeit, dass ich wieder meinen Beitrag leiste. Auf meine Hilfe kannst du zählen, Onkel Duncan. Für Britannien und für den König.«

»Auf mich dürfen Sie es ebenso«, sagte Florance schließlich. Sie hatte viel zu viel gesehen, um anders entscheiden zu können. Ihre Zeit auf der Ironside, der Angriff auf das Rebellenversteck, nun auch noch Birch Manor zerstört. Was sollte sie da auch weiter überlegen?

Der Captain hieb mit der Faust auf den Tisch. »Schluss jetzt. Das ist nicht eure Sache, Florance. Außerdem hat niemand von euch jemals eine Carabine oder eine Pistolet benutzt.«

»Wenn ich eine besäße, würde ich Sie damit erschießen. Für das, was Sie meiner Familie angetan haben«, knurrte Edward und rückte demonstrativ vom Tisch ab. »Mit meiner Hilfe brauchen Sie gar nicht erst zu rechnen.«

»Das tue ich auch nicht, Jungchen«, antwortete McGregor.

»Wenn ich meine Meinung einmal beisteuern darf, dann …«

Der Captain unterbrach rüde den Versuch Ruterfas', etwas zu sagen. »Es ist alles gesagt. Ich werde nicht weiter diskutieren.«

Doch Ruterfas fuhr unbeirrt fort. »… dann klingt der Vorschlag unseres Mechanikermädchens überaus klug. Wir brauchen jede helfende Hand. Sogar wenn wir bloß ins Lager hineinschleichen wollen. Ein offener Angriff wäre Selbstmord. Aber Heimlichkeit, das könnte funktionieren. Wie Ihr Plan, den Kaiser in Paris mithilfe des gestohlenen Prototyps zu entführen.«

»Ruterfas«, polterte der Captain unbeherrscht los. »Das sind geheime Informationen! Von dieser Angelegenheit wissen nur eine Handvoll Menschen.«

Florance schmunzelte, obwohl sie über den wahnwitzigen Plan McGregors kaum weniger erschüttert als erheitert war. »Jetzt wohl nicht mehr, Captain. So so, Sie wollen sich also mit der Tyflopontikas bis nach Frankreich graben. Das ist derart verrückt, dass es sogar funktionieren könnte. Wie die Idee, die Gefangenen aus dem Lager zu befreien und den König zu retten. Oder etwa nicht?«

Mit blitzenden Augen starrte McGregor zu Florance herüber, dann glätteten sich seine Züge. »Ich wusste von Anfang an, dass sehr viel mehr in dir steckt, Florance.« Er seufzte und schlug schließlich die Hände gegeneinander. »Meinetwegen. Gehen wir unsere Optionen durch. Wenn es tatsächlich Aussicht auf Erfolg hat, lasse ich mich womöglich überzeugen.«

»Drei dafür, zwei dagegen«, stellte Ruterfas fest und legte den Kopf schief. »Wenn wir den Captain bekehren wollen, müssen wir alle mitziehen. Was ist mit euch?« Er richtete die Frage an die beiden Kinder des Earls.

»Vergessen Sie es«, antwortete Victoria spitz und drehte ihr Gesicht weg. Trotzdem klangen ihre Worte nicht sehr überzeugt. Der Gedanke, selbst als Rebellin behandelt zu werden, behagte ihr nicht, hatte Florance den Eindruck. Edward sagte nichts. Zurückhaltend schlenderte sie zu dem Lord herüber und sah ihm direkt in die Augen. »Edward?«

Edwards Miene wirkte verstockt. Über der Nasenwurzel hatten sich Falten gebildet. Er sah zur Seite und antwortete nicht.

Doch Florance gab nicht so schnell auf. »Verstehst du denn nicht? Du willst deinen Vater aus dem Kerker holen. Ohne König George wird das nicht gelingen. Weder der Geheimdienst noch der Kaiser in Paris werden darauf hören, ob ihr unschuldig seid oder nicht. Es kümmert beide nicht im Geringsten. Aber wenn wir alle zusammenhalten, gelingt uns vielleicht etwas schier Unmögliches. Ich verlange nicht von dir, dass du dich dem Widerstand anschließt. Aber du brauchst ihre Hilfe genauso wie sie unsere.«

Florance spürte, wie es in Edward arbeitete. Dabei verstand sie nur zu sehr, was in ihm vorging. »Der Gedanke, mich mit Rebellen zusammenzutun und gegen das Kaiserreich vorzugehen, widerspricht allem, was mir Monsieur Pignon über Frankreich beigebracht hat. Aber ich habe auch erlebt, wie gewissenlos die Totenkopf-Kompanie Unschuldige behandelt. Wie euch.« In kurzen Worten berichtete sie, wie ihr und dem Captain die Flucht aus dem umstellten Rebellenversteck in den Bergen gelungen war. Das hatte ihren Glauben daran, dass in Napoleons Reich alle die gleichen Rechte besaßen, schwer erschüttert. Die Ereignisse der letzten Tage sprachen deutlich von einer Ungerechtigkeit, wie sie kaum zu ertragen war. Sie verstand nun, was in Captain McGregor vorgehen musste. Sie stupste Edward vorsichtig gegen die Schulter. »Wir brauchen dich dafür. Deinen Mut und den deiner Schwester.«

Edwards Kopf ruckte bei der Berührung herum und ein höhnischer Zug umspielte seine Mundwinkel. »Victorias Mut? Wo hast du den denn gesehen?«

»Was willst du denn damit sagen?«, protestierte Victoria vom Tisch aus. »Etwa, dass ich unnütz bin?«

»Unnütz nicht«, entgegnete Edward trocken. »Ich wette, wenn du dich nur lange genug über die Zustände im Lager beschwerst, geben dort sämtliche Soldaten freiwillig auf.«

»Das ist total gemein, Edward«, antwortete Victoria. »Wie kannst du nur?« Beleidigt wandte sie sich an Alison. »Ich habe es mir anders überlegt. Ich gehe mit. Wegen diesen Totenkopf-Heinis habe ich mir mein Kleid ruiniert. Seit Tagen verzichte ich auf ein Bad. Und ich trage diese unsäglich müffelnden Lumpen.« Sie zupfte angewidert an ihrer Jacke herum. »Ich werde denen zeigen, dass man so nicht mit einer britannischen Lady umspringen darf.«

Laut tippte Ruterfas mit dem Zeigefinger auf die Karte vor sich auf dem Tisch. Die Zustimmung Edwards wartete er nicht ab. »Fünf dafür, Captain. Gehen wir endlich an die Arbeit?«

McGregor sah alle Anwesenden nacheinander an, dann nickte er. »Gehen wir es an.«

37

Auf der Lauer

»Wann schlagen wir los?«, fragte Ruterfas.

Es war das dritte Mal, dass der Rebell seine Ungeduld zeigte und Florance war es langsam leid. Sie alle warteten auf die richtige Minute. Aber da sie ohne jegliche Informationen über das Gefangenenlager hergekommen waren, blieb ein unüberlegtes Handeln ausgeschlossen. Das war der Grund, warum sie sich auf der Anhöhe von Hunter's Bog versteckt hielten. Vor ihnen lagen Captain McGregor und Mrs Leboir. Beide beobachteten durch Fernrohre die Patrouillen und die Wachwechsel der Soldaten. Ruterfas, zwei weitere Rebellen von der Ironside sowie Victoria und Edward blieben mit Florance im Hintergrund. Der Captain hatte schließlich zugestimmt, sie alle mitzunehmen. Allerdings unter der Bedingung, dass sie sich von jeder Gefahr fernhielten. Dabei war es riskant, sich überhaupt nahe des Lagers aufzuhalten, dachte Florance.

»Ruhe dahinten«, flüsterte McGregor eindringlich. »Wir sind zu nah dran. Das gilt auch für dich, Ruterfas.«

»Jaja, ist ja gut.«

Tatsächlich hatte man die Umzäunung des Lagers knapp 200 Schritte unter ihnen errichtet. Gleich hinter einem kleinen See und einer Ansammlung von Bäumen. Im Gefangenenlager brannten nur wenige Laternen, der größte Teil der Anlage lag im Dunklen. Die Ironside hatte sie im Schatten der Nacht an Arthur's Seat abgesetzt und war dann zurück auf das Meer geflogen. Damit drohte ihr keine Entdeckung und für den Notfall blieb sie nah genug. Florance hörte, wie Mrs Leboir eine leise Unterhaltung mit dem Captain führte. Ihre Stimme klang besorgt. »Siehst du die Mauern um den Holyrood Palace, Onkel Duncan? Wenn wir König George befreien wollen, müssen wir da durch.«

»Ja, sehe ich. Dagegen anzurennen, wird zu viele Leben kosten. Wir müssen das Tor sprengen. Das Tor ist der Schlüssel. Aber eins nach dem anderen. Erst befreien wir die Gefangenen.«

Der Captain hatte seine Zweifel, die er am Vortag im Haus von Ruterfas gehegt hatte, abgelegt und war zurück in seine Rolle des Anführers geschlüpft. Einige Stunden Schlaf und eine deftige Mahlzeit hatten die Moral bei allen angehoben. Genau das brauchte es jetzt, wenn das wahnwitzige Vorhaben gelingen sollte.

»Warum fliegen wir nicht mit der Ironside drüber hinweg?«

»Dazu müssen wir erst die Geschütze auf der Mauer ausschalten. Sonst holt man mein Schiff vom Himmel, sobald es in Reichweite gekommen ist. Auch das lösen wir später.«

Endlich steckten McGregor und Alison ihre Fernrohre weg und huschten zu ihnen. »In ein paar Minuten geht es los«, erklärte der Captain. »Die Dämmerung bricht in einer halben Stunde an. Auf der Ostseite des Lagers, also direkt vor uns, sind die Gefangenenbaracken. Sobald die Patrouille vorbeigelaufen ist, öffnen wir die Umzäunung und schleichen hinein. Ihr zwei«, er deutete auf die beiden Rebellen, deren Namen Florance nicht kannte, »greift euch die großen Trennzangen. Damit befreien wir die Gefangenen aus den Baracken und versuchen, dabei so lange wie möglich unentdeckt zu bleiben. Ruterfas, du gehst mit meiner Nichte und hilfst ihr.«

»Alles klar«, bestätigte Ruterfas. »Was ist unsere Aufgabe?«

Jetzt übernahm Mrs Leboir das Wort. »Selbst wenn wir jeden Einzelnen befreien, bleiben wir chancenlos gegen die Totenkopf-Kompanie. Wir brauchen Carabine. Hinter den Baracken steht ein Munitionslager, gleich neben den Unterkünften der Soldaten. Da sollten wir welche finden.«

»Sollten?«, zweifelte Victoria das Vorhaben an. Insgeheim musste Florance ihr recht geben. Der Plan stützte sich auf eine große Menge Mutmaßungen.

Der Captain schnaufte händeringend. »Etwas Besseres haben wir nicht. Glück und den Mut der Verzweiflung. Vertrauen wir darauf, dass es ausreicht.« Er bedachte Florance, Victoria und Edward mit ernsten Blicken. »Ihr drei bleibt hier oben. Sobald alles unter Kontrolle ist, kommt ihr nach. Wir werden jede Hand brauchen.«

»Und falls nicht? Was, wenn etwas schiefgeht?«, fragte Victoria. Wie Florance war sie nicht sehr darauf erpicht, vor der Dämmerung in ein von Soldaten bewachtes Lager zu schleichen und womöglich getötet zu werden. Aber nichts zu tun, außer sich zu verstecken, hatte sich Florance auch nicht vorgestellt.

Mrs Leboir legte eine Hand auf Victorias Arm. »Falls etwas schiefgeht, verschwindet ihr sofort. Es fällt mir wirklich schwer, euch hier zurückzulassen. Das müsst ihr mir bitte glauben. Ich fürchte aber, es geht gerade nicht anders. Lady Victoria, Lord Edward, ich verlasse mich auf Sie, dass Sie sich in Sicherheit bringen.«

Erstaunt sah Florance zu, wie Victoria die Hand der Mamsell tätschelte und sich prompt entschlossen befreite. »Sollte der Plan schiefgehen, können wir uns ebenso gut ergeben. Denn dann gibt es nirgendwo einen Ort, zu dem wir noch gehen können.«

»Zumindest ist dieses nirgendwo nicht hier«, antwortete McGregor und drückte Edward einen rechteckigen Kasten in die Hand. »Es bleibt dabei, ihr rührt euch nicht von der Stelle. Außer ihr müsst. Das ist ein Knallfunkensender. Damit könnt ihr den Piloten der Ironside kontaktieren. Dann lasst ihr euch abholen und wegbringen. Hoffen wir einfach, dass alles gelingt. Viel Glück euch allen.«

Nacheinander huschten sie die Anhöhe hinab. Florance verfolgte mit dem Fernrohr von Mrs Leboir ihren Weg um den kleinen See herum, bis sie ihr Versteck unter den Bäumen erreicht hatten. Kaum war die Soldatenpatrouille an ihnen vorbei, öffneten sie einen Durchlass in der Umzäunung und schlüpften hinein.

»Wo sind sie jetzt?«, fragte Edward. Direkt neben Florance hockte er sich nieder. Seit sie vom Haus von Ruterfas aufgebrochen waren, hatte sich seine üble Laune sichtlich gebessert. Sie war einer zielgerichteten Ernsthaftigkeit gewichen. Das wirkte ungewohnt an Edward. Obwohl er dem Captain mit keinem Wort seine Unterstützung zugesagt hatte, so war er dennoch mitgekommen und stets in der Nähe von Florance geblieben. Das bewies ihr, dass er begriffen hatte, wie wichtig die Befreiung König Georges IV war, um seinen Vater von allen Vorwürfen zu entlasten. Seine angestaute Wut hatte er anscheinend beiseitegeschoben.

Sie schwenkte das Fernrohr ein Stück nach links. »An der

vordersten Baracke. Mrs Leboir und Ruterfas schleichen weiter auf die andere Seite.«

»Was ist mit den Wachtürmen? Sind die immer noch unbesetzt?«

Nacheinander kontrollierte Florance die Türme. Einer stand an jeder Ecke des Gefangenenlagers. Aber auf keinem zeigte sich ein Soldat auf seinem Posten. »Sie sind alle leer«, bestätigte sie.

»Und findet das sonst niemand außer mir seltsam?«

Florance dachte nach. »Doch. Nicht, dass ich mich mit der Bewachung von so einem Lager auskenne. Aber für so viele Gefangene, wie dort drin sein müssten, reichen die paar Patrouillen sicher nicht.«

»Kann ich mir kaum vorstellen«, sagte Edward. Als Florance ihn anblickte, knetete er seine Finger. »Irgendetwas ist faul. Sieht beinahe so aus, als ließen sie das Lager absichtlich unbewacht.«

Ungeniert drängte sich Victoria zwischen ihren Bruder und Florance. »Was ist faul? Es scheint dort unten alles ruhig zu sein. Alarm wurde bisher auch nicht geschlagen. Das ist doch gut. Oder nicht?«

»Es ist zu ruhig«, antwortete Florance. Sie rückte ein Stück von Victoria ab, die ihr viel zu nah war, und richtete das Fernrohr erneut auf das Lager. Wohin waren Mrs Leboir und Ruterfas gegangen? Schnell fand sie die beiden. Der Rebell hantierte gebückt an der Tür des Munitionslagers, öffnete sie und ließ die Mamsell eintreten. Inständig hoffte Florance, dass sie fanden, was sie suchten. Sie wollte schon rüber zu McGregor und den anderen schwenken, doch dass Ruterfas der Mamsell nicht folgte, ließ sie aufmerksam werden. Der Rebell sah sich prüfend um. Offenbar vergewisserte er sich, dass ihn niemand beobachtete. Dann schlug er sich links an dem Lagerhaus vorbei und rannte los.

»Was tut er da?«, wunderte sie sich flüsternd.

»Wer?«, fragte Victoria.

»Ruterfas. Er rennt weg. Ich weiß bloß nicht, wohin.«

»Zeig her.« Edward streckte die Hand nach dem Fernrohr aus. Florance gab es ihm. Aufmerksam verfolgte er den Weg, den Ruterfas unten im Lager nahm.

»Er läuft ans Nordende und betritt ein Militärgebäude«, berichtete Edward. »Wozu tut er das?«

Kurz darauf verließ eine größere Anzahl Soldaten das Haus und eilte mit bereitgehaltenen Muffler-Carabine in Richtung der Gefangenenbaracken. Das ließ sich für Florance auch ohne Fernrohr ausmachen.

»Der Mistkerl hat uns verraten!«, stieß Edward aus. Sofort schwenkte er rüber zu McGregor. Der Captain hatte mittlerweile zwei der Baracken geöffnet und die kampffähigen Männer und Frauen herausgelassen. Gleichzeitig erreichte auch Mrs Leboir die Gruppe. Auf dem Arm trug sie Gewehre, die sie an die befreiten Rebellen verteilte. Sie und McGregor diskutierten kurz miteinander. Anschließend kehrte sie zu dem Lagerhaus zurück, um weitere Carabine zu holen.

Edward setzte das Fernrohr ab und berichtete grimmig, welche Gefahr drohte. »Er hat die Soldaten benachrichtigt. Sie sind auf dem Weg. Mindestens doppelt so viele wie McGregor und seine Leute. Das schaffen sie nicht.«

»Irgendwer muss sie warnen«, überlegte Victoria mit zitternder Stimme. »Wenn wir doch nur jemanden schicken könnten!«

Hinter dem Gefangenenlager blitzten unerwartet Lichter auf. Sofort wies Florance Edward darauf hin und er richtete das Fernrohr in die angezeigte Richtung. »Noch mehr Soldaten. Die fahren aus dem Holyrood Palace heran. Ich sehe Transporter und Dampfdroschken. Mindestens zehn.«

»Dann sollten wir keine Zeit mehr verlieren. Lasst alles hier, was ihr nicht braucht. Los!«, rief Florance. Sie stand auf und war wie Edward bereit, loszustürmen, doch Victoria rührte sich nicht. Fest drückte sie die Tasche mit den Plänen ihres Vaters gegen ihren Körper. Sie hatte es nicht übers Herz gebracht, sie im Haus von Ruterfas oder auf der Ironside zurückzulassen.

»Ihr wollt da wirklich hinlaufen? Dann erwischen sie uns doch auch.«

»Victoria!«, schimpfte Edward. »Es geht hier auch um Mrs Leboir. Soll sie etwa im Kerker landen?«

Mit großen Augen sah Victoria ihren Bruder an. »N-Nein.«

»Worauf wartest du dann noch?«

Gemeinsam rannten sie die Anhöhe herunter. Edward und Florance vorneweg, Victoria direkt hinter ihnen. Dabei gaben sie sich keine besondere Mühe, leise zu sein. Auf Heimlichkeit kam es jetzt nicht mehr an.

38
Zur Rettung

Sofort fanden sie das Loch in der Umzäunung. Florance stieg als Erste durch, Edward half seiner Schwester. Doch er zögerte und blieb draußen stehen.

»Was ist?«, zischte sie ihm zu, kaum, dass sie es bemerkte. »Kommst du?«

Mit einem seltsamen Blick sah Edward sie an, dann winkte er mit beiden Händen ab. »Ihr beeilt euch besser. Ich habe eine Idee!« Nur eine Sekunde später war er in der Dunkelheit verschwunden.

»Hey«, rief Florance ihm leise hinterher. Sie spürte Wut in sich aufsteigen. Warum ließ er sie plötzlich allein? Weshalb sagte er nicht, was er vorhatte? »Edward!«, flüsterte sie beschwörend. Sie unterdrückte ihren Drang, ihm nachzulaufen. Er ließ sie beide im Stich. Hatte Florance sich doch in ihm getäuscht?

»Wo will er denn hin?«, fragte Victoria.

Mühsam schluckte Florance ihren Ärger herunter. »Das weiß ich nicht. Offensichtlich will er nicht mitkommen. Aber wir müssen trotzdem weiter, Victoria«, forderte sie die Tochter des Earls auf, die ihr verunsichert folgte. Seite an Seite hasteten sie zwischen den Baracken hindurch, in die Richtung, in der sie den Captain und die anderen vermuteten. Kurz vor einem breit angelegten Weg, im Schutze einer Barackenwand trafen sie auf die befreiten Rebellen. Die Gruppe war mittlerweile auf fünfzehn Männer und Frauen angewachsen, die sich bemühten, weitere Baracken zu öffnen. Captain McGregor eilte auf sie zu, sobald er sie bemerkt hatte.

»Da sollen mich doch die Würmer fressen! Solltet ihr nicht da oben bleiben und abwarten?«

»Captain, Ruterfas hat alles verraten. Die Soldaten sind bereits hierher unterwegs«, sprudelte Florance heraus. »Wir sollten sofort verschwinden.«

Doch McGregor verneinte. »Dafür ist es zu spät. Wir bekommen später keine zweite Gelegenheit. Ihr da«, wies er die eine Hälfte der befreiten Rebellen an, die bereits ein Carabine erhalten hatten. »Sichert die Lücken zwischen den Baracken, der Rest geht in Deckung.« Für Florance und Victoria hatte der Captain eine andere Aufgabe. »Ihr zwei, lauft zu meiner Nichte und warnt sie. Sie soll euch und sich in Sicherheit bringen.«

Florance brauchte nicht zu überlegen und Victoria stimmte ebenso zu. »Natürlich, Captain McGregor.«

»Wir sehen uns später«, sagte der Captain und er schien es genauso zu meinen. Seine Worte klangen dennoch eine Spur besorgt. McGregor zeigte auf eine Lücke zwischen den Baracken. »In diese Richtung ist Alison gegangen. Sucht nach dem Munitionslager. Und passt auf euch auf.«

»Das machen wir«, antwortete Florance mit einem Kloß im Hals. Sie zog Victoria einfach mit sich und eilte in die Richtung, die McGregor ihnen gewiesen hatte. Ohne jeglichen Protest ließ die Tochter des Earls es geschehen. Florance fragte sich, was wohl in ihr vorging. Ihr Leben hatte sich komplett verändert und nun half sie widerspruchslos der Rebellensache. Hatte sie sich einfach in ihr Schicksal ergeben, die Lady, die vorher so herrisch und zickig gewesen war? Am Ende der Baracke lugte sie vorsichtig um die Ecke. Soldaten entdeckte sie auf dem Weg zwischen den Gebäuden keine. Die Luft schien rein. Aber eine Pause erlaubten sie sich besser trotzdem nicht. Die Truppen mussten längst hier sein. Der Gedanke trieb ihren Puls an.

»Los«, sagte Florance, mehr zu sich als zu Victoria. Hinter zwei weiteren Reihen von Baracken hob sich ein Dach gegen den Nachthimmel ab, das höher hinausragte. War es das Munitionslager?

»Da vorn«, flüsterte Victoria. »Die Tür ist nur angelehnt.«

Beide blickten zu einer großen Halle, genau auf der anderen Seite eines schwach beleuchteten Weges. Wo sonst würden sie Mrs Leboir finden? Da vernahm Florance plötzlich einen leisen Befehl und Schritte der heranrückenden Soldaten. So nah waren sie also schon gekommen. Nur ein Fehler, und sie waren entdeckt. Warnend legte sie einen Zeigefinger an ihren Mund.

»Sie sind hier«, hauchte sie zu Victoria. »Sobald ich drüben bin und du nachkommen kannst, gebe ich dir ein Zeichen.« Florance lugte um die Ecke. Nur wenige Schritte von ihnen hatte sich ein Trupp aufgestellt. Ihre Aufmerksamkeit richteten die Soldaten allerdings in eine andere Richtung, sodass sie es wagte. Sie huschte quer über den Weg und drückte sich drüben gegen die Rückseite der Halle. Ihr Atem jagte ebenso wie ihr Herz. Es pochte laut in ihren Ohren. Erneut wagte Florance einen flüchtigen Blick. Jetzt, bevor es zu spät war. Sie winkte zu Victoria herüber. »Komm«, formte sie lautlos. Edwards Schwester setzte langsam ein Fuß vor den anderen. Die Angst war ihr deutlich ins Gesicht geschrieben. Kaum stand sie mitten auf dem Weg, schallte eine Stimme laut durch die Dämmerung.

»Da ist eine von ihnen! Sofort stehen bleiben!«

»Keine Bewegung«, rief eine zweite Stimme. »Ergib dich. Andernfalls werden wir schießen.«

Verborgen hinter der Gebäudeecke sah Florance die Soldaten nicht. Aber dafür sah sie Victoria. Wie angefroren blieb sie stehen und warf ihr flehende Blicke zu. Panik verzerrte ihre Züge und langsam reckte sie die Arme nach oben. Florance musste etwas tun, irgendetwas. Aber wenn sie sich zeigte, wurde sie ebenso gefangen. Und niemand würde Mrs Leboir warnen. Nichts fiel ihr ein, das Victoria vor den Soldaten retten würde. McGregor und seine Leute waren zu weit weg, und hatten ihre eigenen Probleme. Edward steckte sonst wo. Florance war allein und fühlte sich überaus hilflos.

»Umdrehen!«

Der Befehl kam hart und kurz. Victoria gehorchte zögerlich, doch schließlich hatte sie den Kopf herumgedreht. Kein Blickkontakt mehr zu Florance. Was, wenn sie die Soldaten ablenkte? Quer über den Weg lief, sodass man sie entdeckte. Mit etwas Glück verfolgte man sie und vergaß Victoria dabei. Da spürte sie eine Hand an ihrer Schulter. Die Berührung ließ sie zusammenzucken. Trotzdem drehte sie sofort den Kopf herum und sah … in das Gesicht von Mrs Leboir. Die Mamsell gab ihr stumm mit der anderen Hand zu verstehen, ihr zu folgen. Widerwillig schüttelte Florance den Kopf. »Sie haben Victoria«, hauchte sie.

Doch Mrs Leboir winkte ihr erneut, dieses Mal eine Spur eindringlicher. Also gab Florance nach. Trotzdem konnte sie sich dem Gefühl nicht erwehren, Victoria im Stich zu lassen. Hintereinander schlüpften sie durch die angelehnte Tür. Sie durchquerten den Innenraum und hielten an einem Fenster der Halle an. Alison drückte sie neben das stumpfe Glas, sodass sie hinausschaute, ohne selbst gesehen zu werden. Zwei Soldaten bedrohten Victoria mit ihren Muffler-Carabine.

»Warte und bleibe still. Ich übernehme das«, flüsterte Mrs Leboir ihr zu. Lautlos wie ein Schatten huschte sie davon. Florance blieb einzig, das Geschehen weiter durch das Fenster zu beobachten. Victoria stand wie erstarrt mitten auf dem Weg. Langsam ließ sie den Riemen der Tasche von ihrem Arm gleiten. Eine Weile baumelte sie an ihrer Hand, nicht bereit, sie endgültig loszulassen. Ein Soldat trat näher heran, die Mündungen seines Gewehrs zeigte unverändert auf Victoria. Er sagte etwas, aber durch das Fensterglas klangen die Worte dumpf und verzerrt.

Da bemerkte Florance, wie ein Schatten hinter dem zweiten Soldaten emporwuchs und ausholte. Der Schlag hätte den Kopf erwischen sollen, vermutete sie. Doch unglücklicherweise bewegte sich der Mann in genau dieser Sekunde. Ein Schrei quittierte den Treffer gegen die Schulter. Gleichzeitig krachte ein Schuss. Wie in Zeitlupe sackte Victoria zusammen und krümmte sich auf dem Boden. Die Tasche flog davon, prallte irgendwo unter dem Fenster an die Wand der Halle. Erschrocken presste sich Florance beide Hände vor den Mund, um keinen Laut von sich zu geben. Die Soldaten kämpften mit Mrs Leboir, die gegen die Übermacht nicht ankam. Wenige Sekunden später lag sie niedergeschlagen und benommen auf dem Boden. Ohnmächtig sah Florance zu, wie beide schließlich weggeschleift wurden.

Bedeutete das, Victoria lebte? Oder war sie tot? Sofort schlug das schlechte Gewissen zu. Florance hatte sie mit ihrer Unachtsamkeit in Gefahr gebracht. Sie war schuld. Und sie hatte nichts unternommen, um sie zu retten. Wenn bloß Edward nicht weggegangen wäre. Zusammen mit ihm … Tränen überschwemmten ihre Augen. Als hätte sie jegliche Kraft verlassen, rutschte Florance mit dem Rücken an der Wand in die Hocke. Verzweifelt presste sie die Handballen gegen die Augenlider, bis der Schmerz zu groß wurde. Sie rang schluchzend nach Atem und starrte in das Halbdunkel der Halle. Zehn Meter von ihr entfernt bemerkte sie einen klobigen Umriss. An der einen Seite spitz zulaufend, die andere oben halbrund, auf der Unterseite flach. Hierher hat die Totenkopf-Kompanie die Tyflopontikas geschafft, dachte sie mit aufkeimender Hoffnung.

Als der Kampflärm vor dem Fenster verstummte, wagte Florance einen Blick nach draußen. Die Soldaten waren abgezogen. Wahrscheinlich brachten sie Victoria und Mrs Leboir zu ihrem Befehlshaber. Florance hoffte inständig, dass ihre Wunden versorgt wurden. Da fiel ihr die Tasche mit den Plänen wieder ein. Vielleicht, wenn sie unfassbar viel Glück hätte … Sie wagte noch einen Blick durch das Fenster, dann schlich Florance sich zurück zur Tür und nach draußen. Die Soldaten waren verschwunden, doch unter dem Fenster lag immer noch die Tasche mit den Plänen. Schnell hob Florance sie auf und eilte in die Halle zurück. Im Inneren der Tyflopontikas breitete sie die Konstruktionspläne nebeneinander aus. Es war alles da: Leitungen, Antrieb, der Aufbau des Bohrkopfes. Das war ihre Chance, den Fehler zu finden. Als im Lager geschossen wurde, steckte sie bereits mit dem Kopf tief in den Eingeweiden der Maschine.

39

Auge in Auge mit Major Wjatka

Aus herausgebrochenen Türen und herangeschafften Kisten hatte Captain McGregor behelfsmäßige Barrikaden bauen lassen, hinter denen die befreiten Rebellen Deckung suchten. Er selbst steckte gerade einige Bretter in die Barrikade vor sich, als Edward von hinten an ihn herantrat und sich räusperte.

Erschrocken fuhr der Captain zu ihm herum. »Da sollen mich doch die Würmer fressen. Edward Hellingway?«

»Immer noch Lord Edward, wenn ich bitten darf«, wies ihn Edward frech zurecht.

»Du jetzt auch noch, Junge?«, schimpfte McGregor los. War das etwa Sorge in den Augen des Captains? »Erst Florance und deine Schwester und nun du. Wieso hört ihr Kinder nicht einmal auf das, was ich euch sage? Ihr solltet oben auf dem Hügel warten.«

Edward verschränkte die Arme vor der Brust. »Wenn wir auf Sie gehört hätten, dann hätten die Soldaten Sie überrannt, oder etwa nicht? Das haben Sie Mrs Leboir zu verdanken. Nur ihretwegen bin ich hergekommen.«

»Junge, hier wird es gleich mehr als gefährlich. Ich kann dich weder gebrauchen noch beschützen. Das wird tödlicher Ernst«, knurrte McGregor. »Die Totenkopf-Kompanie wird keine Gefangenen machen.« Die Sorge war einer grimmigen Entschlossenheit gewichen, die Edward für einen Augenblick verunsicherte. Doch dann kehrte der Trotz zurück.

»Die werden sehr überrascht sein. Lassen Sie sie ruhig kommen. So einfach werden sie nicht gewinnen, denn ich –«

»Begreifst du es immer noch nicht, Edward?«, herrschte ihn McGregor an.

»Nein, ich meine –«

»Mach die Augen auf, Junge! Das hier wird übel enden.«

Mit erhobenem Kinn sah sich Edward innerhalb der Barrikaden um. Alle befreiten Rebellen hatten eine schützende Position hinter den Hindernissen bezogen, doch gerade einmal die Hälfte der Männer und Frauen waren bewaffnet. Viele wirkten erschöpft und zerschunden, trotz allen Kampfeswillens. Selbst wenn die Totenkopf-Kompanie die Hälfte ihrer Soldaten wieder abzog, waren die Truppen den Rebellen um ein Vielfaches überlegen, erkannte er und riss die Augen auf. Das war eine Todesfalle, und er steckte wie die anderen mittendrin. Es blieb nur die eine Rettung, von der er hoffte, dass sie zum rechten Augenblick eintraf.

»Meine Schwester, Mrs Leboir und Florance, wo sind sie?«, stammelte er mit trockenem Mund.

»Sie sollten weitere Carabine heranschaffen, sind aber nicht zurückgekehrt. Ich kann nur hoffen, dass sie sich in Sicherheit gebracht haben.« Einer der Kämpfer neben dem Captain berührte diesen alarmierend am Arm. Sofort richtete McGregor seine Aufmerksamkeit zurück auf den Weg zwischen den Baracken. Auch Edward hörte jetzt die Geräusche rings um sie herum.

»Die Totenkopf-Kompanie rückt vor«, gab McGregor leise die Information an seine Kämpfer weiter. »Sie versuchen, uns einzukreisen. Und du, Junge, du wirst dich sofort in diese Baracke begeben und dortbleiben. Und halte den Kopf unten.«

Edward nickte stumm und eilte geduckt zu der Baracke, auf die der Captain gezeigt hatte. Er kauerte sich hinter den schützenden Türsturz, behielt aber McGregor im Blick.

»Bleibt in Deckung und feuert erst, wenn ich es euch sage«, gab McGregor seine Anweisung an die Rebellen weiter, und wartete, bis alle Bescheid wussten. Mit Handzeichen orderte er die Position der Barrikaden, um der neuen Gefahr begegnen zu können. Still und leise wurden diese verrückt und Gewehrläufe seitwärts ausgerichtet. Edwards Herz klopfte ihm bis zum Hals. Das würde ein echter Kampf werden. Nein, Krieg. Menschen würden verletzt und sogar getötet werden. Vielleicht sogar er selbst. Dabei gehörte er doch als Lord nach Birch Manor, sollte bei seinen Studien sitzen und langweilige Empfänge über sich ergehen lassen müssen. Plötzlich wirkte das alles sehr erstrebenswert. Bisher hatte er das nie zu schätzen gewusst. Er spürte, wie seine Hände zitterten. Hoffentlich würde alles gut werden.

Die Soldaten näherten sich, blieben dann aber stehen, suchten ihrerseits Deckung und warteten. Zahlenmäßig waren sie mehr, als Edward erwartet hatte. Viel mehr. Das würde kein Kampf werden. Die Rebellen des Captains sahen sich einer Übermacht gegenüber, die sie kurzerhand zusammenschießen würde, wenn sie es wollte. Minutenlang passierte nichts. Kein Vorrücken, kein Angriff. Die Anspannung in Edward steigerte sich ins Unerträgliche. Er hoffte inständig, dass sein Plan aufgehen würde. Dass die Unterstützung rechtzeitig eintraf und sie vor dem sicheren Tod rettete.

Endlich kam Bewegung bei den Gegnern auf. Durch die Soldaten mit den Totenkopf-Abzeichen schritt ein Mann heran, den Edward bereits einmal gesehen hatte. Erst vor wenigen Tagen, im Empfangssaal von Birch Manor. Dort hatte er die Befehle vom Conseil du Roi empfangen und seinen Vater abgeführt. Die Narben im Gesicht des Majors hatten sich ihm eingeprägt. Weit genug entfernt blieb dieser stehen und hob ein Sprachrohr an seinen Mund. Auf eine Deckung verzichtete er.

»Captain McGregor, sind Sie da?« Der Mann mit dem schweren, russischen Akzent wartete auf eine Reaktion.

Da McGregor nicht antwortete, ignorierte der Major die Stille und sprach einfach weiter. »Ich habe unser erstes persönliches Gespräch herbeigesehnt. Es hat lange gedauert, Sie endlich zu stellen.«

Edward sah zum Captain. Der entschloss sich genau in diesem Augenblick, das Wagnis einzugehen, und hob den Kopf ein Stück über die Barrikade. »Nun, das kann ich meinerseits nicht behaupten«, rief er dem Mann mit dem Sprachrohr zu. »Mit wem spreche ich?«

»Major Sergei Grigoriwitsch Wjatka, Kommandeur der tête de mort, der Totenkopf-Kompanie«, stellte sich der Major vor. Der russische Akzent zeigte unvermeidlich, dass der Soldat weder die französische noch die englische Sprache mochte. Dennoch trugen seine Worte eine grausame Kaltherzigkeit in sich, die Edward erschauern ließ. »Es tut mir leid, dass der Versuch, Ihre Kameraden zu befreien, von Anfang an zum Scheitern verurteilt war.«

Offensichtlich beschloss McGregor, vor dem Major keine Schwäche zu zeigen, selbst, wenn er recht behalten würde. »Da scheint mir das letzte Wort noch nicht gesprochen, Major Wjatka. Ihre Zuversicht in allen Ehren.«

»Für Sie und Ihre Anhänger gibt es keinen Ausweg. Das

wissen Sie. Ich möchte Ihnen und mir weitere Mühen ersparen. Ergeben Sie sich einfach. Dann zwingen Sie mich nicht dazu, Sie wie Straßenköter zu erschießen. Oder die anderen Gefangenen, die noch in meiner Hand sind.«

Der Vorschlag des Majors war ein Bluff, das merkte sogar Edward sofort. Oder war es doch keiner? Was, wenn Wjatka Victoria und Mrs Leboir in seiner Gewalt hatte? Wenn der Captain recht behielt und sie die Waffen niederlegten, erwartete sie dennoch der Tod. Nach dem Gesetz des Kaiserreiches hatten die Rebellen die Hinrichtung verdient. Und nichts, aber auch gar nichts, würde sie alle davon freikaufen.

»Ob Sie uns erschießen oder später hängen lassen, das Ergebnis bleibt gleich.« Auf ihrer Seite der Barrikade vernahm Edward zustimmendes Gemurmel. Alle, die sich der Mission des Captains angeschlossen hatten, Britannien zu befreien, starben lieber im Kampf als freiwillig auf den Strick zu warten. »Versuchen Sie es also ruhig. Den Sieg werden Sie sich hart erkaufen müssen, Major Wjatka.«

»Wie bedauerlich. Ich hatte gehofft, wir kämen zu einer gütlichen Einigung«, folgte die Reaktion des Majors. »Nun denn, wir werden uns zu einem späteren Zeitpunkt ausführlicher über Ihre Möglichkeiten unterhalten. Allerdings fürchte ich, dass Sie dann in wesentlich schlechterer Verfassung sein werden.«

»Möglichkeiten? Nein, keine Möglichkeiten.« Neben dem Major drängte ein weiterer Mann nach vorne. Robert Ruterfas, der Verräter, erkannte Edward mit aufwallendem Zorn. Der, der sie in die Falle gelockt hatte und vermutlich auch für viel mehr die Verantwortung trug.

»Mir wurde zugesagt, dass ich den Bastard höchstpersönlich erschießen darf.« Ruterfas hob seine Carabine und richtete sie dorthin, wo er den Kopf des Captains sah.

Wjatka hob eine Hand. »Ihre persönlichen Vereinbarungen interessieren mich nicht. Ich habe meine Befehle. Zurück mit Ihnen! Sofort!«

»Sie haben mir gar nichts vorzuschreiben«, spuckte Ruterfas aus. »Ich hole mir jetzt, was mir versprochen wurde. Wegen McGregors lächerlicher Rebellion musste meine Frau sterben.« Der Verräter stürmte vorwärts, auf die Barrikade zu, hinter welcher McGregor sich aufhielt.

Der Captain zögerte und schoss nicht auf Ruterfas, obwohl der bedrohlich nah an die Barrikade herankam. Warum verteidigte er sich nicht?, wunderte sich Edward. Er konnte doch unmöglich zulassen, dass …

Der Verräter hatte die Hälfte der Strecke überwunden, da zückte der Major der Totenkopf-Kompanie seinerseits seine Pistolet. »Dann sollen Sie von mir auch etwas erhalten. Ich vereine Sie wieder mit Ihrer Frau.«

Ein Schuss krachte. Der Verräter stolperte. Ein ungläubiger Ausdruck lag in Ruterfas' Augen. So, als könne er weder begreifen, warum seine Beine nicht mehr gehorchten, noch den plötzlichen Schmerz im Rücken. Einen, nein, zwei Schritte schaffte er. Dann stürzte er mit dem Gesicht voran zu Boden. Keine Regung zeigte sich in der Miene des Majors. Eine Tat begangen wie ein notwendiges Übel. Er drehte sich um und verschwand ohne ein weiteres Wort hinter den Reihen seiner Soldaten. Nie zuvor war Edward einem derart kaltherzigen Menschen begegnet. Der Major würde keine Skrupel verspüren, sie alle persönlich zum Galgen zu führen. Egal, ob Mann, Frau oder Kind. Allein diese Erkenntnis ließ ihm vor dem bevorstehenden Kampf einen üblen Schauer den Nacken hochkriechen. Bitte lass meinen Plan aufgehen. Edward warf einen Blick in den Himmel. Wo blieb sie nur?

»Haltet euch bereit und bleibt unten«, gab McGregor den Befehl. »Sie werden gleich angreifen.« Während er mit dem Major gesprochen hatte, hatte dieser seine Truppen seitlich zu ihrer Position in Stellung rücken lassen. Das Angebot war eine Ablenkung gewesen. Um Zeit zu schinden.

Gleich darauf brach die Hölle los. Ein Kugelhagel prasselte gegen die Barrikaden, fetzte Splitter um Splitter aus den behelfsmäßigen Deckungen. Ein Querschläger traf den Türsturz, neben dem Edward kauerte, und er zuckte sofort zurück. Schreie kündeten von ersten Verwundeten. Diesem Angriff würden sie nicht sehr lange standhalten.

»Zurückfeuern! Haltet sie irgendwie auf Abstand!«, brüllte McGregor und die Rebellen reagierten. Projektile flogen so dicht hin und her, dass es einem waagerechten Regen aus Blei ähnelte. Jeder, der sich bloß ein Stück herauswagte, riskierte, getroffen und getötet zu werden. Selbst von den Seiten deckten die Soldaten die Rebellen jetzt mit Angriffsfeuer ein. Neben McGregor fiel eine Frau um, die bis eben tapfer gekämpft hatte. Blut tropfte an ihrer Schläfe herab. Der Captain feuerte blind ein paar Schüsse ab und kroch dann auf Ellenbogen und Knien zu den seitlichen Barrikaden. Dort verteidigten bloß noch drei Rebellen. Alle Übrigen lagen verwundet oder tot daneben.

»Haltet stand!«, rief er ihnen zu. Ein kläglicher Schmerzensschrei und ein weiterer Kämpfer fiel für die Verteidigung aus. Zu wenige waren übrig. Das konnten sie nicht gewinnen, erkannte Edward zusammengekauert. Die Niederlage war unausweichlich und sie würden alle sterben. Mit Kampfeswillen alleine siegte man nicht gegen eine Übermacht. McGregor hob die Hände zum Mund. Wollte er zum Rückzug brüllen? Aber wohin zurückziehen? Sie waren doch umstellt. Da zerbarst der Ostwachturm des Lagers in einem grellen Feuerball. Edward riss den Arm vor seine Augen. Eine zweite Explosion folgte, am nördlichen Rand. Überall um ihn herum war es plötzlich taghell.

Da sah Edward den riesigen Schatten, der über das Lager hinwegzog. Auch McGregor sah nach oben. Die Ironside! Endlich! Jetzt würde alles gut werden. Es musste! Er hatte sie mit dem Knallfunksender des Captains zu Hilfe gerufen und endlich war sie gekommen.

»Dieser Teufelsjunge!«, lachte McGregor los. Er drehte sich zu Edward um reckte den Zeigefinger in seine Richtung. »Das warst doch du!« Laut ratterten die Bordgeschütze des Flugschiffes. Sie deckten die Stellungen der Totenkopf-Kompanie mit Geschossen ein.

»Haha, unser wunderschönes Flaggschiff!« McGregor richtete sich hinter der Barrikade auf und schoss das Magazin seiner Waffe leer. »Los, los, feuert!«, forderte er die überlebenden Rebellen an, und lud selbst nach. Für einen offenen Kampf mit den Soldaten der Totenkopf-Kompanie waren sie mittlerweile zu wenige, aber mit Unterstützung der Ironside gelang es womöglich, die Gegner zu vertreiben.

»Auf sie! Stürmt ihre Linien!«, trieb der Captain seine Kämpfer an. Die Ankunft des Flugschiffes schien die Soldaten vollkommen verunsichert zu haben. Befehle zum Rückzug erklangen, und Edward war sich sicher, über den Lärm die Stimme von Major Wjatka zu erkennen. Der Mann muss es hassen, zu sehen, wie sein Plan scheitert, dachte er mit Genugtuung, während McGregor mit allen Kämpfern vorwärtsstürmte. Doch als schließlich der letzte Schuss der Gegner verhallte, wagte sich auch Edward aus seiner Deckung.

Die Rebellen hatten gesiegt und Zeit gewonnen, um ihre Position zu festigen. Major Wjatka war für den Moment geschlagen. Aber aufgeben würde dieser Mann ganz sicher nicht. Daran hegte Edward keine Zweifel. Sobald Verstärkung für die Totenkopf-Kompanie eingetroffen war, brach der Angriff von Neuem über sie herein. Bis dahin mussten die Rebellen bereit sein. McGregor ordnete an, die restlichen Gefangenen zu befreien und zu bewaffnen. Die Verwundeten ließ er versorgen und aus dem Lager schaffen. Sie würden später mit dem Luftschiff in Sicherheit gebracht werden. Auch Edward gönnte sich keine ruhige Minute und half mit, wo er gebraucht wurde. Doch bei alledem hielt er vergeblich nach Florance, seiner Schwester und Mrs Leboir Ausschau. Wo steckten die drei bloß? Hatten sie es rechtzeitig herausgeschafft?

Über dem Lager und hoch über seinem Kopf zog die Ironside Kreise. Der Pilot sah bestimmt genau, was im Lager vor sich ging. Ob er auch seine Schwester entdecken würde? Das Feuer am Ostwachtturm war fast vollständig heruntergebrannt und mischte sein Licht mit der bald aufgehenden Sonne. Der Rand des Lagers hüllte sich immer noch in Dunkelheit. Sobald es hell genug war, würde sich Edward auf die Suche machen.

40

Eine alte Taktik

Im verlassenen Schreibzimmer des Lagerkommandanten hatten Edward und McGregor eine Karte gefunden, auf der das Gefangenenlager mit sämtlichen Zufahrten, Gebäuden und dem Grundriss des Holyrood Palace abgebildet waren. Damit waren eine Verteidigung und sogar ein Angriff auf den Palast planbar geworden. Das Lager, zumindest die östliche und die südliche Hälfte, stand mittlerweile unter der Kontrolle der Rebellen. Alle kampffähigen Frauen und Männer waren geblieben und hatten sich neu bewaffnet. Dennoch hatte McGregor nicht gewagt, seine Leute unnötig weit zu verteilen. Die Totenkopf-Kompanie steckte irgendwo und plante vermutlich längst, erneut über die Rebellen herzufallen. Besser also, wenn die Truppe des Captains nah beieinanderblieb. Abgesehen davon galt es nicht, das Lager zu erobern und zu verteidigen. Der Palast war das Ziel der Royalisten. Dort hielt man König George IV gefangen und ihn wollten sie befreien.

Der Kampf gegen die Totenkopf-Kompanie hatte Edward zutiefst bestürzt. Vor seinen Augen waren Menschen getötet worden. Rebellen, ja, aber es waren Menschen gewesen. Frauen und Männer, die für ihre Freiheit gekämpft hatten, die Familien und Träume gehabt hatten. Die wie alle Britannier bloß in Frieden hatten leben wollen. Und die von den Soldaten ohne Gnade niedergeschossen worden waren. Schon allein deswegen hatte er nicht gehen können. Von Victoria und Mrs Leboir hatten sie trotz intensiver Suche keine einzige Spur gefunden. Und auch Florance schien wie vom Erdboden verschluckt. Die drei waren ein weiterer Grund, warum Edward geblieben war, anstatt sich mit der Ironside in Sicherheit zu bringen.

Er sorgte sich um seine Schwester, und genauso sehr um Florance. Das schlechte Gewissen plagte ihn. Hätte er die beiden am Zaun nicht im Stich gelassen, wären sie womöglich nicht verschwunden. Obwohl seine Idee, die Ironside zu alarmieren und auf der Nordseite eine der Dampfdroschken explodieren zu lassen, mit denen vor dem Kampf die Verstärkung der Soldaten aus dem Holyrood Palace eingetroffen waren, den Rebellen den Sieg geschenkt hatte.

»Wir müssen die beiden finden, Captain McGregor. Und Mrs Leboir auch. Ich fürchte, sie sind in der Gewalt der Totenkopf-Kompanie und diesem Major Wjatka.«

Der Captain schnaufte schwer und stützte sich mit beiden Händen auf der Karte ab. »Glaube mir, Edward. Nichts würde ich im Augenblick lieber tun. Aber solange wir nicht wissen, wo sie stecken, ist es zu gefährlich.«

Mit dieser Antwort gab sich Edward nicht zufrieden. »Aber wir müssen etwas tun. Ich bin für meine Schwester verantwortlich. Und für Florance. Mein Vater wird es mir nie verzeihen, wenn ihnen etwas zustößt.«

»Es muss warten. Wir suchen sie, sobald es die Situation ermöglicht«, antwortete der Captain entschieden. »Ein Lager dieser Größe zu durchkämmen und gleichzeitig zu verteidigen ist nicht durchführbar. Ein Wunder hatten wir am heutigen Tag bereits. Ich weiß nicht, ob uns noch ein weiteres vergönnt ist.«

»Und wenn ich allein …«, versuchte es Edward erneut, doch McGregor unterbrach ihn.

»Nein. Dass ich dich nicht längst mit den anderen fortgeschickt habe, ist bereits ein sehr großes Zugeständnis. Du hast großartigen Einfallsreichtum gezeigt und uns alle gerettet. Aber die Westseite des Lagers ist in der Hand des Feindes. Dort kann ich dich nicht allein hinschicken.«

»Das ist meine Entscheidung«, protestierte Edward.

McGregor hieb mit der Faust auf den Kartentisch, dass es rumste. »In meinem Kampf wirst du nicht dein Leben riskieren, verstanden? Du hast genug getan.« Er schwieg und rieb sich mit den Händen über das Gesicht. Dann sah er Edward mit geröteten Augen an. »Verzeih. Ich … die letzten Tage waren hart. So viele gute Leute sind gestorben. Und ich muss weitere von ihnen bei dem Versuch, den König aus seinem Kerker zu holen, in den Tod schicken …

Zuallererst muss ich die Abwehrgeschütze auf den Mauern zerstören. Das hat Priorität.«

Edward verstand, dass er zum augenblicklichen Zeitpunkt keine Hilfe bekommen würde. Der Palast musste fallen. Doch wenn der Captain mit seinem Angriff scheiterte, würde niemand mehr nach ihnen suchen. »Versprechen Sie mir, dass wir sie finden werden, sobald der …« Edward zögerte, als ihm wieder einfiel, dass er noch vor einem Tag dagegen gewesen war, den Rebellen zu helfen. Nun plante er mit ihrem Anführer einen Angriff auf eine Basis der französischen Truppen. »… der König frei ist?«

McGregor nickte entschieden. »Du hast mein Ehrenwort als Kommandant der Rebellion. Und das eines Mannes, der selbst einmal eine Familie hatte.«

»Das ist wohl etwas wert, denke ich.« Edward sah den Captain ernst an. »Warum haben Sie nicht geschossen, als Ruterfas Sie umbringen wollte, Captain?« Die Frage gärte schon eine ganze Weile in ihm und er musste eine Antwort haben.

McGregor schnaufte verdrossen. »Wenn ich eines in den letzten Jahren der Entbehrung und des Kampfes verstanden habe, Junge, dann, dass Rache nie ein guter Wegweiser ist. Rache zerstört deine Seele. Glaube mir, ich weiß, wovon ich spreche.«

Edward dachte nach und ließ die Worte wirken. Er kannte das Gefühl nur zu gut. Besonders, wenn er an den Geheimdienstdirektor dachte, der seinen Vater verhaftet hatte. Unwillkürlich ballte er seine Hände zu Fäusten.

»Ruhig Blut, Lord Edward«, bat ihn McGregor ernst.

Edward holte tief Luft und öffnete seine Hände. Dann tippte er mit dem Zeigefinger auf die Umrisse des Holyrood Palace. »Diese Abwehrgeschütze, warum kümmert sich die Ironside nicht darum?«

»Daran hatte ich bereits gedacht. Aber was dort auf der Mauerkrone steht, ist der Bewaffnung meines Luftschiffes mindestens fünfzehn Jahre voraus. Größere Reichweite, größere Durchschlagskraft. Die holen meine Ironside vom Himmel, bevor sie auch nur einen Treffer landet.« McGregor knetete sich nachdenklich das Kinn. »Wir müssten den Angriff verschleiern, damit sie uns nicht kommen sehen.«

Da fiel Edward etwas ein, das Florance im Haus des Verräters Ruterfas berichtet hatte. Zusammen mit McGregor war sie vor der Totenkopf-Kompanie aus dem Versteck der Rebellen geflohen, indem sie … »Das ist es! Verschleiern. Captain, die Nebelbombe!«

Irritiert sah McGregor ihn an. »Was denn für eine Nebelbombe?«

»Na, im Berg«, sagte Edward voller Aufregung. »In Ihrem Versteck. Das in den Highlands. Florance erzählte davon, wie Sie für Ihre Flucht den Berg in eine riesige Wolke gehüllt haben. Wenn die Geschütze auf der Mauer ihr Ziel nicht sehen, dann …«

»Dann können Sie es auch nicht gezielt beschießen«, ergänzte der Captain begeistert, um gleich darauf wieder ernst zu werden. »Das gibt uns die Chance, nahe genug heranzukommen und Tor und Geschütze zu sprengen. Beim Bergversteck habe ich Unmengen Gesteinsmehl verwendet. Das ist beim Ausbau der Kavernen nebenher entstanden. Haben wir hier nicht. Aber … was, wenn es dichter Qualm ist? Schwarzer, dichter Qualm?«, zwinkerte der Captain Edward zu.

Der legte kritisch den Kopf zur Seite. »Und wie wollen Sie den erzeugen?«

Mit einem verschwörerischen Blick sah der Captain ihn an. »Mir spukt dafür schon eine Idee im Kopf herum. Eine alte Taktik aus den Seekriegen. Was wir bräuchten, wären ein paar Dampfdroschken. Du weißt nicht zufällig, wo wir welche finden?«

In aller Ruhe stützte sich Edward auf dem Tisch ab und klopfte mit einem Finger auf eine Stelle auf der Karte. »Jede Menge sogar. Dampfdroschken und Transporter. Die warten komplett unbewacht an der Nordseite. Ich habe sie gesehen, kurz nachdem Sie sich ins Lager geschlichen haben.«

»Genau das habe ich gehofft«, sagte Captain McGregor zufrieden. »Dann zeig mir die Schätzchen einmal.« Er hob den Arm und wies auf die Ausgangstür.

Edward nahm die Aufforderung an, ging am Captain vorbei und öffnete die Tür. Vor Überraschung verharrte er in der Bewegung.

»Florance?« Ohne nachzudenken, schloss er sie in die Arme.

41

Nichts mehr zu sehen

»Bekommt ihr zwei das wirklich hin?«, fragte McGregor und musterte kritisch die vier Truppentransporter, die am Zaun des Gefangenenlagers geparkt standen.

Protestierend hob Edward die Hände. »Hey, ich kenne mich mit Dampfdroschken aus.«

»Ja, ganz besonders damit, wie man sie zu Schrott fährt«, grinste Florance breit. »Aber keine Sorge, Captain McGregor. Ich werde ihn im Auge behalten, damit er keinen Unsinn anstellt. Versprochen.«

»Ich verlasse mich auf euch. Gebt Bescheid, wenn ihr so weit seid. Und beeilt euch, wir haben nicht ewig Zeit.« McGregor drehte sich um und ging davon. Edward sah ihm hinterher. Jede weitere Stunde entschied vielleicht über das Schicksal seiner Schwester Victoria und das von Mrs Leboir. Beide waren verletzt und in der Gewalt der Totenkopf-Kompanie, das wusste er nun. Dafür gab sich Florance die Schuld. Dass sie plötzlich vor der Tür des Lagerkommandanten aufgetaucht war, hatte ihn genauso sehr überrascht wie den Captain. In kurzen Worten hatte sie den beiden berichtet, was auf der Westseite passiert war und dass sie sich bis zum Ende des Kampfes dort versteckt hatte. Für weitere Erklärungen war keine Zeit geblieben. Der Angriff auf den Holyrood Palace musste so schnell wie möglich begonnen werden. Aber wohin hatten die Soldaten Victoria und Mrs Leboir hingeschafft? In ein anderes Lager? In ein Gefängnis? Im Kopf ging er die verschiedenen Möglichkeiten durch, was ihm von Florance einen Ellbogenstoß in die Seite einbrachte.

»Was ist denn jetzt? Willst du da weiter herumstehen oder fangen wir an?«

Edward seufzte. »Wir fangen an. Was soll ich machen?«

»Zeige ich dir.« Florance ging neben der ersten Droschke in die Hocke. »Wenn die Fahrzeuge wie gewollt stur geradeaus fahren sollen, müssen wir die Lenkung fixieren und den Antrieb so einstellen, dass er ohne Fahrer weiterläuft.« Sie patschte auffordernd gegen die Seite der Droschke. »Das geht nur von unten drunter.«

»Ich soll also …?«

»Ganz genau«, zwinkerte ihm Florance zu. »Dann siehst du gleich auch die Stellen, die du bei deinen Querfeldein-Fahrten beschädigst. Es gewinnen also beide. Du und die Droschken.«

»Haha«, schnaufte Edward. Trotzdem folgte er der Anweisung und rutschte unter die Droschke. Sein Gesicht war nur wenige Zentimeter unter den Leitungen und Lenkstangen.

Ein Schraubschlüssel drückte plötzlich gegen sein Ohr. »Hast du nicht etwas vergessen, Edward? Nur mit den Händen wird das nichts.«

Edward angelte wortlos nach dem Werkzeug. »Und jetzt?«

»Fängst du genau an dieser Stelle dort an«, antwortete Florance und wedelte mit dem Zeigefinger vor seinem Gesicht herum, bevor sie schließlich auf die Stelle zwischen den Lenkstangen deutete. Dass sie die Situation genoss, war kaum zu überhören. Konzentriert arbeiteten sie an den vier Transportern, bis alles eingestellt war. Dann gaben sie McGregor Bescheid. Noch weit vor Mittag hatten die Rebellen die Fahrzeuge auf die Mauer des Palastes ausgerichtet und auf den Ladeflächen Lumpen und sämtliche andere Stoffe aus dem Gefangenenlager aufgehäuft. Anschließend hatte der Captain sie großzügig mit Lampen- und Schmieröl tränken lassen. In einer der Lagerschuppen am Rande des Gefangenengeländes hatte sich ausreichend der brennbaren Flüssigkeiten gefunden. Eine lange Lunte vervollständigte die Konstruktion.

Die Truppen der Totenkopf-Kompanie hatten sie bei den Vorbereitungen bisher nicht gestört. Dabei hatte es schon eine ganze Weile gedauert, ein Stück der Umzäunung für einen breiten Durchlass zu entfernen. Nach Einschätzung des Captains hatten sich mittlerweile alle Soldaten aus dem Lager hinter die Mauern des Palastes zurückgezogen. Dass bald ein Angriff auf Holyrood Palace bevorstand, war kein Geheimnis mehr.

»Das erinnert mich an die alten Zeiten, ihr beiden«, sagte McGregor sinnierend, während er die laufenden Motoren der Droschken betrachtete. »Als man noch mit Segelschiffen zur Schlacht auf den Meeren fuhr, setzte man Brander ein. Alte, kaum noch taugliche Segler voller Sprengstoff und brennbarer Materialien, die man zwischen die Schiffe des Feindes segeln ließ.«

»Das soll wirklich funktionieren?«, fragte Edward skeptisch. Alte Methoden waren ja gut und schön, aber diese stammte aus einem anderen Jahrhundert.

»Das werden wir gleich sehen. Zündet die Lunten an! Und dann ab mit ihnen!«, gab McGregor die Anweisung.

Während hinten an den Ladeflächen die ersten Flammen aufloderten, lösten vorne an den Transportern die bereitstehenden Rebellen den Bremshebel am Fahrersitz, den Edward und Florance ihnen gezeigt hatten. Das erste Fahrzeug bewegte sich vorwärts, ohne dass ein Pilot am Steuer saß. Die anderen drei folgten nur wenige Augenblicke später, jeweils mit ausreichend seitlichen Abstand zum nächsten Gefährt. Im gemächlichen Tempo rollten sie auf die Festungsmauer des Holyrood Palace zu. Dort gellten sofort Alarmsirenen auf.

Den zahlreichen Verteidigern schlossen sich zusätzliche Soldaten an. Von der Mauer erklang ein weit vernehmlicher Befehl. Kurz darauf eröffneten die Abwehrgeschütze das Feuer auf die rollenden Transporter. Projektile trafen klackernd auf die Fahrzeuge und durchsiebten sie. Alle vier kamen beinahe bis an die Mauer heran. Dann hatten die Antriebskessel zu viele Löcher bekommen. Der Druck für den Vortrieb verpuffte und sie blieben einfach stehen. Kaum gingen die Stoff- und Lumpenhaufen in Flammen auf, stieg schwarzer Qualm hoch. Eine sanfte Brise verteilte ihn. Nach und nach legte sich ein dichter Vorhang zwischen Lager und Palast. Der Beschuss von der Mauer hatte mittlerweile aufgehört. Eine seltsame Ruhe hing plötzlich über dem Gelände. Auf Edward wirkte das ziemlich beklemmend.

Der Anführer der Rebellen klopfte Edward auf die Schultern. »Das haben wir gut gemacht, Junge, wirklich. Saubere Arbeit, Florance. Damit schaffen wir es direkt vor ihre Haustür. Eine bessere Gelegenheit werden wir wohl nicht bekommen. Aber jetzt sind wir dran. Ihr bleibt hier«, ermahnte der Captain ihn. »Dieses Mal wirklich. Was jetzt folgt, ist für niemanden gesund. Kann ich mich darauf verlassen?«

»Das können Sie, Captain«, nickte Edward und auch Florance stimmte zu. Er war schließlich kein Kämpfer und ganz sicher auch kein Soldat. Er wünschte nur, es gäbe eine andere Lösung als den Ansturm auf einen überlegen bewaffneten Feind.

»Also gut! Es geht los! Sprengen wir dieses vermaledeite Tor in Stücke!«, rief McGregor den kampfbereiten Rebellen zu. Diese warteten in Reihen aufgestellt hinter den Baracken. Edward betrachtete die Gesichter der Männer und Frauen. In den meisten las er Unruhe und sogar Furcht vor dem bevorstehenden Kampf. Aber ebenso eine wilde Entschlossenheit, alles für die Rebellion auf eine Karte zu setzen. Wenn das der einzige Weg war, um König George IV zu befreien, dann würden sie ihn gehen. Trotzdem war jedem Einzelnen von ihnen klar, dass der Angriff eher einem Verzweiflungsakt glich. Darüber hatte McGregor seinen Leuten reinen Wein eingeschenkt. Sie wussten, was auf dem Spiel stand. Edward wollte um nichts auf der Welt mit ihnen tauschen.

McGregor zwinkerte ihnen ein letztes Mal zu. »Sollten wir wirklich erfolgreich sein, dann lasse ich euch holen. Einverstanden? Und wenn wir uns nicht wiedersehen, vertraue ich dir die Ironside an, Edward. Aber nimm Florance mit, du wirst sie brauchen. Mit meinem Flaggschiff findest du hoffentlich deine Schwester. Und halte bitte auch nach meiner Nichte Ausschau.«

»Ich hoffe sehr, dass wir uns wiedersehen, Captain«, sagte Edward und reichte McGregor die Hand. Seine Kehle wurde schlagartig von einem bitteren Klumpen beengt. Der Anführer der Royalisten fiel womöglich im bevorstehenden Kampf. So, wie alle anderen um ihn herum. Er senkte den Blick, nur um den Captain nicht weiter ansehen zu müssen.

»Wird schon, Edward, wird schon«, sagte dieser. McGregor bestieg eine der von der Totenkopf-Kompanie erbeuteten, übrigen Droschken. Ein Teil seiner Kämpfer fand darin Platz. Der Rest würde die Wegstrecke bis zur Mauer laufen müssen. Edward hoffte, dass der Qualmvorhang lange genug bestehen blieb, bevor sie ins Kreuzfeuer gerieten. Nacheinander setzten sich die Fahrzeuge in Bewegung. Die anderen Rebellen folgten ihnen im Laufschritt. Kurz darauf hatten sie die Grenze des Gefangenenlagers hinter sich gelassen. Schnell näherten sie sich dem Qualm.

Edward wollte sie keinesfalls aus den Augen verlieren, daher sah er sich um. Da! Durch die Vorbereitungen waren ein paar Kisten übrig geblieben, die jemand neben einer der Baracken hatte liegen lassen. »Kommst du mit?«, forderte er Florance auf. Sie warf ihm einen seltsamen Blick zu, den er nicht so recht deuten konnte, nickte aber schließlich und schloss sich ihm an. Schnell stapelte er die Kisten so aufeinander, dass er sie als Kletterhilfe benutzen konnte. Von der obersten aus zog er sich schließlich auf das Dach des Gebäudes und half auch Florance hinauf. Flach legten sie sich hin und spähten über den First. Die Fahrzeuge des Captains tauchten just in diesem Moment in den dunklen Qualm der brennenden Transporter ein. Wann würden sie in Sichtweite der Verteidiger gelangen? Edward zählte die Sekunden. Jetzt erreichten auch die Kämpfer zu Fuß die dunkle Qualmwand. Dort blieben sie stehen und warteten darauf, dass der Captain das Tor der Festungsmauer für sie öffnete.

Das Abwehrfeuer begann. Laut dröhnten die Geschütze auf der Mauerkrone und Edward war sich sicher, dass von dort aus den Rebellen alles entgegengeworfen wurde. Es war unfassbar laut. Zwei Libellenjäger stiegen auf und bedrängten die Fahrzeuge aus der Luft. Der Kessel einer Dampfdroschke zerbarst knallend. Hoffentlich war es nicht die des Captains gewesen. Wo blieb nur die erhoffte Explosion, mit der McGregor das Tor der Palastmauer sprengen wollte? Einige Kämpfer, die es nicht mehr an ihrem Platz hielt, rannten in den Qualm hinein und verschwanden so aus Edwards Sichtfeld. Geschwindigkeit und das richtige Timing. Das waren die Kernpunkte von McGregors Plan für den Angriff. Selbst dann war der Ausgang mehr als ungewiss. Das hatte der Captain sehr deutlich gemacht. Warum bloß hatten sie nicht abgewartet? Unruhig ruckte Edward auf seinem Platz hin und her. Ein Blick zur Seite bestätigte ihm, dass auch Florance angespannt war.

»Wie lange dauert es denn noch?«, flüsterte sie, aber er konnte es dennoch hören.

»Jede Sekunde. Es muss einfach.«

Eine gewaltige Explosion donnerte hinter dem Qualmvorhang. Endlich. Nur Augenblicke später riss die Druckwelle den schwarzen Dunst auseinander. Edward erhaschte einen Blick auf die Kampfzone. Über den rauchenden Trümmern eines Fahrzeugs verflüchtigte sich gerade der Rest eines orangefarbenen Feuerballs. Andere Droschken fuhren kreuz und quer, von oben blitzte Mündungsfeuer. Einzelne Kämpfer suchten Deckung oder feuerten auf die Soldaten. Das Tor in der Mauer war intakt. Edwards Finger pressten sich gegen die Dachschindeln. Warum war es nicht zerstört? Es hätte nicht mehr in seinen Angeln hängen dürfen.« Sein Blick kehrte zu dem Explosionspunkt zurück. Viel zu weit weg vom Tor. McGregor hatte es nicht nah genug herangeschafft. Wo steckte der Captain? Die Lücke im Qualm schloss sich wieder. Die wartende Rebelleneinheit lief los.

»Nein! Kommt zurück!«, versuchte Edward sie zu warnen. Doch gegen den Lärm des Kampfes kam seine Stimme nicht an. »Das Tor ist nicht offen!«

Die Rebellen liefen blind in ihr Verderben.

»Jemand muss sie warnen«, stieß Florance aus. »Ein Signal, jemand, der nicht dort reingelaufen ist, muss es ihnen sagen! Irgendwie.«

Edward sah vom Dach hinab in das Lager, obwohl er wusste, dass es sinnlos war. Alle Rebellen, die sich noch im Lager befanden, waren entweder Kinder oder vom Gefecht mit den Soldaten so schwer verwundet, dass sie sich kaum auf den Beinen halten konnten.

»Es gibt niemanden mehr«, antwortete er ihr entsetzt.

»Aber irgendetwas müssen wir doch tun!«

Florance' Worte wirkten wie Hammerschläge gegen sein Herz. Er wollte nicht kämpfen, wirklich nicht. Aber wenn er es nicht tat, war das Schicksal der Leute da unten besiegelt. Er musste zu ihnen, sie aufhalten. Bevor alles zu spät war. »Ich tue es!«, sagte er und drehte sich zu Florance um. »Bleib du hier, das wird gefährlich.«

Florance schüttelte den Kopf. »Du glaubst doch nicht etwa, dass ich auf dem Dach zurückbleibe und zugucke.«

»Doch, genau das glaube ich.« Schnell drehte er sich auf den Rücken und rutschte das Dach hinab. Seine Füße landeten auf den Kisten, dann stand er auf dem Boden. Nur drei Sekunden später landete Florance genau neben ihm. Sie klopfte ihm gegen die Brust. »Pass bloß auf dich auf.«

»So gut es geht. Wo willst du hin?«

»Ich habe da so eine Idee, die … ach, du wirst schon sehen.« Ohne eine weitere Erklärung verschwand sie zwischen den Baracken und auch Edward lief sofort ohne zu zögern los. Viel Zeit, sich über Florance' Verhalten zu wundern, blieb ihm nicht. Er eilte vorbei an der Baracke, dann durch das Loch in der Lagerumzäunung. Je näher er dem Palast kam, desto lauter wurde der Geschosslärm. Querschläger ließen das Erdreich neben ihm aufspritzen. Noch während er rannte, riss der Qualmvorhang endgültig auseinander. Die Flammen in zwei von den Transportdroschken waren erloschen, die anderen brannten nur noch spärlich.

Das, was er sah, ließ seine Füße stocken. Der Angriff war gescheitert. Die Rebellen geschlagen. Einzeln und in kleinen Gruppen wandten sie sich zur Flucht. Nur drei der losgefahrenen Fahrzeuge waren funktionstüchtig. Hinter ihnen ratterten die Geschütze und sandten allen den Tod hinterher. Eine der Droschken verging in einem Feuerball. Das Wrack wurde durch die Wucht der Explosion hoch in die Luft geschleudert. Zwischen den beiden anderen landete es mit einem Rums auf dem Fahrzeugdach. Die Insassen hatten das unmöglich überlebt.

Während die eine der Droschken an ihm vorbeirauschte, hielt die andere direkt neben ihm an. McGregor stieß die Beifahrertür auf und beugte sich vom Fahrersitz zu ihm herüber.

»Was stehst du da herum, Junge? Habe ich dir nicht gesagt, du sollst weg vom Kampf bleiben?«

»Das hatten Sie, Captain. Aber ich musste doch …«, versuchte Edward, sich zu erklären.

»Steig ein!«

Edward brauchte keine weitere Einladung. Augenblicklich sprang er in den Wagen und setzte sich. Der Captain wartete nicht einmal, bis er die Beifahrertür zugezogen hatte. Sein

Fuß presste das Gaspedal herunter. Die Droschke machte einen Satz vorwärts und raste dann weiter in Richtung Gefangenenlager. Hinter dem Begrenzungszaun stoppte McGregor. Mit geschlossenen Augen lehnte er die Stirn gegen das Lenkrad. Um sie herum trafen die geflohenen Rebellen ein. Die, die den fehlgeschlagenen Angriff überlebt hatten, und die, die verwundet worden waren.

»Aus und vorbei«, murmelte Captain McGregor. »Das war es. Wir haben verloren.«

Edward entgegnete nichts.

42

Ein verhängnisvoller Einsturz

Auf der Mauerkrone war es weniger zugig, als Victoria befürchtet hatte. Sie fror auch so elendig. Würde Alison sie nicht mit ihrem Arm um die Hüfte stützen, sie hätte sich keine einzige Minute auf den Beinen halten können. Eine Gewehrkugel hatte sie getroffen. Dort drüben, im Gefangenenlager. Das Projektil steckte immer noch in ihrer Seite. Das hatte der Feldarzt gesagt, der sie notdürftig verbunden hatte. Wie sie in den inneren Bereich der Palastmauern gelangt war, das wusste Victoria nicht. Jede Erinnerung daran war ausgelöscht und mit einer schwarzen, undurchdringlichen Wand ersetzt worden. Aber Alison war die ganze Zeit an ihrer Seite geblieben. Auch jetzt, wo man sie nach hier oben gezwungen hatte. Die Mamsell trug eine Bandage am Kopf. Der Stoff verdeckte einen Teil ihrer Stirn. Blut hatte ihn rot gefärbt.

Kaum verstummten die Geschütze und das Gewehrfeuer, trat ein Soldat der Totenkopf-Kompanie auf sie zu und salutierte vor seiner Exzellenz, dem Geheimdienstdirektor Jerome Cœurdur. »Der Angriff wurde erfolgreich zurückgeschlagen. Die Rebellen ziehen sich zurück.«

»Vielen Dank. Ist Major Wjatka bereits informiert?«

»Das ist er, Exzellenz. Der Major schickte mich zu Ihnen.«

»Sehr gut. Dann wird er gleich die Verfolgung veranlassen. Sie dürfen wegtreten, Soldat.«

Cœurdur, der in den vergangenen Minuten aus ihrer geschützten Position des Mauerturms mehr auf das Gefecht als auf seine beiden Gefangenen geachtet hatte, wandte sich wieder ihnen zu. Wenn Victoria sich bloß nicht so schwach fühlen würde, dann hätte sie dem Mann das selbstgefällige Lächeln jetzt und hier aus dem Gesicht geohrfeigt. Egal, wie viele Soldaten im Augenblick um sie herumstanden.

»Ein herrlicher Anblick, nicht wahr?« Cœurdur deutete mit der linken, offenen Hand jenseits der Mauerkrone. »Lady Victoria, Mrs Leboir, Ihre Gesellschaft bei diesem Ereignis bereitet mir allergrößtes Vergnügen.«

Victoria presste die Kiefer fest aufeinander. Wut und eine unüberlegte Bewegung schickten einen Schmerz durch ihren Körper, dem sie zu einer anderen Zeit mit Schluchzen und Zusammenbrechen nachgegeben hätte. Doch dem Geheimdienstdirektor gönnte sie das keineswegs. »Ein sehr einseitiges Erlebnis.«

»Aber, aber, Lady Victoria.« Cœurdur gab einen tadelnden Laut von sich. »Spüre ich da etwa Feindseligkeit? Ich tue lediglich meine Pflicht, mit aller gebotener Sorgfältigkeit. Ich beschütze das Kaiserreich vor Aufständischen.«

Victoria merkte, wie sich der Griff Alisons um ihre Hüfte verstärkte. Zischend sog sie Atemluft durch ihre Zähne ein.

»Sie richteten ein Massaker an, Exzellenz.« Die Stimme der Mamsell zitterte. »In wohlüberlegter Absicht. Sie wussten doch, dass der Angriff vergeblich sein würde. Zu wenig Kämpfer, zu wenige Waffen.«

Cœurdurs Hände wanderten zum Mantelaufschlag und hielten ihn fest. »Nun, wir sind uns doch sicherlich einig, dass ich den Angriff auf den Holyrood Palace keineswegs zu verantworten habe. Das war die Entscheidung Captain McGregors. Als Verteidiger des Kaiserreichs obliegt es mir, jeden Anschlag auf den französischen Frieden zu ahnden. Nichts anderes tat ich.«

»Der Angriff war eine Verzweiflungstat«, fauchte Alison. Wieder zuckte ihre Hand und Victoria war überzeugt, dass nur die Sorge um sie die Mamsell davon abhielt, auf den Geheimdienstdirektor loszugehen.

Cœurdur hob gelassen die Schultern an. »Und dennoch war es ein Angriff. Wie auch immer, die Totenkopf-Kompanie wird mit den verbliebenen Rebellen wenig Aufhebens machen. Eine schnöde Aufgabe, die keine Eleganz erfordert. Allerdings gibt mir das die Zeit, mich wichtigeren Aufgaben zu widmen.« Er nickte mit dem Kinn auf die Öffnung im Mauerturm. Dort führte eine Treppe nach unten, über die Cœurdur sie auch hinaufgebracht hatte. Er zog seine Pistolet und richtete die Mündung auf Victoria. »Wenn die Ladys dann so freundlich wären und vorangehen würden? Ich brauche Sie beide jetzt an einem anderen Ort. Sie sind doch damit einversta-«

Unter Victorias Füßen bebte jäh die Mauerkrone. Es hatte mit einem leichten Zittern angefangen, war aber immer intensiver geworden. Hinter Cœurdurs Rücken bekam ein Stück des Mauerwehrs deutlich Risse. Es knirschte unüberhörbar. Dann platzte der Stein ab und ein kopfgroßer Brocken rutschte in die Tiefe. Doch damit war es längst nicht vorbei. Ein kräftiger Ruck, der sich wie eine Welle durch die ganze Breite der Mauer fortpflanzte, ließ Victoria und Alison wanken. Sie stolperten rückwärts, bis die Wand des Turms gegen ihren Rücken drückte. Ein zweiter Stoß warf den Geheimdienstdirektor vorwärts und presste den Mann an sie. Der plötzliche Schmerz legte einen flüchtigen Schleier aus Unschärfe auf Victorias Augen.

Kaum sah sie wieder klar, erkannte sie, dass am gegenüberliegenden Turm die Mauer verschwunden war. Für kurze Zeit blieb die Abbruchkante dort, wie sie war. Dann bewegte sie sich rasend schnell auf Victoria, Alison und den Geheimdienstdirektor zu. Abwehrgeschütze stürzten in den wachsenden Abgrund, schreiende Soldaten folgten ihnen. Auf einmal war das Gesicht Cœurdurs nah an ihrem. Er drückte die Mündung seiner Waffe unsanft gegen Victorias Schläfe.

»Bewegung«, zischte er. »Auf der Stelle.«

43

Durchgegraben

Florance hatte befürchtet, dass ihre Reparatur nicht ewig überdauern würde. Einer fortwährenden Belastung hielt die beschädigte Leitung einfach nicht stand. Dass sie überhaupt so weit gekommen war, glich mehr einem Zauberkunststück als allem anderen. Sie hatte eben improvisiert. Mittlerweile gab der Antrieb der Tyflopontikas seltsame Laute von sich und setzte immer wieder aus. Nachdem sie zunächst einen vorsichtigen Anstieg versucht hatte, zog sie jetzt beide Hebel für die vertikale Steuerung vollständig zu sich heran. Aufwärts, egal, wo sie sich herausgrub. Zurückhaltung konnte sie sich nicht mehr leisten. Bange Sekunden hoffte sie, dass die Maschine durchhielt. Alles, nur nicht tief unter der Oberfläche einfach stecken und begraben bleiben.

Endlich durchbrach die Spitze der Tyflopontikas knirschend das Erdreich. Tageslicht schien durch das vordere Fenster in die Steuerkanzel. Florance blieb an der Steuerung, bis sich das Gefährt vollständig aus dem Boden herausgegraben hatte und eine waagerechte Position einnahm. Gleichzeitig stotterte sich der Antrieb zum völligen Stillstand. Florance bezweifelte, dass sie ihn ein weiteres Mal zum Laufen bekam. Mist. Damit ist der Rückweg ins Gefangenenlager nicht mehr zu schaffen.

Mit zittrigen Fingern löste sie die Sicherheitsgurte um ihren Oberkörper. Beherzt entriegelte sie die Ausstiegsluke und lauschte, bevor sie sich in der Öffnung zeigte. Gesteinsbrocken rumpelten den Schuttberg hinab, aber das Gefechtsfeuer schien einen Moment Pause zu machen. Daher stieg sie schnell aus und duckte sich gegen den Schutt. Florance hatte längst verstanden, warum so viele Mechaniker vor ihr daran gescheitert waren, die Tyflopontikas einsatzfähig zu machen. Obwohl diese über die Pläne und ausreichend Zeit verfügt hatten. Ohne Monsieur Pignons tägliche, strenge Anforderung, jedes Problem vom Anfang bis zum Ende durchzudenken, wäre es Florance vermutlich nie aufgefallen. Diese unscheinbare Leitung zwischen dem Antrieb der Bohrspitze und der Druckanlage. Die auf den ersten Blick so überaus richtig ausgesehen hatte, dass sie sie fast nicht überprüft hätte. Die dennoch nicht das getan hatte, wofür sie vorgesehen war. Aber die Stimme ihres Mentors in ihrem Kopf und ihr Bauchgefühl hatten den Ausschlag gegeben, um noch einmal genauer hinzusehen. Trotzdem schob sie ihren Erfolg auf eine gehörige Portion Glück. Mit den richtigen Ersatzteilen wäre ihr dieses Fiasko eines geschrotteten Antriebs und einer liegen gebliebenen Maschine jedenfalls erspart geblieben. Der Rückweg, wie sie es eigentlich vorgehabt hatte, blieb damit ausgeschlossen.

Direkt vor Florance erhob sich ein Hügel aus Schotter und gemauerten Bruchstücken. Staub waberte durch die Luft. Sie drehte sich um ihre eigene Achse und betrachtete das, was einmal die vordere Verteidigungsmauer des Holyrood Palace gewesen war. Das Tor lag aus den Angeln gerissen und verbogen zwischen den Steinen. Dazwischen ragten Geschützteile heraus, aber auch Stofffetzen in den Farben der Totenkopf-Kompanie-Uniform.

Sie sog scharf den Atem ein und schob mit den Fingern

eine Haarsträhne aus ihrem Gesicht. Ihr Plan hatte funktioniert, ja, das schon. Allerdings viel effektiver als vorgehabt. Einen Durchlass für die Rebellen hatte sie einreißen wollen. Stattdessen war die Mauer vollständig zerstört worden. Damit lagen jedoch auch unzählige Soldaten unter dem Schutt begraben. Das hatte sie zu verantworten. Die Wucht der Erkenntnis lastete plötzlich schwer auf ihren Schultern. Wegen ihr war noch nie ein Mensch gestorben. Das brandmarkte sie nicht nur zu einer Verräterin am Kaiserreich, sondern zusätzlich zu einer Mörderin.

»Das wollte ich nicht«, murmelte sie wie versteinert. »Das nicht.«

Sie versuchte sich zu konzentrieren. Das wichtigste Ziel Captain McGregors war es gewesen, König George IV zu befreien. Gegen einen unüberwindbaren Gegner, der über eine große Armee, Panzer, Geschütze, vielleicht sogar eine ganze Luftschiffflotte verfügte. Der Anführer der Rebellen besaß nichts von alledem. Ihm hatte sie helfen wollen, dass Unmögliche zu versuchen; mit der Tyflopontikas, die dafür konstruiert worden war, Tunnel zu bohren – und damit wie in ihrem Fall Mauern zum Einsturz zu bringen. Sie hoffte bloß, dass McGregor rechtzeitig mitbekam, was passiert war.

Während sich der Staub langsam um Florance verflüchtigte, heulten plötzlich Alarmsirenen auf. Der Lärm riss sie aus ihren Gedanken. Sofort erkannte sie, dass sie auf der falschen Seite der Schuttberge stand. Innerhalb der Mauern, nicht außerhalb. Rufe und Befehle dirigierten Soldaten zu der Tyflopontikas. Florance musste verschwinden. Es war nur eine Frage der Zeit, bis man sie ebenfalls entdeckte, wenn sie blieb, wo sie war.

Eilig folgte sie dem lang gezogenen Hügel aus Schutt. Sie suchte eine Stelle, an der sie herüberklettern konnte. Keine sah vertrauenerweckend genug aus. Schließlich stieß sie auf einen Turm. Dessen Außenwand war ebenfalls eingebrochen und offenbarte einen Gang, der hoffentlich zu einem anderen Tor nach draußen führte. Florance überlegte nicht lange. Das war ihre einzige Chance. Auf allen vieren stieg sie über den Abbruch und folgte dann dem Weg mit schnellen Schritten.

44
Kampf um den Palast

Erbittert kämpften die Rebellen unter der Führung des Captains um jeden Meter Boden. Der unerwartete Zusammenbruch der Mauer hatte ihrem Mut neues Feuer verliehen und McGregor eine zweite Offensive ermöglicht. Während sie aus der Deckung der Schuttberge heraus auf den Gegner feuerten, prasselten die Projektile wie horizontaler Hagel auf sie herab. Der Vormarsch war vorerst gestoppt. Edward hatte sich neben dem Captain mit dem Rücken an einen Hügel gelehnt und behielt den Kopf unten. Trotz des Protestes seitens McGregors hatte er es sich nicht nehmen lassen, beim zweiten Sturm der Mauer dabei zu sein. Die Zeit des Versteckens war vorbei, das hatte er endlich begriffen. Wenn er seinen Vater retten wollte, musste er mehr tun. Irgendwer hatte ihm eine Carabine in die Hand gedrückt und ihm rasch erklärt, wie er mit dem Gewehr umging. Damit er sich im Notfall verteidigen könne. Kämpfen und Soldaten erschießen, das war für Edward trotzdem unvorstellbar.

Die Totenkopf-Kompanie hatte sowohl auf den übrig gebliebenen Mauern als auch auf der Fläche vor dem Palast Stellung bezogen. Jeder, der unüberlegt vorwärtsstürmte, rannte zweifellos in einen tödlichen Hexenkessel. Was sie jetzt brauchten, war eine neue Strategie. Ob sich der Anführer der Rebellen eine überlegt hatte, hatte er Edward nicht verraten. Der Captain reckte sich für einen raschen Moment über die Spitze des Schutthügels und spähte in Richtung Palast.

»Sie sind weniger, als ich befürchtete«, rief McGregor ihm mit gebleckten Zähnen zu, als er sich wieder geduckt hatte. »Vielleicht hatten sie der Südmauer fast alle ihre Verteidiger zugeteilt. Die Zerstörung hat ihnen unerwartet Verluste beschert. Anders kann ich es mir nicht erklären.«

Edward hob fragend die Schultern. Die gelassene Ruhe des Rebellen-Anführers machte ihn stutzig. »Ich dachte, Sie wollen den König befreien, Captain.«

»Das ist immer noch der Plan«, bestätigte McGregor. »Ohne deine Freundin Florance und ohne dich wären wir nicht einmal bis hierher gelangt. Das haben wir allein euch zu verdanken.«

»Sie ist nicht, also, ähm, meine Freundin«, protestierte Edward schwach.

McGregor zwinkerte ihm mehrdeutig zu. »Natürlich, Junge.«

Die Anspielung ärgerte Edward. Und dass der Captain recht hatte, genauso. Er mochte Florance. Sie war klug, hübsch und besaß ein großartiges Talent für die Dampfmechanik, aber … Er wischte den Gedanken zur Seite und kehrte zu dem zurück, was er eigentlich hatte sagen wollen. »Trotzdem, so wie es aussieht, stecken wir erst einmal fest. Wie wollen Sie an den Soldaten vorbei?«

»Geduld. Gleich schon kommt unsere Fahrkarte. Wir müssen zum Seiteneingang des Palastes. Dafür muss der Weg frei sein. Halte dich also bereit.«

»Sie nehmen mich mit?«, fragte Edward erstaunt.

Der Captain warf ihm einen wissenden Blick zu. »Bringt es etwas, dir das zu verbieten? Du bist doch auch bis hierher mitgekommen.«

Edward sagte nichts. Die Antwort war beiden sowieso klar.

Schmunzelnd verzog McGregor die Mundwinkel. »Siehst du.« Gleich neben ihnen rückte geduckt eine kleine Gruppe Rebellen an. Mit grimmigen Gesichtern hielten die Frauen und Männer ausgebeulte Taschen fest. Der Captain reckte drei Finger in die Luft. Ein Kommando stand bevor. Aber wofür? Edward erhielt die Antwort nur einen Augenblick später. Für einen Moment verringerte sich der gegnerische Beschuss, da klappte McGregor einen Finger nach dem anderen wieder ein. Zwei der Männer lehnten sich wie Edward mit dem Rücken gegen den Schutt. Mit den Händen formten sie eine Räuberleiter, welche die übrigen Rebellen nutzten, um über den Kamm des Hindernisses zu springen. Edward spürte das Verlangen, ihnen hinterherzusehen.

Doch McGregor legte schwer eine Hand auf seinen Arm. »Nicht. Das ist noch zu gefährlich. Meine Leute postieren sich just in dieser Sekunde hinter der Maschine, die Florance freundlicherweise für uns dort abgestellt hat. Wir werden ihnen gleich folgen.«

Florance. Sie hielt sich irgendwo hinter dem Schuttwall auf, falls sie nicht entkommen war. Womöglich steckte sie in ernsten Schwierigkeiten oder floh vor der Totenkopf-Kompanie. Inständig hoffte er, dass sie nicht mitten im Kugelhagel hockte. Dass sie nicht verletzt war. Der Einsturz der Mauer war eine ziemliche Überraschung gewesen. Wenn der Captain und er nicht zufällig die Spitze der Erdbohrermaschine entdeckt hätten, die McGregor Tyflopontikas genannt hatte, würden sie bestimmt jetzt noch rätseln, was den Zusammenbruch verursacht hatte. Aber so war es klar, dass Florance dafür verantwortlich gewesen sein musste. Eine wirklich wahnwitzige Aktion, die nur von ihr hatte stammen können. Dieses Teufelsmädchen. Edward musste ihr helfen, auch wenn das bedeutete, den Captain bei seinem Sturm auf den Palast zu begleiten.

»Was genau passiert jetzt?«, fragte Edward.

»Das hörst du gleich.«

Nach seinem Gefühl vergingen zu viele Minuten, ohne dass sich etwas tat. »Captain McGregor, wann …?« Explosionen unterbrachen seine Frage, bevor er sie zu Ende brachte. Das war das Krachen von Granaten gewesen.

»Schau mal dorthin«, forderte der Captain ihn auf. Mit dem Kinn nickte er in die Richtung, die er meinte. Hinter der Westmauer tauchte die Ironside am Himmel auf. Sie musste einen Bogen um den Holyrood Palace geflogen sein. Die wendigen Libellenjäger wandten sich sofort dem größeren Gegner zu und nahmen ihn unter Beschuss.

»Granaten treiben sie nach Norden, eine weitere Gefahr im Westen. Das sollte genügen, um die Aufmerksamkeit der Totenkopf-Kompanie weg von der Stelle zu lenken, zu der wir wollen. Dazu kommt nun der dritte Teil.« Der Captain ruderte nach beiden Seiten des Schuttwalles mit der Faust in der Luft. »Angriff!«, befahl er laut.

Überall brandeten Rufe auf. Die Rebellen kletterten über ihre Deckung hinweg und starteten brüllend einen Ansturm auf den Palasthof.

McGregor erhob sich ebenfalls. »Kommst du oder brauchst du eine besondere Einladung?«, forderte er Edward grinsend auf.

Gemeinsam überstiegen sie das Hindernis. Anders als die übrigen Rebellen wandten sie sich zunächst seitwärts. Von den Kämpfen hielten sie sich möglichst fern. Über der Westmauer explodierte einer der Libellenjäger. Trümmer regneten herab und das Bruchstück eines Flügels schlug dumpf keine zehn Schritt entfernt in den Grund ein. Trotzdem gelang es ihnen, unbehelligt den Südflügel des Palastes zu erreichen. Etwas, mit dem Edward fast nicht gerechnet hatte. Links tobte die Schlacht zwischen den Soldaten, den Rebellen und der Ironside, die mittlerweile ebenfalls aktiv eingriff.

»Da vorne ist ein Eingang«, wies er den Captain hin. Neben einer großzügigen Reihe von Fenstern war eine Tür in der Palastwand eingelassen.

»Genau so etwas habe ich gesucht«, bestätige McGregor. »Schnell jetzt.«

Da krachte ein Schuss. Vor den Füßen des Captains spritzte die Erde auf. Sofort blieben Edward und er stehen und richteten ihre Gewehre nach vorne.

»Nicht so hastig, Captain McGregor.« Der russische Akzent des Mannes, der in Begleitung von vier weiteren Soldaten der Totenkopf-Kompanie auf sie zuschritt, kratzte an seinen Worten.

Mit der linken Hand schob McGregor Edward in Richtung Seitentür. »Öffne die Tür und geh sofort hinein«, raunte er ihm zu. »Ich komme so schnell wie möglich nach.«

»Aber Sie schaffen das nicht ohne mich.« Edward zögerte. Wenn er McGregor allein mit seinen Gegnern ließ, war er verloren.

»Ich sagte, geh!« Die Anweisung duldete keinen Widerstand. Der Captain drückte den Rücken durch und ging den Gegnern langsam entgegen. Damit zog er die Aufmerksamkeit der Soldaten auf sich. Das rückte Edward in den Hintergrund. Unauffällig schob er einen Fuß nach dem anderen nach hinten und bewegte sich weg von den Kontrahenten.

McGregor sprach den Offizier an. »Major Wjatka. Ihnen aus dem Weg zu gehen, ist schwerer, als ich erwartet hatte. Ihre Beharrlichkeit ehrt mich, das gebe ich zu.«

Major Wjatka lachte amüsiert. »Ich sagte doch, wir werden uns noch ausführlicher unterhalten. Doch in welcher Verfassung Sie dabei sein werden, das hatte ich Ihnen gleichfalls mitgeteilt.« Der Major steckte die Pistolet in ein Holster und zog stattdessen einen Militärsäbel aus der Scheide an seiner Hüfte. »Schnappt euch den Jungen«, befahl er seinen Soldaten. Diese eilten sofort los.

Edward kreiselte herum und rannte, so schnell er konnte, zu der Seitentür des Palastes. Hastig drehte er am Knauf. Nicht verschlossen. Er riss die Tür auf und schlüpfte ins Innere. Hinter sich warf er die Tür zu und verriegelte sie. Schweratmend lehnte er sich dagegen. Jeder Hieb, der das Türblatt erschütterte, jagte tiefe Bestürzung durch seinen Körper.

45

Der Kerker eines Königs

Außerhalb der Festungsmauer hatte das dumpfe Krachen von Schüssen eingesetzt. Dazu hörte Florance entferntes Geschrei. McGregor musste die Gelegenheit erkannt und erneut angegriffen haben. Trotz des Aufruhrs im Palasthof begegnete ihr niemand im Wehrgang der Mauer. Sie hoffte sehr, dass alle Soldaten zur Verteidigung des Palastes beordert worden waren. Und dass ihr das die Zeit gab, bis sie eine Tür hinaus gefunden hatte.

Keine hundert Schritt weiter endete der bislang schnurgerade Gang unvermittelt und bog in einem Knick nach links ab. Unschlüssig blieb Florance stehen. Das war nicht die Richtung, in die sie wollte. Sie brauchte eine Tür auf der rechten, der vom Palast abgelegenen Seite. Sie warf einen Blick über ihre Schulter. Da war sie hergekommen und dort gab es keinen Ausgang. Also doch weiter. Florance holte tief Luft und ging weiter, wenn auch deutlich vorsichtiger. Denn sie wusste, je näher sie dem Palast kam, desto gefährlicher wurde es.

Der Gang öffnete sich zu einem Durchlass und unversehens stand Florance in einer ausladenden Kapelle mit Altar und Taufbecken. Anstatt für Gebete benutzt zu werden, hatte man die heilige Stätte zum Lagerraum umfunktioniert. Regale und Kisten stapelten sich auf dem Boden, jedes davon mit einer Plane abgedeckt. Ein Blick aufwärts erklärte das Rätsel: Dem Gotteshaus fehlte das Dach, so, als sei es vor langer Zeit abgebrannt und eingestürzt. Doch einen Fluchtweg suchte sie hier vergeblich. Gab es nicht hinter jedem Altar immer einen Durchgang für den Geistlichen? Entschlossen schritt sie voran und tatsächlich zeigte sich eine Tür. Natürlich befand sich diese ebenfalls auf der falschen Seite, abgewandt von der Außenmauer. Musste sie nun wirklich durch den Palast laufen, um einen Ausweg zu finden? Jeder Zoll vorwärts erhöhte das Risiko, doch noch entdeckt zu werden. Florance seufzte ergeben. Was hatte sie sich bloß bei ihrem waghalsigen Plan gedacht?

Vorsichtig öffnete sie einen schmalen Spalt und lugte hindurch. Das war tatsächlich das Innere des Palastes. Sie entdeckte Teppichboden und Gemälde von alten Herrschern an den Wänden. Dazwischen waren moderne Gaslampen angebracht, die alles erhellten, wenn das Tageslicht verschwunden war. Man hatte das Alte, Kostbare mit neuer Technik vermischt. Insgesamt wirkte die Einrichtung allein schon für den Flur überaus wertvoll. Als Gefängnis für einen König sicher angemessen, dachte Florance.

Erschrocken zuckte sie zusammen, als plötzlich ein Soldat der Totenkopf-Kompanie mit strammen Schritten auf den Kapelleneingang zuging. Nur eben so unterdrückte sie den Reflex, die Tür zuzuziehen. Stattdessen hielt sie den Atem an und wartete ab, bis der Soldat vorbei war. Dann spähte Florance ihm hinterher. Ungefähr in der Mitte des Flurs stoppte er und sprach mit zwei weiteren, die dort vor einer Tür Wache standen. Alle drei salutierten voreinander. Anschließend eilten sie zusammen den Flur herab und verschwanden. Florance blieb unentdeckt zurück.

Neugier kribbelte in ihren Fingerspitzen. Was hatten die Soldaten bewacht? Was oder … wen? Sie horchte erneut, ob sich jemand näherte, dann huschte sie über den Flur zu der

Stelle, an der die Wachen gestanden hatten. Mit einem Ohr am Türblatt klopfte sie vorsichtig. Niemand antwortete. Also schob Florance den Riegel zurück und trat ein. Der Prunk in diesem Raum überwältigte sie vollkommen. Deckenhohe Wandteppiche, auf denen altertümliche Menschen an einer Quelle oder einer Lichtung abgebildet waren. Die Stuckdecke war reich verziert und wies in ihrer Mitte eine kreisförmige Aussparung mit einem eindrucksvollen Gemälde auf. Mit Samt gepolsterte Stühle standen an der Seite, und ein Feuer im gekachelten Kamin erwärmte das Zimmer. Direkt daneben stand ein Himmelbett, dessen Wände aus einem schweren, roten Stoff bestanden. Nur die Gitter vor den Fenstern deuteten darauf hin, dass Florance sich nicht in einem normalen Schlafgemach aufhielt. Für sie gab es keinen Zweifel: Das war die Zelle König Georges IV.

»Majestät, seid Ihr hier?«, fragte sie leise, während sie tiefer in den Raum vordrang. Niemand war zu sehen. Aber wenn das Gemach leer war, warum dann Wachen davor postieren?

»Majestät«, versuchte sie es erneut. Hinter den Stoffwänden des Himmelbettes regte sich etwas. Eine der Seiten wurde aufgezogen und ein Mann schaute heraus. Florance schätzte ihn auf 50 oder 60 Jahre. Das kam ihres Wissens nach hin. Sein Haar stand wellig vom Kopf ab, wie wenn ihr Besitzer just in diesem Moment geweckt worden war.

»Was ist denn? Ich versuche zu schlafen.« Der Mann stutzte, als er Florance bemerkte, die auf halbem Wege stehen geblieben war. »Wer sind Sie, junge Lady? Und was tun Sie in meinem Gemach? Wieso haben Sie die Wachen hineingelassen? Das ist äußerst befremdlich. Mir wurde kein Besuch angekündigt.«

Unsicher vollführte Florance einen Knicks. »Mein Name ist Florance Bell, Majestät. Wie Sie vielleicht bemerkt haben, wird vor dem Palast gekämpft. Jemand plant, Sie zu ermorden. Deswegen versucht man, Sie zu befreien und in Sicherheit zu bringen.«

König George IV erhob sich und stand aus dem Himmelbett auf. Er trug ein rüschenbesetztes Schlafhemd, dazu eine weiße Stoffhose. Die Augenbrauen hatten sich über seiner Nasenwurzel zusammengezogen. »Mich ermorden? Warum um alles in der Welt sollte man das tun wollen? Man hat mir Unversehrtheit zugesagt, solange ich in Haft bin.«

Hinter Florance schlug plötzlich die Tür zu.

»In der Tat, warum sollte das bloß jemand vorhaben?«

Sofort fuhr Florance herum. Vor dem Ausgang standen Victoria und Mrs Leboir. Beide waren überaus blass und Victorias Jacke zierte ein großer Blutfleck über der Hüfte. Im Gesicht der Mamsell zeichneten sich deutliche Blutergüsse und Schwellungen ab, so, als wäre sie geschlagen worden. Dahinter, mit gezogener Waffe, stand Jerome Cœurdur, der Direktor des britisch-französischen Geheimdienstes. Seine eigene Frage beantwortete er gleich selbst: »Nun, ich vermute, das ist eben, was Rebellen so tun.« Cœurdur zuckte beiläufig mit den Schultern, dann wanderte die Mündung der Pistolet weg von Victorias Kopf hin zu König George IV. »Setzt Euch wieder hin, Majestät. Ich bitte Euch höflich. Allerdings nur das eine Mal.«

Der König gehorchte und ließ sich zurück auf das Bett sinken. »Was hat das zu bedeuten, Monsieur Cœurdur? Wieso bedrohen Sie diese Ladys mit einer Waffe? Und das hier in meinem Gemach. Eine Erklärung wäre angebracht.«

»Immer so viele Fragen, Majestät«, schüttelte Cœurdur verächtlich den Kopf. »Ich befürchte, alle davon werde ich nicht beantworten können. Meine Zeit ist knapp. Aber es wird jetzt ungefähr so ablaufen: Bei dem Angriff drangen einige der Rebellen in Euer Gemach ein und töteten Euch. Ich kam unglücklicherweise zu spät, um die Übeltäter rechtzeitig von ihrer schändlichen Tat abzuhalten. Bedauerlich, nicht wahr?«

Florance' Blick flog ungläubig zwischen dem König und Cœurdur hin und her. Dafür, dass man ihm soeben seine Ermordung angekündigt hatte, wirkte seine Majestät erstaunlich gefasst.

»Das ist Verrat, Monsieur Cœurdur. Und eine sehr durchsichtige Geschichte. Meine Ermordung wird einen Aufstand provozieren, den der Kaiser nicht hinnehmen wird.«

Der Geheimdienstdirektor dagegen gab sich überaus zufrieden und lachte amüsiert. »Er wird es nicht nur hinnehmen, sondern mich zum neuen Lordprotector von Großbritannien ernennen. Um der andauernden Bedrohung Herr zu werden, die Kaiser Napoelon seine wertvollste Geisel kostete. Soll sich das britannische Volk ruhig erheben. Mit meinen neuen, umfassenden Legitimationen werde ich dafür sorgen, dass die Rebellion endgültig zerschlagen wird. Ende gut, alles gut.«

Unwillkürlich trat Florance auf den Geheimdienstdirektor zu. Mit einem Mal war ihr klar geworden, welch teuflischer Ehrgeiz hinter Cœurdurs Plan stand. »Aber die Rebellion ist längst zerschlagen. Dafür hat die Totenkopf-Kompanie doch gesorgt. Dort draußen kämpft der klägliche Rest der Royalisten. Um Ihr schändliches Vorhaben zu vereiteln.«

Cœurdur wedelte mit seiner Waffe in Florance' Richtung und deutete ihr, sofort stehen zu bleiben. »Natürlich. Auf mein Geheiß hin. Aber davon hat der Kaiser keine Kenntnis. Und das ist auch gut so.« Der Geheimdienstdirektor beugte sich zurück zur Tür, als lausche er auf den Lärm von draußen. »Es dauert sicher nicht mehr lange, bis dieses ärgerliche Scharmützel vor dem Palast unter Kontrolle gebracht ist. Verstärkung ist bereits unterwegs. Es gibt nichts, worüber ich mir Sorgen machen müsste. Es läuft alles, wie es soll, schon die ganze Zeit.« Cœurdur legte den Kopf schief und betrachtete sie skeptisch. »Sind wir uns schon einmal begegnet? Gehörst du zu McGregor und seinen Wichtigtuern? Mir war klar, dass ihr einem solchen Köder wie der Tyflopontikas nicht widerstehen könnt. Ihr Rebellen seid so berechenbar. Wie Esel, die man mit einer saftigen Karotte lockt.« Cœurdur lachte.

Florance presste die Lippen aufeinander und antwortete nicht. Plötzlich fiel es ihr wie Schuppen von den Augen: Das war der Mann, der für alles, was in den vergangenen Tagen passiert war, die Verantwortung trug. Der als letzten Akt seiner Untaten die Ermordung des englischen Königs durchführen wollte.

Als sie das erkannte, konnte sie ihre Empörung nicht mehr zurückhalten. »Sie haben den Überfall auf Birch Manor inszeniert! Und dafür gesorgt, dass die Sicherheitsanlage ausgefallen und die Tyflopontikas ungeschützt ist. Sie wussten, dass sie nicht funktioniert. Und dennoch ließen Sie sie stehlen. Und die gefangen genommenen Rebellen nach dem Angriff auf das Bergversteck waren auch eine Falle! Um Captain McGregor zum Holyrood Palace zu locken. Das hat so vielen Menschen sinnlos das Leben gekostet. Sie Monster!«

Cœurdur belächelte ihre Anklage und sonnte sich förmlich darin. Wie überheblich dieser Mann war, der glaubte, gewonnen zu haben. Wenn Florance doch bloß ein Ausweg einfallen würde, um ihn aufzuhalten.

»Kluges Kind.« Der Geheimdienstdirektor klatschte theatralisch mit der Hand gegen die Pistolet. »Du weißt erstaunlich viel. Schon seltsam, dass du plötzlich wie aus dem Nichts auftauchst. Wie dem auch sei. Das erscheint mir jedoch zum jetzigen Zeitpunkt nicht weiter von Bedeutung. Die Damen, wenn ich Sie nun nachdrücklich bitten dürfte, sich neben unseren unerwarteten Gast zu gesellen?«

Er drückte Victoria unsanft vorwärts. Sie wimmerte auf, da der Stoß in ihrer Wunde zu schmerzen schien, und stolperte zwei Schritte nach vorn. Stumm vollführte die Mamsell die Bewegung mit, und stützte sie, damit Victoria nicht hinfiel. Wieder wallten in Florance die Schuldgefühle auf. Sie war dafür verantwortlich, dass es den beiden so schlecht ging. Florance ging ihnen entgegen und hakte Victoria von der anderen Seite unter. Gemeinsam blieben sie stehen und drehten sich in Cœurdurs Richtung.

»Majestät, da es mir so beliebt, beginne ich mit Euch.«

Mit ernster Miene schwenkte der Geheimdienstdirektor den Pistoletlauf zum König herüber. Gleichzeitig bemerkte Florance, wie sich der Türknauf hinter ihm langsam zu drehen begann. Wer immer gleich hereinkam, sie musste den Conseil du Roi unbedingt ablenken, damit er das Öffnen der Tür nicht mitbekam und sich dem Hereinkommenden der teuflische Plan des Geheimdienstdirektors offenbarte.

Sie räusperte sich übertrieben. »Sie wussten, dass der Captain versuchen würde, seine Kameraden zu befreien. Aber dass er damit wirklich Erfolg haben würde, das hat Sie überrascht. Nicht wahr, Exzellenz?«

Lässig hob Cœurdur die Schultern. »Zugegeben, ja. Die explodierenden Droschken und das Flugschiff. Beide haben dafür gesorgt, dass der Major vom eigentlichen Plan abwich und sich zurückzog. Andererseits …« Das zufriedene Lächeln kehrte auf die Züge Cœurdurs zurück. »… andererseits verlieh es meiner Geschichte einiges an zusätzlicher Glaubwürdigkeit. Die Einwohner von Edinburgh und auch die dort stationierte Gendarmerie de Britannia haben genug mitbekommen, um den feigen Angriff der Rebellen zu bestätigen. Es hat mir also geholfen. C'est la vie, wie man so schön sagt.«

Florance setzte zu einer Entgegnung an, doch Cœurdur unterbrach sie sofort. »Genug. Wofür du auch immer Zeit schinden willst, es ist ein lausiger Versuch. Schreiten wir zur Tat. Ich habe hier drei Rebellen, die den König ermorden wollen.« Er beugte den Kopf vor George IV. »Nehmt es bitte nicht persönlich, Majestät, dass ich Euch sehr gern aus dem Leben helfe.« Er hob die Pistolet an, die leise klickte und das Projektil in den Lauf lud.

So schnell, dass Florance nicht hinterherkam, huschte plötzlich eine Gestalt durch die geöffnete Tür und drückte dem Geheimdienstdirektor eine Carabine in den Rücken. Das zufriedene Lächeln in seinem Gesicht erlosch im gleichen Augenblick und wich einem Ausdruck völligen Entsetzens. Langsam und vorsichtig hob der Geheimdienstdirektor beide Hände nach oben. Hinter Cœurdur lugte ein grinsender Edward hervor. Ihm folgte ein blutverschmierter und sichtlich angeschlagener McGregor.

»Da sollen mich doch die Würmer fressen. Ich denke, die

Ermordung des Königs werden wir leider verhindern müssen, Cœurdur«, grinste der Captain schwer schnaufend. »Wir brauchen seine Majestät noch. Sehen Sie es ein: Sie haben verloren. C'est la vie, richtig?«

46
Ein Ausweg in die Freiheit

»Geht es euch gut?«, fragte Florance die beiden besorgt. Sie reichte McGregor eine zweite Kordel vom Himmelbett, mit der er dem überwältigten Geheimdienstdirektor Cœurdur die Arme fesselte.

»Ich habe in meinem Leben einige Kämpfe ausgefochten«, antwortete der Captain. »Aber das, was da draußen vor sich geht, gleicht der Verdammnis. Ich muss zurück und es beenden. Der junge Lord allerdings ist unverletzt. Hat sich großartig geschlagen.«

Florance sah Edward verlegen an, der immer noch die Carabine auf Cœurdur gerichtet hielt. »Ich war besorgt um dich. Stürzt dich einfach in einen Krieg zwischen Rebellen und kaiserlichen Soldaten.« Sie konnte ein schmales Grinsen nicht unterdrücken. Edward hatte das Richtige getan und zu ihrer Überraschung verspürte sie Stolz auf den Sohn des Earls. »Aber ich bin froh, dass du in Ordnung bist«, fügte Florance mit leiser Stimme hinzu.

Er öffnete den Mund, und Florance bekam für einen kurzen Augenblick den Eindruck, er wolle sich dafür entschuldigen. Doch da stöhnte Victoria laut auf. Sein Kopf flog herum und mit zwei Schritten stand er an der Seite seiner Schwester und stützte sie. Auf Drängen der Mamsell ließ sich Victoria auf einem der samtenen Stühle nieder.

»Mir ist schummrig vor Augen«, sagte sie. Mit einer Hand umklammerte sie die Stuhllehne, die andere legte sie vor ihr

Gesicht. »Ich brauche nur einen Moment. Bestimmt geht es gleich wieder.«

Edward kniete sich besorgt vor sie. Sein Blick flog dennoch ständig zwischen Cœurdur, seiner Schwester und Florance hin und her. Die letzten Tage hatten den Sohn des Earls verändert, stellte Florance erstaunt fest. Von dem überheblichen Lord, der am liebsten mit schnellen Droschken Rennen gegen sich selbst fuhr, schien nichts mehr übrig geblieben. Stattdessen sah sie einen mutigen, verantwortungsvollen Edward vor sich. In ihrem Bauch kribbelte es seltsam.

Edward griff nach der Hand seiner Schwester. »Du brauchst einen Arzt. Und Ruhe.«

»Später«, hauchte Victoria. »Seine Majestät muss erst in Sicherheit sein.«

Verborgen hinter dem Himmelbett zog sich König George IV etwas stattlichere Kleidung über. Bestimmt war es besser, wenn seine Majestät nicht in der Nachtwäsche vor den Palast trat. Da er dafür um Privatsphäre gebeten hatte, nutzte Florance die Gelegenheit, sich bei Victoria zu entschuldigen. »Es tut mir so leid. Das habe ich wirklich nicht gewollt. Wenn ich nur besser aufgepasst hätte, dann wäre dir nichts passiert.«

»Und wenn ich euch nicht allein gelassen hätte, hätte ich euch beschützen können«, sagte Edward. Eine spürbare Zerknirschtheit lag in seinen Worten. Allerdings hatte sein Alleingang die Gefangennahme von Captain McGregor verhindert und das fand Florance ziemlich beeindruckend.

Mühsam richtete sich Victoria auf. »Können wir das bitte auf später verschieben? Euer Wettstreit, wer mehr Schuld an allem trägt, ist jetzt wirklich nicht wichtig. Ihr wisst doch noch, weswegen wir alle hier sind?«

»Da muss ich Lady Victoria recht geben«, mischte sich die Mamsell in das Gespräch ein. »Vor dem Palast sterben immer noch Rebellen und Soldaten.«

Entschlossen streckte sich Florance, bis sie ganz gerade stand. »Wir sollten es jetzt beenden.« Sie drehte sich zu George IV um, der mittlerweile hinter dem Himmelbett hervorgetreten war. »Majestät, wollt Ihr uns helfen? Mutige Menschen kämpfen im Palasthof für Eure Freiheit und riskieren ihr Leben, weil Ihr ihre Hoffnung seid. Sie brauchen Euch jetzt.«

Der König nickte ihr zu. »Ein derart nobles Unterfangen unterstütze ich selbstverständlich. Frieden für Britannien und seine Bewohner ist meine oberste Pflicht.«

»Danke, Majestät. Captain, wie sieht es mit unserem Gefangenen aus?«

»Hübsch verschnürt ist er, Florance. Ich bin mir sicher, dass er die Totenkopf-Kompanie die Kapitulation befehlen wird. Um seiner selbst willen.«

»Einen Teufel werde ich tun«, wetterte Cœurdur los. »Und Major Wjatka wird sich niemals ergeben. Er ist Soldat mit Leib und Seele. Erst wenn der letzte Rebell tot am Boden liegt, wird er den Kampf beenden. Und mit Ihnen hat er noch eine besondere Rechnung offen, das weiß ich.«

McGregor schmunzelte grimmig und bugsierte den Geheimdienstdirektor zur Zimmertür. »Er hat es gleichwohl versucht. Ergeben hat er sich tatsächlich nicht und wird es wohl auch nicht mehr tun.«

»Was soll das bedeuten?«, fragte Cœurdur.

»Das bedeutet, dass es einen Grund gibt, warum ich hinter Ihnen stehe und nicht er. Hat mir einen harten Kampf geliefert. Er weiß, wie man einen Säbel führt. Aber ein alter Fuchs wie ich kennt wohl Tricks, die ihm nicht geläufig waren.«

»Das ist unmöglich«, stieß Cœurdur zwischen zusammengepressten Lippen hervor. »Sie werden niemals gewinnen. Nicht gegen den Kaiser und erst recht nicht gegen mich.«

»Wir werden sehen.« McGregor zwinkerte Edward zu. »Und jetzt vorwärts. Wir haben einen Krieg zu beenden.«

Den Weg aus dem Palast brachten sie unbehelligt hinter sich. Edward und Captain McGregor lotsten Florance, König George IV und die anderen zu dem Seiteneingang, durch den sie hereingekommen waren. Während seine Majestät ihnen eher verhalten und vorsichtig folgte, zeigte sich der Geheimdienstdirektor wenig kooperativ. Immer wieder erinnerte ihn der Captain nachdrücklich daran, wer nun der Gefangene war. Florance hatte erwartet, dass Edward es genoss, Cœurdur so zu sehen. Doch das wäre anscheinend der alte Lord Hellingway gewesen. Jetzt las sie in seinen Augen keinen Wunsch mehr nach Rache.

McGregor öffnete die Tür und sah sich draußen vorsichtig um. Der Kampf war zwischen Rebellen und der Totenkopf-Kompanie weiterhin im Gange, aber es zeichnete sich deutlich ab, dass die Freiheitskämpfer unterlegen waren. Zu viele Tote hatten sie zu verzeichnen.

»So, Exzellenz«, sagte McGregor und tippte Cœurdur mit dem Lauf seiner Carabine gegen die Schulter. »Ihr Auftritt. Keine Dummheiten. Wir wollen doch nicht, dass es auf die letzten Minuten noch hässlich wird. Sie gehen als Erster.«

Der Captain trat beiseite und ließ dem Geheimdienstdirektor den Vortritt. Die gefesselten Hände hoch in die Luft gereckt, schritt Cœurdur auf den Platz vor dem Holyrood Palace. Florance folgte ihm, nach McGregor und Edward, die deutlich sichtbar ihre Gewehre auf den Gefangenen richteten. Vor dem Eingang lagen vier tote Soldaten, über die sie vorsichtig hinwegstiegen. Einem, mit der Uniform eines Majors, steckte ein Militärsäbel zwischen den Rippen. Wjatka, die rechte Hand des Geheimdienstdirektors. Das war der Offizier, den Florance im Versteck der Rebellen gesehen hatte. Deshalb hatte der Captain also gewusst, dass er sich nicht mehr ergeben würde. Mit versteinertem Gesicht betrachtete der Geheimdienstdirektor die toten Soldaten. Ein Stoß mit der Carabine erinnerte ihn jedoch recht unsanft daran weiterzugehen.

»Exzellenz, sagen Sie Ihren Leuten, dass sie das Feuer einstellen sollen«, forderte McGregor vom Geheimdienstdirektor. »Sofort.«

Cœurdur schüttelte den Kopf. »Ihr Rebellen seid am Ende. Ich muss nur abwarten. Dann erledigt sich das Problem von selbst.« Er lachte gehässig.

Ein Schuss krachte und ließ Florance erschrocken zusammenzucken. Der Geheimdienstdirektor schrie auf und fasste sich an die plötzlich blutende Schulter.

»Zweiter Versuch«, sagte McGregor trocken und lud seine Carabine durch. »Oder möchten Sie eine weitere Bitte, Exzellenz?«

»Nein, nein«, stöhnte Cœurdur. »Ich mache ja schon.« Mit wenig Nachdruck rief Cœurdur gegen den Lärm des Gefechtes an. »Totenkopf-Kompanie, Feuer einstellen. Sofort aufhören, zu schießen.«

Seine Worte riefen zunächst keine Reaktion bei den Kämpfern hervor. Bestimmt waren sie bei den Soldaten nicht gehört worden, dachte Florance. McGregor stieß auffordernd mit dem Lauf in den Rücken des Geheimdienstdirektors. »Ein bisschen deutlicher, wenn Sie so freundlich wären.«

»Ich sagte, Feuer einstellen! Das ist ein Befehl!«

Nach und nach gehorchten die Soldaten und ließen die Muffler-Carabine fallen. Auch die Rebellen beendeten den Kampf schließlich. Sie scheuchten die Gegner von ihren Posten und drängten sie an die Palastmauer, wo sie niederknieten und die Hände hinter den Kopf legten.

»Wir haben gesiegt!«, rief McGregor. »König George IV ist befreit! Seine Majestät wird uns in die Unabhängigkeit führen. Nieder mit Kaiser Napoleon! Großbritannien lebe hoch!«

George IV trat aus der Tür und zeigte sich im Tageslicht. Tosender Jubel brandete rings um sie herum auf. Die Miene des Königs drückte jedoch bei Weitem nicht die Freude aus, die McGregor an den Tag legte. Stimmt ihn seine Errettung nicht glücklich?, fragte sich Florance in Gedanken. Sie sah vom König rüber zu Cœurdur, der über den Schutt aus Mauerresten hinwegblickte. Ein selbstzufriedenes Grinsen wuchs urplötzlich zwischen seinen Lippen hervor.

»Ha, Captain. Es scheint, als feiern Sie zu früh. Meine Verstärkung ist da.«

»Was?« McGregor fuhr herum. Jenseits der Verteidigungsmauer rückten unzählige Truppentransporter und Dampfeinräder an. Sogar ein paar der berüchtigten Panzer der französisch-kaiserlichen Armee glaubte Florance auszumachen. Was dort anrückte, war keine einfache Verstärkung. Das war ein vollständig ausgerüstetes Heer. Eine Übermacht, gegen die die Überlebenden nichts, aber auch gar nichts ausrichten würden. War wirklich alles umsonst gewesen? Jede Anstrengung und jedes Opfer? Unwillkürlich trat Florance zu Edward und griff nach seinem Arm. Er ließ es geschehen.

Cœurdur wedelte mit seinen gefesselten Armen. »Was tun Sie nun, Captain? Nicht mehr viel übrig von Ihrer Überheblichkeit, nicht wahr?« Der Geheimdienstdirektor lachte. »Wenn ich Ihnen einen Vorschlag unterbreiten darf: Geben Sie auf. Vielleicht lasse ich mich später dazu hinreißen, mich Ihnen gegenüber gnädiger zu zeigen. Warten Sie … Nein.«

In McGregors Gesicht arbeitete es, derweil er im Kopf die Möglichkeiten durchspielte. Anscheinend traf er eine Entscheidung und Florance hoffte sehr, dass es die richtige war.

»Halten Sie verdammt noch mal Ihren Mund«, herrschte er Cœurdur an. Der Captain schob den Geheimdienstdirektor von sich. »Alle Übrigen: Wir werden nicht aufgeben. Wir werden kämpfen. Besetzt die Posten auf der Mauer und sichert die Eingänge!«

McGregor wies auf die unterschiedlichen Stellen, an denen er seine Leute brauchte. Diese eilten sofort los. Da streifte jemand Florances' Arm und drängte sich zwischen den anderen hindurch. Überrascht erkannte sie den König. George IV hatte sich bislang im Hintergrund gehalten und war selbst bei der Ansprache des Captains stumm geblieben. Was hatte er bloß vor?

»Captain McGregor«, sprach George IV den Rebellenanführer in ruhigem Ton an. Seine Haltung drückte königliche Besonnenheit und eine Ruhe aus, die Florance nicht erwartet hatte. McGregor wandte sich ihm zu und verbeugte sich ehrfurchtsvoll. Die anrückende Armee schien für einen Moment wie vergessen.

»Majestät?«

»Ich werde verhandeln.«

»Wie meinen Sie das, Majestät? Wir sind nicht in der Position …«

»Opfern Sie bitte nicht weitere, gute Menschen in diesem sinnlosen Kampf. Nicht für mich.« George IV wies auf die nahende Armee. »Es sind zu viele.«

Da mischte sich Cœurdur ein. »Hören Sie auf Ihren König, McGregor«, höhnte er. »Er versucht, unnötigen Schaden von Ihnen allen abzuwenden.«

Der Captain ignorierte ihn. Viel zu sehr war er davon gefangen, was George IV angedeutet hatte.

»Aber … Majestät. Sie … Sie allein …« McGregor verstummte.

Es erschreckte Florance zu sehen, wie mit einem Schlag die Entschlossenheit des Captains zerfloss und sich in ein Nichts auflöste.

König George IV nickte wissend. »Ich rede mit Ihnen. Gegen diese Übermacht ist ein Kampf vergebens. Halten Sie ein.«

Die Arme McGregors sanken herab. Er entgegnete nichts. Das verstand Florance. Sie hätte an seiner Stelle sicher auch kein Wort zu sagen gewusst. Doch in ihrem Herzen spürte sie, dass der König das tat, was nötig war.

»Position halten. Keiner feuert, hört ihr?«, wies McGregor die Rebellen an.

Gemeinsam und in Schweigen gehüllt erwarteten sie die Ankunft der Truppen. Die Dampfpanzer waren die Ersten, die sich über den Schutt der zerstörten Mauer walzten. Drei von ihnen ebneten so einen Weg für die nachfolgenden Soldaten. In kurzer Zeit füllte sich der Platz vor dem Palast mit der französischen Armee. Geschützrohre und unzählige weitere Gewehrläufe wurden auf die kleine Gruppe um Florance gerichtet. Unausgesprochen lag die Drohung in der Luft. Jeglicher Wunsch nach Widerstand hatte zu erlöschen, obwohl kein Schuss abgefeuert, keine Granate gezündet wurde.

Endlich bahnte sich eine offene Droschke den Weg zu ihnen durch. Vor Florance vollführte sie einen Bogen und hielt schließlich an. Hinter dem Fahrer saß eine Frau in Uniform, die ihre mit grauen Strähnen durchzogenen Haare in einem strengen Dutt trug. Die Frisur betonte die markanten und ernsten Züge. Kaum hatte der Fahrer seinen Sitz verlassen und ihr die Tür geöffnet, stieg sie aus. Der König schritt ihr entgegen. Mit einer angedeuteten Verbeugung begrüßte die Frau ihn.

»Majestät, ich grüße Euch aufs Herzlichste. Trotz der etwas unangenehmen Situation.«

Auch George IV verbeugte sich. Eine Geste der Höflichkeit und der gegenseitigen Anerkennung. Das beeindruckte Florance.

»Sie kennen mich, aber ich bin davon überzeugt, dass mir diese Ehre bisher nicht zuteilwurde. Dürfte ich erfahren, wer vor mir steht?«, fragte George IV formell.

»Selbstverständlich, Majestät. Melisende Savoir, Bevollmächtigte des Kaisers Napoleon. Von ihm persönlich nach Großbritannien geschickt, um eine Verschwörung zu untersuchen. Sind Sie wohlauf, Majestät?«

»Das bin ich. Vielen Dank für Ihre Sorge.«

Madame Savoir gönnte sich ein schmales Lächeln, bevor sie sich Florance und den anderen zuwandte. »Dürfte ich Sie alle bitte einen Moment sprechen? Ja, auch Sie, Miss Bell.«

Obwohl Cœurdur immer noch gefesselt war, stürmte er an ihnen vorbei, um als Erster bei der französischen Gesandten anzukommen. »Madame Savoir, lassen Sie uns gemeinsam diesem Spuk ein Ende bereiten. Eine Verschwörung, ganz recht. Captain McGregor und seine Kumpane haben versucht, seine Majestät zu ermorden, und planten Gleiches mit unserem geliebten Kaiser. Die Maschine der Tyflopontikas-Klasse dort drüben sollte dazu verwendet werden, ein Attentat in Paris zu verüben. Verhaften Sie die Aufrührer!«

Gelassen ließ Madame Savoir den Geheimdienstdirektor ausreden, hob dann die geöffnete Hand nach oben, um ihn zu stoppen, ohne auf seine Worte einzugehen. Stattdessen forderte sie Florance mit einem Nicken auf näher zu treten. Cœurdur verstummte mit offenem Mund.

»Miss Bell, wären Sie so freundlich, mir von den Vorkommnissen der letzten Tage aus Ihrer Sicht zu berichten? Natürlich könnten Lady Victoria und Lord Edward mir sicherlich auch bestens Rede und Antwort stehen, aber ich möchte es von Ihnen hören. Seine Majestät der Kaiser und ich haben Sie schon eine ganze Weile im Blick.«

»Mich?«, fragte Florance erstaunt.

»Ja, Sie. Eine junge Engländerin mit Ihren Fähigkeiten, die als rechte Hand eines geachteten, französischen Meistermechanikers arbeitet, das erregt besondere Aufmerksamkeit. Selbstverständlich weiß ich über Sie und Ihren Werdegang Bescheid. Zudem sind Sie nach meiner Kenntnis mit den hier Anwesenden bestens vertraut und haben unverfälschte Eindrücke erlangt.« Madame Savoir wartete höflich ab, bis sie sich gefangen hatte. Dann begann Florance zu erzählen. Von dem Saboteur, ihrer Entführung mit der Tyflopontikas und dem Angriff auf das Versteck der Rebellen. Weder den Verräter Ruterfas ließ sie aus noch das, was Cœurdur im Gemach des Königs von seinem Plan erzählt hatte.

»Das ist eine freche Lüge!«, fuhr der Geheimdienstdirektor auf. »Sie werden diesem Gör doch wohl kein Wort glauben! Ich bin ein glühender Patriot und Verehrer des Kaisers. Zudem bin ich der Conseil du Roi. Mein Wort wiegt viel.«

Madame Savoir sah ihn kalt an. »Das waren Sie einmal, Monsieur Cœurdur.« Sie zog ein gefaltetes Papier aus ihrer Jacke, das das kaiserliche Siegel trug, und öffnete es. Den Inhalt hielt sie Cœurdur entgegen. Zufrieden stellte Florance fest, dass dem Mann sämtliche Farbe aus dem Gesicht wich.

»Per offizieller Weisung enthebe ich Sie mit sofortiger Wirkung Ihres Amtes und trete Ihre Nachfolge an, Monsieur Cœurdur«, erklärte Madame Savoir. »Ihre Befehlsgewalt erlischt umgehend. Des Weiteren verhafte ich Sie wegen Hochverrats an Frankreich und dem Kaiser. Die Rebellion zu beenden, ist eine Sache. Doch einen geschätzten Gast seiner Majestät zu ermorden, um anschließend dem Kaiser Britannien zu entreißen, nun, das ist natürlich nicht zu dulden. Das wollen Sie doch nicht leugnen? Was ich hier gesehen und von dieser bemerkenswerten jungen Dame gehört habe, bestätigt jeden Bericht über Ihre Untaten.« Madame Savoir drehte sich nach hinten und wies einen ihrer Offiziere an. »Schaffen Sie mir bitte den Verräter aus den Augen. Danke.«

Ungläubig schnappte Cœurdur nach Luft, als er abgeführt wurde. Kein Wort drang mehr aus seinem Mund und die Schimpftirade, die Florance erwartet hatte, blieb aus. Woher wusste Madame Savoir nur über die Vorhaben des Geheimdienstdirektors Bescheid? Und wieso wusste sie so viel über Florance?

»Nun, Majestät«, richtete Madame Savoir ihre Aufmerksamkeit wieder auf König George IV. »Was schlagen Sie vor, wie wir weiter vorgehen sollen?«

Der König überlegte einen Augenblick. Vermutlich war er von der Frage und der Verhaftung des Conseils ebenso überrascht wie Florance. »Ich gewinne den Eindruck, dass die junge Lady hier, Lady und Lord Hellingway und Captain McGregor dem Kaiser einen bemerkenswerten Dienst erwiesen haben. Immerhin haben sie mich unter Einsatz ihres Lebens davor gerettet, einem Komplott gegen Kaiser Napoleon zum Opfer zu fallen. Und darüber hinaus haben sie Ihnen die Verhaftung eines Hochverräters ermöglicht. Das verdient Anerkennung.«

Madame Savoir lächelte erneut. »Da stimme ich Ihnen unumwunden zu, Majestät. Die Umsturzpläne Cœurdurs sind sogar an Kaiser Napoleons Ohren gelangt. Das beherzte Eingreifen aller Beteiligten hat immensen Schaden von der Krone abgewendet. Ihr Tod hätte niemandem genutzt. Eher im Gegenteil. Eine erneute Rebellion, und dieses Mal mit Unterstützung eines Großteils der Bevölkerung, hätte großes Leid über Britannien gebracht. Ich war auf einen Kampf mit der Totenkopf-Kompanie eingestellt. Aber der hätte der französischen Armee unnötige Verluste beschert. Die tête de mort besitzt ihren Ruf nicht umsonst. Ich bin Ihnen allen also in gewisser Weise zum Dank verpflichtet. Über die Zerstörung der Palastmauer sehe ich einmal hinweg«, fügte sie mit einem zurückhaltenden Schmunzeln hinzu.

George IV quittierte die Antwort der neuen Conseil du Roi mit einem wortlosen Nicken.

»Worüber ich allerdings nicht hinwegsehen kann, ist, dass Captain McGregor über viele Jahre als erbitterter Feind gegen die französische Nation gekämpft hat.« Schlagartig war die Miene von Madame Savoir wieder ernst. »Die Verbrechen, die er in dieser Zeit begangen hat, können nicht vergeben werden. Ich denke, das verstehen Sie, Captain.«

McGregor brummte wortlos, aber die Zwirbel seines Schnauzers zuckten. In seinen Augen waren es Taten im Zuge eines für ihn gerechten Freiheitskampfes gewesen. So hatte sie den Captain kennengelernt. Florance stockte der Atem. Sollte er deswegen etwa hingerichtet werden?

»Er hat nur das getan, was er als notwendig erachtet hat«, sprang sie sofort für McGregor in die Bresche, bevor dieser sie aufhalten konnte. »Um Großbritannien und seine Leute zu befreien.«

Edward trat an Florance' Seite, um sie ebenfalls zu unterstützen. »Ich bin mir sicher, dass er stets versucht hat, jegliche Grausamkeit zu vermeiden. Sein Mut und seine Moral sollten ihm hoch angerechnet werden.«

»Beides habe ich bei meinen Überlegungen berücksichtigt«, bestätigte Madame Savoir. »Dennoch wird er sich verantworten müssen.«

Das mochte Florance nicht so hinnehmen. Allein die Vorstellung, dass der Captain auf diese Art und Weise bestraft werden würde … Entschieden trat sie auf Madame Savoir zu, und beinahe hätte sie nach den Händen der neuen Conseil du Roi gegriffen. »Sie dürfen ihn nicht hinrichten! Das dürfen Sie einfach nicht.«

Auch George IV schien die Gelegenheit nicht ohne einen Beistand seinerseits verstreichen lassen zu wollen. »Madame

Savoir, wenn Sie irgendeine Möglichkeit sehen … ich entbiete Ihnen meine vollständige Kooperation. Natürlich unter der Zustimmung einer Kapitulation der Rebelleneinheiten. Darüber hinaus bin ich mir bewusst, dass ich vollständig in Ihrer Hand bin. Dennoch werde ich mich einer weiteren Verwendung als Pfand für Britannien nicht verwehren. Ich hoffe, das ändert etwas.«

»Nein, Majestät, nicht«, protestierte der Captain sofort. Die Aussicht, dass der König eine Geisel des französischen Kaisers blieb, erschütterte McGregor sichtlich. »Das geht nicht. Ich habe zu lange dafür gekämpft, Euch in Freiheit zu sehen. Großbritannien braucht einen König, der es von der Herrschaft des Kaisers erlöst. Es braucht Euch, Majestät, für ein freies Britannien, irgendwann in einer besseren Zeit.«

Tränen liefen über das Gesicht des Rebellenanführers, dennoch schüttelte George IV den Kopf. »Ich weiß, welche Opfer Sie und Ihre Mitstreiter gebracht haben. Wie sehr Sie gelitten und doch nie aufgegeben haben. Sie werden das eines Tages verstehen. Bleibe ich eine Geisel, so diene ich dem britischen Volk besser, als wenn ich an der Spitze eines unterlegenen Heeres einen vergeblichen Krieg führe. Haben Sie Vertrauen. Unser Land mag nicht frei sein, wie früher. Jetzt braucht es jedoch dringender Frieden, keinen Krieg. Auch unter Napoleon kann Britannien frei sein. Glauben Sie mir und lassen Sie es gut sein, Captain. Ich bitte Sie.«

Ächzend brach McGregor in die Knie. Seinen Tränen ließ er nun freien Lauf. Florance ging zu ihm und nahm ihn tröstend in den Arm. Auch wenn das kaum helfen würde, einem Mann, dessen wichtigster Traum soeben zerbrochen worden war, Hoffnung zu geben. Sie hoffte dennoch, dass er sich von der Enttäuschung erholen würde. »Bleiben Sie stark, Captain McGregor«, murmelte sie ihm zu. »So, wie Sie es immer gewesen sind.«

Madame Savoir hatte sich alles schweigend angehört und schließlich eine Entscheidung getroffen. »Weniger als eine lebenslange Haft kann ich nicht zusagen. Das ist das Mindeststrafmaß, und auch nur, wenn mein Zuspruch bei Gericht angenommen wird. Abführen!«

Bestürzt drückte Florance den Captain zum Abschied noch einmal, bevor er weggezerrt wurde. Florance konnte die Tränen nicht unterdrücken und auch der Captain zitterte. Aber die Soldaten gönnten ihnen keinen weiteren Moment zusammen. Ob sie ihn jemals wiedersehen würde?

Edward trat neben Florance und legte ihr mitfühlend eine Hand auf die Schulter. Seine Schwester hatte sich in seinen Arm untergehakt. »Was ist mit unserem Vater? Der Geheimdienstdirektor hat ihn wegen Hochverrats verhaftet. Dabei ist er unschuldig. Er muss sofort freigelassen werden«, forderte er mit Nachdruck in der Stimme.

Madame Savoir schmunzelte. »Lord Edward, über Ihre Unterstützung der Rebellion und die Ihrer Schwester werde ich dieses Mal hinwegsehen. Sagen wir, aufgrund der Umstände. Der Earl wird selbstverständlich umgehend entlassen, samt einer offiziellen Entschuldigung. Eine angemessene Entschädigung wird Ihnen aus dem Vermögen der Totenkopf-Kompanie überstellt. Sind Sie damit einverstanden, Lord Edward?«

»Das bin ich, ja«, antwortete Edward mit sichtlicher Erleichterung.

Madame Savoir verschränkte die Arme vor der Brust. »Sind wir dann hier fertig?«

Jetzt war es an Florance, mit dem Kopf zu schütteln. Es gab viel mehr, was sie zu sagen hatte. Wann würde sich wieder so eine Gelegenheit bieten?

»Also das eine oder andere würde ich gern noch mit Ihnen besprechen, wenn es Ihnen recht ist, Madame Savoir«, sagte sie schließlich.

Die neue Geheimdienstdirektorin seufzte gespielt, konnte ein Lächeln aber nicht gänzlich unterdrücken. »Miss Bell, das hätte ich mir eigentlich denken können. Um was geht es?«

47
Nach Hause

Florance bemerkte, wie Edwards Finger leicht zitterten, als er die Dampfdroschke in die Landstraße einbiegen ließ, die zu Birch Manor führte. Seit dem Angriff der Rebellen waren sie beide nicht mehr hier gewesen. Für sie schien das eine halbe Ewigkeit her zu sein. Wie würde das Herrenhaus aussehen? Und wie viel war von der Maschinenhalle übrig geblieben? Es wartete garantiert ein Berg Arbeit auf Florance. Vom Beifahrersitz aus sah sie Edward an. Wie musste es sich erst für ihn anfühlen?

»Fast da«, bemerkte Florance, ohne ihn aus den Augen zu lassen. »Und du hast die Droschke nicht zu Schrott gefahren.« Vom rücksichtslosen Raser, der er früher gewesen war, hatte sich nichts mehr gezeigt.

Edward presste kurz die Lippen aufeinander und nickte schließlich. »Ein paar Minuten bleiben noch. Ich hoffe sehr, dass von unserem Zuhause genug stehen geblieben ist.«

Unserem Zuhause. Florance spürte, dass Edward damit nicht nur seine Familie und sich gemeint hatte. Es tat ihr gut, ebenso ein gewichtiger Teil des Anwesens zu sein, genau wie Monsieur Pignon. Nicht nur irgendeine Angestellte.

»Ach, es gibt da etwas, was ich dir ausrichten soll.« Edward verstummte, als hätte er damit bereits alles gesagt.

Irritiert wartete Florance ab. Doch da er nicht weitersprach, drehte sie sich vollständig zu ihm herum. »Ja? Und was?«

»Bloß etwas, das meine Schwester gesagt hat.« Edward sah

sie nicht an, sondern konzentrierte sich stur auf die Landstraße vor ihnen.

»Rückst du noch damit raus? Oder worauf wartest du? Auf eine Einladung von Kaiser Napoleon persönlich?«, neckte sie ihn ungeduldig.

»Der hat bestimmt Besseres zu tun«, grinste Edward breit. Ihm fiel es sichtlich schwer, nicht einfach loszuprusten. »Victoria vermutete schon, dass es dir vermutlich wichtig wäre.«

»Was? Jetzt rede endlich! Was hat deine Schwester gesagt?«

Wieder ließ Edward einige Sekunden verstreichen, bevor er antwortete. »Ach, dass sie dir verzeiht. Dass sie angeschossen wurde. Und dass sie dich eigentlich sogar mag.«

Ungläubig riss Florance die Augen auf. »Sie verzeiht mir?« Ohne darüber nachzudenken, schlang sie beide Arme um seinen Hals und drückte Edward einen flüchtigen Kuss auf die Wange. Im Krankenzimmer, in dem die Conseil du Roi Victoria in Edinburgh hatte unterbringen lassen, war sie nur zu einer kurzen Bitte um Verzeihung gekommen. Anstatt einer Antwort hatte Victoria sich bloß beschwert. Über das kratzige Laken ihres Bettes, das miese Essen und die Krankenschwestern, mit denen es sich nicht über die neueste Mode austauschen ließ. Florance war dankbar gegangen, ohne dass die Ärzte sie rausgeschickt hätten. Allein Mrs Leboir hatte bleiben dürfen, um sich weiterhin um ihren Schützling zu kümmern.

Florance dachte an Captain McGregor. Auf eine angenehme Zelle wie König George IV brauchte er nicht zu hoffen. Lebenslange Haft und die Gewissheit, dass all sein Kämpfen nahezu vergeblich war. Als sie ihn verlassen musste, war er ein gebrochener Mann gewesen. Ja, er war ein berüchtigter Rebell und hat mit Sicherheit Dinge getan, von denen Florance lieber nichts wusste. Aber dennoch hatte er ein solches Schicksal nicht verdient. Betrübt schlug sie die Augen nieder.

Doch im nächsten Augenblick strömte ihr plötzlich die Hitze der Peinlichkeit in die Wangen. Hatte sie den Lord gerade tatsächlich geküsst? Sofort rutschte Florance zurück auf ihren Sitz, verkroch sich darin und stierte auf die Birken der Allee. Moment, hatte sie das richtig verstanden? Sie drehte sich erneut zu Edward um und boxte ihn beherzt gegen die Schulter.

»Au! Wofür war das denn jetzt?«, beschwerte er sich und rieb sich die schmerzende Stelle. »Erst freust du dich und dann zertrümmerst du mir beinahe den Arm.«

»Du weißt es, seitdem wir losgefahren sind und sagst es mir trotzdem erst jetzt?« Florance konnte ein Grinsen nur mühsam unterdrücken. Edwards verwirrtes Gesicht war einfach zu großartig anzusehen.

»Ich hab es dir doch gesagt. Also eben«, erklärte er schulterzuckend.

Florance kicherte. »An deiner Wahl des richtigen Zeitpunkts musst du dringend etwas verbessern. Sonst bekommst du dafür immer wieder blaue Flecken verpasst.«

»Von dir etwa?«

»Es wird mir ein besonderes Vergnügen sein. Mein Wort drauf.«

»Daran hege ich nicht den geringsten Zweifel«, grinste Edward zurück, bevor er wieder ernst wurde. »Wir sind da.« Er drosselte das Tempo der Droschke, steuerte sie langsam durch das Eingangsportal und folgte der kurzen Allee zum Herrenhaus. Das Gebäude wirkte von vorne nahezu unbeschädigt, doch die beiden Baukräne und die grob geflickte Stelle in der

Seite des Daches zeugten vom Gegenteil. Schweigend steuerte Edward die Droschke zum Eingang und stellte sie ab. Gemeinsam stiegen sie aus und blieben für einen Moment unschlüssig vor dem Herrenhaus stehen.

»Da wären wir«, sagte Florance, weil ihr nichts Besseres einfiel. Sie sah hoch zum Flügeltürportal und betrachtete die weiße Treppe, die zu ihm hinaufführte. Lange hatte sie während der Fahrt nachgedacht. Darüber, wie es sein würde, mit den Begnadigungen der Conseil du Roi in der Tasche zurückzukehren. Als freie Bürger und nicht als Hochverräter oder Rebellen, auf die die Hinrichtung wartete. Sogar der Earl war begnadigt worden, doch sein gesundheitlicher Zustand, aufgrund der durchlittenen Verhöre ließ eine Rückkehr nach Birch Manor erst mit seiner Genesung zu.

Ein überwältigendes Gefühl des Glücks durchströmte sie. Sie war zu Hause. Sie beide waren es. Und dennoch fühlte es sich irgendwie fremd an. Dabei hatte sich vermutlich nicht das Haus geändert. Natürlich, wenn man die Beschädigungen nicht beachtete. Florance war eine andere geworden.

Die linke Seite des Flügelportals öffnete sich und ein Mann steckte seinen Kopf heraus. Viel zu lange hatte sie ihn nicht zu Gesicht bekommen.

Monsieur Pignon strahlte von einem Ohr zum anderen. »Florance! Isch wusste, dass du es schaffen würdest!«

»Monsieur Pignon!«, lachte sie voller Freude.

Ihr Vormund trat auf die Treppe und eilte mit ausgebreiteten Armen auf sie zu. Müde wirkte er, erschöpft, aber er schien bei bester Gesundheit. Sie rannte ihm entgegen und beide hielten erst an, als sie sich umarmten.

»Willkommen, Florance, willkommen. Ein Wunder, disch

'eile und unverse'rt wieder vor mir zu se'en. Du wurdest angekündigt, aber isch konnte es kaum glauben. Du musst mir alles berischten, 'örst du? Alles will isch wissen.«

»Monsieur Pignon, Sie erdrücken mich ja fast«, kicherte sie, während ihr Tränen über beide Wangen liefen. Endlich ließ Monsieur Pignon sie los, hakte sie aber sogleich unter.

Mit einer Verbeugung begrüßte er Edward, der mittlerweile ebenfalls näher gekommen war. »Lord Edward, Sie zurück in Ihrem Zu'ause zu wissen, ist mir ebenfalls eine Freude.«

»Schön, Sie gesund und munter anzutreffen, Monsieur Pignon«, entgegnete Edward lächelnd.

Erschrocken patschte sich Pignon gegen die Stirn. »Mon Dieu, wo sind meine Manieren? Sie beide müssen müde und erschöpft von der Fahrt sein. Ge'en wir doch 'inein. Tee, für Sie beide? Isch bin mir sischer, die Köschin Margret hat längst etwas Köstliches für euch zubereitet.«

Monsieur Pignon führte Florance und Edward ins Herrenhaus und vom Eingangsportal direkt in das nächste Gesellschaftszimmer. Weder passte die Couch zu den Sesseln noch der Büfettschrank zum Tisch, aber das störte Florance genauso wenig wie Edward. Gemeinsam setzten sie sich hin. Monsieur Pignon organisierte zwei Tassen und goss ihnen heiß dampfenden Tee ein.

»Es ist noch so viel zu tun«, berichtete Pignon dabei. »In den letzten Tagen 'aben wir es gerade so geschafft, das Dach abzudischten. Es 'at nischt geregnet, das ist eine glücklische Fügung gewesen. Es wird sischer noch Wochen dauern, bis alles wieder 'albwegs normal funktioniert. Aber …« Pignon hob einen Zeigefinger in die Luft. »… es wurde umfangreische Unterstützung von Madame Savoir zugesagt.«

Überrascht lehnte sich Florance vorwärts. »Sie kennen sie, Monsieur Pignon?«

»Natürlisch. Sie 'at Birch Manor gestern einen Besuch abgestattet und mir mitgeteilt, dass ihr bald nach Hause kommt. Und mehr. Eine wirklisch bemerkenswerte Person. Und sie hat mir für disch etwas gegeben. Einen Briefumschlag.« Monsieur Pignon seufzte schwer und zog einen Umschlag aus der Innentasche seiner Jacke. Mit wehmütiger Miene reichte er ihn ihr. »Nun bist du gerade erst zurück, und schon muss isch disch wieder ziehen lassen. Dabei brauche isch deine 'ilfe besonders jetzt.«

Verdutzt nahm Florance den Umschlag entgegen und riss ihn beiläufig auf. »Wohin sollte ich denn gehen? Ich will nirgendwohin. Sie brauchen doch meine Hilfe.«

Pignon schloss die Augen und nickte wissend. »Das lassen wir beiseite, n'est-ce pas? London wartet auf disch, Florance. Nur zu, sieh es dir an.« Sein Finger zeigte auf den Briefumschlag in ihrer Hand.

Florance blickte auf ein gefaltetes Stück Papier, das ein geprägtes Siegel trug. Zu aufgeregt, um es zu entziffern, breitete sie das Schriftstück aus. Ganz oben leuchtete das Zeichen erneut, dieses Mal in einem auffälligen Rostrot. Darunter stand in geschwungenen Lettern: Akademie Technologie d'avenir.

»Das ist von der Akademie in London, Monsieur Pignon«, sagte sie atemlos. »Aber warum …?«

Edward stupste sie an. »Vielleicht liest du erst einmal, was drinsteht«, schlug er ihr vor.

Fieberhaft überflog Florance die Zeilen. Obwohl das Geschriebene vor lauter Tränen mehr und mehr verschwomm, verstand sie doch sehr genau, was der Brief ihr mitteilte. Sie,

Florance Bell, würde als erste Engländerin zum Studium der mechanischen Künste an die Akademie Technologie d'avenir in London berufen. Ein zweites Papier, nur ein unscheinbarer, viereckiger Zettel rutschte zwischen ihre Finger. Darauf stand per Hand etwas geschrieben: *Nutzen Sie Ihr Talent. Zur Tugend und zur Vervollkommnung Ihrer Fähigkeiten.* Unterschrieben war es mit den Anfangsbuchstaben *M. S.*

Melisende Savoir, die Conseil du Roi persönlich, hatte die Nachricht an Florance verfasst. »Aber woher weiß die Conseil von der Akademie, Monsieur Pignon?«

»Wie du sagst, Florance«, schmunzelte ihr Vormund. »Sie ist die Conseil du Roi. Wenn sie es nischt weiß, wer dann? Du 'ast sie mit deiner selbstlosen Bitte um die Begnadigung der Familie 'ellingway sehr beeindruckt, erzählte sie mir. Und davon, dass dir die Reparatur der Tyflopontikas gelungen ist. Sagen'aft, Florance. Dass diese Maschine nun wieder unter Verschluss ist …, c'est dommage! Was immer sie dir in ihrem Schreiben geraten 'at, du solltest es befolgen.«

Überglücklich presste sie beide Briefe an sich. »Das werde ich«, flüsterte sie kaum hörbar. »Ganz bestimmt.«

ENDE

Geheimnisvolles Erdbeben

An diesem heutigen Tag erreichten beunruhigende Nachrichten die ehrenwerte Zeitungsredaktion. Mehrere Einwohner der Küstendörfer Torridon und Shieldaig am Loch Torridon, Verwaltungsbezirk Highlands, wurden in den Abendstunden Zeugen eines Erdbebens, das im nahe gelegenen Sgorr Ruadh Gebirge seinen Ursprung zu haben schien. Mutige Bürger näherten sich daraufhin dem besagten Gipfel, in dessen Umgebung eine gewaltige Rauchsäule gen Himmel stieg. Die entdeckte Zerstörung eines Teils des Gebirgszuges lässt nur eine Explosion hierfür vermuten. Weitere Ermittlungen wurden seitens der Gendarmerie de Britannia aus Sicherheitsgründen untersagt.

Lockerung der strengen Regeln für britannische Bürger

Seine kaiserliche Majestät Napoleon Bonaparte hat unsere Zeitungsredaktion beauftragt, folgende Gesetzesänderungen zur weiteren Beruhigung und Entwicklung des französischen Distrikts Britannien zu verkünden:

Gemäß dem Code Civil werden die angeführten Regelungen auf britannische Bürger ausgeweitet, um die Freiheit für jeden zu erzielen, sei er oder sie von Herkunft Franzose oder eben nun auch Britannier.

1. Gewerbefreiheit und freie Berufswahl, nach Prüfung und Genehmigung durch die örtliche Behörde.
2. Abschaffung des Zunftzwangs, jedem Bürger steht es frei, seinen oder ihren Beruf selbstständig auszuüben.
3. Schutz des Privateigentums, Besitz und Vermögen eines britannischen Bürgers erfahren den gleichen Schutz wie die eines französischen Bürgers.
4. Lehre und Studium an Akademien und Schulen zur Erlangung von technischem Wissen der Dampfmaschinentechnologie in begründeten Ausnahmefällen.

Gewinner des Cheltenham Gold Cup Rennen ist eine Überraschung

Sonntag, 10.03.1822

Am gestrigen Samstag endete der dritte Cheltenham Gold Cup von Gloucestershire mit einem unerwarteten Sieger. Das Querfeldein-Droschkenrennen, das dem berühmten Auteuil-Hippodrome-Rennen von Bois de Bologne nachempfunden ist, kürte Lord Edward Hellingway zum erfolgreichen Bestreiter des Hindernisparcours Cleeve Hill. Lord Hellingway, als Außenseiter in einem überaus beeindruckenden Feld von erfahrenen Droschkenpiloten an den Start gegangen, setzte sich nach zehn aufreibenden und spannenden Runden in seiner Golden Miller gegen die Mitbewerber durch. Platzierung Nr. 2 errang Bernadette Pedrier in einer Spectre, auf Platzierung Nr. 3 folgte Maurice Creguelles in einer Kauto Star. Das Preisgeld in Höhe von 1000 Franc sowie den Siegerpokal nahm der Gewinner des Cheltenham Gold Cup glücklich entgegen. Im kommenden Jahr wird Lord Hellingway als Champion erneut antreten, wie er unserer Zeitung mitteilte.

© Jean Kerry

Carsten Steenbergen schreibt überwiegend fantastische Geschichten, egal, ob Romane, Kurzgeschichten oder Hörspiel-Skripte. Dabei fügt er am liebsten Historisches und Magisches zusammen.

Nach vielen Jahren am Niederrhein lebt er nun an einem idyllischen See im Süden von Leipzig.